John McMahon
Cold Detective

PIPER

John McMahon

COLD DETECTIVE

Thriller

Aus dem amerikanischen Englisch
von Sven-Eric Wehmeyer

PIPER

Mehr über unsere Autorinnen, Autoren und Bücher:
www.piper.de

Wenn Ihnen dieser Thriller gefallen hat, schreiben Sie uns unter Nennung des Titels »Cold Detective« an *empfehlungen@piper.de*, und wir empfehlen Ihnen gerne vergleichbare Bücher.

Inhalte fremder Webseiten, auf die in diesem Buch hingewiesen wird, macht sich der Verlag nicht zu eigen und übernimmt dafür keine Haftung.

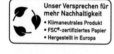

Deutsche Erstausgabe
ISBN 978-3-492-31711-5
Januar 2022
© John McMahon 2019
Titel der amerikanischen Originalausgabe:
»The Good Detective«, G. P. Putnam's Sons, New York 2019
© der deutschsprachigen Ausgabe:
Piper Verlag GmbH, München 2022
Published by arrangement with G.P.'s Putnam's Sons,
an imprint of Penguin Publishing Group,
a division of Penguin Random House LLC.
Lektorat: Peter Hammans
Satz: psb, Berlin
Gesetzt aus der Freight Text
Druck und Bindung: CPI books GmbH, Leck
Printed in the EU

*Für Maggie, weil Vertrauen und Geduld
alles andere als Kleinigkeiten sind*

1 Eine Faust donnerte gegen mein Fahrerfenster und ließ mich mit einem Schlag die Augen aufreißen. Ich langte hastig nach meiner Glock 42. Hätte mir fast den Fuß weggeballert.

Zwei weiße Augäpfel starrten mich durch die Dunkelheit an.

Horace Ordell.

»Alles im Lack bei dir, P.T.?«, dröhnte er.

Sie müssen zuallererst wissen, dass Horace mit einem Arsch von der Größe eines Kleinstaats herumspaziert. Weshalb es eine amtliche Kriegserklärung braucht, um ihn in Bewegung zu versetzen.

Ich sah auf die Uhr meines Ford F-150. 2:47 früh.

»Du hast im Schlaf geschrien«, sagte Horace. Sein Fels von Leib ragte drei Zentimeter vor meiner Tür in die Höhe. »Konnte dich von da drüben hören, zum Teufel.«

Mein Blick wanderte zu dem Rausschmeißer-Hocker, auf dem Horace die meisten Nächte thronte. Die Schrift der Neontafel darüber lautete *The Landing Patch*, und dazu prangten auf dem Schild zwei kurvige Leuchtstreifen, die eine grobe Ähnlichkeit mit den Beinen einer Frau aufwiesen und sich spreizten und schlossen. Und wieder spreizten und schlossen.

Ich ließ mir den Mief von Tabakplantagen nach Regengüssen in die Nüstern steigen. Das war er, der gute alte Duft schmutziger Georgia-Erde.

»Im Club alles in Ordnung?«, fragte ich, während ich die Tür meines Pick-ups aufstieß.

Horace' massiver Kahlschädel ruckte auf und ab, seine Haut schwarz wie die Nacht. Er hatte für Alabama im Angriff gespielt, bis sein Knie den Dienst quittierte.

Das Gebäude hinter ihm, das den Stripschuppen beherbergte, war eine alte ehemalige Sägemühle, die man ins Naturschutzgebiet am Rand des Tullumy River gepflanzt hatte. Verrostete Blechschilder bedeckten das, was einst Lüftungsfenster gewesen waren, um kein Licht reinzulassen. *Mach mal Pause – trink Coca-Cola* stand auf einem. *Knusprige Utz Chips* auf einem anderen.

Ich musterte mich kurz im Rückspiegel, bevor ich ausstieg. Welliges braunes Haar. Blutunterlaufene blaue Augen.

Außerdem sah ich im Heck der Fahrerkabine nach dem Rechten, wo Purvis lag. Der entzückende Purvis, meine sieben Jahre alte Bulldogge. Der Blick, mit dem er mich in letzter Zeit bedachte, war immer der gleiche: *Seit sie nicht mehr da ist, stürzt du tiefer und tiefer ab, P. T. Reiß dich am Riemen. Halt dich an irgendwas fest.*

Aber ich bin nicht der Typ, der die Hände ausstreckt und sich an irgendwas festhält. Nehmen Sie etwa Umarmungen. Ich bin nie ein großer In-die-Arme-Nehmer gewesen. Schon vor dem Unfall meiner Frau nicht.

Ich kletterte aus dem Truck, und Horace setzte sein Gewinsel fort.

»Ich rede nicht von leisen Schreien, P.T.«, sagte er. »Es war eher History-Channel-Army-Flashback-Scheiß-Kaliber.«

»Du kannst zurück auf deinen Posten, Horace«, gab ich zurück. »Mir geht's ausgezeichnet.«

Selbstverständlich ging es mir überhaupt nicht ausgezeichnet. Von ausgezeichnet war ich fünf Countys entfernt.

Horace glotzte auf den Boden. Sein Hirn schien irgendwas auszubrüten. »Wie wär's, wenn ich jemanden rufen würde?«

Auf seinem Gesicht lag ein seltsamer Ausdruck. Hätte ein nervöses Grinsen sein können. »Und wen zum Beispiel?«

»Keine Ahnung.« Er zuckte die Achseln. »Einen anderen Bullen? Ich weiß, dass du ein paar Drinks intus hast. Vielleicht kommt er hier raus, lässt dich pusten und liest dir die Leviten? Legt dich erst mal in Handschellen?« Er hielt inne. »Du könntest mir natürlich auch ein bisschen was zukommen lassen. 'ne Menge Leute geben mir Trinkgeld.«

Das hätte mir beinahe ein Lächeln auf die Lippen gezaubert. Ein mieser Pisser wie Horace droht einem Polizeibeamten, der das hinter sich hat, was ich durchgemacht habe. Wären Gehirne aus Leder, hätte dieser Penner nicht mal genug in der Birne gehabt, um einen Maikäfer zu satteln.

Ich griff in meinen Pick-up, und Horace trat einen vorsichtigen Schritt zurück. Dann sah er das Highball-Glas in meiner Hand. Ich hatte es zuvor aus dem Landing Patch mitgenommen, und es war noch immer voll.

Ich gab ihm das Glas und stieg wieder in den Truck. Der Nachthimmel war violett getönt und von purpurgrauen Quellwolken durchzogen, die wie übermäßig vollgestopfte Kissen aussahen.

»Ich lass dir was zukommen, und zwar einen kostenlosen Ratschlag«, teilte ich Horace mit. »Du darfst auf keinen Fall jemals Trauer mit Schwäche verwechseln.«

Ich warf den Motor an, und unter dem Anschnallgurt knisterte in der Brusttasche meines Flanellhemds ein Stück Papier. Ich entfaltete es und stierte auf ein einziges einsames Wort, während Horace sich davonmachte.

Crimson.

Die Handschrift war so sauber und deutlich, wie man es erwarten konnte, wenn man bedachte, dass das Wort mit Kajalstift und noch dazu in völliger Finsternis geschrieben worden war.

Ich drehte den Fetzen um. Auf der Rückseite stand eine Adresse: 426 E. 31st. B.

»Verdammt«, sagte ich, als mir die Stripperin und ihre Geschichte von neulich Nacht in den Sinn kamen. Sie war eine Rothaarige, deren beide Beine der kompletten Länge nach von Blutergüssen geziert wurden. Ich hatte ihr versprochen, vorbeizukommen und mit meiner Dienstmarke zu wedeln. Ihrem missbräuchlichen Freund einen solchen Schreck einzujagen, dass er sich in die Hose kackte.

Meine Augen tränten, und ich musste dringend eine Toilette zum Frischmachen finden. Ich bog auf die I-32 ab.

Mein Name ist P.T. Marsh, und Mason Falls, Georgia, ist meine Stadt.

Es ist beileibe keine Großstadt, aber im Laufe des letzten Jahrzehnts ganz ordentlich gewachsen. Jüngst haben wir die 130000-Seelen-Marke geknackt. Dieses Wachstum hat eine Menge mit den zwei Fluggesellschaften zu tun, die hier ihre Zelte aufgeschlagen haben, um unter bestmöglichen örtlichen Bedingungen Verkehrsmaschinen einer Generalüberholung zu unterziehen. Der Großteil dieser Flugzeuge wird frisch lackiert und an Übersee-Airlines vertickt, von denen keine Sau je was gehört hat. Manche von ihnen landen allerdings direkt im heiteren Himmel über unseren Köpfen. Es ist ein bisschen so wie Schönheitschirurgie in den besseren Vierteln von Buckhead. Klatsch eine frische Schicht Farbe drauf, und verleg neuen Teppich, und keiner merkt, wie abgetakelt die Karosserie darunter ist.

Ich hatte inzwischen die netten Bezirke der Stadt hinter mich gebracht. Die Gegenden, in denen tagsüber Touristen auf der Suche nach Vasen aus der Bürgerkriegsära einen Schaufensterbummel unternehmen. Wo Collegekids paniertes Beefsteak futtern und sich eimerweise mit Terrapin-Rye-Ale volllaufen lassen.

Danach kamen die durchnummerierten Straßen und mit ihnen jene Teile der Stadt, in denen Leute lebten, die an den erwähnten Flugzeugen arbeiteten. Die Reinigungskräfte, Teppichverleger, Maler und Lackierer.

Ich fuhr an der 16., 20., 25. Straße vorbei. Während ich beim *Landing Patch* mein Nickerchen gehalten hatte, war

Regen gefallen, und in den dürftig gepflasterten Nebenstraßen bildeten sich kleine Seen.

Ich parkte meinen Pick-up hinter einer verwaisten Big-Lots-Filiale gegenüber der 30., stieg aus und bahnte mir zu Fuß meinen Weg durch die finstere Wohngegend.

Nach ein paar Minuten fand ich die auf dem Papier notierte Adresse, einen runtergekommenen Bungalow. Auf die Einfahrt waren der Buchstabe B und ein Pfeil gesprüht worden. Das Graffiti zeigte in Richtung einer separaten Wohneinheit im hinteren Bereich.

Crimsons Apartment.

Als einziger Hinweis auf die anstehenden Feiertage leuchteten kleine weiße Weihnachtslichter in einem der Fenster. Ich ging näher heran. Von der Einfahrt aus führte ein Eingang ins Schlafzimmer. Durch die Fliegengittertür konnte ich Crimson mit dem Gesicht nach oben auf dem Bett sehen.

Die Rothaarige lag dort in abgeschnittenen Jeans und einem T-Shirt mit V-Ausschnitt, ohne BH. Auf ihren Wangen prangten frische Prellungen und auf ihrem Oberteil das pinkfarbene Antlitz des Maskottchens der Georgia Bulldogs. Ich hatte ihr gesagt, ich würde dienstlich vorbeikommen, mit Streifenwagen, einen Tag früher.

Gib keine Versprechen, die du nicht halten kannst, P. T.

Die Stimme, die ich hörte, war die von Purvis. Natürlich ist er eine braunweiße Bulldogge mit schlimmem Unterbiss, und ich hatte ihn außerdem beim *Big Lots* im Truck zurückgelassen. Also war es vielleicht meine eigene Stimme mit seinem Gesicht dazu. Das Unterbewusstsein ist ein merkwürdiger Apparat. Oder mischt Gott persönlich darin mit?

Ich verschaffte mir rasch Zutritt, um nachzuschauen, ob Crimson lebte. Ich beugte mich über sie und kontrollierte ihren Puls. Sie war flächendeckend grün und blau geprügelt worden, atmete aber gleichmäßig und gesund.

Ich rüttelte sie wach, und sie brauchte einen Moment, bis sie mich erkannte.

»Ist dein Freund hier?«, fragte ich.

Im trüben Licht deutete sie zum Wohnzimmer. »Er schläft.«

»Hast du eine Freundin, bei der du für ein paar Stunden unterkommen kannst? Damit ich ihn so etwas zur Vernunft bringen kann?«

Crimson nickte und nahm sich ihr Sweatshirt und ihre Handtasche.

Ich bewegte mich Richtung Wohnzimmer, und meine Augen passten sich an die Dunkelheit an. Crimsons Freund war in sitzender Stellung auf der Couch ins Koma gefallen und trug ein dreckiges Muskelshirt und Jeans.

Ein ordentlicher Klotz Gras lag auf einem Holztisch neben dem Sofa, und eine seiner Hände war in Verbandsmull gewickelt. Ein Streifen getrockneten Blutes war über das Gewebe verschmiert.

Also, die Sache verhält sich folgendermaßen:

Man verbringt die ersten sechsunddreißig Jahre seines Lebens damit, sich ein Wertesystem anzueignen. Was richtig ist. Was falsch ist. Und wann man »Scheiß drauf« sagen und auf die Regeln pfeifen muss.

Aber man sammelt auch diverses Zeug an. Ein Haus. Eine Hypothek. Frau und Kind. Und irgendwo auf dem Weg spielen solche Verpflichtungen plötzlich eine wichtigere Rolle als richtig und falsch. Weil alles Konsequenzen hat. Es kann Probleme für dich und deine Familie nach sich ziehen, wenn du das absolut Richtige tust. Probleme bezüglich deiner Karriere.

Was mich betrifft, so war das genau der Weg, den ich beschritten hatte. Eine wunderschöne Ehefrau. Ein kleiner Junge. Und es hatte mich glücklich wie ein Schwein im Schlamm gemacht, diesem Pfad zu folgen.

Doch dann kreuzte jemand meinen Weg und nahm mir meine Verantwortlichkeiten weg. Nahm mir meine Familie. Und alles, was sie mir ließen, war absolute Gerechtigkeit.

Ich ließ den Strahl meiner Taschenlampe über die Brust des Freundes wandern. Er sah nach Anfang dreißig aus. Muskelbepackte einhundertachtzig Zentimeter. Rasierter Schädel und blonder Ziegenbart. Ein Tattoo auf seinem Bizeps lautete 88. Der achte Buchstabe des Alphabets, H. Zwei H für Heil Hitler.

Demnach bist du ein Neonazi, der Stripteasetänzerinnen verprügelt.

Der Mund des Mannes stand offen, und aus dem Winkel hing ein Faden Sabber. Unter seinem rechten Arm hatte er eine halbleere Flasche Jack Daniel's eingerollt.

Ich setzte mich einen knappen halben Meter vor ihm auf einen Sessel. Schnappte mir ein in der Nähe liegendes Geschirrtuch und wickelte den weichen Stoff um meine Faust.

»Hey, Arschloch«, sagte ich.

Er riss die Augen auf und fuhr in die Höhe. Ein Seitenblick zum Schlafzimmer. Vielleicht hatte er dort eine Kanone gebunkert. Oder vielleicht fragte er sich, ob ich gesehen hatte, in welchem Zustand er Crimson dort zurückgelassen hatte.

»Wer zum Teufel sind Sie?«, murmelte er verwirrt. Er stank nach Pomade und Tabak.

»Keine Sorge«, sagte ich. »Die Polizei ist da.«

2

Ich schlug ihm mit der Faust mitten ins Gesicht. Mit Wucht.

»Geht's noch?«, schrie er und griff sich mit der Hand an die Nase. Blut suppte zwischen seinen Fingern hindurch und tropfte auf sein Hemd.

Jetzt wurde er endgültig wach und funkelte mich wütend an. »Ihr könnt doch nicht einfach in die Häuser von Leuten einbrechen ...«

Ich verpasste ihm einen weiteren Schlag. Der erste war für Crimson, der zweite, um dem ersten Nachdruck zu verleihen. Der Kopf schoss nach hinten gegen die Couch.

»Was wollen Sie?« Er schniefte. Die Zähne von einem quer verlaufenden Streifen Blut geschmückt.

Ich sah mich in der Wohnung um, nahm jedes einzelne Detail in mich auf.

Es gab eine Zeit, in der ich vom *Mason Falls Register* der »Polizist, dem nichts entgeht« genannt wurde. Und danach, eher jüngeren Datums, als ein Fall nicht so besonders gut lief, kam das Wort »schlampig«. Man kann nicht für ewig an der Spitze stehen, schätze ich.

»Deine volle Aufmerksamkeit«, antwortete ich.

Der Gute spielte noch immer defensiv. Sein Blick streifte den Dreizack zum Aufspießen von Fröschen, der an der gegenüberliegenden Wand lehnte. Vielleicht hatte er vor, mich damit abzustechen.

Ich nahm ein Feuerzeug vom Tisch und steckte die Ecke des Grasbriketts in Brand.

»Die Leute, denen das gehört«, sagte er, »wird es nicht kümmern, wer zum Geier Sie sind ...«

»Schsch.« Ich beugte mich vor und drückte die Mündung meiner Glock auf den Stoff seiner Jeans, direkt in Höhe der Kniescheibe. »Genieße ich deine ungeteilte Aufmerksamkeit?«

»Ja«, erwiderte er, und ich pochte mit dem Lauf der Knarre gegen sein Knie.

»Wehe, du fasst sie noch ein einziges Mal an.« Ich deutete zum Schlafzimmer. »Sollte ich auch nur die winzigste frische Schramme an ihr entdecken, werde ich mir deine blutige Faust hier vornehmen und dir jeden Finger einzeln wegschießen. Einen nach dem anderen. Als Schießübung. Verstanden?«

Er nickte langsam, und ich erhob mich. Verließ den Saal.

3 Ich bekam den Anruf um acht Uhr morgens, als ich noch schlief.

»Wir kriegen was zu tun«, sagte Remy Morgan.

Remy ist meine Partnerin, und ich sage ihr oft, dass sie nach Milch riecht. Das ist mein Standardwitz, wenn es um ihr jugendliches Alter geht. Fünfundzwanzig Jahre jung, um genau zu sein. Außerdem ist sie Afroamerikanerin, weshalb sie mich hin und wieder warnt: »Sag bloß nicht Schokomilch, P. T., oder ich trete dir in den Arsch.«

Ich zog mir die Decke vom Kopf. »Worum geht's?«, sagte ich mit heiserer Stimme in mein Handy. Ich trug nach wie vor meine Jeans, aber kein T-Shirt oder Flanellhemd.

»Wir haben einen toten Kunden«, sagte Remy.

Ich schaute mich nach meinem Hemd um, konnte es jedoch nirgends entdecken. Schüttelte mir Purvis von den Beinen. Das wäre dann Remys dritter Mordfall, und ich konnte diese spezielle, für Polizeifrischlinge typische Aufregung in ihrer Stimme hören. »Toter guter Kunde oder toter böser Kunde?«

»Toter böser Kunde«, sagte sie. »Und wahrscheinlich von anderen bösen Kerlen totgeschlagen worden. Ich komme dich abholen.«

Fünf Minuten später war ich aus der Dusche raus, zog mir ein graues Beinkleid über und stopfte ein weißes Button-down-Hemd in den Bund.

Ich machte den Kühlschrank auf und suchte nach etwas Essbarem. Ich war dabei, eine neue Ernährungsweise zu entwickeln, zu der maßgeblich abgelaufene Lebensmittel, Schimmel und eine Menge Instant-Müsli gehörten. Ich sah schon einen Bestseller vor mir. Oder vielleicht war es auch nur eine Magenschleimhautentzündung.

Draußen hupte ein Wagen, und ich spähte durch die blauen Vorhänge, die meine Frau Lena vor dem letztjährigen Thanksgiving aufgehängt hatte. Das war vier Wochen vor dem Unfall gewesen.

Am Straßenrand stand Remys 77er Alfa Romeo Spider. Ich eilte nach draußen und quetschte mich auf den Beifahrersitz.

»Tatort?«, fragte ich.

»In den nummerierten Straßen«, gab sie zurück.

Während unserer Fahrt schiffte es, und die Bäume auf dem Mittelstreifen entlang der Baker Street ließen unter dem Gewicht des Wassers matt die Köpfe hängen. Remy erzählte mir von einem Extrem-Schlammlauf am Wochenende, bei dem sie den zweiten Platz belegt hatte.

»Kriegst du als Cop unter der Woche nicht genug Aufregung?«, wollte ich wissen. »Musst du wirklich unbedingt jemanden dafür bezahlen, dich schmutzig zu machen und künstliche Explosionen zu zünden?«

Remy runzelte die Stirn. Sie besaß die perfekt geformten Wangenknochen eines Models. »Sei kein alter Mann, P.T.«

Ich wusste, wie sehr Remy darauf abfuhr, Wettkämpfe zu bestreiten. »Und wer hat das Ding gewonnen, wenn du als Zweite durchs Ziel gerannt bist?«

»Irgendein Feuerwehrmann aus Marietta.«

Remy zuckte mit den Schultern, bevor sie sich zu einem Lächeln herabließ. »Eigentlich hat er zwei Siege eingefahren. Ich habe ihm meine Nummer gegeben.«

Darüber musste ich grinsen, bevor ich meine Scheibe runterkurbelte. Das Regenwetter hatte am Sonntag angefangen, und die Luftfeuchtigkeit zwischen den Gewitterstürmen hatte das Blau des Himmels über Georgia ausgebleicht und alles in ein stumpfes Feldgrau verwandelt.

Als wir uns der 30. Straße näherten, sah ich das *Big Lots*, vor dem ich gestern Nacht geparkt hatte, und in meiner Kehle bildete sich ein Kloß. Teilweise, weil ich nicht an Zufälle glaube. Aber größtenteils, weil es keine Zufälle gibt.

Vor Crimsons Haus an der 31. hielten wir an, und die feuchte Luft, die durchs Fenster hereinwehte, ließ mich schwer schlucken. Bei Tageslicht sah die Bude sogar noch übler aus. Von der Fassade war mehr Farbe abgeblättert, als noch drauf war.

Remy stieg aus dem Wagen. Sie trug eine Nadelstreifenbluse zur schwarzen Hose. Mit dieser Bücherwurm-Brille und den steifen Anzügen versucht sie ihrem guten Aussehen einen stilistischen Dämpfer zu verpassen. Aber wir zwei sind, ganz unter uns gesagt, das bestaussehende Polizeipärchen der Stadt. Natürlich gibt es in der Mordkommission nur noch ein weiteres Duo, aber immerhin.

Remy reichte mir blaue Latexhandschuhe, und wir marschierten die Einfahrt hoch. Ich ging am Buchstaben B und dem Pfeil vorbei.

»Männliches oder weibliches Opfer?«, fragte ich.

»Männlich«, sagte Remy. »Neunundzwanzig Jahre alt.«

Als du dich vom Acker gemacht hast, war er am Leben, P. T.

Ruhig, Purvis, ich muss mich konzentrieren.

»Haben wir irgendwelche Zeugen, die den Mord beobachtet haben?«, fragte ich.

»Bislang nicht«, sagte Remy. »Doch der Tag ist jung. Wir haben noch niemanden befragt.«

Ich sah mich um. Die Seitenfenster des Hauses nebenan waren mit Sperrholz vernagelt. Die vom Regen durchtränkten, fetten dunklen Astlöcher sorgten dafür, dass das Holz sich verbog.

Ich nickte Darren Gattling zu, der an der Eingangstür stand. Darren gehört zu den Blauen, vor fünf Jahren hatte ich ihn als Mentor unter meinen Fittichen.

»Ist die Forensik schon da?«, fragte ich und hielt nach der Gerichtsmedizinerin Ausschau.

»Drinnen«, sagte Gattling.

Ich trat durch die Vordertür und erblickte den Raum aus einem anderen Winkel als in der Nacht zuvor.

Der Körper von Crimsons totem Freund saß aufrecht da, genauso wie bei meinem Abgang. Beide Augen waren von schwarzblauen Ringen umgeben. Getrocknetes Blut verstopfte seine Nasenlöcher.

Ich scannte das Zimmer und bemerkte Einzelheiten, die mir im Dunkeln entgangen waren. Große Tüten in den Ecken, die vor Müll überquollen. Ein Punchingball, der neben dem Fenster hing.

Sarah Raines, die Bezirksgerichtsmedizinerin, gekleidet in einen blauen Einweg-Overall, beugte sich über die Leiche.

»Detective Marsh«, sagte sie, ohne aufzuschauen.

Sarah war blond und Mitte dreißig. Sie war mir vor zwei Wochen zufällig im Flur in die Arme gelaufen und hatte mich zum Essen eingeladen. Da ich höflich abgelehnt hatte, war sie mir in meinem Teil des Gebäudes seither nicht mehr unter die Augen gekommen.

»Doc«, sagte ich.

Remy stellte sich neben mich. Sie hatte ihr digitales Notizbuch, ein iPad mini, hervorgeholt und blätterte mit einem behandschuhten Finger die Aufzeichnungen durch.

»Er heißt Virgil Rowe.« Remy deutete auf den Leichnam. »Er hat wegen schwerer Körperverletzung sieben Jahre in Telfair abgesessen. War seit elf Monaten draußen und arbeitslos.«

Ich streckte eine behandschuhte Hand aus und schnappte mir den Ziegel aus Gras. Er wog ungefähr ein halbes Kilo. »Sieht aus, als sei er freiberuflich unterwegs gewesen«, sagte ich. »Wie hoch würdest du den Straßenverkaufswert schätzen, Rem? Zwei Riesen?«

Remy griff sich das Ding. »Eher so was wie drei-fünf.« Sie zog eine Augenbraue in die Höhe. »Aber wer auch immer ihn umgebracht hat – sie haben's nicht mitgenommen.«

Ich wandte mich an Sarah. »Können Sie schon den ungefähren Todeszeitpunkt bestimmen?«

Das blonde Haar der Gerichtsmedizinerin war mit einem violetten Haargummi zurückgebunden, doch ein paar Strähnen hingen ihr ins Gesicht. »Der Tod ist vor vier bis sechs Stunden eingetreten, würde ich sagen.«

»Zwischen zwei und vier Uhr morgens also.« Remy tippte auf ihrem iPad herum.

Ich überlegte einen Moment lang, um wie viel Uhr ich letzte Nacht von hier verschwunden war. Musste gegen halb drei gewesen sein.

»Wer hat die Sache gemeldet?«, fragte ich.

»Corinne Stables«, antwortete Remy und präsentierte ein Foto. »Sie ist Virgils Freundin.«

Ich starrte auf das iPad. Corinne war Crimsons richtiger Name. Was Crimson zu ihrem Künstlernamen machte.

»Ist sie hier?«, fragte ich.

»Ziemlich schlimm zugerichtet«, sagte Remy. »Anscheinend hat Virgil sie misshandelt. Dann hat jemand ihn misshandelt.«

Mein Abbild krümmte sich über den goldenen Venen eines verwitterten Spiegels an der gegenüberliegenden Wand. War Corinne zurückgekommen, nachdem ich abgehauen war, und hatte sie ihrem Freund den Rest gegeben? Oder war ich länger geblieben, als ich in Erinnerung hatte?

Streifenpolizist Gattling stand im Türrahmen. »Sie ist draußen im Wagen, aber sie hat bereits nach einem Anwalt gefragt, P.T.«

Großer Gott! Corinne war direkt da draußen?

»Und Rowe?« Ich warf der Gerichtsmedizinerin einen Blick zu. »Was wissen wir über seine Verletzungen?«

»Er hat eine gebrochene Nase. Einige angeknackste Rippen.« Sarah ging um die Couch herum auf die Rückseite. »Und dann ist da noch das hier.« Sie wies auf seinen Nacken. »Seine Halswirbel C5 und C6 sind gebrochen. Wenn ich ihn auf dem Tisch habe, werde ich mehr wissen, aber meiner Vermutung nach hat ihn jemand erwürgt.«

»Also zwei Täter?«, sagte ich. »Einer schlägt ihn von vorne zusammen, der andere hält ihn von hinten?«

Sarah zuckte die Achseln. »Könnte ohne Weiteres auch ein einzelner Typ gewesen sein. Hat ihm die Nase und ein paar Rippen gebrochen. Und sobald Rowe bewusstlos war, ging er um die Couch herum hierher und vollendete sein Werk.«

Die Spitze eines gelben Feuerzeugs lugte unter dem Sofatisch hervor. Es war dasselbe, mit dem ich vor fünf Stunden das Brikett entflammt hatte.

Auf diesem Feuerzeug sind deine Fingerabdrücke.

»Hat die Streife das Schlafzimmer durchsucht?«, fragte ich.

»Sie haben es flüchtig überprüft«, gab Remy zurück. Als sie sich Richtung Schlafzimmer umwandte, schob ich das Feuerzeug mit der Spitze meines Slippers unter den Tisch zurück.

Ich betrat mit Remy zusammen das Schlafzimmer, und mir fiel auf, dass Corinne ein bisschen aufgeräumt hatte.

»Miss Stables hat die ganze Nacht im Haus einer Freundin verbracht«, las Remy aus den Protokollen der Streife vor. »Kam gegen sieben nach Hause und fand ihren Freund in diesem Zustand vor. Wählte um drei Minuten nach sieben Uhr morgens die 911.«

Vom Schlafzimmer aus sah ich Alvin Gerbin, unseren Kriminaltechniker, durch die Haustür kommen. Gerbin ist ein großer Kerl, rotgesichtig, aus Texas. Für gewöhnlich kann man seine Stimme schon eine volle Minute lang hören, bevor er irgendwo auf der Bildfläche erscheint.

Gerbin ließ sich in den Sessel plumpsen, in dem ich fünf Stunden zuvor gesessen hatte. Er trug eine Khakihose und ein billiges Hawaiihemd. »Wenn Sie fertig sind«, meinte er zur Gerichtsmedizinerin, »schwinge ich meinen digitalen Pinsel, bis ich jeden verdammten Fingerabdruck in diesem Drecksloch habe. Und genau hier in der Mitte fange ich an.«

Ich trat durch den Nebeneingang auf die Einfahrt.

»Was ist los?«, fragte Remy.

Ich warf einen flüchtigen Blick zum Haus zurück. Die Flasche Jack von letzter Nacht war weg. Jemand war gekommen, nachdem ich mich verabschiedet hatte. Hatte Virgil umgebracht. Dann den Whiskey mitgenommen, aber nicht das Gras.

»Eine Menge ist los«, sagte ich. Ich ging ein paar Schritte Richtung Straße die Einfahrt hinab. Stand dort eine volle Minute lang. Corinne kauerte im Heck eines Streifenwagens. Ihr Körper wirkte in dem Schlitten sehr klein.

»Boss«, rief Remy, und ich drehte mich um.

Meine Partnerin hatte den anderen Weg genommen, der die Einfahrt hinaufführte, das Garagentor aufgeschwungen und war in Hockstellung dabei, sich neue Handschuhe überzustreifen.

Ich musste Remy dringend von der Stripperin erzählen. Bevor ich zu tief drinsteckte.

»Wir müssen reden«, sagte ich und ging rüber zu ihr.

Doch als ich näher kam, stieg mir der beißende Gestank von Benzin in die Nüstern. Genau hinter der Schwelle standen aufgereiht neun Zwanzig-Liter-Kanister mit Sprit.

»Fünf davon sind voll«, erklärte Remy. »In den anderen ist kein Tropfen mehr.« Sie sah sich um. »Kein Rasenmäher. Kein Benzingenerator. Hier gibt's nichts, was mit Benzin läuft.«

Hinter den Spritkannen befanden sich drei Flaschen Terpentin. Ein paar weitere mit Kerosin. Und sechs Dosen Butangas, genauso groß wie Sprühfarbdosen.

Remy nahm eine der Butandosen an sich und schüttelte sie, woraufhin ich erkennen konnte, dass sie leer war. »Hast du dieses Wochenende die Nachrichten verfolgt?«

»Mein Fernseher ist im Eimer«, sagte ich. Was rein technisch der Wahrheit entsprach. Als Reaktion auf eine Polizeiarbeit nachspielende Reality-TV-Show, die mich an den Tod meiner Frau erinnerte, hatte ich meinen Fuß hineingewuchtet.

Ich deutete die Auffahrt runter. »Ich kenne sie.«

»Gestern gab es einen Fall von Brandstiftung an der State 903«, fuhr Remy fort. »Ein mit Gas gelegtes Feuer plus Butan als Brandbeschleuniger. Zweieinhalb Hektar Land sind verkohlt.«

Ich hatte von diesem Feuer gelesen. Der *Mason Falls*

Register hatte auf dem Lokus im *Landing Patch* ausgelegen, und ich hatte die Zeitung nach den Topmeldungen durchgeblättert. Brand auf einer Farm in der Nähe. Vermisstes Kind. Gestohlene Walmart-Lieferung von Elektrogeräten.

Doch Remy klebte noch immer an dem, was ich gesagt hatte.

»Wer sie?«, fragte Remy. »Du kennst die Stripperin?«

Ich versuchte, Zeit zu schinden. Nachzudenken.

Ich erinnerte mich daran, Virgil Rowe zweimal geschlagen zu haben. Aber danach an nichts mehr, bis Remy vor einer Stunde anrief. Als ich aufwachte, waren mein T-Shirt und mein Flanellhemd verschwunden. Ebenso die Flasche mit Jack Daniel's von Virgil Rowe.

Nach wem klingt das wohl?, erklang Purvis' Stimme in meinem Kopf.

Mir war klar, was meine Bulldogge damit andeutete. Einen Typen, der Fusel mochte, aber kein Marihuana anrühren würde. Und dass ich möglicherweise länger geblieben war, als meine Erinnerung mir weismachte. Außerdem Virgil zu Tode würgte, während ich seinen Tennessee-Whiskey pichelte.

»P.T.«, sagte Remy, »ist dir Corinne Stables bekannt?«

»Nein, aber die Gerichtsmedizinerin«, sagte ich und deutete zum Haus. »Sarah wollte sich vor zwei Wochen mit mir verabreden. Ich wollte Peinlichkeiten vermeiden ... falls du es nicht wusstest.«

Remy neigte den Kopf. Die Andeutung eines Lächelns.

»Du gehst mit der Gerichtsmedizinerin aus?«

Ich fühlte mich leicht benommen und brauchte was zu essen. »Ich war noch nicht bereit«, sagte ich.

Meine Partnerin nickte mit gerunzelter Stirn. Offenkundig irritiert, warum zum Teufel ich das Thema überhaupt angeschnitten hatte.

»Dieser tote Kerl könnte unser Brandstifter sein, P.T.«

Remy klopfte gegen einen der leeren Kanister. »Vielleicht sind noch andere darin verwickelt ... und einer von denen wollte ihn nach dem Feuer zum Schweigen bringen? Sie sind hierhergekommen. Haben kein Feuer, sondern ihn erstickt.«

In meinem Schädel herrschte Chaos. »Keine Ahnung«, sagte ich.

»Ich denke nur laut.« Remy erhob sich, und ihre Stimme klang urplötzlich unsicher. »Du hast mir beigebracht, immer eine Theorie zum Ablauf des Verbrechens parat zu haben. Und offen dafür zu sein, sie zu korrigieren.«

»Nein, das sind gute Überlegungen«, erwiderte ich. Ich entdeckte einen Mülleimer neben der Garage und spazierte rüber zu ihm. Dabei dachte ich an die Flasche Jack und mein verloren gegangenes T-Shirt.

Reiß dich zusammen, P.T. Dein Shirt ist nicht in diesem Müll. Du hast diesen Wichser nicht umgebracht.

Ich klappte den Mülleimerdeckel hoch, und Purvis lag richtig. Weder ein T-Shirt noch ein Flanellhemd befand sich darin. Und auch keine Whiskeypulle.

»Was denkst du?«, fragte Remy.

»Ich versuche all diese Details miteinander zu verknüpfen«, sagte ich. »Du hast seine Tätowierung gesehen, oder?«

Ich zog mir die Handschuhe aus, schmiss sie in die Abfalltonne und begab mich wieder auf den Weg ins Haus.

»Neonazi«, sagte sie. »Ja, klar.«

»Und der Gras-Ziegel«, sagte ich. »Seine Mörder, wer immer sie sein mögen – sie haben das Ding nicht mitgenommen?«

Ich stapfte mit Remy an den Hacken ins Wohnzimmer.

»Tja«, sagte sie. »Bin noch nicht ganz schlau daraus geworden, welchen Sinn das machen soll.«

Ich ließ mich auf dem Stuhl neben Kriminaltechniker Gerbin nieder.

»Alles klar bei dir?«, meinte er. »Du siehst schlecht aus.«

»Mir geht's auch nicht besonders gut«, gab ich zurück. Ich stützte die Ellbogen auf meine Knie, ließ den Kopf hängen und zählte bis drei. Dann langte ich nach unten und griff mir das Feuerzeug. Legte es auf den Tisch. Mit den Händen hielt ich mich an der Couchtischkante fest, direkt neben Gerbin, und wartete.

»Boss«, sagte Remy, »deine Handschuhe!«

Gerbin glotzte mich an.

»Scheiße«, sagte ich. »Ich hab sie draußen ausgezogen. Mir war ein bisschen schwindelig, und ich musste mich hinsetzen.«

Gerbin erstellte eine vollständige Liste. »Du hast den Lichtschalter berührt, die Tischplatte, die Stuhllehnen. Wahrscheinlich den Knauf der Nebentür.«

Ich dachte an sämtliche Flächen und Bereiche, mit denen ich letzte Nacht in Kontakt gekommen war.

»Tut mir leid«, erklärte ich Gerbin.

»Alvin kann Ihre Fingerabdrücke ausschließen, Detective.« Das kam von Sarah, der Gerichtsmedizinerin.

Remy überreichte mir frische Handschuhe, und ich zog sie über.

»Lassen Sie sich ein bisschen kühlen Wind ins Gesicht wehen, Detective«, sagte Sarah. »Setzen Sie sich in einen Streifenwagen. Drehen Sie die Klimaanlage voll auf.«

Ich betrachtete das Gras-Brikett. Dachte an Corinne.

»Ich bin vor der Tür«, sagte ich.

Ich ging zur Tür raus und die Einfahrt runter, dorthin, wo die Streife stand. Remy war verwirrt. War sich unschlüssig, ob sie mir nun folgen sollte oder nicht.

»Wühl jede einzelne Schublade durch, Rem«, bat ich meine Partnerin. »Finde für uns irgendwas über dieses Mädchen heraus.«

Remy nickte, und ich wandte mich dem Beamten beim Streifenwagen zu. »Verdünnisier dich mal, Kumpel.« Ich nahm auf dem Beifahrersitz Platz.

Corinne Stables saß auf der Rückbank, die Hände in Handschellen vor sich. So lautete in Situationen häuslicher Gewalt das Protokoll.

Bei Tageslicht waren ihre Blutergüsse schlimmer als nachts. Unter dem dezenten Make-up konnte ich einen violetten Fleck über ihrem rechten Auge erkennen. Sie roch nach einer Mischung aus Chanel No 5 und Vaseline.

»Ich hoffe, Sie erwarten nicht von mir, dass ich mich bei Ihnen bedanke.« Corinne bedachte mich mit einem wütenden Blick.

Mit derlei konnte man auf verschiedene Art umgehen, aber keine davon war gut.

»Ich habe deinem Mann das nicht angetan«, sagte ich. »Wir haben uns bloß unterhalten.«

»Tja, ich war's auch nicht«, sagte Corinne. »Wenn Sie mir hier hinten also keine Gesellschaft leisten wollen, befreien Sie mich besser von diesen Handschellen.«

Ich wechselte meine Blickrichtung nach stur geradeaus. Kommunizierte durch den Rückspiegel mit Corinne.

»Wie lange wohnen Sie schon hier, Corinne?«, fragte ich.

»Zwei Jahre.«

»Steht Ihr oder sein Name im Mietvertrag?«

»Unsere beiden«, antwortete Corinne, offenbar unsicher, worauf ich damit hinauswollte.

Ich hielt einen Augenblick lang inne. Biss mir auf die Unterlippe.

Was für ein nutzloser Hohlkopf, dachte ich. Und damit meinte ich nicht sie, sondern mich. Ich hätte einen Termin beim Narrendoktor machen sollen, als ich mir einbildete, ich könne diesem Mädchen helfen. Sie hatte mir eine traurige Geschichte aufgetischt, während ich vor einem Striplokal eine rauchte. Unterdessen liebte sie ihr Rassistenarschloch von Proleten-Freund und unterzeichnete einen Mietvertrag mit ihm?

»Ist Ihnen bekannt, welche juristischen Folgen der Besitz einer verkaufsträchtigen Menge Marihuana im Staate Georgia nach sich zieht? Wenn ein Brocken dieser Größe in Ihrem Haus gefunden wird?«

»Das Zeug gehört mir nicht«, sagte Corinne.

»Das spielt keine Rolle«, sagte ich. »Eine solche Masse Gras dient nicht dem Eigengebrauch, sondern soll möglichst effizient verkauft werden. Das wird als schwere Straftat geahndet. Minimum ein Jahr. Maximal zehn Jahre. Fünftausend Dollar Bußgeld.«

»Scheiße«, sagte sie.

»In der Tat. Scheiße.« Ich wies zum Haus. »Wem gehört die Bude?«

»Einem Typen zwei Blocks weiter«, sagte sie. »Randall Moon. Rotes Eckhaus.«

»Ich werde mich mit ihm unterhalten«, sagte ich. »Ihn um die Vorlage des Mietvertrags für dieses Gebäude bitten.«

Corinne nahm das zur Kenntnis.

»Ist er ein schlauer Kerl, Corinne? Kennt er sich aus?«

»Ja.«

»Weil ich ihm nämlich sagen werde, dass man seinen Grundbesitz als Drogenumschlagplatz betrachten wird, falls er mir einen Mietvertrag mit Ihrem Namen darauf präsentiert. Während des Prozesses wird sein Haus ein ganzes Jahr lang verriegelt. Was bedeutet, dass seine Mieteinnahmen ausbleiben.«

»Und was ist, wenn nur Virgils Name auf dem Vertrag steht?«, fragte Corinne.

»Na ja, Virgil ist hier nicht anwesend, um das in Abrede zu stellen, was heißt, dass Sie ein Übernachtungsgast waren. Außerdem wären Sie dann nicht länger eine Drogenhändlerin unterwegs ins Gefängnis. Sie wissen, was man im Swainsboro-Frauenknast mit hübschen jungen Dingern wie Ihnen anstellt?«

»Was wollen Sie?«, fragte Corinne.

»Sie haben mich nie getroffen.«

»Ist mir ein Vergnügen«, sagte sie.

»Und verlassen Sie die Stadt«, sagte ich. »Wenn Sie von irgendwoher stammen, kehren Sie dorthin zurück. Wenn Sie von hier sind, ist es an der Zeit zu gehen.«

Ihre braunen Augen waren die ganze Zeit an meine geheftet. Nach wie vor unschlüssig. *Habe ich es getan? Habe ich ihn ermordet?*

»Möchten Sie eine Frage stellen?«, wollte ich wissen.

Sie zögerte. »Ihnen? Warum sollte ich Sie irgendwas fragen wollen? Sie sind bloß irgendein unbedeutender Bulle. Ich kenne Sie nicht.«

»Gut«, sagte ich und stieg aus dem Wagen.

4 Remy steuerte ihren Sportwagen in einer als Harmony bekannten Gegend, ungefähr zwanzig Meilen vom Stadtzentrum von Mason Falls entfernt, an den Seitenstreifen der State Route 903.

Eine Stunde war vergangen, und wir hatten sämtliche Beweisstücke eingetütet und das Haus verlassen, in dem Virgil Rowe getötet worden war.

Vor einem Tag noch war dies ein hinreißendes Stück Land gewesen. Mit direkt am Straßenrand wachsendem indianischen Hanf und lauter frischem Grün. Und Geißblatt. Du hast noch nicht gelebt, wenn du deine Kindheit nicht im Süden verbracht hast und dir Geißblattnektar in den Mund tröpfeln ließest.

Wir starrten durch Remys offenes Fenster. Die zwei- bis dreieinhalb Hektar zwischen dem Highway und der nahe gelegenen Farm hatten sich durch das Feuer vom Wochenende in eine Höllenlandschaft aus Schwärze verwandelt.

Remy hatte darauf bestanden, hier raus zu fahren, während wir darauf warteten, dass die Gerichtsmedizinerin unseren toten Neonazi abfertigte. Sie hatte irgendwie das Gefühl, Virgil Rowes Tod und die Benzinkanister stünden eventuell mit diesem Brand in Verbindung. Ich wollte sie unterstützen, war aber gleichzeitig ihr Mentor. Ich wurde dafür bezahlt, an den von ihr getroffenen Entscheidungen herumzunörgeln.

»Du bist hier draußen aufgewachsen, stimmt's?«, fragte ich.

»Zwei Meilen in dieser Richtung.« Remy machte eine entsprechende Geste.

Die verbrannte Fläche des Feldes wies ein seltsames Muster auf. Teile des Ackers waren bis auf die Erde abgefackelt. In anderen Bereichen stand das Unkraut nach wie vor bis zu einem Meter hoch, die Halme an der Spitze nur leicht schwarz bestäubt.

»Dann sag mal, was du denkst«, sagte ich.

Remy kaute auf ihrer Lippe herum. Wir saßen noch immer im Auto. »Tja, Rowe ist offensichtlich ein Rechtsextremer, und die meisten Leute in Harmony sind schwarz«, sagte sie. »Die Besitzer dieser Farm sind weiß und beschäftigen Ortsansässige. Vielleicht hat Rowe beschlossen, das nicht gut zu finden.«

Ein Streifen gelbes Absperrband zog sich von einem Pinienzaun westwärts, ungefähr hundert Meter den Highway runter. Hier und da flatterte das Band schlaff im Wind.

»Okay«, sagte ich. Das war ein Anfang.

Remy stieg aus ihrem Alfa und ging ein paar Meter näher an das Feld heran. »Was, wenn wir dieselbe Marke Butangas hier draußen finden würden?«, fragte sie.

»Würde nicht schaden«, sagte ich und kletterte meinerseits aus dem Wagen. »Aber eine Schwalbe macht noch keinen Sommer.«

Remy streckte den Zeigefinger vor. »Weil da drüben irgendwas Metallisches leuchtet.«

Ich zögerte und erläuterte Remy, der Tatort gehöre den beiden anderen Detectives der Stadt. Kaplan und Berry. Ich hätte auch nicht gewollt, dass sie auf unserer Bühne herumlatschen.

»Der Weg dauert zweiunddreißig Sekunden, P. T.«, gab Remy zurück und übergab mir ein Paar Handschuhe.

Ich nickte, und Remy schlüpfte unter dem Absperrband hindurch. Ich sog die Luft ein. »Riecht komisch.«

»Komisch inwiefern?«, sagte sie, während sie vorausging.

»Nach Schweißfuß.«

»Fünf Stunden Regen gestern, darf ich dir Kuhscheiße vorstellen?«, sagte sie. »Kuhscheiße, das hier sind fünf Stunden Regen.«

Ich wandte mich nach rechts, folgte dem Gestank.

Der Boden wurde weniger verbrannte Erde und mehr Unkraut. Dicht gewachsene Kudzubohnen reichten mir bis zu den Knien.

»Hier liegt nur eine alte Limodose«, rief Remy.

Wir hatten uns gute zwanzig Meter auseinanderbewegt, und in der Nähe einer hohen Weihrauchkiefer verlangsamte ich meinen Gang.

Drei Schritte weiter sah ich, was ich gerochen hatte.

Knappe zwei Meter vom Fuß des Baumes entfernt lag, halb in einem Haufen verkohlter Äste begraben, eine Leiche.

Ich konnte erkennen, dass es ein Kind war, allerdings war der Körper dank des Feuers schwarz vor Ruß. Als ich näher heranging, sah ich die dunkel schillernde Farbe, zu der Brust und Hände verbrannt waren. Der Kopf war schwer verunstaltet.

Mein Blick wanderte über den Leib des Opfers und verharrte an einer Stelle unverbrannter Haut entlang des von Zweigen bedeckten rechten Beines.

Ein schwarzer Junge.

Ich blinzelte und trat näher heran.

In der Ferne lärmte ein Mähdrescher, doch abgesehen davon, war es totenstill.

»Verdammt«, sagte ich.

»Was ist los?«, schrie Remy.

Mein Augenmerk richtete sich auf ein dickes Stück Nylonstrick, das, dunkelbraun versengt, um den Hals des Jungen geschlungen war.

Ein schwarzer Junge.

Gelyncht.

Ich fuhr mir mit der Hand durchs Haar. Schluckte.

Ich schaute den Stamm der Weihrauchkiefer bis zu einem hoch gelegenen Ast hinauf, der eindeutig abgebrochen war. Die herabfallenden Blätter und Zweige hatten offenbar dafür gesorgt, dass der Junge zuvor unentdeckt geblieben war.

»Mein Gott«, sagte Remy. Sie stand jetzt neben mir und hatte die Hand vor den Mund geschlagen. »Meine Granny hat mir von solchen Sachen erzählt, aber ...«

Ich betrachtete das Gesicht des Jungen. Das Feuer hatte

seine linke Wange nur geschwärzt, auf der rechten Seite war das Fleisch um seinen Mund jedoch weggebrannt und der metallene Draht einer Zahnspange freigelegt worden.

»Muss dreizehn oder vierzehn sein«, sagte ich.

Hinter mir begann Remy zu würgen.

Ich dachte an meinen eigenen Sohn. Meinen geliebten Jonas. Er hatte nie jemandem etwas zuleide getan und war mir weggenommen worden.

Durch die verkohlten Zweige, die die Beine des Opfers bedeckten, sah ich die vom Feuer unversehrten Shorts des Jungen. Ich starrte auf einen Flecken unverbrannter Haut unterhalb seines rechten Knies. »Sein Schienbein und sein Knie.« Ich zeigte darauf. »Sie sind unverletzt.«

Remy spuckte irgendetwas aus. »Das ist schräg, oder?«

Eigentlich eher unmöglich, sagte Purvis.

Ich ließ meinen Blick in die Runde schweifen. Oben auf dem Hügel säumten Reihen von Pekannussbäumen den Horizont, der Boden, auf dem wir standen, war allerdings nicht bepflanzt. Warum war kein weiteres Land verbrannt? Hatte die Feuerwehr so schnell gelöscht?

»Was ist los?«, fragte Remy.

»Als ich ein Frischling war, hat ein Bulle hier in der Gegend einen alten Mann erschossen«, erklärte ich. »Die Stadt vertuschte die Sache. Wurde verklagt.«

»Daran erinnere ich mich«, sagte Remy. »Ich war auf der Highschool.«

Elektrozäune summten in der Ferne und flüsterten irgendeine fremde Sprache in den Wind. Der Regen hatte aufgehört, und ich senkte den Blick. Meine Hände zitterten.

Was, wenn Virgil Rowe für das hier verantwortlich war? Ein unschuldiges Kind getötet hatte?

Was, wenn Rowe der einzige Mensch war, der ein Motiv dafür gehabt hatte, diesen Jungen inmitten des Feuers zu hängen?

Und was, wenn ich Rowe zu Tode gewürgt hatte?

5 Als der Junge aufwachte, steckte ein Lappen in seinem Mund. Er spuckte ihn aus, und sein Blick huschte nach links und rechts.

Er lag auf dem Bauch in der Finsternis, und der Boden um ihn herum war mit Schlammwasser bedeckt.

Er konnte das Minzearoma von Kautabak riechen.

»Wer ist da?«, schrie der Junge.

Dann flutete der Schmerz über ihn hinweg. Sein rechter Arm stand in Flammen.

Dann spürte er Druck auch am linken Arm, als würden beide Arme von einem Seil in seinem Rücken nach hinten gezogen.

An seinen Händen wurde noch heftiger gezerrt, und er fühlte, wie seine Wirbelsäule sich bog und der Schmerz anschwoll.

Das Echo eines Knackens hallte von den Wänden um ihn herum wider, und die zerrissenen Muskeln in seinen Ellbogen ließen seine Arme unnatürlich schlottern, als wären sie aus Gelee.

Blendend heißes Weiß blitzte hinter seinen Augen auf, und der Junge heulte vor Qual.

Er schrie, konnte jedoch seine eigenen Worte nicht verstehen.

Und irgendwo im Dunkel lachte leise ein Mann.

6

Mir kam ein Gedanke, als ich auf dem Feld stand.

Gestern war ein Junge als vermisst gemeldet worden, und die Meldung war über die Medien rausgegeben worden. Ich hatte es in der Zeitung im *Landing Patch* gelesen, aber auch in einem Polizeibericht, den ich auf dem Handy überflogen hatte, als Remy am Morgen angefahren kam.

»Kendrick Webster«, sagte Remy und starrte auf ihr Smartphone.

Ich betrachtete das Vermisstenfoto. Kendrick war hübsch, mit karamellfarbener Haut und kurzem Afro.

»Glaubst du, er ist es?«, fragte Remy.

Ich zuckte mit den Schultern. Der Zustand des Leichnams machte es unmöglich, das mit Bestimmtheit zu sagen.

Mein erster Anruf galt Polizeichef Miles Dooger, meinem Boss. Ich berichtete ihm, wie wir über die Leiche gestolpert waren.

»Wie alt ist er?«

»Wenn's der vermisste Junge ist«, sagte ich, »fünfzehn.«

»Herr-gott«, sagte Miles, dessen Stimme und Tonfall mir nach jahrelanger Zusammenarbeit zutiefst vertraut waren. Der Chief hatte mich am Anfang meiner Karriere im Dezernat als Mentor betreut, und wir standen einander sehr nahe. »Die Medien werden uns zum Frühstück, Lunch, Abendbrot und Nachtisch fressen, P.T.«

Miles bat mich, die Ermittlungen bezüglich der Brandstiftung zu übernehmen, welche inzwischen auf Tötung durch Verbrennen hinauslief. Er wollte die Nachricht den Detectives Kaplan und Berry überbringen, damit diese rausfahren und uns mit sämtlichen Hintergrundinformationen, Fakten und Vermutungen versorgen konnten, die sie bislang zu dem Brand gesammelt hatten.

Remy und ich gingen die Kieseinfahrt zum Haupthaus der Harmony-Farm hinauf und stellten uns Tripp Unger vor, dem der ganze Laden gehörte.

Unger war ein Weißer in seinen Sechzigern, dessen rotbraunes Haar der Farbe von ausgetrocknetem Pampasgras glich. Er hatte die Statur eines Langstreckenläufers und trug verschlissene Jeans sowie ein grünes T-Shirt mit John-Deere-Logo.

Wir erklärten ihm, was wir gefunden hatten, verschwiegen allerdings dabei den Strick um den Hals des Jungen. Der Farmer senkte den Kopf.

»Ich verstehe das nicht«, sagte er. »Gestern waren den ganzen Tag Polizisten und Feuerwehrleute da draußen und haben alles gründlich umgegraben. Sie haben diesen Jungen tatsächlich übersehen?«

»Wir gehen noch immer die Einzelheiten durch«, sagte ich und zog Kendricks Vermisstenfoto hervor. »Kommt Ihnen dieser Junge bekannt vor?«

Unger schüttelte den Kopf. »Ist er das?«

»Das wissen wir noch nicht«, antwortete Remy.

Ich warf einen kurzen Blick über die Schulter, um zu prüfen, welche Aussicht man vom Farmhaus auf die Stelle hatte, an der die Leiche des Opfers lag. Ungers Heimstatt lag auf einer Anhöhe und überragte damit den Großteil des umliegenden Landes. Ich konnte Remys Sportwagen unten an der Straße erkennen – von hier oben ein Spielzeugauto.

»Waren Sie derjenige, der den Brand gemeldet hat?«, fragte ich.

»Nein«, sagte Unger. »Meine Frau und ich haben den Morgengottesdienst in Sediment Rock besucht. Irgendwer anders hat die 911 gewählt.«

Sediment Rock lag dreißig Minuten östlich am Rande eines Naturschutzgebietes. Dort hatten die Berge atemberaubende Quarzmonzonit-Gipfel, auf denen die Kirchengemeinden ihre Gottesdienste feierten.

»Entspricht das Ihrer sonntäglichen Routine?«, fragte Remy. »Sind Sie jede Woche um die gleiche Zeit unterwegs?«

Als der Farmer nickte, ließ ich meinen Blick den Hügel hinunterwandern. Wir mussten unbedingt am Tatort sein, wenn die Streifenpolizisten eintrafen, um den Bereich abzuriegeln. Bevor alles aus dem Ruder lief.

»Und um welche Kirche handelt es sich?«, fragte Remy.

»Die Kirche zum Erstgeborenen Sohn Gottes.«

»Mir ist etwas aufgefallen, Mr Unger.« Ich deutete den Abhang hinab. »Das verbrannte Land endet da unten in einer Art Sackgasse – noch dazu unbebaut. Wird das Feuer sich auf Ihr Tagesgeschäft auswirken?«

»Wahrscheinlich nicht«, sagte Unger. »Wir können es uns kaum leisten, auch nur die Hälfte dieses Bodens zu bewirtschaften.«

Wir bedankten uns bei ihm und baten ihn, nicht mit irgendwelchen Medienvertretern zu sprechen.

Während wir den Hügel wieder hinunterwanderten, erhellte das Zucken eines Blitzes den Acker und rahmte eine nahe gelegene, gewaltig aufragende Virginia-Eiche. Der Baum war an einem Dutzend Stellen von Louisianamoos befleckt, dessen Feenhaar-Flechten wie eine Geisterfamilie im Morgenlicht schwankten. Ein Baum wie dieser so tief im Landesinneren war ein ungewöhnlicher Anblick. Weit weg von Orten wie Savannah, wo er häufig vorkam.

Einen Augenblick später blitzte es abermals, doch dieses Mal schlug es gleichzeitig an sechs oder sieben Stellen im Boden ein. Elektrische Spannung wogte über das Land und kroch mir durch die Knochen. Das Kribbeln breitete sich bis in meine Fingerspitzen aus, und ein komisches Summen ließ meinen Leib vibrieren.

»Hast du das auch gespürt?«, fragte ich Remy.

Aber sie gab keine Antwort. Sie schaute in die andere Richtung. Einem Streifenwagen hinterher, der ungefähr eine Meile entfernt wie eine gesengte Sau über die 903 raste. Zwei weitere Wagen folgten ihm.

Wir kehrten zu der Stelle nahe der Straße zurück, und ich ging neben der Leiche des Jungen in die Hocke.

»Würdest du bitte ein paar Aufnahmen hiervon machen, Rem?« Ich deutete auf den Strick um den Hals des Opfers. »Ordentliche, die für die Beweisaufnahme taugen.«

Remy zog ihr Smartphone hervor und fing an, Fotos zu schießen. Ich folgte ihrem Beispiel mit meinem eigenen Handy.

»In fünf Minuten werden dreißig Cops hier draußen sein«, sagte ich.

Remy neigte fragend den Kopf. Sie schien unsicher, worauf ich hinauswollte.

»Ich nehme den Strick ab«, sagte ich. »Zu viele Leute. Snapchat? Twitter? Bis spätestens Sonnenuntergang wäre die halbe Stadt in Aufruhr.«

»Ich glaube, ich weiß, welche Hälfte«, sagte sie.

Ich zog das Seil hinter dem verunstalteten Kopf des Jungen hervor, woraufhin Remy es eintütete und das Beweismaterial zu ihrem Wagen hinübertrug.

»Das wird richtig übel, oder?«, fragte sie, als sie zurückkam. »Dieser Fall, meine ich?«

»Nein«, log ich.

7

Um 12 Uhr mittags wimmelte Harmony Farms von Bullen. Eine regelrechte Großversammlung der Kombination blaue Uniform und miese Krawatte. Was keinesfalls mich einschloss und schon gar nicht Remy, die man jederzeit fürs Titelbild der *Southern Cop Weekly* hätte ablichten können. Ich konnte die Ausgabe des nächsten Monats schon vor mir sehen – Remy und ich, mit verpeiltem Ausdruck in der Visage, weil ich mich ernsthaft fragte, ob ich den Mörder ermordet hatte.

»Ihr habt also keinen Gedanken daran verschwendet, uns Bescheid zu geben?« Detective Abe Kaplan blickte Remy sauer an. »Bevor ihr wie Trampeltiere auf unserem Tatort herumgelaufen seid?«

Abe ist ein Typ, der ziemlich merkwürdig aussieht. Eins fünfundachtzig und krauses Haar, das stellenweise nicht so wächst, wie es sollte. Zur Hälfte ist er schwarz und zur anderen Hälfte russischer Jude. Diese Kombination ergibt eine nachdrückliche Warnung an die Adresse unterdurchschnittlich attraktiver Leutchen beider Ethnien, sich um Himmels willen nicht länger in schlecht beleuchteten Bars zu verabreden.

Ich trat zwischen ihn und Remy. Vor zwei Jahren war ich Abes Partner, und er konnte in einem leeren Haus einen Streit anfangen.

»Dooger hat das bereits mit dir besprochen, also spar dir das Theater, Abe.«

»Schön, und was zum Geier machen wir dann hier?«, fragte Merle Berry. Merle ist Abes gegenwärtiger Partner. Er ist ein korpulenter Kerl mit gewaltiger Plauze und grauen Haaren, die atompilzweiß über seinen Ohren sprießen. Merle spricht mit dem Akzent eines Georgia-Hinterwäldlers. Diesen näselnden Tonfall habe ich in meiner Kindheit wesentlich häufiger vernommen als heutzutage.

»Wir brauchen Einzelheiten bezüglich des Feuers«, sagte ich. »Wer hat es gemeldet? Wann? Und mit wem habt ihr Jungs denn schon so gesprochen?«

Berry zog sich mit einer Hand am Gürtel die Hose hoch. »Ein Sprühflugzeug gab die Meldung durch«, sagte er. »Der alte Zausel, der es flog, sah den Brand am Sonntagmorgen gegen halb sechs lodern. Der Farmer hier war zum Gottesdienst verschwunden.«

»Habt ihr den Piloten schon vernommen?«, fragte Remy.

»Nö«, gab Berry zurück.

Berry war ein Mann alter Schule, und Remy mochte ihn unbeabsichtigterweise gereizt haben. Ich schaltete mich also ein.

»Was hältst du vom Farmer, Merle?«, fragte ich. »Remy und ich haben uns kurz mit ihm unterhalten, aber was habt ihr rausgekriegt?«

»Die Zeiten sind hart, und er hat dieses Stück Land sowieso nicht bestellt«, sagte Merle.

»Er schien nicht allzu geknickt wegen der Sache«, ergänzte Abe.

Über das verbrannte Feld hinweg sah ich Sarah Raines, die Gerichtsmedizinerin, mit in die Hüften gestemmten Händen. Sie trug einen frischen blauen Einweg-Overall; aufgrund des Nieselregens hatte sie die Hosenbeine in schwarze Gummistiefel gestopft.

»Abe und ich werden sämtliche offenen Punkte notieren, die Liste zu unserer Fallakte legen und euch Letztere bis drei Uhr auf den Schreibtisch. Wie klingt das?«, sagte Berry.

»Großartig«, erwiderte ich.

Eine Menschenmenge begann sich zu versammeln. Ein paar von den Leuten waren wahrscheinlich Farmangestellte, die sich verspätet hatten. Andere wiederum schätzte ich als Bürger von Harmony ein. So viele Bullen in ihrem Viertel bedeuteten selten etwas Gutes, und zu oft bedeutete es, dass wir Mist gebaut hatten.

Mein Blick wanderte zu Sarah zurück. Ich verschaffte ihr genug Freiraum, um das Opfer untersuchen zu können. Ich hatte Chief Dooger und ihr von dem Strick erzählt, aber sonst niemandem.

Ich trat auf sie zu. Als ich mich näherte, bemerkte ich, dass winzige grüne Kristalle in den Dreck unmittelbar neben der Kiefer eingetrocknet waren. Sie schimmerten wie goldene Körner in Strandsand, und ich schoss ein Foto mit meinem Smartphone.

»Doc«, sagte ich, »schon eine Ahnung, was die Todesursache angeht?«

Sarah sah sich um, ob irgendwer in Hörweite war. »Wenn ich ihn auf dem Tisch habe, kann ich mir seinen Hals anschauen und prüfen, was in seiner Lunge ist. Mich vergewissern, ob das Hängen ihn vor dem Feuer umgebracht hat. Ob er am Leben war, als sie ihn aufgeknüpft haben.«

Sarah hatte das Baumgeäst vom Unterkörper des Jungen entfernt, sodass sich mir ein genauerer Blick auf den Rest der Leiche bot.

»Ist es das vermisste Kind?«, wollte ich wissen.

»Ich glaube schon.« Sie deutete auf ein Wundmal an seinem rechten Bein, wo die Haut des Jungen nur leicht angesengt war. »In der Vermisstenanzeige wurde eine Narbe an seinem Schienbein erwähnt, vom Skateboardfahren.«

Sarah ging neben dem Jungen in die Hocke. »Außerdem ist mir das hier aufgefallen«, sagte sie.

Ein Teil seiner Shorts war nicht verbrannt, und sie schob eine Pinzette unter den unteren Hosenbund. Kitzelte ein weißes Etikett darunter hervor.

»S.E.G. Uni«, las ich auf dem eingenähten Schildchen. »Demnach gehört die kurze Hose zu einer Uniform?«

Ich griff nach meinem Handy und lud die Internetseite der Paragon Baptist hoch, einer Highschool in Harmony, der ich jedes Jahr im Rahmen des Drogenpräventionsprogramms einen Besuch abstattete.

Als die Seite stand, starrte ich auf Fotos von Jungen in identischen blauen Shorts. Remy trat an meine Seite. »Hast du das Etikett umgedreht?«, wollte sie wissen. »An Schulen mit Uniformpflicht sieht irgendwann alles gleich aus, außer man schreibt seinen Namen rein.«

Sarah drehte die Pinzette, sodass wir die Rückseite des Schildchens sehen konnten. Zwei mit Tinte geschriebene Initialen standen darauf.

K.W.

Wie Kendrick Webster.

»Als ich klein war, hat meine Mama das auch so gemacht«, sagte Remy. »Sonst sind meine Freundinnen in meinen und ich in ihren Sweatshirts nach Hause gegangen.«

Ich warf einen Blick nach unten auf Kendricks Vermisstenmeldung. Sah die Worte, die unter dem Punkt »Beruf des Vaters« angegeben waren.

»Tja, Scheiße«, sagte ich.

Weil bestimmte Themen hier in Georgia nämlich Pulverfässer explodieren ließen. An erster Stelle stand Hautfarbe, und die spielte in diesem Fall bereits eine Rolle. Doch direkt hinter der Rassenfrage kam Religion. Und der Vermisstenmeldung zufolge war Kendricks Dad ein Baptistenprediger.

8 Zwei Stunden waren vergangen, und ich befand mich im Hauptkonferenzraum des Polizeireviers, den Blick auf einen Flyer geheftet, der für eine Veranstaltung namens »Unserer Geschichte gedenken« in Reverend Websters Kirche warb.

Ich hatte Abe Kaplan in unser Team abkommandiert, anschließend Remy und Abe zum Haus der Websters geschickt, um die Angehörigen zu informieren. Wir hatten gemeinsam beschlossen, den Eltern den Strick um den Hals ihres Sohnes zu verschweigen.

Remy stand vor mir. Sie gab sich Mühe, sachlich und professionell zu klingen, aber das Zittern in ihrer Stimme verriet ihre Erschütterung.

»Nachdem wir es den Eltern mitgeteilt hatten«, sagte sie, »sind sie zusammengebrochen, P.T. Ein echter Schock. Und eine wahre Tränenflut.«

»Und der hier klebte an ihrem Kühlschrank?«, fragte ich und lenkte Remys Aufmerksamkeit auf den Handzettel, den sie mir gegeben hatte.

»Ja.« Sie nickte.

Das Bild in der Mitte des Blattes stammte von 1946. Es

zeigte einen schwarzen Mann, der an einem Baum aufgeknüpft war. Das Datum der Predigt lag zwei Tage zurück. Derselbe Abend, an dem Kendrick verschwunden war.

Ich dachte an die Unmöglichkeit eines Zufalls. An den Horror, der Kendrick am selben Abend widerfahren war, an dem seine Eltern genau diesen Vortrag veranstalteten.

Abe kam rein. Er trug einen Leinenanzug über dem schwarzen Hemd. Eine Kreissäge bedeckte seinen Kopf.

Während Remy und Abe sich um die Benachrichtigung gekümmert hatten, war ich damit beschäftigt gewesen, die Fenster des Besprechungszimmers, die ins Innere der Wache zeigten, mit braunem Packpapier zu verkleben.

Abe wies auf das Papier. »Du rechnest damit, dass unsere eigenen Leute etwas durchsickern lassen?«

Hinter dem gegenüberliegenden Fenster klatschten schwere Regentropfen auf eine Reihe roter Hornsträucher. Die Tür stand ein paar Zentimeter weit offen, also drückte ich sie zu.

»Ich rechne damit, dass die Scheiße nicht nur durchsickert, sondern uns kübelweise um die Ohren fliegt«, gab ich zurück. »Schließt also diese Tür ab, wenn keiner von uns anwesend ist, und plant lange Nächte ein.«

Abe war ein Veteran. Er nickte. Remy setzte sich gerader hin.

»Erzählt mir was von den Eltern des Jungen«, sagte ich.

»Dad ist achtunddreißig, Pastor«, sagte Remy. »Sein Name lautet Reggie. Mama heißt Grace und arbeitet für die Kirche. Überwiegend Programme für Freiwilligenarbeit.«

Ich schnappte mir einen Stuhl und drehte ihn mit der

Lehne nach vorne. Unter anderen Umständen hätte ich den schweren Gang zu den Eltern höchstselbst angetreten, um die Reaktion auf die schlimmste Nachricht ihres Lebens an ihren Gesichtern abzulesen. Doch der Ernst des Rassenthemas und dieses ganzen Verbrechens verlangten nach einem anderen Kurs. Hinzu kam, dass ich mich in der glücklichen Lage befand, zwei hervorragende schwarze Detectives in der Mannschaft zu haben.

»Mom ist jung«, sagte Abe. »Muss ungefähr neunzehn gewesen sein, als sie Kendrick bekam.«

»Sie waren völlig am Boden zerstört, P.T.«, sagte Remy.

»Was wissen wir über Kendrick?«

»Das einzige Kind.« Remy nahm Einblick in ihr iPad. »Fünfzehn. Sein bester Freund Jayme hat am Samstagabend eine Pyjamaparty geschmissen. Offenbar ist Kendrick mit dem Fahrrad dorthin gefahren und hat seiner Mutter eine Textnachricht geschickt, als er ankam.«

Ich nahm mir einen Stift, drehte mich um und griff mir einen Bogen Packpapier. Neben der Ungestörtheit hatte ich eine zweite Verwendung dafür. Ich schrieb ZEITSTRAHL obendrüber und markierte entlang einer horizontalen Linie mehrere Punkte. Über den Punkt ganz links schrieb ich: *Kendrick simst Mom. Pyjamaparty.*

»Wann war das?«, fragte ich.

»Samstag frühabends um Viertel vor sechs«, sagte Abe mit einem Blick auf seinen Spiralnotizblock. »Anscheinend fing unser Gastgeber-Junge an, sich wie ein kleines Arschloch zu verhalten.«

»Der beste Kumpel?«, fragte ich.

»Jayme McClure«, sagte Remy. »Die Mutter des Jungen ging dazwischen, beendete die Übernachtungsparty und ließ die beiden Freunde ihres Sohnes die Sachen packen. Das war so gegen sieben Uhr.«

Remy wartete, bis ich es auf der Zeitleiste eingetragen hatte.

»Am nächsten Morgen«, fuhr Remy fort, »blieben Grace Websters Textnachrichten an Kendrick unbeantwortet.«

»Das ist der Sonntagmorgen?«, versicherte ich mich.

Remy nickte. »Die Mutter machte sich zum Haus der McClures auf und erfuhr dort, dass die Sache abgebrochen worden war ...«

»Kendrick kam nie zu Hause an, und sein BMX-Rad ist verschwunden«, erklärte Abe.

Ich ließ all diese Infos sacken. »Ihr habt gesagt, an der Übernachtungsaktion hätten zwei Jungs teilgenommen.«

Remy scrollte durch ihr iPad. »Der andere heißt Eric Sumpter. Wohnt in Falls West und war am Samstagabend um Viertel vor acht daheim. Gesund und munter.«

»Ist Eric ein schwarzer oder ein weißer Junge?«, fragte ich.

»Eric ist wie Kendrick schwarz«, sagte Abe. »Der gastgebende McClure-Junge ist weiß. Danach fing Kendricks Mom damit an, die Straßen abzufahren. Es ist Sonntagmorgen, ungefähr zur Gottesdienstzeit, und sie sucht nach ihm. Ruft sein Handy an. Wir haben Kendricks Handydaten angefordert.«

»Um zwanzig nach zehn ging eine Vermisstenmeldung raus«, sagte Remy.

Draußen blies eine Windböe die Hornsträucher südwärts.

»In Kendricks Fall war all das jedoch umsonst«, sagte ich. »Wenn er am Sonntagmorgen gegen halb sechs in einem Feuer verbrannte, war Kendrick schon seit Stunden tot, bevor seine Mutter auch nur mit der Streife zusammenstieß.«

Alle nickten. Was uns zu unserem Zeitstrahl zurückbrachte. Irgendwann zwischen sieben am Samstagabend und halb sechs am Sonntagmorgen war der fünfzehnjährige Kendrick Webster entführt und gelyncht worden.

»Fangen wir dort an, wo er verschwunden ist.« Ich stand auf. »Wer hat ihn zuletzt gesehen?«

»Die McClures«, antwortete Remy.

»Und der andere Mord?«, fragte Abe. »Meinst du, dass es irgendeine Verbindung zwischen unserem toten Nazi Virgil Rowe und Kendricks Tod gibt?«

Ich starrte ein Foto von Kendrick an der Wand an, und das Gesicht meines Sohnes blitzte in meinem Kopf auf. Jonas und ich, wie wir Spielzeugautos auf seinem Bett hin und her schoben.

»Was?«, sagte ich.

Abe sah mich durchdringend an. »Der Rowe-Fall, P.T. Glaubst du, er hängt mit diesem Jungen zusammen?«

»Ich habe keine Ahnung«, sagte ich. »Wissen wir, ob Mr Rowe irgendeiner hiesigen Hass-Gruppierung nahestand?« Ich zeigte auf das Flugblatt mit dem Lynchmord-Foto. »Die kürzeste Verbindung zwischen zwei Punkten.«

Remy tippte mit dem Finger auf ein Bild von der 88-Tätowierung auf Virgil Rowes Bizeps. »Nun ja, wir haben das hier gesehen.«

»Klar, aber das stellt ein Statement bezüglich der Hauptmarke dar«, sagte Abe. »Es ist kein lokales Mitgliedsabzeichen.«

Abe und ich dachten gleich: Das Tattoo bedeutete bloß, dass er ein Neonazi war. »Also trägt er möglicherweise noch weitere Tätowierungen am Leib, die wir noch nicht gesehen haben, die Gerichtsmedizinerin aber schon«, sagte ich.

»Ich frage bei Sarah nach«, sagte Abe. »Wie willst du diese beiden Fälle jetzt angehen?«

»Lasst uns fürs Erste davon ausgehen, dass die Verbrechen zusammenhängen, sie aber trotzdem unabhängig voneinander betrachten. Klebt alles Virgil Rowe Betreffende an die Ostwand und alles, was sich um Kendrick Webster dreht, an die westliche.«

Ich reichte Abe ein Foto von einem Motorradreifenabdruck im Schlamm. »Das hier hat man entdeckt, nachdem ihr zwei zur Benachrichtigung aufgebrochen seid. Ungefähr dreißig Meter von der Leiche entfernt.«

»Ein Motorrad?«, fragte Remy.

»Dem Reifenprofil nach ist es eine Rennmaschine«, sagte ich. »Der Matsch war allerdings zu feucht, um einen Abdruck zu nehmen. Unger sagte, dass sich ständig Jungs auf der Farm rumtreiben. Über die nicht bepflanzten Äcker knattern. Dem Stand der Dinge nach ist es wahrscheinlich nicht von Bedeutung.«

Ich griff nach meiner Tasche. »Remy und ich suchen mal die McClures auf, während du hier alles einrichtest«, teilte ich Abe mit.

Das war jener Punkt der Ermittlungen, an dem alles möglich und die Hoffnung auf dem Höhepunkt war. Doch Remy blieb mit dem iPad auf dem Schoß sitzen.

»Was ist los?«, fragte ich.

»Kendrick wird seit Samstag sieben Uhr vermisst«, sagte sie. »Aber er wurde nicht auf Ungers Grundstück verschleppt.«

Ich drehte mich um und fixierte den Zeitstrahl.

»Er wurde dort hingebracht, um zu sterben«, sagte Remy. »Geschnappt hat man ihn sich allerdings woanders. Wir haben noch immer einen Tatort zu wenig.«

Ich nickte. Remy hatte recht.

»Dann finden wir ihn«, meinte ich. »Ein weiterer Grund, bei den McClures anzufangen, wo er zuletzt gesehen wurde.«

9

Auf dem Weg zu den McClures erzählte Remy mir von der Lotterieziehung des Wochenendes, deren Zahlen sich gerade in den sozialen Netzwerken verbreiteten. Zwei Leute hatten gemeinsam 200 Millionen Dollar gewonnen.

»Also teilen sie den Betrag?«, fragte ich.

Remy nickte. »Und einer der beiden stammt aus Harmony«, sagte sie. »Ist das nicht unglaublich? Hier leben wahrscheinlich kaum tausend Menschen.«

Wir verließen Mason Falls und fuhren in ein östlich der Stadt gelegenes, gemeindefreies Gebiet ohne Namen.

»Sie hatten beide dieselben Zahlen getippt?«, fragte ich.

Remy schüttelte mitleidig den Kopf. »Genau, alter Mann, dieselben Zahlen. So funktioniert die Sache. Hast du noch nie deine Dienstmarkennummer getippt?«

Ich erwiderte das Kopfschütteln. »Mit Aberglauben habe ich wenig am Hut.«

An einer draußen in freiem Gelände, unmittelbar neben einem Seitenarm des Tullumy River gelegenen Kreuzung drosselte Remy das Tempo.

Um die zwanzig Leute, die meisten davon schwarz,

waren in geisterhaftes Weiß gekleidet, um eine Taufe zu empfangen.

Der Mann, den man soeben untergetaucht hatte, stieg aus dem Wasser. Seine ausgestreckte Hand deutete auf mich, und sein Mund formte ein einzelnes Wort.

Paul, sagte er. Mein Geburtsname.

Ich starrte Remy an. »Hast du das gesehen?«

Sie zuckte verlegen die Achseln. »Sein Taufname, vermute ich«, sagte sie. »Nach dem heiligen Paulus.«

Ich nickte. Remy gab Gas und fuhr an der Gruppe vorbei.

Zu beiden Seiten der Straße war der Boden nun Ackerland. Überwiegend Pfirsiche, mit ein bisschen Tabak und Pekannuss dazwischen.

»Was also wissen wir über die McClures?«, fragte Remy.

»Nicht viel«, sagte ich. »Keiner in der Familie hat ein Vorstrafenregister.«

Eine Minute später nahm Remy den Fuß vom Gas. Das Haus von Kendricks bestem Freund befand sich auf einem kleinen quadratischen Grundstück zwischen einem halben Dutzend großer Farmen.

Ein gepflasterter Fußweg führte von der unbefestigten Straße zur Veranda. Um sie herum, wo Rasen hätte sein können, war alles mit weißen Steinfragmenten aufgeschüttet. Die Regengüsse hatten den Schotter angehoben, in Bewegung gebracht und hier und da weiße Inseln gebildet, zwischen denen winzige Meere lagen.

Remy drückte die Türklingel, doch niemand kam. Auf der Veranda lag ein riesiger aufblasbarer Weihnachtsmann, eingefallen und nass.

»Wir könnten ein paar Minuten warten«, sagte sie. »Vielleicht kommen sie gleich.«

»Klar.« Ich ging zum Alfa zurück.

Vor dem Anwesen wuchs verwildernder Sternjasmin, dessen Blüten den hölzernen Briefkasten der McClures umrankten. Ihr Duft hing schwer in der schwülen Nachmittagsluft. Ungefähr zwanzig Meter die lang gezogene Einfahrt runter parkte ein Abschleppwagen.

Ich starrte auf das nahe gelegene Feld. »Was meinst du, Rem, wie lange dauert es von hier bis zur First Baptist? Fünfundzwanzig Minuten?«

Kendricks Haus befand sich auf einem Stück Land neben der Kirche seines Vaters. Ich versuchte die Zeit einzuschätzen, die es ihn kostete, wenn er mit dem Fahrrad nach Hause fuhr.

»Mit dem Rad – wahrscheinlich länger«, sagte Remy. »Man muss den ganzen Weg die Falls Road runter. Dann ein Stück dem Verlauf der Autobahn folgen, bevor ...«

Remy wurde vom Geräusch eines kleineren Motors unterbrochen. Zwei Jugendliche auf einem roten Quad kamen die Straße runter in Richtung McClure-Haus. Vor dem Grundstück bogen sie ab und verschwanden hinter einer Reihe von Kiefern.

Eine Sekunde später sah ich, wie sie jenseits des Landes der McClures wiederauftauchten. Sie fuhren auf einem Betondamm, den man mitten durch die Felder gezogen hatte, ein Bewässerungskanal.

»Wie wär's, wenn du es dort entlang versuchst?« Ich zeigte in die entsprechende Richtung.

Ich zog mein Telefon hervor und tippte die Adresse der Websters ein. Auf meinem Display bildete sich ein Gitter von Farmen. Grüne Flächenquadrate wurden von in Grau gefärbten Bauten und Bewässerungskanälen unterbrochen.

»Gehen wir ein Stück«, sagte ich.

Wir starteten dort, wo der Geländewagen verschwunden war, und wanderten einen betonierten Streifen herunter, der zwischen zwei Feldern verlief. Der Pfad endete, und ein weiterer zog sich nach Süden Richtung Harmony. Dieser neue bestand aus zwei Betonstreifen, einem auf jeder Seite eines offenen, V-förmigen Bewässerungsgrabens.

»Denkst du, er hat diesen Weg nach Hause genommen?«, fragte Remy, während sie neben mir den befestigten Weg entlangspazierte.

»Kendrick hatte eine Narbe von einem Skateboard-Unfall am Bein«, sagte ich. »Er fuhr ein BMX-Rad. Er war jung und sportlich. Wir sollten versuchen, wie ein Teenager zu denken.«

Remy zeigte auf den Beton. »Wenn der Graben trocken ist, kann man die Seiten rauf- und runterfahren. Sprünge von oben machen.«

Ich nickte. »Wenn er wie in dieser Woche voller Wasser ist, fährt man hier oben lang.«

Wir gingen weiter. Der Regen hatte den Grund des Kanals neben uns mit schlammigem Wasser gefüllt, fünfzehn Zentimeter tief.

Nach ungefähr zehn Minuten blieb Remy stehen. Wir näherten uns einer Lücke zwischen zwei Äckern. Ein schmaler Weg verlief lotrecht auf uns zu, der V-förmige

Kanal unter der Erde. Ein Gitter versperrte den Zugang und ließ nur Wasser hindurch.

»Da unten ist etwas.« Remy deutete darauf.

Ich ging den Abhang runter und trat in das Schlammwasser am Boden, spürte, wie meine Socken in den Anzugschuhen durchsuppten.

Remy zog ihre Ballerinas aus und stellte sie auf dem Betonpfad ab. Die Aufschläge ihrer Slacks versanken im Schlamm am Grund des Grabens. »Die Amtskasse hat sich gerade erst von meiner letzten Reinigungsrechnung erholt.«

»Betrachte es einfach als weiteren Matschmarathon«, sagte ich.

Ich ging näher an den dunklen Bereich heran, wo das Wasser in eine Schleuse unterhalb der Straße floss. Ein schwarzes BMX-Rad hing im Gitter fest, halb von Unkraut verdeckt.

Remy streifte Handschuhe über, packte den Lenker und stellte es auf.

»Also fängt ihn hier irgendjemand ab«, sagte Remy. »Um was zu tun? Ihn zu schnappen und sein Rad wegzuschleudern? Sie müssen ihn immer noch gegen seinen Willen fortschaffen. Er ist fünfzehn. Man kann schließlich nicht mit einem Auto bis in die Mitte dieses Feldes fahren.«

Ich sah mich um. »Warum würdest du überhaupt anhalten, wenn du Kendrick wärst?«, fragte ich. »Du bist ein Junge, der im Affentempo auf dem Rad heimwärts rast. Es ist spät. Und dunkel draußen.«

Ich kletterte den Hang hinauf und ließ meinen Blick

schweifen. Die Landschaft war flach wie ein Brett. Eine Meile über das Feld hinweg konnte man den Ortsrand von Falls West erkennen, wohin der andere Junge von der Übernachtungsparty es sicher nach Hause geschafft hatte.

»Hältst du es für möglich, dass er gestürzt ist?«, rief Remy aus dem Inneren des Grabens. »Oder ihn jemand zurechtwies, weil er sich hier rumtrieb? Ist immerhin Privatgelände.«

»Wir müssen rausfinden, wem dieses Land gehört«, sagte ich.

Ich machte ein paar Schritte auf eine Reihe von Tabakpflanzen zu. Die Blätter wiesen eine gelbliche Farbe auf, was bedeutete, dass sie sehr bald erntereif sein würden. Ungefähr alle fünf oder sechs Zeilen erhob sich eine Reihe hochgewachsener Pekannussbäume.

Ich ging zur nächstgelegenen Reihe.

Am Fuß der Bäume lagen überall Pekannussschalen, aber die Erde unter dem nächststehenden sah platt gestampft aus, als wäre kürzlich jemand darauf herumgelaufen.

In den Stamm eines besonders großen Exemplars hatte jemand ein Symbol geschnitzt – das »Auge der Vorsehung« der Dollar-Note, komplett mit nach außen weisenden Strahlen. Ich strich mit den Fingern darüber und bemerkte, dass es eine frische Schnitzerei war. An den tiefsten Stellen war die Rinde feucht von Baumsaft.

Um denselben Baumstamm war ein ITP-Kabel gewickelt. Der Strang war von jener glatten, verzinkten Art, aus der Seilrutschen gemacht werden. Ich bückte mich und zog an schätzungsweise zwölf Metern Kabel, die halb im Dreck vergraben waren.

»Wann ist Sonnenuntergang, Rem?«, rief ich laut und blickte flüchtig hoch in den sich verdunkelnden Himmel über unseren Köpfen.

»Gegen halb sechs oder sechs«, schrie sie zurück. Nach wie vor stand sie da unten im Wasser.

Ich schleppte das verzinkte Stahlseil weg vom Acker, auf den betonierten Pfad neben dem Kanal, dann runter ins Wasser, wo Remy stand, und schließlich zurück auf die andere Seite, wo der zweite Betonpfad war.

Ich zog das Kabel straff, sodass es einen knappen Meter über dem Boden hing, die ganze Strecke vom Baum auf der einen Seite des kleinen Grabens bis zum Pfad auf der anderen Seite.

Um den Stamm einer nahestehenden Pekannuss herum entdeckte ich ringförmige Spuren von Einschnitten, wo das Kabel womöglich festgeknüpft worden war.

»Wenn die Übernachtungsaktion um sieben beendet wird, ist es dunkel«, sagte ich. »Jemand zieht dieses Kabel straff, während Kendrick den Weg runtergeradelt kommt.«

»Das würde ihn aus dem Sattel reißen«, sagte Remy. »Das Fahrrad würde unter ihm wegschießen. Ihn würde es rückwärts zu Boden schleudern.«

Ich stellte mir Kendrick vor, wie er auf seinem Rad den Weg entlangfuhr.

Hatte irgendwer nach irgendeinem Jugendlichen auf der Lauer gelegen, ganz egal, um wen es sich handeln mochte? Oder hatte die Entführung bewusst auf Kendrick gezielt?

Ich griff nach meinem Handy und wählte die Nummer von Sarah Raines. Sie sagte mir, sie sei in ihrem Labor und habe die Leiche Kendricks direkt vor sich.

»Sehen Sie irgendwelche Anzeichen einer Kopfverletzung?«, fragte ich.

»Ich habe hier ein Subduralhämatom«, erwiderte sie. »An der Vorderseite seines Kopfes.«

Ich beschrieb ihr, was wir gefunden hatten, und es passte zu dem, was Sarah vor Augen hatte. »Hätte ihn das umgebracht?«, wollte ich wissen.

»Danach sieht es für mich nicht aus«, sagte sie. »Aber es hätte ihm das Bewusstsein rauben können.«

Ich dachte, ich hätte jemanden hinter mir gehört, weshalb ich mich zum Feld umwandte. Im Graben zwischen den Tabakpflanzen wucherten Wunderblumen, aber dort war niemand.

»P.T.«, sagte Sarah, »ich habe noch ein paar andere Dinge gefunden, über die wir reden müssen.«

»Belassen Sie es fürs Erste bei den Höhepunkten«, murmelte ich.

»Unter vier Augen«, entgegnete Sarah. »Die Sache ist zu hässlich für ein Telefonat.«

Mein Smartphone vibrierte. Ich hielt es mir vors Gesicht und starrte auf eine Textnachricht von Abe.

Ich hatte ihm ein Foto geschickt, damit er bestätigte, dass es Kendricks Fahrrad war, und er hatte bereits die Antwort parat.

Wir standen am Ort der Entführung.

10

Die Augen des Jungen suchten die Dunkelheit ab. Es war eine Art Höhle. Aber wie war er hierher gelangt? Die letzte Sache, an die er sich erinnerte, war Eric.

Eric – der ihn zu überreden versuchte, Konsolenspiele zu zocken. Doch stattdessen fuhr er nach Hause.

Der Gestank verfaulten Fleisches ließ Galle seinen Hals bis in den Mund hinaufsteigen.

Er war durch die Felder geradelt, eine kühle Abendbrise in den Haaren, hatte sich gefragt, ob daheim wohl noch ein bisschen was vom Abendessen übrig war.

Und plötzlich flog er. Nicht auf seinem Rad, sondern durch die Luft.

Sein Vater beschrieb die Hand Gottes einmal als Blitzschlag, der einen traf. Wachrüttelte, wahrhaftig zum Leben erweckte.

Dieser Schlag hatte ihn hart erwischt. Ihm die Luft aus der Lunge gepresst und ihn durch die Luft geschleudert.

Nach seiner Landung hatte er sich umgeschaut. Seine von Blut überströmte Kniescheibe bemerkt. Beton. Beton und den Schatten eines Mannes.

Das war die letzte Erinnerung vor dem Aufwachen hier in der Höhle.

Jetzt zündete jemand in der Finsternis kleine Kerzen an. Der Junge hob seinen Kopf und sah die knöchernen Schädel von Tieren, jeder auf einen Stock gespießt.

Und dann waren da auch frische Opfer. Der blutige abgetrennte Kopf einer Ziege. Der flauschige weiße Kopf eines Lämmchens, rot verschmiert.

»Was soll das?«, schrie der Junge. »Wer seid ihr?«

11 Abends um halb acht traf Alvin Gerbin, unser Kriminaltechniker, auf dem Feld ein.

Die Sonne war untergegangen, und schwere Schatten senkten sich auf den unbeleuchteten Bewässerungsgraben, in dem wir das Fahrrad entdeckt hatten. Scheinwerfer von Autos auf der SR-902 flackerten in der Ferne zwischen Pekannussbäumen auf.

Seit dem Fund des Stahlkabels waren wir auf nichts Neues gestoßen, doch Gerbin würde weder daran noch an dem Rad auch nur der Hauch eines Fingerabdrucks entgehen.

Remy blieb mit unserem Kriminaltechniker am Tatort, und ich ging Richtung Highway.

In einem Streifenwagen, der mir eine Mitfahrgelegenheit angeboten hatte, ließ ich mir die ersten zwölf Stunden des Falles und den Horror, den die Websters durchmachen mussten, durch den Kopf gehen.

Jemand hatte Kendrick hier draußen auf diesem Feld aufgelauert, ihn dann jedoch etliche Meilen entfernt bei Ungers Farm ermordet. Was war in der Zwischenzeit geschehen?

Die Streife hielt am Straßenrand vor dem Revier und

ließ mich aussteigen. Als der Wagen davonfuhr, wurde ich von einem grellen Licht geblendet.

»Detective Marsh.« Die Stimme von Deb Newberry wehte mir entgegen. »Können Sie bestätigen, dass es sich bei dem toten Kind, das in Harmony gefunden wurde, um Kendrick Webster handelt?«

Newberry war eine ziemlich aufdringliche Lokalreporterin für den Fox Channel, und die Helligkeit der Kamera erwischte mich auf dem falschen Fuß. Ich konnte kaum erkennen, wo ich langstolperte.

»Mann, Deb«, sagte ich. »Ich breche mir hier draußen noch den Knöchel, wenn ich nicht an Ihnen vorbeikomme.«

Ich ging an der Reporterin und ihrem Kameramann vorbei, doch sie folgten mir bis vor den Eingang der Polizeiwache.

»Stimmt es, dass das Dezernat sich bei diesen Ermittlungen große Sorgen um undichte Stellen macht?«

»Wir sorgen uns bei *jeder* Ermittlung um undichte Stellen.«

»Aber Sie schirmen nicht in allen Fällen einen ganzen Raum ab, oder?«, fragte Newberry. »Verstecken sich vor Ihren Beamtenkollegen – wegen Ihres Beweismaterials und Ihrer Ereignischronik? Verhängen die Fenster mit Packpapier?«

Meine Miene verriet meine Antwort. Außerdem brachte mich ihre Frage dazu, buchstäblich jeden um mich herum von nun an mit besonders misstrauischem Blick zu beäugen. Ich öffnete die Tür zum Revier.

»Betrachten Sie den Fall als eine Gelegenheit, auf

den strukturellen Rassismus der Polizei aufmerksam zu machen?«

»In meiner Truppe gibt es keinen strukturellen Rassismus«, gab ich zurück. »Jeder Mord hat bei uns oberste Priorität, ungeachtet der Hautfarbe.«

Ich ließ die Tür zuschwingen und ging ins Revier, war mir aber nicht sicher bezüglich meiner Entscheidung, den Strick von Kendricks Hals entfernt zu haben. Früher oder später würden die Einzelheiten des Lynchmordes ans Licht kommen. Wenn wir unseren Mörder dann nicht in Haft hätten, würden Leute wie Deb Newberry mich grillen. Und ich hätte es auch verdient.

Ich bahnte mir meinen Weg zum Besprechungszimmer und ließ mich neben Abe auf einen Stuhl fallen. »Sag mir bitte, dass du was Neues über Kendrick hast.«

Abe nahm seinen Notizblock. »Tja, ich weiß, wie sehr du Zufälle liebst, P.T. Hier habe ich einen für dich. Unser Opfer Virgil Rowe da draußen im durchnummerierten Viertel trägt eine hübsche Tätowierung auf dem Rücken.«

Abe zog ein Foto hervor, das ein Tattoo auf bleicher Haut zeigte. Einen Adler über einer schwarzen Wolke. »Es handelt sich um eine örtliche Neonazi-Gruppierung namens StormCloud.«

»Was wissen wir über sie?«, fragte ich.

»Sie starteten in den 90ern als Internet-Gruppe«, erklärte Abe. »Flogen unter dem Radar bis 2005, als sie eine Website online stellten, auf der der Holocaust geleugnet wurde. Jüngsten Steuererklärungen zufolge verfügen sie über ein Budget von zwei Millionen Dollar.«

»Dann müssen sie irgendwelche legalen Geschäfte betreiben.«

»Jetzt wird dein Oberstübchen aber lebendig, Partner«, sagte er, womit er in die Ausdrucksweise seiner Jugend verfiel. Abe stammte ursprünglich aus New Orleans, Sohn einer Kellnerin auf einem Schaufelraddampfer und eines Erdöl-Arbeiters. »Ihnen gehört eine Abschleppfirma«, sagte er. »Stormin'-Norman-Pannendienst.«

Ich blickte von der Tätowierung auf.

»Vaughn McClure besitzt eine Abschleppfirma«, sagte ich. »Wir haben einen seiner Trucks in der Einfahrt stehen sehen.«

»Haargenau«, sagte Abe. »McClure ist selbstständig, hat fünf Laster. Bislang habe ich nichts gefunden, was ihn mit Stormin' Norman in Verbindung bringt, obwohl es stark danach aussieht.«

»Sieht nicht gut aus«, sagte ich.

Ich ließ mich zurücksinken. Fügte die Dinge in meinem Kopf zusammen. Ich hatte herauszukriegen versucht, wie irgendwer wissen konnte, dass Kendrick zu exakt diesem Zeitpunkt die Bewässerungsrinne runterkommen würde.

Die andere Möglichkeit hatte ich gar nicht in Betracht gezogen. Dass Kendrick vorsätzlich von der Übernachtungsparty weggeschickt wurde. Dass die McClures ihn eventuell absichtlich in die Arme seines Entführers getrieben hatten.

»Beim Haus der McClures war niemand da, als wir es dort versuchten«, sagte ich. »Hast du Vaughn McClure an seinem Arbeitsplatz erreichen können?«

Abe schüttelte den Kopf. »Träum weiter.«

»Was noch?«, fragte ich.

»Nun ja«, sagte Abe, »wir haben einen brauchbaren Hinweis, was Virgil Rowes Mörder angeht.«

»Der Neonazi?«

Abe nickte. »Eine Dame namens Martha Velasquez hat die Nummer vom Hinweistelefon gewählt. Sie wohnt in der 30. Straße, einen Block von Virgil entfernt.«

»Wer ist sie?«, fragte ich.

»Beratungslehrerin im Ruhestand. Dreiundsechzig. Spanischer Herkunft«, erläuterte Abe. »Sonntag früh gegen drei wurde sie von ihrem Pekinesen geweckt. Sie führte die Töle zum Pinkeln raus, und sie sah einen weißen Typen vom Boulevard kommen.«

»Um drei Uhr morgens?«, fragte ich. »Zu dieser Zeit konnte sie was erkennen?«

»Velasquez zufolge betrat dieser Kerl das Anwesen, auf dem Virgil getötet wurde. Zwei Minuten später – voilà, Auftritt von Corinne, der Stripperin.«

Ich schluckte schwer.

Das bist du, sagte Purvis. *Ich dachte, du wärst vorsichtig gewesen.*

»Also, falls du dich erinnerst, P.T.«, fuhr Abe fort, »hat Corinne der Streife erzählt, sie sei von Mitternacht bis sieben Uhr morgens bei ihrer Freundin gewesen. Was bedeutet, dass sie gelogen hat.«

Ich versuchte mich an einem Nicken, aber mein Kopf zuckte nur irgendwie hin und her.

»Ich denke, dass wer auch immer vorbeikam«, sagte Abe, »Corinne einschärfte, sich während des Mordes an Virgil dezent im Hintergrund zu halten. Was wiederum bedeutet, dass Corinne den Mörder kennt.«

Wir sind tot, schnaubte Purvis.

»Folglich schickte ich die Streife los, um die Stripperin aufzugabeln«, fuhr Abe fort. »Doch offenbar hat sie sich aus dem Staub gemacht und die Stadt verlassen.«

Ich hatte seit ungefähr einer Minute keine Luft mehr geholt.

»Heißt das, wir haben sie verloren?«, sagte ich.

»Keine Sorge«, sagte Abe. »Sie benutzt eine Kreditkarte und gehört früher oder später uns. Außerdem habe ich einen Antrag eingereicht, auf dem Boulevard Verkehrskameras aufzustellen. Wie hoch würdest du die Anzahl der Wagen schätzen, die um drei Uhr morgens in den nummerierten Straßen herumkurven?«

Ich schluckte erneut. Mir war kotzübel.

Schön atmen, meldete sich Purvis.

»Ich bin hundemüde.« Abe stand auf. »Es gibt da eine Schachtel Mikrowellenhühnchen von Banquet mit meinem Namen drauf. Und ein weiches Kissen.«

Ich nickte, während Abe sich seine betagte Ledertasche schnappte und seinen Notizblock darin verstaute. »Übrigens ist Kendricks Papa hier aufgeschlagen. Hat sich mit Chief Dooger unterhalten.«

»Hat der Vater irgendwelche Informationen für uns?«, fragte ich.

»Er will dich nicht als Leiter der Ermittlungen«, sagte Abe. »So lautet seine Information.«

»Hat er einen Grund dafür angegeben?«

»Keinen bestimmten«, sagte Abe. »Er hat ein paar kleine Nachforschungen über dich angestellt. Auf einige Fälle verwiesen, deren Ausgang ihm nicht besonders gefiel. Im Wesentlichen liegt's daran, dass du bei der Benachrichtigung der Eltern nicht dabei warst.«

Es gab ein Motiv dafür, am Tag ein, zwei schwarze Cops losgeschickt zu haben. Ich gab mir Mühe, diese Stadt unter Kontrolle zu behalten.

»Was hat der Boss gesagt?«, fragte ich. »Will er, dass du die Sache leitest?«

Abe schüttelte den Kopf und klopfte mir auf die Schulter. »Miles sagte, wir sollten weitermachen, wie wir's für richtig halten.«

Dann brach Abe auf, und ich ging in mein Büro.

Dort zog ich die oberste Schublade meines Schreibtisches auf, entnahm ihr eine Flasche Thirteenth Colony, kippte rasch eine Verschlusskappe voll und ließ den Bourbon meine Kehle auskleiden.

Unter dem Schnaps lag ein gerahmtes Foto meines Sohnes, der auf der Veranda saß.

Jonas.

Ich fuhr mit den Händen über das Deckglas.

Mein Sohn hatte honigfarbene Haut und einen kurzen, rötlichen Afro, der eine Mischung aus meiner welligen Kastanienkrause und den wunderschönen schwarzen Locken seiner Mutter bildete.

Ich dachte an den Reverend, der mich für unfähig hielt, den Mörder seines Sohnes aufzuspüren. Vielleicht war ich das ja auch, zum Teufel.

Doch ich hatte mehr Dinge erlebt und durchmachen müssen, als Webster ahnte.

Ich hatte Ladenlokale betreten. Restaurants. Ich war auf Schulveranstaltungen gewesen, hatte Jonas' Hand gehalten und mir diesen Blick eingefangen. Diesen Was-macht-der-da-mit-dem-schwarzen-Kind-Blick.

Darüber hinaus habe ich Jonas beerdigt. In einem Sarg, der so klein war, dass mein Herz in tausend Stücke zerbrach. Die ich von den Bergen des nördlichen Georgia bis in das Binsengras der Küstenebene verstreut habe.

Ich kippte eine weitere Kappe Whiskey, schob mir einen Kaugummi in den Mund und räumte den Schnaps und den Bilderrahmen weg. Dann schlängelte ich mich in den ersten Stock des Gebäudes hinauf, zum Büro der Gerichtsmedizinerin.

Sarah Raines saß im Labor auf einem Stuhl, die Ballerinas auf der Kante eines Waschbeckens abgelegt. In einer Hand hielt sie ein digitales Diktiergerät. Die Leiche neben ihr war von einem Laken bedeckt.

»Da sind Sie ja«, sagte sie, drückte die Stopptaste und nahm die Füße runter. »Wie läuft's da draußen beim Graben?«

»Langsam«, sagte ich. »Es braucht noch mindestens eine neu entdeckte Einzelheit, bevor ich ruhigen Gewissens ins Bett gehen kann.«

Sarah deutete auf den Leichnam. »Tja, vielleicht kann ich die Ihnen liefern.«

Ich schnappte mir einen Stuhl vom Tisch in der Nähe und drehte ihn mit der Lehne nach vorne. Unter ihrem

Laborkittel trug Sarah ein ärmelloses rotes Oberteil und eine schwarze Yogahose, die ihre schlanke Figur gut zur Geltung brachte. Braune Strähnen zogen sich durch ihr schulterlanges blondes Haar.

»Kendrick hat an siebzig Prozent seines Körpers Verbrennungen dritten Grades davongetragen«, sagte sie, als sie sich dem obersten Teil ihres Berichtes widmete.

Ich griff nach meinem Handy und notierte mir das. Es war eine brauchbare Information, aber kein Aha.

»Die Todesursache lautete ursprünglich Kohlenmonoxidvergiftung.« Sarah zeigte es. »Aber in der letzten Stunde habe ich genügend Ruß aus seiner Lunge geholt, um das gegen chemisches Ödem einzutauschen.«

»Erstickungstod«, sagte ich.

Da war es also. Ruß in Kendricks Lunge.

Ich hatte mich an der Kante des Obduktionstisches festgekrallt, auf dem Kendricks Leiche lag; meine Knöchel traten weiß hervor.

»Demnach war er am Leben, als sie ihn verbrannt haben?«

Sarah nickte mit zitternden Lippen. Man hat mir immer gesagt, ich sei ein Mensch, dem man nicht ansieht, was er empfindet oder denkt. Sarah war das genaue Gegenteil: Jede Emotion zeichnete sich auf ihrem Gesicht ab.

»Noch irgendwas?«, fragte ich. »Schusswunden? Messerstiche?«

»Ja«, antwortete Sarah. »Durchaus noch etwas, aber keine Stich- oder Schusswunde. Deswegen wollte ich unter vier Augen mit Ihnen sprechen.« Sie erhob sich, ohne ein weiteres Wort zu sagen, streckte die Arme aus, als wollte sie das Laken wegziehen, tat es aber nicht.

Dann wurde mir klar, dass sie zu weinen begonnen hatte. Ihre Wangen schimmerten feucht. Ich habe keine Ahnung, warum es mich überraschte, dass Leichenbeschauer weinten.

»Hey«, sagte ich und legte ihr eine Hand auf die Schulter. »Wird schon alles wieder gut.«

»Nein«, sagte sie. »Es ist schlimmer, als Sie denken. Er wurde gefoltert, P.T.«

Ich zögerte, konnte ihr nicht ganz folgen.

»Beide Ellbogen wurden ihm gebrochen«, sagte Sarah.

Ich blinzelte. »Das verstehe ich nicht. Ich dachte, man hätte ihn am Hals aufgehängt, nicht an den Armen. Den Strick, den ich entfernt habe ...«

»Das hat man auch«, sagte sie. »Die andere Sache – mit seinen Ellbogen – passierte früher. Vor dem Lynchen.«

Mir tat der Kopf weh.

Sarah sprach von zwei unterschiedlichen Verletzungen. Das schlussendliche Hängen, für das ich Beweise gesehen hatte – und dann noch eine weitere Sache, bei der Kendricks Hände nach hinten gezogen und seine Ellbogen gebrochen worden waren.

»Augenblick mal«, sagte ich. »Gebrochene Ellbogen – kann so was vielleicht auf natürlichem Weg im Feuer vorkommen, durch den Druck?«

»Durchaus möglich«, sagte sie. »Hohe Temperaturen können bewirken, dass die Muskeln sich zusammenziehen, Gelenke verbiegen und Knochen brechen. Feuer kann den

Körper in das versetzen, was wir eine Faustkämpferhaltung nennen. Wie die Anspannung beim Boxen.«

»Aber nicht in unserem Fall?«, fragte ich.

»Ausgeschlossen«, sagte Sarah und blätterte vor, um mir ein Röntgenbild zu zeigen. »Sehen Sie, dass der Ellbogenhöckerfortsatz angeknackst ist?«

Ich nickte. »Ist das post oder ante mortem?«

»Ante«, sagte sie. »Das geschah vor seinem Tod.«

Ich musste zusammenfügen, was dies bedeutete. Die Abfolge der Ereignisse.

Jemand hatte eine Falle gestellt, um Kendrick einzufangen und ihn vom Rad zu reißen. Dann hatten sie ihn sich geschnappt. Ihn irgendwohin verschleppt und ihm beide Ellbogen gebrochen. Und dann, während er immer noch am Leben war, hatten sie ihn am Hals aufgeknüpft, an einem Baum hochgezogen und angezündet.

Ich sah nicht länger Kendricks Leiche vor mir. Ich sah meinen Sohn, auf fünfzehn Jahre gealtert. Seine Augen wie meine eigenen. Sein Haar mehr wie das seiner Mutter. Und die Menschen, die das getan hatten, sie hatten es auch meinem Sohn angetan.

Ich stabilisierte meine Atmung.

Hing McClure mit drin? War er ein rassistischer Wichser, der Kendrick fortgeschickt hatte – in die Arme seiner Nazi-Kumpels?

Wir hatten nicht annähernd genug Beweise für einen Hausdurchsuchungsbefehl bei den McClures. Eine andere Möglichkeit schoss mir durch den Kopf. Dass ich den Besitzer des Abschlepptrucks auf eigene Faust aufspüren könnte – tun, was ich tun musste, um die Welt, ohne ihn, zu einem besseren Ort zu machen. Das Einzige, was mich davon abhielt, war die quälende Erinnerung an Virgil Rowe. Was ich ihm möglicherweise angetan hatte. Was es mich kosten könnte.

Ein Blitz zuckte und ließ den Himmel jenseits des Fensters weiß aufleuchten. Mehr Regen war im Anmarsch, und ich hoffte, dass Remy draußen am Bewässerungsgraben fertig war.

Sarah wischte sich mit dem Handrücken Tränen aus dem Gesicht. »Sie müssen diesen Scheißkerl finden, P.T. Damit er das anderen Kindern nicht antun kann.«

Ich hatte Sarah noch nie zuvor fluchen hören.

»Ich werde ihn finden«, versprach ich. »Und dann schaue ich zu, wie man ihm eine Nadel in den Arm sticht.«

12 Auf meinem Weg nach draußen zum Parkplatz bemerkte ich Licht im Eckbüro des dritten Stockwerks und machte kehrt. Ich ging das Treppenhaus hoch und traf Chief Dooger bei der Spätschicht an.

Miles Dooger war fünfzig. Stämmig, rotes Gesicht. Er trug einen weißen Walrossschnurrbart, der sich zu einem breiten, umgedrehten U krümmte.

»Wen haben wir denn da? Meine Nummer eins«, sagte er, als ich im Türrahmen auftauchte.

In seinen Vierzigern hatte sich Miles einer Knieoperation unterzogen, die in die Hose gegangen war, weshalb er leicht hinkte. Er bewegte sich langsam um seinen Eichentisch herum und umarmte mich.

»Ich sah noch Licht brennen«, sagte ich. »Schwer beschäftigt?«

»Der übliche Papierkram.«

Vor zwei Jahren hatte Miles aufgehört, einer von uns zu sein, und war ins Management aufgestiegen. Ein Gottesgeschenk. Der Chef vor ihm war ein guter Cop gewesen, aber eine grottenschlechte Führungskraft, egal, ob es um Menschen oder die Ausrüstung ging.

Was mich betraf, schadete es außerdem nicht, einen Boss zu haben, an dessen Seite ich gedient hatte. Einen Freund ganz oben.

Miles war permanent mit dem Versuch beschäftigt, diverse der Polizeiarbeit zuträgliche Betriebe in Mason Falls zu etablieren. Sein letzter Vorstoß galt einem künftigen Bundeskriminallabor mit Standort an der I-32.

»Fährst du nach Hause?«, fragte er.

Ich nickte. »Bin gerade mit der Gerichtsmedizin durch.«

»Ah«, sagte Miles. »Die entzückende Sarah.«

Ich ging nicht auf Miles' Anspielung ein, sondern stattdessen auf den Stand der Dinge im Fall Kendrick Webster. Die Anhaltspunkte dafür, dass man ihn bei lebendigem Leibe verbrannt hatte. Die Indizien für Folter.

Miles hörte, an die Tischkante gelehnt, zu. Als mein Mentor war er schon immer ein »Erst denken«-Detective gewesen. Wenn ich irgendwas Grauenhaftes schilderte, reagierte er zurückhaltend. Bedächtig und abwägend.

»Und? Worauf sind Mom und Dad deiner Meinung nach aus?«, fragte er mit nachdenklicher Miene.

»Dad will Gerechtigkeit«, sagte ich. »Mom Rache.«

Miles erhob sich.

»Tja, zum einen ist da das, was die Familie will. Zum anderen das, was das Gemeinwesen braucht. Du hast nicht vor, den Eltern zu erzählen, dass ihr Sohn lebendig verbrannt wurde, oder?«

»Noch nicht.« Ich schüttelte den Kopf. Da war auch noch der Strick. Der Lynchmord. Wir bauten inzwischen einen amtlichen Vorrat an Einzelheiten auf, bei denen wir uns entschieden bedeckt hielten.

Miles stopfte seine Sachen in eine lederne Satteltasche. »Ich begleite dich raus«, sagte er, und wir machten uns zum Fahrstuhl auf.

Drinnen wandte er sich mir zu. »Was ich sagen will, ist ... Stell dir den bestmöglichen Ausgang vor, und vielleicht, so Gott will, kriegen wir den auch hin.«

Als politischer Stratege war Miles undurchschaubar. »Und das soll heißen?«, fragte ich.

»Du findest den Mistkerl, der das getan hat.« Er zuckte die Achseln. »Vielleicht treibst du ihn in die Enge. Er ist am Zug und langt nach seiner Knarre. Und du erwischst ihn. Beide Eltern bekommen, wonach sie verlangen.«

Die Fahrstuhltür öffnete sich, und wir gingen raus zum Parkplatz.

Konnte es wirklich so einfach sein, wie Miles es beschrieben hatte?

Plötzlich kam mir in den Sinn, was Abe mir über Reverend Webster und dessen Besuch beim Boss berichtet hatte. Sein Ziel war, mich vom Fall abzuziehen, aber der Chief hatte nichts davon erwähnt.

»Miles«, sagte ich. »Ich habe gehört, der Vater hat dich aufgesucht ...«

Miles winkte ab, bevor ich den Satz beenden konnte. »Mach dir deswegen keine Sorgen.«

Wir kamen an Miles' Audi an.

»Jules«, sagte der Boss, womit er von seiner Frau sprach. »Sie sagt, sie hätte dich per SMS drei- oder viermal zum Abendessen eingeladen, aber du würdest nie antworten.«

»Es ist zu schwer, die Kinder um mich zu haben«, sagte ich. »Tut mir leid.«

Miles warf seine Tasche in die Limousine. »Du bleibst auf Draht?«, fragte er.

Was ich als »Du bleibst trocken?« auffasste.

»Natürlich«, log ich.

»Gut.« Er klopfte mir auf die Schulter und öffnete die Wagentür. »Arbeit ist eine gute Ablenkung. Schlaf allerdings auch. Vergiss nicht, genug zu schlafen, P.T.«

13 Klopfgeräusche. Und Wasser. Kleine Fäuste, die gegen Glas schlugen. Aber heute war es lauter als sonst.

Dann hörte ich meinen Namen. Nicht das Wort »Dad«, das ich Jonas üblicherweise schreien höre, während das Auto den Tullumy River hinabgerissen wird, sondern meinen richtigen Namen.

»P. T.«, hörte ich. »Paul Thomas Marsh.«

Ich rollte mich herum und starrte auf den Holzfußboden im Zimmer meines Sohnes. Hörte Remys Rufe. Schläge an der Tür.

Neben mir lag eine zugedrehte und halbvolle Flasche Dewar's. Ich ließ sie unter Jonas' Bett kullern und stand auf. Ich trug noch immer die Klamotten von gestern. Man muss das positiv sehen: weniger Schlafanzüge in der Wäsche.

Ich ging zur Eingangstür und schwang sie auf.

Remy musterte mich von oben bis unten. »Mein Gott«, sagte sie. Nahm meine komplette Bude mit forschendem Blick unter die Lupe, wie ich es ihr beigebracht hatte. »Ich dachte, du wärst tot oder so was.«

Sie trug eine weiße Bluse und eine hellbraune Hose, die

ihre langen Beine betonte. Kam ein paar Schritte rein und schnüffelte.

»Was ist los?«, fragte ich. Vom überhasteten Aufstehen pochte mir der Schädel.

»Sag du's mir, Partner«, gab sie zurück. »Ich habe zehnmal auf deinem Handy angerufen. Und deine Wohnung stinkt wie ein Kuhstall.«

Ich ging in die Küche, um mir eisgekühltes Wasser zu holen. Schaute auf die Uhr: drei Minuten nach acht.

»Man hat Kendrick die Ellbogen gebrochen«, sagte ich.

»Ja, du hast mich um vier Uhr früh angerufen und es mir erzählt«, sagte Remy. »Und dann noch mal um halb fünf.«

Ich erinnerte mich nicht daran. Ich rieb mir das Gesicht, um wach zu werden.

»Was steht heute auf der Agenda?«, fragte ich.

Remy erspähte eine Flasche billigen russischen Wodka unter dem Esstisch. »Flugzeugkabel«, sagte sie.

Die Sonne, die durch die Küchenfenster schien, war unerträglich.

»Das Kabel, das an der Stelle um den Baum gewickelt war, wo Kendrick verschleppt wurde?«, fragte ich.

Remy nickte. »In der Stadt gibt es drei Anbieter, die so was verkaufen. Einer liegt an der SR-902. Ungefähr zwei Meilen von Harmony entfernt.«

Ich setzte mich an den Esstisch. Unser Haus war klein. Das, was die Leute »kuschelig« nannten. Lena und ich hatten es von einem alten Ehepaar gekauft, das seinen Lebensabend in Florida verbringen wollte.

Küche, Wohn- und Esszimmer waren ein einziger großer Raum, den Lena mit antikem, auf Landausflügen mit ihrer Zwillingsschwester Exie gebraucht gekauftem Mobiliar gefüllt hatte.

Remy hob mit Daumen und kleinem Finger einen schmutzigen Teller von der Arbeitsplatte.

Meine Partnerin tickte ziemlich speziell. Sie war das Gegenteil eines zarten Weibchens – hart im Nehmen, ließ sich von keinem Kerl was gefallen –, aber gleichzeitig wahrscheinlich mehr Frau, als ein Mann wie ich verkraften konnte.

»Mensch, Boss«, sagte sie, »schon mal was von Putzfrauen gehört?«

Ich riss Remy den Teller aus der Hand und stellte ihn in die Spüle.

Die meisten Antiquitäten, die Lena gekauft hatte, dienten gegenwärtig als Kleiderständer. Wenn ich nicht arbeitete, trug ich stets dieselben fünf oder sechs T-Shirts und hängte sie über alte gläserne Nähtische oder mit antiken Silbertabletts vollgestellte Kirschholzschränke.

»Diese Anbieter«, sagte ich. »Sie arbeiten mit dem Flughafen zusammen?«

»Nein, die Bezeichnung ›Flugzeugkabel‹ ist irreführend«, sagte Remy. »Das Zeug wird überwiegend in Fabriken verwendet. Für Hebegeräte. Ich habe bereits mit einem Typen telefoniert. Er erwartet uns.«

Purvis wankte aus Jonas' Zimmer, und Remy ging in die Hocke, um das zerknautschte Fell an seinem Kopf zu kraulen.

Bulldoggen ruhen sich ununterbrochen aus. Doch Purvis hatte nicht dort drin geschlafen, um mir nahe zu sein. Ein Jahr war vergangen, und er kaute nach wie vor jeden Morgen an den Ecken von Jonas' Kuscheldecke herum. Wartete darauf, dass sein bester Freund nach Hause kam.

»Zehn Minuten«, sagte ich, und Remy erwiderte, sie würde draußen warten. Ich nahm eine heiße Dusche und ließ mich davon durchwärmen.

Wasser. Klopfende Fäuste. Schreie.

Ich habe zu viele Informationen darüber, wie das ablief, was meiner Frau und meinem Sohn letzten Dezember zustieß. Und nicht genug Infos über den Grund. Die Batterie des alten Jeeps hatte gestreikt. Die Straßen waren glatt. Mein Schwiegervater wurde herbeigerufen. Er kam, machte aber alles nur noch schlimmer.

Ehe man sichs versah, war der Wagen meiner Frau von der Straße in den Tullumy River geschlittert und sekundenschnell in die Tiefe gezogen worden. Das Auto wurde flussabwärts gespült, meine Frau und mein Sohn darin gefangen.

Ich zog mich zügig an, ein hellbraunes Sakko zu schwarzer Hose und einem weißen Hemd mit Kragen. Ich bückte mich und streichelte das weißlich rosa Fell an Purvis' Schnauze. Er schnaubte, und ich trat, das Chaos der Vergangenheit aus meinen Gedanken verdrängend, nach draußen.

Während der Fahrt erzählte mir Remy von einer Neuigkeit, die gerade in Harmony die Runde machte. Zwei Dutzend Kinder von der Paragon Baptist waren mit Nasenbluten heimgeschickt worden, und niemand wusste, was die Ursache war.

»Das ist Kendrick Websters Schule, oder?«

Remy nickte. »Abgefahren, was?«

»Schulen sind wie Petrischalen«, sagte ich. »Wir haben es bei Jonas in der Vorschule gesehen. Ein Kind wurde krank. Und schon waren sie alle krank.«

An der Stanislaw Avenue verließ ich die SR-902. Wir wechselten von der Haupt- auf eine Einbahnstraße und parkten vor einem Laden, der A-1 Industrial hieß. Er besaß ein großes Vordach aus Metall, unter dem vier Trucks mit neongrünen Planen standen.

Drinnen stellten wir uns Terrance Clap vor, mit dem Remy telefoniert hatte. Er war jenseits der siebzig, trug zwanzig Kilo Extrawanst mit sich herum und einen Hut im Lokführer-Stil auf dem Kopf.

»Wir bekommen nicht oft Besuch von der Polizei.« Clap stand hinter dem Tresen und lächelte. Seine Stimme war tief und senkte sich am Satzende.

Remy zeigte Clap ein Stück des Kabels, das wir von dem an Kendricks Entführungsort entdeckten Zwölf-Meter-Teil abgeschnitten hatten.

»Was können Sie uns hierzu sagen, Mr Clap?«

Clap schob sich einen Hocker unter den Hintern. Seine Plauze ruhte auf der Theke, und er benutzte eine Lupe, um das Kabel zu untersuchen.

»Tja, das ist Flugzeugkabel, wie ich schon am Telefon gesagt habe.« Er schaute eher mich als Remy an. »Nicht ganz einen Zentimeter dick.«

»Und wozu wird das klassischerweise verwendet?«, fragte ich.

»Nun, das kann ganz unterschiedlich sein«, antwortete er. »Schiffstechnik wäre möglich oder auch im Bauwesen. Was wollen Sie denn damit konstruieren oder heben?«

Ich musterte Clap knapp. Remy hatte ihm am Telefon erklärt, dass es sich hier um eine polizeiliche Untersuchung handelte.

»Wir wollen gar nichts bauen«, sagte ich. »Dieses Kabel ist bei einem Verbrechen benutzt worden. Wir versuchen herauszufinden, welche Sorte Mensch so etwas griffbereit hat.«

Clap runzelte die Stirn. Hinter ihm befanden sich etliche Reihen mit Waren gefüllter Regale. »Wurde damit jemand erwürgt?«, wollte er wissen.

»Wir dürfen leider nicht auf Einzelheiten eingehen«, sagte Remy. »Verkaufen Sie diese Art Kabel hier?«

»Oh, sicher«, sagte Clap. Er watschelte durch einen Gang zwischen zwei Regalen, kehrte mit einer Holzrolle zurück, die ungefähr sechzig Zentimeter im Durchmesser maß, und wuchtete sie auf den Tresen.

Remy tippte mit dem Finger dagegen. Um den Kern waren schätzungsweise sechzig Meter Kabel gewickelt, das haargenau wie unseres aussah. »Bewahren Sie Quittungen von Leuten auf, die das kaufen?«

Clap zögerte, griff unter die Theke nach einem Beutel Red Man und schob sich eine Portion Kautabak unter die Lippe.

»Wir machen's in bar oder auf Rechnung, Schätzchen«,

sagte er, den Blick noch immer auf mich gerichtet. »Falls bar, gibt's Belege wie die hier.«

Clap zog ein Kantholz unter dem Tresen hervor. In dem Brett steckte ein Nagel, auf den Belege gespießt waren.

Ich nahm mir die oberste Quittung und las, was unter »Name« und »Adresse« eingetragen war. Irgendwer hatte *Joe* hingeschrieben. Sonst nichts. Nur Joe. Auf der nächsten stand als Name nur *n.a.* Nicht angegeben.

»Ihr Jungs seid ziemlich detailversessen, stimmt's?«, sagte ich.

Clap hielt meinem Blick stand, mit einem dümmlichen Grinsen in der Visage.

Manchmal wache ich morgens auf und finde mich im Georgia von 1896 wieder. Für mich ist das kein schlechter Ort. Für meine Partnerin hingegen ist es ein fremdes Land. Ein feindseliges Land.

Wir hatten erst seit einem Tag die Ermittlungen aufgenommen, und die Medien kochten bereits über vor Spekulationen, Bundesbehörden könnten den Fall übernehmen. Auf beiden Seiten der Rassenkluft gab es Leute, die genau das wollten. Manche von ihnen aus purer Lust am Chaos.

Meine Miene versteinerte. »Wir haben es hier mit einem sehr ernsten Fall zu tun, Mr Clap, und Sie grinsen wie ein Honigkuchenpferd. Das schätze ich nicht besonders. Bringt mich auf den Gedanken, dass die Trucks da draußen sich in naher Zukunft eine ganze Reihe Strafzettel einfangen könnten.«

Claps Gesichtsausdruck wurde ernst.

»Ein Knöllchen wegen Falschparkens hier und da«,

sagte ich. »Ein paar wegen Geschwindigkeitsüberschreitung. Verdammt, ich könnte mir vorstellen, ein persönliches Interesse an eurem Betrieb zu entwickeln. Geschäftsbücher. Umsatzsteuerunterlagen. Einkommensteuer.« Ich hielt den Beleg hoch, der auf »Joe« lautete. »Zum Beispiel sind Sie möglicherweise der Ansicht, unser Joe hier hätte Teile im Wert von zehn Dollar gekauft, doch der Staat besteht darauf, es wären hundert, weil einhundert Mäuse höhere Steuereinnahmen bringen. Könnte ja sein, dass der Staat Gefallen an Geld findet.«

»Fangen wir doch noch mal von vorne an«, sagte Clap ausdruckslos.

»Ja, machen wir das.« Ich hielt das Kabelstück in die Höhe. »Wie würden Sie dieses Zeug beschreiben?«

»Tja ...«

»Oh, und schauen Sie gefälligst meine Kollegin an, wenn sie Ihnen eine Frage stellt.«

Er sah mich eine Minute lang an und ließ es dann dabei bewenden. »Wir nennen das ein Sieben-mal-Neunzehner«, erklärte er. »Man hat einen Strang von neunzehn Kabeladern und darum herum sechs andere Stränge.«

»Und die Kunden?«, wollte Remy wissen. »Zu welchem Zweck kaufen sie es?«

Clap wandte sich Remy zu.

»Es trägt Gewicht«, sagte er. »Besitzt das, was wir einen hohen Ermüdungswiderstand nennen. Wird hauptsächlich für Flaschenzugmechanik verwendet. Treibscheiben.«

»Was sind Treibscheiben?«, fragte Remy.

Der Alte ging zu einer Kiste in einem der Regale hinüber

und entnahm ihr eine dieser Radscheiben, in die eine Nute gefräst war. Ich hatte so was schon mal gesehen, aber nie gewusst, wie man es nannte.

»Ein Typ, der Sieben-mal-Neunzehner kauft«, erklärte Clap Remy, »repariert Industriemaschinen. Besitzt einen Kran. Arbeitet an irgendeinem Schacht oder Bohrloch. Wenn man schweres Zeug in Bewegung setzen muss, dann braucht man sein Kabel, sein Riemenrad, seine Treibscheibe.«

»Was ist mit einem Abschlepplaster?«, warf ich ein. »Der hat eine Winde, oder? Ungefähr das gleiche Konzept?«

Claps Finger trommelten einen Takt in der Nähe seines Bauchnabels. »Also, bei Abschleppern hat das Kabel eine ganz spezielle Größe. Das ist nicht meine Branche, aber richtig, das Prinzip ist das gleiche, würde ich sagen.«

Ich kaute auf meiner Lippe herum und überdachte die Verbindung, die Abe bereits entdeckt hatte. Vaughn McClure, von dessen Haus Kendrick aufgebrochen war, unterhielt ein Abschleppunternehmen. Und der Stormin'-Norman-Pannendienst gehörte StormCloud, der Neonazi-Gruppe.

»Nehmen wir also an, ich habe einen Flaschenzug«, fuhr ich fort, »oder einen Abschleppdienst. Wäre es normal, wenn ich zwölf Meter hiervon in meinem Truck aufbewahrte? Für Notfälle?«

Clap zuckte mit den Schultern. »Würde mir durchaus einleuchten. Obwohl die Leute vom Abschleppdienst, soweit ich weiß, für gewöhnlich ein dünneres Kabel verwenden.«

Noch besser, dachte ich. Die Wickelmarkierung um den Baum herum passte nicht ganz zu Abschlepplastern. Sollten wir es also hinten in Vaughn McClures Truck finden, wäre es deutlich belastender.

Dann fiel mir etwas ein, das ich nicht in Betracht gezogen hatte.

Ich dachte an Kendrick, der an den Baum geknüpft war. Und an das »Wie« des Ganzen. Dass diese Sorte Kabel im Kofferraum vielleicht einem anderen Zweck diente, abgesehen von jenem, Kendrick dort draußen am Graben das Licht auszuknipsen.

»Dieses System, von dem Sie gerade sprachen«, sagte ich zu Clap. »Das Riemenrad, die Treibscheibe. Das wäre perfekt, wenn ich etwas Schweres hoch in, sagen wir, einen Baum ziehen müsste, oder? Ich könnte ein Kabel um einen Ast schlingen, es durch die Treibscheibe führen ...«

»Sie haben's erfasst«, sagte Clap. »Normalerweise würde ein solcher Job schwere Arbeit für zwei Männer bedeuten – mit einem Riemenrad-System schafft das spielend einer alleine.«

14 Die Arme waren dem Jungen hinter dem Rücken gefesselt worden, sein Gesicht wurde ins Wasser gedrückt.

»Sie müssen das nicht tun«, presste der Junge unter Schmerzen hervor. Er lag auf dem Bauch. »Sie könnten mich gehen lassen. Ich habe Ihr Gesicht nicht gesehen.«

»Tja, dann sollte ich dir mein Gesicht wohl zeigen, Kendrick«, sagte der Mann.

Der Mann kannte seinen Namen.

»Nein«, flehte Kendrick.

Doch der Mann trat vor ihn. Hob seinen Kopf an.

Schmerz schoss durch Kendricks Schulter und seinen Arm hinab.

Kendrick sah die Augen des Mannes. Einen weißen Sabberfaden, der von seinem Mundwinkel herabhing.

Kendricks Gesicht wurde erneut ins Wasser gedrückt, und der Mann lag auf ihm.

Beide waren angezogen, aber der Mann begann an seinem Hals zu schnüffeln. Raunte seltsame, unbekannte Worte, vermischt mit Englisch. Fummelte und kratzte am Kopf des Jungen herum.

»Erhebe dich«, sagte der Mann inmitten von Wörtern, die klangen, als kämen sie von einem anderen Planeten.

Kendricks Kopf wurde aus dem Wasser gerissen, er schnappte nach Luft.

Spuckte. Schrie. »Gehen Sie runter von mir!«

»Brenne«, sprach der Mann dann und drückte Kendricks Kopf wieder nach unten.

Kendrick schluckte schlammiges Wasser, während er nach dem Mann schlug. Was bohrende Schmerzen von seinem Handgelenk bis in seinen Ellbogen jagte.

Kendrick hatte fast jegliche Kraft verloren, als der Mann seinen Kopf zum letzten Mal hochzog.

»Übernimm ihn«, sagte der Mann zu jemand anderem, der in der Dunkelheit wartete.

Kendrick atmete auf. War es vorbei?

Doch dann zerrte man ihn nach hinten.

Schleifte ihn über rauen Boden.

Riss ihn an dem Strick, der seine Hände hinter dem Rücken fesselte, in die Höhe – wobei seine gallertartigen Arme die ganze Last seines Gewichts trugen. Und er schrie, wie er noch nie zuvor geschrien hatte.

Doch wo auch immer er war ... niemand schien es zu hören.

15 Bis mittags hatten Remy und ich die anderen beiden Lieferbetriebe mit Flugzeugkabel im Sortiment abgeklappert. Wir hatten bei jedem das Glück gehabt, einen Computer auf dem Verkaufstresen vorzufinden. Und beide Geschäfte übergaben uns, ganz ohne jede Strafandrohung, Listen von Leuten, die im vergangenen Monat unser besonderes Kabel-Kaliber erworben hatten. Nennen Sie's Südstaaten-Gastfreundschaft.

Als wir vom letzten Laden wegfuhren, konnte ich mich der Vorstellung nicht erwehren, dass der eigentliche Sinn und Zweck des Kabels darin bestanden hatte, Kendrick diese Kiefer hinaufzuhieven.

Wir rauschten inzwischen über die State 902, und Remy redete sich die Dinge von der Seele, die ihr zu schaffen machten. Die Lotteriegewinne in Harmony am selben Tag wie der Mord. Die merkwürdigen Gewitterstürme über dem Landstück, wo Kendrick ermordet worden war.

Ich fuhr vom Highway ab und steuerte mein Haus an. Ich ging nicht davon aus, dass der Sturm oder das Lottospiel von größerer Bedeutung waren, aber das geschnitzte

Symbol an dem Baum, wo jemand Kendrick aufgelauert hatte, lag mir einigermaßen schwer im Magen.

Andererseits wusste ich auch, dass meine Partnerin jung und noch leicht zu beeindrucken war. Und was zählte, waren Beweise, nicht irgendein Bauchgefühl.

»Jedes Mal, wenn ich denke, es geht bei einem Fall um etwas Großes«, sagte ich, »stoße ich bloß auf einen normalen Kerl – einen bösen Mann, der böse Dinge tut.«

Ich bog in meine Straße ein, wo Remy am Morgen ihren Wagen hatte stehen lassen.

»Verschwörerisch wäre nur«, sagte ich, »wenn wir nichts unternehmen und die Arschlöcher entkommen lassen.«

Ich setzte Remy vor meinem Haus ab, und sie blieb einen Moment vor der Fahrertür stehen.

»Ich bin in einer Stunde da«, sagte ich. »Muss nur noch Purvis rauslassen.«

»Es würde dir eventuell guttun, ausnahmsweise was Ordentliches zu dir zu nehmen.«

Es war das erste Mal, dass meine Partnerin ganz offen meine Trinkerei ansprach, und ich war unsicher, wie ich darauf reagieren sollte.

»Okay«, sagte ich. »Danke.«

Ich ging hinein und nahm mir die Speisekammer vor. Ich fand ein bisschen Maisgrieß und Mehl mit Backpulverzusatz, woraus ich einen Teig für Maiskuchen ansetzte.

Ich ließ Purvis hinten raus, und er schnüffelte um eine alte Doppelschaukel herum, die ich im Garten aufgebaut hatte, als Jonas fünf gewesen war. Purvis' braunweißer

Schwanz bewegte sich eigenmächtig von links nach rechts, während er den Erdboden beroch.

Die Glieder der Kettenschaukel waren rostig vom morgendlichen Sprühregen aus der Berieselungsanlage, und mir fiel etwas auf, das ich zuvor nicht bemerkt hatte. Unter jeder Schaukel war immer ein Fleck blanke Erde gewesen, wo die Füße meines Sohnes über den Erdboden schleiften. Gras konnte dort nicht wachsen, doch jetzt waren die zwei Stellen von grünem Marathongras überwuchert.

Ich wanderte zurück in die Küche und briet die Maiskuchen in Lenas alter gusseiserner Bratpfanne.

Während ich kochte, starrte ich aus dem Küchenfenster. Auf der östlichen Seite des Hauses erstreckte sich ein bewaldetes Stückchen Land mit Elliott-Kiefern, die derart dicht standen, dass man kaum hindurchgehen konnte. Allerdings war überall um sie herum unkrautartiges Blutgras mit weißen Blüten in die Höhe gewachsen, hatte sich selbst in die Stämme ausgesät und die Bäume langsam erdrosselt.

Sind Remy und ich da in was Finsteres reingeraten? Was richtig Faules, Niederträchtiges?

Ich aß am Herd, bis ich voll war wie ein feister Zeck. Fett und Mehl ergossen sich in meine Kaldaunen und absorbierten sämtlichen Alkohol, der von letzter Nacht übrig war. Die Sonne warf Schatten durch die Jalousien auf den Fußboden, und es sah aus wie eine Treppe, die ins Nirgendwo führte. Ich musste daran denken, wie viele Fälle in einer Sackgasse endeten und wie viele Drecksäcke nie erwischt wurden.

Mein Handy klingelte. Es war Abe.

»Ich bin auf eine Geldtransaktion zwischen der Firma McClure und dem Stormin'-Norman-Pannendienst gestoßen.«

»Bullshit«, sagte ich.

»Nö, siebentausendfünfhundert Steine. Von Stormin' Norman an McClure überwiesen.«

Geld von Neonazis für McClure.

»Wir haben ihn«, sagte ich.

»Könnten ganz normale Alltagsgeschäfte sein«, warnte Abe. »Aber das und die StormCloud-Tätowierung von Virgil Rowe ... plus das dreihundert Meter vom McClure-Haus entfernt gefundene Kabel. Einem freundlichen Richter sollte das genügen, um uns mit einem Durchsuchungsbefehl zu beglücken.«

Eine Stunde später traf ich Abe vor dem McClure-Gebäude in der Nähe des Stadtzentrums. Der Richter hatte uns einen Hausdurchsuchungsbeschluss für das private Anwesen der McClures verweigert, aber einen Lappen für das Geschäftslokal ausgestellt.

Vaughn McClure empfing uns an der Tür. Abe zeigte seine Marke und überreichte ihm den Amtswisch.

»Was zum Teufel ist das?«, fragte McClure. Er war in den frühen Vierzigern. Kantiger Kopf und dichtes schwarzes Haar. Er sah aus wie ein Model, das Haarfärbemittel für Männer bewarb.

Abe bedeutete McClure mit einer Geste, die Unterhaltung draußen zu führen, während ich den Laden einer raschen Musterung unterzog.

Der kleine Vorraum im vorderen Bereich fiel sparsam aus. Trinkwasserspender für Kunden. Ein Stapel dieser eistütenspitzen Papierbecher obendrauf. Ein paar verschlissene Stühle.

Ich legte los, indem ich die Schreibtischschubladen durchstöberte. Nichts. Dann den Aktenschrank. In einem Ordner im letzten Fach fand ich eine abgestempelte Rechnung von Stormin' Norman über den Dollarbetrag, über den Abe gestolpert war. Als Gegenstand der Rechnung war »Drei Trucks – Zusatzdienstleistung« eingetragen.

Abe hatte sich inzwischen in die Garage begeben, während ein Streifenpolizist McClure draußen am Straßenrand Gesellschaft leistete. Abes Auftrag war, das Flugzeugkabel zu finden – nicht das Drei-Achter für Abschleppfahrzeuge, sondern das Fünf-Sechzehner, das zu dem bei Kendricks Entführung benutzten Kabel passte.

Ich ging raus und zeigte Abe das Dokument. In der Garage roch es nach Motoröl und Kaffeebohnen. »Ich hab nicht das Geringste, P.T.«, sagte Abe.

Ich schob die Rechnung in eine verschließbare Asservatentüte, und McClure kam herüber. Auf seinem schwarzen Polohemd waren helle Schweißflecke zu sehen.

»Was haben Sie da eingesteckt?« McClure deutete mit einem Nicken auf die Asservatentüte. Ich war ein paar Zentimeter größer als er, aber seine Arme schienen aus Granit zu sein.

»Begleiten Sie uns doch bitte in die Stadt, Mr McClure. Dort können Sie sich mit Ihrem Anwalt treffen.«

McClure rief seine Frau an und stieg in den Streifenwagen. Ich folgte der Streife mit meinem Pick-up, sodass ich mit Abe reden konnte. Es war drei Uhr nachmittags, und ich hatte gehofft, wir würden mit mehr in den Händen zurückkehren als nur dem schriftlichen Nachweis dessen, was Abe bereits in digitaler Form entdeckt hatte.

»In diesem Büro gab es keinerlei belastendes Material«, sagte ich zu Abe, sobald wir unter uns waren. »Und das Problem hierbei« – ich hielt den Beleg in die Höhe – »besteht darin, dass es sich bei Stormin' Norman um eine rechtmäßig geführte Abschleppfirma handelt. Diese Quittung bestätigt bloß, dass McClure jemanden in seinem Metier mit einigen zusätzlichen Trucks versorgt hat.«

»Klar«, sagte Abe. »Aber da ist noch, wie soll ich's sagen...«

»... der hässliche Anstrich des Ganzen?« Ich führte den Satz mit einer von Abes Standardfloskeln zu Ende.

»Falls McClure unschuldig und tatsächlich bloß darauf aus ist, seine geschäftlichen Tätigkeiten abzusichern«, sagte Abe, »dann wird er jetzt mit uns reden wollen, Partner.«

»Sagt wer?«

»Nun, wenn er's nicht tut«, erklärte Abe, »werfen wir den Deb Newberrys dieser Welt einen kleinen Happen von Stormin' Norman und der Nazi-Verbindung zu Kendrick hin. Und lassen den Markt den Rest erledigen.«

Das Wort »Markt« war Abes Ausdruck für Presse. Was darauf hinauslief, dass die Medien mit dieser Information dieselbe Verbindung zwischen dem Neonazi-Abschleppdienst und Vaughn McClure herstellen würden wie wir.

Und dann würden sie McClure bei lebendigem Leibe auffressen. Demonstranten vor seinem Ladenlokal. Übertragungswagen vor seinem Haus. Wenn er dann versuchen sollte, seine Familie und seinen Betrieb zu schützen, konnten wir diesen Impuls gegen ihn wenden.

Doch wenn er, wie wir vermuteten, eine getarnte Nazi-Arschgeige war, würde er mit seinem Anwalt in den Ring steigen, und wir würden daraufhin sein Leben komplett zerpflücken, bis wir was Neues gefunden hatten.

Wir kehrten aufs Revier zurück, und Alana McClure war bereits da, zusammen mit einem Anwalt. Die Gattin war eine korpulente Rothaarige, der Jurist ein spindeldürrer Weißer in den Siebzigern, den ich schon vor Gericht gesehen hatte. Sein Name war Kergan.

Wir brachten den Rechtsanwalt und die McClures in einem Zimmer unter und gestatteten Kergan, eine Minute lang seinen Sermon loszulassen. Die übliche Anwaltsleier darüber, dass seine Klienten schikaniert würden.

Dann legte ich sie auf den Tisch. Die Quittung. Den Artikel über StormCloud und deren Besitztümer. Das Kabelstück.

»Ich werde Sie nicht anbetteln, mir irgendwas zu erzählen, Mr McClure«, sagte ich. »Wissen Sie, was das hier ist?« Ich legte meine Hand auf den Tisch. »Das bin ich, der Ihnen eine Hand entgegenstreckt, während Ihr Boot gerade in einem Sturm absäuft.«

»Nichts zwingt uns, hier anwesend zu sein«, sagte Kergan und schob seinen Stuhl zurück.

»Wenn die Presse Wind davon bekommt, dass Sie

womöglich in irgendeiner Verbindung zu einem bei lebendigem Leibe verbrannten schwarzen Jungen stehen und dessen Eltern keinen Beistand leisten wollen ...?«

»Sind Sie etwa gerade dabei, meine Klienten zu erpressen?«, ging Kergan dazwischen.

»Und unser Hauptverdächtiger«, schaltete Abe sich ein, »ist ein Nazi-Rassist, mit dem Sie Geschäfte treiben.«

Abe ließ es in der Luft hängen und nachklingen. Ich versetzte ihnen den letzten Schlag. »Kendrick wurde in dem Feld ein paar Hundert Meter von Ihrem Haus entfernt geschnappt«, sagte ich. »Für eine Menge Leute mag das so aussehen, als hätten Sie ihn am Samstagabend in voller Absicht seine Sachen packen lassen – und in die Arme eines Neonazis getrieben, von dem Sie Geld kassieren.«

»Wir gehen.« Kergan erhob sich.

»Setzen Sie sich«, sagte Vaughn McClure zu seinem Rechtsbeistand.

Der Anwalt nahm erneut Platz.

Vaughn McClure atmete laut aus. Er schien nervös zu sein. Aber er war mindestens ebenso angepisst.

»Diese Sache.« Er nahm den Rechnungsbeleg zur Hand. »Stormin' Norman brauchte Unterstützung von einer zweiten Firma, um von einem Grundstück alte Karren wegzuräumen. Also heuerten sie uns an. Wir arbeiteten drei Tage lang Seite an Seite mit ihren Fahrern. Wir haben nie über Politik gesprochen, und wir wussten einen Scheiß über sie, abgesehen von der Tatsache, dass sie innerhalb von zehn Tagen netto zahlten.«

»Tragen Sie einen Adler auf der Haut, Mr McClure?«,

fragte Abe. »Sollten wir Sie einbuchten, finden wir dann Hass-Tätowierungen auf Ihren Schultern?«

Vaughn McClure sah seine Frau an und dann wieder mich.

»Wir wollten nicht den Eindruck erwecken, als würden wir dick auftragen«, sagte Vaughn McClure. »Und schlecht über Kendrick reden.«

Die Stimmung im Raum änderte sich.

»Was heißen soll?«, fragte ich.

»Hören Sie, wir mögen Kendrick«, sagte Alana McClure. »Er hat über zwanzig Mal bei uns im Haus zu Abend gegessen. Aber im Laufe des letzten Jahres ist es schwierig gewesen, ihn dabeizuhaben. Und vorigen Samstag ist es wieder passiert.«

»Was ist passiert?«, fragte Abe.

»Kendricks Verhalten«, sagte Vaughn McClure. »Hat die anderen Jungs herumgeschubst. Besonders meinen Jungen. Ich bin kein Helikoptervater, habe aber schließlich eingegriffen.«

»Kendricks schlechtes Benehmen hat die Übernachtungsaktion beendet?«, fragte Abe.

»Nur zu, fragen Sie Eric«, erwiderte Vaughn McClure. »Er war ebenfalls dabei.«

»Ich würde schlechte Einflüsse dafür verantwortlich machen«, ergriff Alana McClure das Wort. »Leute von der Kirche.«

Das klang in meinen Ohren nach Quatsch. Andererseits hatten wir die Angelegenheit immer aus dem Blickwinkel der Websters betrachtet.

»Einflüsse von wem zum Beispiel?«, hakte ich nach.

»Da treibt sich ein Kerl bei der Kirche herum«, sagte Vaughn McClure. »Tattoos bis hier unten.« Er deutete auf seine Handgelenke. »Viele der Jungs halten ihn für cool. Er ist im Gefängnis gewesen. Redet mit ihnen über Mädchen.«

Ich schaute Abe an.

»Ich habe jeden Angestellten der First Baptist überprüft«, sagte er.

»Ich glaube, er ist ein ehrenamtlicher Mitarbeiter«, sagte Alana McClure. »Lebt auf dem Grundstück in einem Schuppen. Fährt ein Rennmotorrad.«

Die Kleinigkeit mit dem Motorrad war ein Paukenschlag. Wir hatten entsprechende Spuren in der Nähe des Tatorts gesehen.

Wir sprachen noch länger mit den McClures, bis ich ein schnelles dreimaliges Klopfen gegen das Beobachtungsfenster hörte. Das war Remys Signal, und ich entschuldigte mich. Überließ es Abe, ihnen Gesellschaft zu leisten.

Im Beobachtungsraum hatte Remy ihren Laptop aufgeklappt.

»Sag mir bitte, dass das gequirlte Scheiße ist.« Ich deutete auf das Spionagefenster. »Dass wir gerade nicht etwa unseren besten Verdächtigen verloren haben.«

»Die Kirche hat einen neuen Mann für alles«, erwiderte Remy. »Cory Burkette.«

Das Bild, das Remys Worte hatten aufsteigen lassen, zeigte Burkette als blassen weißen Schatten. Er trug einen orangefarbenen Häftlingsoverall.

»Er wurde vor einem Monat aus Rutledge entlassen«,

sagte Remy. »Hat acht Jahre für versuchten Raub abgesessen.«

»Und er fährt ein Motorrad?«

»Eine Suzuki GSX, Baujahr 2011.« Remy zog ein Foto hervor.

»Woher kennt Burkette die Websters?«

»Irgendein kirchliches Sozialprogramm in Kooperation mit dem Rutledge-Gefängnis«, erklärte Remy. »Der Reverend betreute Burkette, als er eingelocht war. Nachdem er Bewährung gekriegt hatte, lud Webster ihn ein, bei der First Baptist zu wohnen.«

Remy trat nach draußen, um Eric Sumpter aufzurufen, den anderen Jungen, der an der Pyjamaparty teilgenommen hatte. Während sie damit beschäftigt war, kramte ich die Fotos der Reifenspuren draußen bei Ungers Farm hervor. Ich dachte an den Bewässerungskanal, wo wir Kendricks BMX-Rad entdeckt hatten. Ein Motorrad böte eine einfache Möglichkeit, Kendricks Körper zügig von dort wegzubringen.

Remy öffnete die Tür, und ich konnte es sofort an ihrem Gesicht ablesen.

Eric Sumpter hatte den Grund für das Ende der Übernachtungsaktion bestätigt. Die McClures waren entlastet.

»Kacke«, sagte ich.

Remy zuckte mit den Achseln und schnappte sich ihre Schlüssel. »Eine Tür schließt sich, eine andere geht auf. Stimmt's? Holen wir uns Burkette.«

Ich nickte, und zwanzig Minuten später rollten wir auf das Kirchengrundstück. An einem Dienstag um vier Uhr nachmittags war der Ort einsam und verlassen.

Remy kannte die Gegend, da sie hier aufgewachsen war. »Es gibt einen Zufahrtsweg, der hintenrum führt.« Sie zeigte in die entsprechende Richtung.

Ich fuhr eine kurvige Einfahrt runter, die sich bis hinter die Kirche und vorbei an einer Reihe von Müllcontainern zog.

»Da.« Sie zeigte darauf.

Zwischen dem hinteren Teil des Kirchengeländes und dem Grundstück, auf dem das Haus der Websters stand, befand sich eine Art Verschlag, der ungefähr drei mal fünf Meter maß. Es war ein hellbraunes Fertighäuschen aus Glasfaser mit einem dunkelbraunen Plastikdach, dessen Gussform Schindeln simulierte.

Mein Blick folgte einer Stromleitung, die von der Kirche her verlief, sich über eine gertenschlanke Esche hinwegschlang und schließlich auf das Barackendach herabführte. Wahrscheinlich benutzte Burkette sie, um das Kabuff mit Energie zu versorgen.

Ich steuerte den Bordstein an und stieg aus. Als Remy vor dem Truck meinen Weg kreuzte, zog sie ihre Dienstwaffe unter dem Blazer hervor.

Ich schüttelte den Kopf in ihre Richtung und tastete mich ab. Sie verstand die Botschaft, auf kirchlichem Grund und Boden keine Kanone zu zücken, und schob ihre Pistole ins Holster zurück.

Die Vorderseite des Schuppens lag von uns aus gesehen auf der gegenüberliegenden Seite. Langsam überquerten wir den Rasen. Auf halbem Weg fielen mir Reifenspuren im Gras auf.

Die Spuren waren flach und glatt, genau wie jene, deren Fotos man am Tatort geschossen hatte.

Ich gab Remy ein Zeichen, um die Westseite der Hütte herumzugehen, während ich mich an die östliche Seite hielt.

Als wir am Vordereingang anlangten, stießen wir die Tür auf.

Niemand da.

Drinnen war eine Matratze auf dem Boden ausgerollt. Daneben stand ein alter Dreizehn-Zoll-Fernseher. Der Apparat hatte aus einem metallenen Kleiderbügel gefertigte Hasenohren.

Ich betrat den kleinen Raum. Eine alte Holzkommode stand neben der Matratze, und sämtliche Schubladen waren aufgezogen. Die Bude roch nach Aqua-Velva-Rasierwasser und Schmutz.

»Da hatte es ja jemand sehr eilig, sich vom Acker zu machen«, meinte Remy.

Sie ließ den Strahl ihrer Taschenlampe über ein einsames Paar weißer Boxershorts in der obersten Schublade wandern. Am Etikett blieb das Licht stehen.

Größe 26.

Burkette war eins achtzig groß und wog neunzig Kilo.

»Burkette hat schon vor Jahren nicht mehr Größe 26 getragen, Rem.«

»Kendrick aber nicht«, entgegnete sie. »Was zur Hölle hat also seine Unterhose in Burkettes Kommode verloren?«

16 Wir schickten einen Fahndungsaufruf für Cory Burkettes 2011er Suzuki GSX raus und sammelten uns am Revier.

Es war Dienstagnachmittag, fünf Uhr. Weniger als sechsunddreißig Stunden seit Kendricks Leiche entdeckt worden war.

Im Konferenzraum wühlte sich Abe durch einen fetten Stapel Papier. »Cory Burkette war die letzte Person, die Kendrick eine Textnachricht schickte.«

Abe hielt eine ausgedruckte Seite in die Höhe und las den Text laut vor.

> Heute Abend endet früh. Hast gesagt, du zeigst es mir, wenn Elts schlafen.

»Wann war das?«, fragte Remy.

»Zehn nach sieben«, sagte Abe.

Ich markierte es auf unserem Zeitstrahl. Kendrick hatte die Übernachtungsparty um ungefähr zehn nach sieben verlassen. Dann hatte er Burkette eine SMS geschickt und darin mitgeteilt, dass die Sache gelaufen war.

Wir starrten auf die Worte der Kurznachricht.

»Tja, ›Elts‹ sind Eltern«, sagte Remy. »Haben die Kids schon vor Jahren gesagt.«

»Und ›du zeigst es mir‹?« Ich dachte an die Boxershorts, die wir gefunden hatten. »Wer ist der Ansicht, dass das gruselig klingt?«

Remy hob ihre Hand, und ich ging zu der Wand rüber, wo wir unser Beweismaterial arrangiert hatten. Starrte auf das Bild der Unterhose in Größe 26.

»Die Unterhose also«, sagte ich. »Halten wir Burkette für einen Pädophilen? Ihn und den Jungen für ein Liebespaar? Wie sieht's aus?«

»Was, wenn Burkette eine ungute Neigung zum Unterwäschesammeln hätte?«, sagte Abe. »Vielleicht hat er sich Kendrick am Samstagabend erstmals richtig genähert. Der Junge wies seine Avancen ab und drohte dem Ex-Knacki mit Outing.«

»Demnach tötete Burkette Kendrick, um ihn zum Schweigen zu bringen?«, räsonierte ich. »Danach erzählt Burkette seinen Nazi-Freunden, er hätte es um der Sache willen getan. Sie tun sich zusammen und verbrennen Kendrick?«

»Wäre eine Möglichkeit«, sagte Abe.

»Wir gehen nach wie vor davon aus, dass Burkette und Rowe einander kannten?«, fragte ich. »Auf welchem Weg? Über StormCloud?«

»Das ist unsere Hypothese«, sagte Remy.

»Wurde Burkette im Gefängnis rekrutiert? Wie Rowe?«

»Mitglied der Weißen Söhne Georgias«, sagte Remy und

hielt den Blick auf das Strafregister des Aushilfshausmeisters gerichtet.

Abe sah von seinen Notizen auf. »Aber Reverend Webster hat gesagt, all das sei Teil seiner Vergangenheit und läge hinter ihm. Webster lernte Burkette durch ein Kirchenprojekt kennen, das Rutledge-Insassen geistlichen Beistand bot.«

Ich schaute auf der Nord- und Südwand des Zimmers nach, wen Abe noch unter »Verdächtige« notiert hatte.

Im Rowe-Fall war da ein weißes Blatt Papier mit einem aufgemalten Smiley. Daran geklammert war eine Kopie von Martha Velasquez' Führerscheinfoto.

Sie war die hispanische Frau, die Corinne um drei Uhr früh hatte abzischen sehen. Der Smiley stand für denjenigen, den ein Phantombildzeichner porträtieren würde, sobald man sich mit Velasquez zusammengesetzt hatte. Wenn sich die Dinge so entwickelten, wie ich vermutete, würde es eine Zeichnung von mir werden.

Abe sah, wohin ich starrte.

»Sorry, P.T.«, sagte er. »Mrs Velasquez hat die Stadt verlassen, um ihrer Tochter mit einem Neugeborenen zur Hand zu gehen. Sie ist oben am Tray Mountain in White County. Außer Reichweite.«

»Sie wird also nicht hier antanzen?«

»Sie fährt übermorgen mit ihrer Tochter zurück«, sagte Abe. »Ich habe für Heiligabend einen Zeichner einbestellt.«

Ich nickte, fühlte mich jedoch innerlich elend.

Mein Blick wanderte zur gegenüberliegenden Wand. Zu unseren Verdächtigen im Mordfall Kendrick. Dort hing das

Fahndungsfoto eines weißen Mannes, der mir unbekannt war.

»Wer ist dieser Typ?«, fragte ich.

»Sein Name ist Bernard Kane. Kam vollsteif aufs Revier und behauptete, Kendrick getötet zu haben.«

»Ein Säufer, der Aufmerksamkeit sucht?«, fragte Remy.

»Höchstwahrscheinlich.« Abe zuckte die Schultern. »Es hat nicht lange gedauert, bis wir bestätigen konnten, dass er zum Zeitpunkt des Mordes in Macon war. Das einzige Problem ist, dass er – bei seinem Aufnahmegespräch – die Streife fragte, ob Kendrick zwei gebrochene Ellbogen hätte.«

Ich drehte mich zu Abe um. »Das ist doch wohl nicht zur Presse durchgesickert, oder?«

Abe schüttelte den Kopf. »Ich habe die Uniformierten gebeten, ihn in eine Ausnüchterungszelle zu stecken.«

»Ich unterhalte mich auf dem Weg nach draußen mit ihm«, sagte ich.

Wir vereinbarten schließlich, uns aufzuteilen. Remy sollte die Liste der Leute durchkämmen, die als Kunden für die Sorte Kabel infrage kämen, das man benutzt hatte, um Kendrick vom Fahrrad zu holen, während ich zu Virgils und Corinnes Wohnung zurückkehrte. Wir brauchten noch immer einen Beweis dafür, dass Rowe und Burkette zusammengearbeitet hatten. Ich hoffte, diesen in Rowes Haus zu finden.

»Ich habe eine Frage, Rem«, sagte ich, bevor meine Partnerin rausging. »Sah es in Virgil Rowes Bude chaotisch aus? Als wir zum ersten Mal dort waren?«

»Sauber war sie jedenfalls nicht«, antwortete sie. »Warum?«

Ich hielt unsere Fallakte mit den Bildern, die unser Kriminaltechniker Alvin Gerbin gemacht hatte, in die Höhe. Die Türen des Küchenschranks standen offen, Tassen und Teller lagen umgekippt durcheinander.

»Ist mir nicht aufgefallen«, sagte sie. »Allerdings war auch eine Menge los.«

»In Ordnung, ich werde mich umsehen«, sagte ich, verließ das Besprechungszimmer und schaute bei meinem Spind vorbei.

Ich hatte überall nach meinem Hausschlüssel-Ersatzset gesucht und erinnerte mich, dass die Schlüssel in meinem Dienstfach lagen. Doch als ich meinen Spind inspizierte, war er, abgesehen von einem alten Trainingshandtuch, leer.

Ich ging in den ersten Stock runter und überflog den Papierkram zu diesem Bernard, der über Kendricks Ellbogen Bescheid wusste. In seiner Akte fanden sich zwei Vermerke wegen Trunkenheit am Steuer und zwei Verweise wegen Ruhestörung.

Bernard Kane befand sich in einer Einzelzelle und lag mit dem Gesicht zur Wand auf einer Pritsche.

»Bernie?«, sagte ich.

Der Mann rollte sich herum. Sein Alter war mit neununddreißig angegeben, aber er sah jünger aus. Trug ein blaues Sakko und Designerjeans.

»Bernard«, korrigierte er mich und stand auf. Der Gestank von Urin wehte durch die Luft.

»Detective Marsh«, stellte ich mich vor. »Ich habe gehört, Sie hätten sich als Verantwortlicher unseres Feuermordes der Polizei gestellt.«

»Das habe ich«, sagte er.

»Könnten Sie mir erzählen, wie Sie es getan haben?«

Seine Augen leuchteten auf. »Ich hab den Jungen verbrannt. Schlicht und einfach.«

»Haben Sie ihn erst umgebracht?«, fragte ich. »Und dann seinen Leichnam verbrannt? Oder haben Sie ihn verbrannt, als er noch am Leben war?«

Bernard biss sich auf die Lippe und dachte offenbar über seine Optionen nach. »Was glauben Sie, was ich getan habe?«, fragte er.

Ich ignorierte seine Frage. »Woher haben Sie das blaue Kreppband?«, fragte ich.

»Im Internet gekauft«, sagte Bernard. »Kann man nicht zurückverfolgen.«

»Es gab kein blaues Kreppband.«

Bernards Gesichtszüge entgleisten.

»Woher wissen Sie von den Ellbogen, Bernard?«

Er trat näher an die Gitterstäbe heran, und seine Augen huschten unruhig von einer Ecke des Korridors in die andere.

»Kommen Sie näher, und ich sag's Ihnen.«

Ich verstand nicht, was für ein Spiel er spielte, beugte mich aber vor.

»Ich kenne diese Einzelheiten, weil dies nicht das erste Mal ist, Detective. Es ist schon öfter passiert. Und jedes Mal brechen sie die Ellbogen.«

Ich wich zurück und sah Bernards glasigen Blick. Als wäre er hypnotisiert worden. Ich bewegte meine Hand vor seinem Gesicht hin und her.

»Und wer sind *sie*?«, fragte ich.

Er richtete sein Augenmerk wieder auf mich und schob seinen Kopf zwischen die Stäbe. »Kommen Sie näher, und ich erzähl's Ihnen.«

Ich trat abermals vor, und seine Hände schossen durch die Gitterstäbe und packten meine Schultern.

»Himmel«, sagte ich und stieß ihn in seine Zelle zurück.

Bernard stürzte seitwärts zu Boden.

»Ich habe versucht, Ihnen ein Geheimnis anzuvertrauen«, heulte er. »Über das Glück. Alles hängt vom Glück ab.«

Ein Wachmann, der den Tumult gehört hatte, kam den Flur runtergeeilt. »Sind Sie okay?«, wollte er wissen.

»Ja.« Ich nickte.

Bernard kroch zu seiner Pritsche zurück und zog die Matratze eng an seinen Leib. »Ich wollte ihn bloß warnen«, erklärte er der Wache. »Ich habe so Sachen gesehen.«

»Der Kerl hat sie nicht alle, P.T.«, sagte der Polizist. »Beachte ihn nicht weiter.«

Ich wandte mich zum Gehen.

»Hüten Sie sich vor dem Riesen«, rief Bernard, als ich mich entfernte. »Er erledigt die Drecksarbeit.«

Ich steuerte meinen Pick-up an und dachte an die schiere Menge von Geisteskranken in dieser Stadt.

Als ich den Parkplatz erreichte, wurde dort ein Pulk junger Männer mit Streikschildern auf Holzstangen abgesetzt.

Ich stellte zu einem von ihnen Blickkontakt her, und er sah seine Kameraden an. »Das ist er.« Er zeigte in meine Richtung. »Der Kerl von Reddit.«

Ich sah kurz über die Schulter. Redete er von mir? Und was zum Geier war Reddit?

Ich schmiss den Motor an und rollte gerade vom Bordstein runter, als der Vogel mir nachschrie. »Komm zurück, du Rassistenschwein.«

Eine Meile später holte ich mein Handy raus. Tippte »Reddit« und »P. T. Marsh« ein.

Unter dem Link, den ich anklickte, fand sich im oberen Teil der Seite ein Bild von mir, aufgenommen am ersten Tag draußen bei Ungers Farm. Die Schlagzeile darunter stellte eine einfache Frage: *Arbeiten weiße Cops wirklich hart daran, schwarze Morde aufzuklären?*

Ich rief Remy an. »Erinnerst du dich an unser Gespräch übers Sich-selbst-Googeln?«, fragte ich. »Nach dem eigenen Namen suchen?«

»Du hast den Reddit-Artikel entdeckt?«

»Gerade eben«, sagte ich. »Wie schlimm steht's beim schwarzen Teil der Gemeinde mit der Sache, Rem?«

»Ich glaube, die kümmern sich im Augenblick mehr um die Kinder mit dem Nasenbluten.«

Die Vorfälle an der Paragon Baptist waren während der letzten Stunde hochgekocht. Eines der Kinder war ins Koma gefallen.

»Irgendwer vom Sender hat gemeint, es wäre Typhus?«, sagte ich.

»Abgefahren, oder?«, gab Remy zurück. »Das Gute ist, dass die Kinder jetzt Antibiotika bekommen. Es wird also in den Nachrichten dies betreffend ruhiger werden.«

Ich vollendete ihren Gedanken. »Und unser Fall wieder lauter?«

»Wenn bis zum Sonntagsgottesdienst keine Ergebnisse in Sachen Kendrick vorliegen, werden hier einige berühmte Persönlichkeiten auftauchen, P.T.«

Was auf Leute von außerhalb des Staates wie Al Sharpton anspielte. Außerdem namhafte Fernsehprediger und Kirchenmänner innerhalb Georgias wie Creflo Dollar. Und all das, obwohl wir öffentlich noch gar nicht von Lynchmord gesprochen hatten.

»Ich weiß, dass dir unsere Gemeinde am Herzen liegt«, sagte Remy. »Du hast dich dort eingeheiratet. Aber für jemanden, der stinksauer ist, bist du nichts weiter als ein weißer Bulle, dem alles am Arsch vorbeigeht.«

»Ich verstehe«, sagte ich. »Graben wir also weiter.«

Ich drückte das Gespräch weg und bog in meine Straße ein. Purvis war seit mittags nicht mehr draußen gewesen, und ich musste ihm zehn Minuten zum Pinkeln verschaffen.

Doch als ich aus meinem Truck stieg, stimmte irgendwas nicht.

Die Eingangstür meines Hauses stand weit offen, und Purvis lag mit dem braun und weiß gefleckten Bauch nach oben und geschlossenen Augen auf der Veranda.

Ich zog meine Glock, schlich an ihm vorbei durch die offene Tür und roch Pine-Sol-Haushaltsreiniger sowie Clorox.

Im Durchlass zur Küche tauchte eine Frau auf. Sie trug ein luftig sitzendes Batikkleid.

Ich atmete kräftig aus und schob meine Waffe ins Halfter.

Exie, die Zwillingsschwester meiner verstorbenen Frau, stand dort mit einer Scheuerbürste in der einen und einer Müslischale in der anderen Hand.

»Ein paar Teile von diesem Geschirr, Paul«, sagte sie, »sollten vielleicht entsorgt werden.«

»Mann, du hättest dir eine Kugel einfangen können«, raunzte ich sie an.

»Ich bin ziemlich zuversichtlich, dass du mich nicht erschießen würdest, Paul.«

Ich betrachtete meinen Esstisch. Auf Lenas Tischläufer waren sechs oder sieben Kristalle in einem dekorativen Oval platziert worden. In einem Schälchen in der Mitte brannte eine Räucherkerze.

»Wo steckt Thomas?«, erkundigte ich mich nach ihrem Sohn. Exie war alleinerziehende Mutter. Lebte zwei Stunden von hier entfernt.

»Er ist bei seinem Vater«, sagte sie.

Mein Blick wanderte über das gleiche Gesicht und die gleiche Figur, die meine Frau gehabt hatte. Die weiche Haut, die zu berühren ich so sehr vermisste.

»Du solltest nicht hier sein«, sagte ich. »Der Arzt meinte, das wäre nicht gesund. Du siehst wie sie aus. Du klingst wie sie.«

Exie setzte eine beschwichtigende Miene auf. »Und ich habe dir gesagt, dass ich das respektiere, es sei denn, es herrschten mildernde Umstände.«

»Wie viel brauchst du?«

»Geld? Keins.« Sie richtete den Blick zu Boden. »Ich meine, ich lehne nie ein Darlehen ab. Aber deswegen bin ich nicht gekommen.«

Ich griff nach den Kristallkugeln und blies die Räucherkerze aus. Kurz verspürte ich Lust, den ganzen Kram in den Müll zu werfen, trug die Steine dann aber zu ihrer Handtasche hinüber.

Ich zog hundertvierzig Mäuse in Zwanzigern aus der Brieftasche, mein gegenwärtig gesamtes Barvermögen. Legte die Scheine zu den Steinen. »Du musst gehen, Exie.«

»Entspann dich«, sagte sie. »Ich bin zwei Stunden hier raufgefahren, um dir was zu sagen.«

Der Geruch von verbranntem Salbei erfüllte die Luft. »Worum geht's?«, fragte ich.

»Meine Zwillingsschwester hat zu mir gesprochen«, sagte Exie. »Ich habe einem Paar die Karten gelesen, und Lenas Geist kam hinzu.«

Ich reichte Exie ihre Handtasche.

Die Liebe meines Lebens war die vernünftige Schwester gewesen.

Exie hingegen arbeitete nebenberuflich als Medium und besaß nicht einen Büstenhalter. Darüber hinaus war sie eine notorische Ladendiebin. Viermal verhaftet. Ich schätze mal, dass sie den Arm des Gesetzes bei ihren Séancen niemals kommen sah.

»Ihr Geist sagte mir: Jemand ist drauf und dran, Paul zu versohlen.«

»Versohlen?«, sagte ich. »Mich zusammenschlagen?«

Exie nickte.

»Lena hat nie in ihrem Leben das Wort ›versohlen‹ gebraucht«, sagte ich.

»Jemand, den Paul kennt und dem er vertraut«, fuhr Exie fort.

»Lena nannte mich niemals Paul«, sagte ich.

In Wahrheit taten das nur sehr wenige Leute. Die meisten gehörten zur Familie meiner Frau, aber Lena gehörte nicht zu ihnen. Selbst wenn sie sauer war, schrie meine Ehefrau mir nur einen einzigen Buchstaben entgegen, P.

»Lass uns aufbrechen«, sagte ich. »Ich muss auch los.«

»Meine Warnung ist echt und aufrichtig«, beharrte Exie.

»Ich weiß«, erwiderte ich, als ich sie eilig zur Tür hinausschob. »Und ich danke dir dafür.«

Ich trat nach draußen, schnappte mir Purvis und sah zu, wie meine Schwägerin davonfuhr.

Als der Wagen verschwunden war, wandte ich mich an meine Bulldogge.

»Warum hast du sie reingelassen?«, fragte ich. »Eigentlich sollten wir zwei doch zusammenhalten.«

Purvis glotzte mich nur aus seinen riesigen braunen Augen an.

Ich hatte mich schon oft gefragt, ob er den Unterschied zwischen Lena und Exie kannte. Ob das Verschwinden meiner Frau und meines Sohnes verwirrend für Purvis war. Oder ob ihm hundertprozentig klar war, was sich ereignet hatte. Und dass nur ich ihm als beschissener Trostpreis geblieben war.

Ich verfrachtete Purvis in meinen Pick-up, schloss das Haus ab und warf den Motor an.

17 Zurück in den Straßen, die Nummern trugen, bog ich an der 33. rechts ab und ließ die Karre vor dem Bungalow von Randall Moon, seines Zeichens Vermieter von Corinne und Virgil, langsam ausrollen.

Ich klopfte lautstark an die Tür. Was mir Moon noch immer dringend liefern musste, war ein Mietvertrag ohne Corinnes Namen darauf.

Ein klapperdürrer asiatischer Typ um die dreißig öffnete die Tür. Er trug ein Roll-Tide-Muskelshirt und stank nach Marihuana. Ich entblößte mein Blech und nannte den Grund für mein Kommen.

»Ja, hab Sie schon erwartet, Mann. Aber alles cool«, sagte er und strich sich mit der Hand über seinen schwarzen Schnurr- und Ziegenbartflaum. »Corinne hat mich angerufen und mir alles erklärt.«

Was alles erklärt?

Ich sah mich um und scannte die Straßen hinter mir. Das Letzte, was ich brauchen konnte, war irgendeine Kiffbirne, die überall rumerzählte, dass ich in Virgil Rowes Todesnacht in dessen Bude war.

»Was genau hat sie erklärt?« Ich blinzelte. »Weil ich

Ihnen nämlich einen Gefallen tue, Kumpel. Ich könnte Ihren Schuppen an der 31. dem Erdboden gleichmachen. Ein Traktor kommt und walzt alles platt.«

Moon hustete nervös und drückte den Rücken durch. »Ja. Nein. Ich meine, sie hat nichts Schlimmes erzählt. Nur dass sie Sie kennt, und wie Sie schon sagten, Sie tun uns einen Gefallen.«

Uns? Mein Gott. War Corinne jetzt mit diesem Kasper zusammen? Ich fixierte die Pupillen des Typen. Er war breit wie ein Baumwollfeld.

»Ist Corinne noch immer in der Gegend?«, fragte ich.

»Klar«, sagte er. Versuchte, mir in die Augen zu schauen, schaffte es aber nicht.

»Ich dachte, sie hätte die Stadt verlassen?«

»Hab ich auch gedacht«, sagte Moon. Auf seiner Stirn bildete sich ein Schweißfilm. »Sie treibt sich rum – aber irgendwo anders, verstehen Sie? Nicht hier in Mason Falls.«

Himmel, er weiß Bescheid, sagte Purvis. *Und er lügt.*

Ich warf abermals einen flüchtigen Blick über die Schulter auf die in der Nähe geparkten Autos. Hielt Ausschau, ob in einem davon jemand saß. Vielleicht ein verdeckter Ermittler.

»Der einzige Name im Mietvertrag ist Virgil Rowe, Bro«, sagte Moon schließlich und nahm einen Umschlag vom Couchtisch. Darin steckte ein Stoß von Papier.

Mann, was für ein Durcheinander! Soweit ich wusste, hatte dieser Vogel Virgil den Haschziegel verkauft.

Ich schnappte mir den Umschlag und ging ohne ein weiteres Wort raus zu meinem Pick-up.

Ich hatte die Hilfsaktion für Corinne in jener ersten Nacht verbockt. Jetzt wusste dieser Junkie-Scheißer das und eventuell auch die Lady, für die Abe einen Termin mit dem Phantombildzeichner verabredet hatte.

Das Beste, was ich unternehmen konnte, war, mich weiter voranzuackern – ich musste nachzuweisen versuchen, dass Burkette und Rowe einander kannten. Falls das so war, hätte ich die zwei Fälle in unmittelbare Verbindung gebracht.

Wenige Minuten später befand ich mich zwei Blocks weiter in Virgils Haus und hatte dort sämtliche Lichter eingeschaltet.

Ich spähte in Rowes Badezimmer. Das Gleiche wie in der Küche: umgeworfene Sachen, weit offen stehende Schranktüren.

Ich entschied, das Haus ein weiteres Mal zu durchforsten, Zimmer für Zimmer, um vielleicht auf irgendwas zu stoßen, das jemand gesucht, aber nicht gefunden hatte. Deshalb hatte ich Remy gefragt, ob in der Hütte ein Durcheinander herrschte.

Nach zwanzig Minuten stand ich mit leeren Händen da.

Ich ließ mich in denselben Sessel fallen, in dem ich gesessen hatte, als ich Virgil zur Rede gestellt hatte. Ich machte meine Tasche auf und blätterte mich durch die Fallakte.

Als ich zu dem Eintrag kam, der sich um meine Fingerabdrücke auf dem Feuerzeug drehte, hob ich den Blick. Während der letzten Stunde hatte ich sechs oder sieben Feuerzeuge im Haus rumliegen sehen, diese billige bunte

Sorte, die man umsonst bekommt, wenn man im Kiosk Kippen kauft.

Mein Blick fiel auf eine Streichholzschachtel auf einem Regal im Wohnzimmer. Es waren große Streichhölzer, die man für Kamine benutzte, untergebracht in einer überdimensionierten Schachtel für Überallzündhölzer. Zwischen zwei Taschenbüchern von James Lee Burke gequetscht.

War das in einem Haus ohne Kamin eine Seltsamkeit? Oder das Souvenir eines Brandstifters?

Ich griff nach der Schachtel und schüttelte sie. Es klapperte nichts. Als ich sie aufschob, sah ich, dass sie mit Bargeld vollgestopft war. Hunderter. Frische Scheine.

Ich breitete die Noten aus. Es waren zehntausend Dollar. Quer über den untersten Schein hatte jemand mit schwarzem Edding zwei Worte geschrieben.

Erhebe dich.

Auf der Rückseite derselben Banknote klebte ein winziger gelber Post-it-Zettel. Auf diesen waren die Buchstaben P.B. und eine Zeitangabe gekritzelt, zwei Uhr nachmittags.

Wer oder was war P.B.?

Ich dachte an Kendricks Initialen, K.W., sowie andere, die in unseren Ermittlungen auftauchten.

Der andere Junge vom Übernachtungsabend war Eric Sumpter. E.S.

Und der junge McClure. J.M.

Mein Handy klingelte. Es war Abe. »Hast du dort irgendwo einen Fernseher?«, fragte er.

Ich fand eine Fernbedienung.

»Channel 4«, sagte Abe.

Ich drückte die Programmtasten und sah, dass sich die überschaubare Gruppe von Demonstranten vor dem Revier vergrößert hatte, seit ich von dort aufgebrochen war. Ungefähr einhundert Leute marschierten herum und trugen Schilder mit Botschaften zu Gleichheit, Polizeibrutalität und Mangel an Vielfalt.

Ein Banner mit der Ankündigung einer Eilmeldung leuchtete permanent am unteren Rand des Bildschirms auf.

»Seit zehn Minuten teasern sie eine neue wichtige Meldung«, sagte Abe.

Ich öffnete einen Schrank, in dem ich eine Flasche No-Name-Wodka gesehen hatte. Nahm einen Schluck, ohne überhaupt darüber nachzudenken.

»Los geht's«, sagte Abe. Ich wartete darauf, dass das Wort »Lynchmord« in irgendeiner Grafik am unteren Bildrand aufleuchtete. Und dann alles den Bach runterging.

Stattdessen zeigten die Bilder Remy und mich, wie wir vor der First Baptist parkten.

»Was zum Teufel ist das?«, meinte Abe.

Jemand hatte Remy mit dem Handy dabei gefilmt, wie sie ihre Waffe zog, als sie aus meinem Truck stieg. Die Aufnahme stoppte sehr bald, wurde dann jedoch in Dauerschleife immer wieder von vorne abgespielt und ließ praktischerweise den Teil weg, in dem sie ihren Revolver wieder wegsteckte.

Der Streifen am unteren Bildrand präsentierte die Schlagzeile *Polizei zieht Schusswaffe auf Kirchengelände*.

»Lieber Gott«, sagte ich.

Vor der Fernsehkamera interviewte man Grace Webster, Kendricks Mutter. Sie wurde gefragt, ob sie wüsste, dass die Polizei Kirchengrund betreten hatte, und sie schüttelte den Kopf.

Auf dem Schirm erschien ein Foto von Cory Burkette, gefolgt von einem Schriftzug, der *Verdächtig des Mordes und der Brandstiftung* lautete. Der Nachrichtensender musste sich das zusammengereimt haben, weil wir die Hütte aufgesucht hatten.

»P.T.«, sagte Abe. »Tut mir leid. Channel 4 war nicht der Sender, auf den ich gewartet habe. Ich bin im Pausenraum, und irgendwer muss das Programm verstellt haben. Schalt um auf elf.«

Ich wechselte den Kanal und sah Deb Newberry von Fox am Rand einer Landstraße stehen.

»Ich stehe hier an der SR-909 außerhalb von Bergamot«, sagte Newberry. »Hinter mir befindet sich die Hütte von Clarence Burkette, dem Onkel des Tatverdächtigen Cory Burkette, der im Zusammenhang mit dem Tod von Kendrick Webster gesucht wird.«

»Was zum Geier?«, sagte ich.

Die Kamera vollführte einen Schwenk zu einer kleinen einfachen Hütte, die hinter Newberry in der Ferne zu sehen war. »Vor einer Stunde konnte ich beobachten, wie Burkette diese kleine, schlichte Bauernhütte betrat. Seitdem hat er sie nicht verlassen.«

»Wir kriegen eine Adresse«, sagte Abe. »Soll ich mir Remy schnappen? Wir treffen uns dann dort?«

»Bin unterwegs«, sagte ich, die Schlüssel bereits in der

Hand. Dann biss ich mir auf die Unterlippe. Mir war etwas eingefallen.

Remy würde wahrscheinlich von Chief Dooger suspendiert werden, weil sie sich vor der Kirche von einer Kamera hatte erwischen lassen.

»Nur du allein, Abe«, sagte ich. »Sag Remy, dass es mir leidtut, aber sie muss auf den Boss warten.«

Ich steckte die Kohle ein, rannte raus und knalle die Holztür hinter mir zu.

18 Die Flüssigkeit, mit der Kendricks Kleidung getränkt war, brannte in seinen Poren und ließ ihn in der Nachtluft erschauern.

Die Dämpfe stiegen auf und verätzten die Haut um die kleinen Haare in seinen Nasenlöchern herum.

Er brauchte eine Minute, bis er den Geruch zuzuordnen wusste.

Kerosin.

Dann sah Kendrick Himmel. Er lag im Freien auf feuchtem Boden auf dem Rücken.

Seine Finger langten nach Gestrüppzweigen, aber der Schmerz drang von überall auf ihn ein, sodass er aufhörte, sich zu bewegen. »Bitte, lieber Gott«, murmelte er.

Er sah den Mond. In Erdkunde hatten sie gerade erst zu- und abnehmenden Mond durchgenommen, und dies war ein zunehmender Dreiviertelmond. Wenige Tage vor Vollmond.

»Dad«, sagte er laut und schaute sich um. Der Himmel glänzte purpurn. Die Sonne würde bald aufgehen.

»Er ist wach«, sagte eine Stimme. Zäh und nasal. Ein Mann stand dort, und Kendrick fühlte sich furchtbar klein neben ihm.

Kendrick versuchte seinen Kopf zu heben, doch um seinen Hals war etwas Dickes.

»Nein«, schrie er.

In seinen Augenwinkeln blitzten orangefarbene Zacken aus Sonnenlicht auf.

»Warum?«, fragte er den Mann.

»Du bist auserwählt. Und heute wirst du befreit.«

Frei?

Hoffnung keimte in ihm auf, aber es währte nur ein paar Sekunden.

Er spürte, wie sein Körper gezogen wurde – nicht an dem Seil, das man zuvor hinter seinem Rücken verknotet hatte, sondern an etwas, das um seinen Hals geschlungen war.

Ein kurzes Zerren, und sein Leib flog hinauf in die Luft. Ein würgendes Straffen, mit dem sich der Strick um seine Kehle enger und enger zusammenzog.

Und dann konnte er die Hitze spüren. Er erkannte, was das orange Flackern war.

Feuer verbrannte den Erdboden unter ihm.

19

Die Hütte von Cory Burkettes Onkel hatte nur ein Zimmer und stand in einem Tal abseits der State Route 909.

Auf meiner Fahrt dort raus kam ich an zwei Hotels vorbei, die man an einer nach Mason Falls führenden Schnellstraße hochgezogen hatte. Bei beiden hingen *Belegt*-Schilder in den Fenstern, und ich fragte mich, ob die großen Medientiere schon aufgekreuzt waren.

Als ich von der Hauptstraße abbog, sah ich sechs Streifenwagen am Rand des Grundstückes parken. Die Abendluft sirrte. Die Hälfte der Demonstranten vom Polizeirevier hatte die Nachrichten von Fox gehört und war hierher umgezogen. Auf hochgehaltenen Schildern stand *Korrupte Bullen scheren sich einen Scheiß* und *Vielfalt jetzt!*

Die Polizeitruppe war ebenfalls in voller Stärke angetreten. Um das Grundstück herum sah ich ein halbes Dutzend SWAT-Jungs und zwanzig Streifenhörnchen. Ich bremste und schlich im Schritttempo durch die Menge der Gaffer.

Kaum hatte ich den Truck auf Parken geschaltet, stand Abe vor meiner Fahrertür. Die Luft roch wie Nachtjasmin und Primeln, und in der Ferne stieg ein gelber Mond auf.

»Burkette ist da drin«, sagte Abe.

Ein gutes Stück vor uns befand sich die Blockhütte des Onkels, errichtet auf einem quadratischen Schottergrund. Es war keine dieser modernen Hütten, die rustikal aussahen, tatsächlich aber mit einer Satellitenschüssel und einer Tiefkühltruhe ausgestattet waren, sondern ein winziges Häuschen, das man vor einhundert Jahren gebaut hatte. Das Areal links und rechts davon war mit großen immergrünen Magnolien bepflanzt. An den Spitzen der grünen Zweige hingen weiße, tellerförmige Blüten, die sich aufspreizten und nach Zitrone rochen.

»Ist er allein?«, fragte ich.

Abe nickte. »Und bewaffnet.«

Ich blieb stehen. »Bist du sicher?«

Abe deutete auf Burkettes Suzuki, die an der rechten Seite der Hütte lehnte. »Der Streifenpolizist, der als Erster die Leute von Fox von hier vertrieben hat, er konnte einen kurzen Blick durchs Seitenfenster werfen.« Abe zeigte in die entsprechende Richtung. »Die Vorhänge standen zunächst noch offen, und er sah eine .45er auf dem Tisch liegen.«

»Scheiße«, sagte ich.

Ein Wald aus Sumpfkiefern erstreckte sich jenseits der Hütte über etliche Meilen hinweg und wurde schließlich staatliches Land, ein Waldschutzgebiet.

»Wie steht's mit einer Hintertür?«, fragte ich. »Oder einem weiteren Fenster?«

Abe schüttelte den Kopf. »Ein Weg rein. Ein Weg raus. Und inzwischen hat er das Fenster mit irgendeinem Stück

Holz verrammelt. Wir gehen davon aus, dass es ein Küchenbrett ist.«

Wir hatten uns der Hütte bis auf knapp zwanzig Meter genähert und hielten inne.

Ungefähr acht Cops hockten hinter zwei Chevrolet-Suburbans, die vor der Hütte postiert waren. An jeden SUV drückten sich Mitglieder des Sondereinsatzkommandos, ihre Remington-Pumpguns auf die Tür gerichtet. Große Scheinwerfer waren aufgestellt worden und machten die Nacht zum Tag.

»Gibt's da drin einen Festnetzanschluss?«, fragte ich.

»Nein«, gab Abe zurück. »Wir haben Burkettes Handynummer, aber das Telefon ist entweder ausgeschaltet oder tot. Außerdem wissen wir nicht viel über diesen Kerl, P. T.«

»Hol Reverend Webster her«, sagte ich. »Wenn er und der Ex-Knacki irgendeine Beziehung unterhalten, werden wir uns das zunutze machen.«

Abe nickte und dampfte ab. Ich schnappte mir die Flüstertüte und stellte mich Burkette vor. Hinter mir hörte ich die Menschenmenge weit entfernt auf dem Highway irgendwas skandieren.

»Cory, falls Sie ein Handy haben, gebe ich Ihnen meine Nummer.« Ich wartete eine Minute und leierte dann meinen Standardtext runter.

»Wir haben's nicht eilig«, sagte ich. Der erste Schritt bestand darin, eine Verbindung aufzubauen. »Ab neun Uhr abends kriegen viele von uns ihre Überstunden bezahlt. Wir mögen bezahlte Überstunden, Cory.«

»Ich hab Kendrick nichts getan«, rief eine Stimme.

Na bitte, du hast ihn zum Sprechen gebracht.

»Okay, vielleicht wissen Sie etwas, das hilfreich sein könnte«, sprach ich ins Megafon. Ich langte nach meinem Notizbuch und blätterte hastig zu dem Namen von Kendricks Mutter zurück. »Cory, für Grace ist es wichtig, zu wissen, warum es passierte. *Wie* es passierte.«

Keine Reaktion von Burnette. Grace löste nichts in ihm aus.

Ich zeigte mit dem Finger auf jeden der SWAT-Jungs hinter den Wagen und tippte mir auf die Brust, um zu fragen, ob sie kugelsichere Westen trugen. Alle nickten.

Dann deutete ich auf mich selbst, womit ich signalisierte, jemand solle mir eine Weste holen.

Ich zog mir das Ding an, richtete mich auf, hastete von einem Cop zum anderen und schärfte jedem ein, dass ich Burkette, falls irgend möglich, lebend wollte. Verwundet wäre hinnehmbar, aber er musste reden können.

Abe kam herbeigelaufen und ging neben mir in die Hocke. »Der Prediger ist hier.«

Die Beamten hatten weiter hinten, dort, wo ich parkte, ein Faltzelt aufgebaut. Dorthin machte ich mich auf.

Reverend Webster ging im Zelt auf und ab. Er trug einen violetten Pullover mit V-Ausschnitt und eine schwarze Hose, war Ende dreißig, schlank und um die eins achtzig groß, mit kurz geschnittenem, allmählich lichter werdendem Haar. Dreißig Meter weiter Richtung Highway hielten zwei CNN-Ü-Wagen Kameras auf uns gerichtet.

»Reverend«, sagte ich und wandte mich ab. »Mr Burkette ist bewaffnet, und ehrlich gesagt, weiß ich nicht, wie lange er dort drinbleiben wird. Wären Sie trotz allem, was Ihrem Sohn geschehen ist, bereit, mit ihm zu reden?«

»Gleich vorab: Ich glaube nicht, dass Cory Hand an meinen Sohn gelegt hat«, sagte Webster.

Ich hatte die Ehefrau des Reverends ein paarmal in den Nachrichten gesehen. Bei jeder dieser Gelegenheiten schien sie einfach allen die Schuld zuzuschreiben.

»Nein?«, meinte ich.

»Ich weiß, dass meine Frau sich Cory gegenüber skeptisch gezeigt hat«, fuhr er fort. »Und auch sehr kritisch gegenüber der Polizei. Aber ich habe gesehen, wie Cory mit Kendrick umging. Er hat eine gute Seele. Ich denke, es war jemand anderer.«

»Wussten Sie, dass sich Cory im Gefängnis Neonazi-Gruppierungen anschloss?«, erkundigte ich mich.

»Natürlich«, gab Webster zurück. »So haben wir uns kennengelernt. Er trat mit mir in Kontakt, weil ich das örtliche Pfarramt innehabe.«

Wussten Sie, dass dieser Kotzbrocken eine Unterhose Ihres Kindes in seiner Hütte versteckte?, fragte Purvis.

»Sie haben ihm demnach die Absolution erteilt?«, wollte ich wissen.

»So funktioniert mein Glaube nicht, Detective. Derlei vermag nur Gott allein.«

Ich griff nach einer kugelsicheren Weste und bat Webster, hineinzuschlüpfen.

»Ziehen Sie die bitte an, Sir«, sagte ich und war ihm behilflich.

»Sie sind sich wahrscheinlich der Tatsache bewusst,

dass ich dagegen war, Sie die Ermittlungen in diesem Fall leiten zu lassen«, sagte Webster, als ich die Weste stramm zog.

»Das bin ich.«

»Dennoch wüsste ich gerne – sind Sie Christ?«

Ich gab keine Antwort und brachte die Klettverschlüsse an, wo sie hingehörten.

»Ich versuche nicht, Sie zu bekehren«, sagte er. »Meine Frau fragte danach.«

Ich starrte ihn an. »Will sie wissen, ob ich bereit bin, einem Menschen das Leben im Austausch für das ihres Sohnes zu nehmen?«

Websters Blick ruhte auf dem Erdboden. Der Reverend und seine Gattin funkten nicht auf derselben Wellenlänge. Nicht nur bezüglich Burkette, sondern auch wenn es um Gerechtigkeit ging. Aber vielleicht ging es auch um Rache.

Ich führte Webster zu einem der Suburbans und reichte ihm die Flüstertüte. »Wenn Sie aufrichtig glauben, dass Burkette unschuldig ist, dann helfen Sie mir, ihn lebend hier rauszukriegen.«

Der Reverend wappnete sich. Sagte einen Moment lang nichts. Dann hob er das Megafon vors Gesicht. »Cory«, sagte Webster. »Ich habe Detective Marsh soeben erklärt, dass ich dich für unfähig halte, jemandem Verletzungen oder Schmerzen zuzufügen, schon gar nicht Kendrick.«

»Reverend?«, ertönte Burkettes Stimme.

»Ich bin es, Cory«, sagte Webster.

Eine vereinzelte Träne rann die Wange des Predigers hinab, und mir wurde bewusst, wie unerträglich und bizarr die Situation war. Hier sprach einer mit dem Mann, der höchstwahrscheinlich seinen Sohn getötet hatte.

»Cory, alles ist gut«, sagte Webster.

Ich streckte die Hand vor und knipste das Megafon aus. »Bitten Sie ihn, rauszukommen, damit wir über alles reden können. Versichern Sie ihm, dass wir keinesfalls schießen werden.«

Webster nickte, und ich schaltete das Megafon wieder ein. »Die Polizei wird nicht schießen, Cory. Komm doch bitte hinaus, damit wir reden können.«

Eine Minute später hörten wir, wie ein Schloss entriegelt wurde. »Ich werde nur bis zur Tür kommen«, schrie Burkette. »Von dort aus können wir reden. Kommen Sie näher, gehe ich sofort wieder rein.«

Ich griff mir die Flüstertüte. »Cory, hier spricht noch mal Detective Marsh. Wir werden alle die Waffe runternehmen, nur ich nicht. So läuft das bei uns. Damit Sie sich auf mich konzentrieren können. Sie müssen allerdings sehr langsam rauskommen, mit den Händen über dem Kopf.«

Ich sah, wie sich eine einzelne Hand durch den Türspalt schob. Dann noch eine. Ich trat zwischen die zwei Suburbans, meine Glock auf Burkettes Brust gerichtet.

Es war das erste Mal, dass ich ihn von Angesicht zu Angesicht sah. Er war ein kräftiger Kerl, bleiche Haut und Sommersprossen, mit der Statur eines Four-Down-Runningback. Massig und muskulös. Kaum stellte ich mir vor, wie er das Streichholz anriss, das Kendrick tötete, wollte ich ihn erledigen.

»Weiter komme ich nicht raus, Marsh«, sagte er an der offenen Tür. »Sie können ja zu mir kommen.«

Burkette stand nur knapp im Freien, und seine Augen huschten nervös von einer Seite zur anderen, als er die imposante Kulisse der vielen Lichter und Fahrzeuge auf sich wirken ließ.

Ich war auf zehn Meter herangekommen. Dann auf sieben.

Neben der Tür stapelte sich frisch gespaltenes Feuerholz, und in der Luft lag der strenge Geruch von Baumrindenspänen.

Sechs Meter. Vier.

»Hier draußen sind eine Menge Bullen, Marsh«, sagte Burkette mit aschfahlem Gesicht. Er sprach mit einem Akzent, bei dem die Worte in die Länge gezogen wurden. Das erinnerte mich an einen alten Partner von vor sechs oder acht Jahren. Er schaffte es, ein Wort wie »unser« auf drei Silben zu strecken.

»Schauen Sie nur auf mich«, sagte ich. Ich ließ meine Waffe sinken, sodass der Lauf auf den Boden unter ihm wies, ich ihn aber, falls nötig, jederzeit in die Höhe reißen konnte.

»Okay, reden wir«, sagte er.

Ich hielt nun inne, statt mich weiter zu nähern.

»Ich habe es nicht getan«, sagte er. »Ich weiß, dass alle das denken, aber ich würde Kendrick niemals was antun.«

»Kennen Sie einen Mann namens Virgil Rowe?«

Burkette sah mich eindringlich an. Er war schweißüberströmt. »Ist er Mitglied der Kirche?«

Ich schüttelte den Kopf.

»Mögen Sie kleine Jungs, Cory?«, fragte ich.

Ich wollte ihn nicht reizen. Ich wollte lediglich die Reaktion auf seiner Miene sehen. Würde sich Verwirrung darauf abzeichnen? Ableugnen?

Doch das sollte mir nicht vergönnt sein. Stattdessen geschah etwas anderes.

Und es ereignete sich wie in Zeitlupe.

Ich vernahm ein Geräusch. Etwas über mir, von dem ich vermutete, dass es eine Drohne war.

Der schwirrende Laut erschreckte Burkette, der sich daraufhin zur Tür umdrehte, die einen Spaltbreit offen stand.

Seine .45er steckte im hinteren Bund seiner Lee-Jeans. Als er mit dem Gesicht zur Hütte dastand, hielt er inne, fast so, als würde ihm in letzter Sekunde klar werden, dass er uns seine Waffe präsentierte.

»Ich sehe sie«, schrie ich in genau dem Moment, in dem Burkette nach der Pistole langte. Er hielt sie nach hinten gerichtet am Griff und versuchte sie in die Hütte zu werfen.

Ein Schuss knallte. Dann noch ein Schuss. Beide von derselben Position hinter mir.

Burkette brach zusammen, und ich rannte zu ihm rüber.

»Mein Gott«, sagte ich. Blut floss aus seinem Nacken. »Cory, reden Sie mit mir.«

»Gigg. Kenttrock. Noss.« Cory Burkette würgte Nonsens hervor.

Mit den Fingern versuchte ich ein Loch in seinem Hals zu stopfen, das viel zu groß dafür war. Weitere drei Sekunden lang war seine Stimme unverständlich, und dann kam nichts mehr. Er war tot.

Ich stand auf und starrte auf die Pistole, die Burkette bei seinem Zusammenbruch in die Hütte geschleudert hatte.

Es gab nur einen Bullen, der zwei derartige Treffer hintereinander landen konnte, und ich wandte mich zu Abe um.

»Komm schon, Mann«, sagte ich mit flehender Miene. »Ich habe laut gerufen, dass ich sie gesehen hatte.«

»Du hast sie *gesehen*?« Abe verzog das Gesicht.

»Ja«, sagte ich. »Burkette muss aufgegangen sein, dass wir seine Knarre gesehen hatten, und er hat versucht, sie in die Hütte zu schmeißen.«

Abe schüttelte den Kopf. »Willst du mich verarschen, P.T.? Er war ein Ex-Knacki, der das Leben eines Kindes auf dem Gewissen hat. Er hat nach einer Waffe in seinem Hosenbund gegriffen. Es ging um uns oder ihn.«

Ich trat frustriert gegen die Vorderwand der Hütte. »Ich habe mit dem Kerl geredet, Abe. Er hatte mir gerade gesagt, dass er Rowe nicht kannte.«

»Und jeder Typ, der im Todestrakt sitzt, ist unschuldig«, sagte Abe.

Er stürmte davon, und ich richtete meine Aufmerksamkeit auf Reverend Webster. Er stand vornübergebeugt und kotzte. Als er den Kopf hob, um mich anzuschauen, sagte er: »Sie haben gewusst, dass das passieren würde, nicht wahr?«

Burkette war sein Freund gewesen, und wir hatten den Prediger benutzt, um ihn in den Tod zu locken. Und dem

Reverend dann einen Platz in der ersten Reihe geschenkt, damit er der Gerechtigkeit ansichtig wurde, die seine Frau für ihren Sohn einforderte.

»Nein«, teilte ich ihm mit. »Es tut mir leid.«

Er streifte die Weste ab, die ich ihm umgeschnallt hatte, drehte sich um und blickte zur Menschenmenge beim Highway hinüber. Es gab Jubelrufe, als sich die Nachricht von Burkettes Ableben unter ihnen verbreitete.

»Sie und Ihre Leute haben soeben einen unschuldigen Mann getötet«, sagte Webster. »Ein Lamm zur Schlachtbank geführt.«

Ein Uniformierter brachte Webster weg, und die Menge zerstreute sich langsam.

Die Wahrheit lautete, dass Abe recht hatte. Burkette war ein Killer und bewaffnet einem Dutzend Cops gegenübergetreten. Ein kleiner Junge war ermordet worden. Webster mochte es nicht gewohnt sein, diese Art von Gewalt mit anzusehen, aber wir erledigten hier keine Sozialarbeit.

Ich atmete zum ersten Mal seit etlichen Tagen aus. Ein Gefühl der Erleichterung überkam mich. In Mason Falls war eine grauenerregende Tat begangen worden. Jetzt waren die zwei Männer, die damit in Verbindung standen, tot.

Abe saß auf der hinteren Stoßstange eines Notarztwagens. Ein Typ namens Cornell Fuller unterhielt sich mit ihm. Fuller war in Mason Falls der Leiter des Dezernats für interne Ermittlungen, und er nahm Abes Pistole an sich.

Streifenpolizist Gattling kam auf mich zu.

»Burkette hat die Hütte vor vier Wochen von seinem

Onkel geerbt«, sagte der Beamte. »Die Reporter von Fox haben das offenbar rausgefunden.«

Ich dachte darüber nach. Ergab es Sinn, dass Burkette in einem dreckigen Verschlag bei der Kirche wohnte, nachdem er dieses Häuschen geerbt hatte? Oder war es genauso wie hier? In beiden Fällen kein Strom oder Telefon.

Und dann dämmerte es mir.

Es war gut für mich. Das Ende, das diese Geschichte genommen hatte, war gut für mich.

Kein Burkette auf Erden bedeutete, keine Unterhaltungen mit ihm über Virgil Rowe. Der Fall würde sich von selbst erledigen, Burkette als Kendricks Mörder gelten. Warum sonst tritt man Bullen mit einer .45er entgegen? Und Virgil Rowe wäre als Komplize und Neonazi aktenkundig, bei dem niemand Wert darauf legte, dass die Polizei wertvolle Arbeitszeit verschwendete, um nachzubohren.

Was ein Gespräch über mich und meine Hilfsaktion für Corinne, die zu Virgils Ermordung führte, wenig wahrscheinlich machte.

Ich dachte an jene erste Nacht bei Rowe und das Aufwachen am nächsten Tag.

Ich hatte das Flanellhemd, das ich getragen hatte, noch immer nicht gefunden. Lag es blutdurchtränkt irgendwo in irgendeiner Mülltonne? Hatte ich es in den Fluss geworfen?

Mein Gerechtigkeitsgespür sagte mir, dass noch mehr an all diesen Sachen dran war, aber mein Selbsterhaltungsinstinkt flüsterte mir ein, zügig mit dem Papierkram fertig zu werden. Ich schnappte mir meine Schlüssel und fuhr zum Revier zurück.

20 Als ich die Polizeiwache betrat, war es dort still und leer wie in einer Geisterstadt. Ich schaltete den Fernseher im Pausenraum an und durchforstete den Kühlschrank nach alter Pizza.

Auf CNN wurde ein sogenannter Kriminalexperte aus Atlanta zur Erschießung Burkettes interviewt.

»Die Polizei hätte Elektroschocker oder andere nicht tödliche Waffen einsetzen können«, sagte der Experte.

In einem Schränkchen über dem Kühlschrank stand eine Flasche Jack. Ich füllte die Verschlusskappe und kippte mir den Drink hinter die Binde.

In der Sendung nahm ein zweiter Mann die Gegenposition ein. »Warum verteidigen Sie diesen Kerl? Er hat ein Kind umgebracht und einen Polizisten mit der Waffe bedroht.«

Jemand näherte sich der Küche, und ich drehte mich um. Es war Sarah Raines. Ihr blondes Haar fiel lang herab, und sie trug eine Bluse sowie eine enge schwarze Hose, die ihre Figur betonte.

»Ich dachte, ihr Jungs wärt alle zum Feiern losgezogen«, sagte sie.

Ich machte den Fernseher aus und deutete in die Richtung, in der mein Büro lag.

»Ich hatte einiges aufzuräumen«, sagte ich. »Wollte den Fall eigentlich heute Abend endgültig abschließen. Mir vielleicht ein paar Tage freinehmen.«

»Wie geht's Remy?«, fragte Sarah.

»Für eine Woche suspendiert«, antwortete ich.

»Scheiße.«

»Tja, heute hatten wir eine ziemlich gute Presse.« Ich zuckte die Achseln. »Möglicherweise lässt der Boss sie einige Tage früher von der Strafbank zurückkommen.«

Sarah legte ihre Handtasche ab. »Wie wäre es dann, wenn Sie einen Drink mit *mir* nehmen würden?«

Sarah war reizend. Aber ich trank überwiegend alleine.

Und du bist ihr schon einen Drink voraus, sagte Purvis.

Verschieben wir's auf ein andermal, dachte ich.

Allerdings sprach ich diese Worte nicht aus.

»Klar«, sagte ich. »Ein Drink, und dann muss ich zurück. Ich bin hier, um mir ein abschließendes, vollständiges Bild von Burkette zu machen. Ich muss einen klaren Kopf behalten.«

»Dann mal los«, sagte sie.

Zehn Minuten später saßen wir die Straße runter in einem Laden namens Fulman's Acre. Eine dieser Bars, deren Eigentümer seine Trinkgelder an die Wände tackerte. Jeder Zentimeter hinter der Theke war von Fünfern und Einern bedeckt; sogar die Decke war von Geldscheinen übersät.

Sarah und ich saßen, von einer Kette farbiger Glühbirnen über unseren Köpfen in einen rotorangen Schimmer getaucht, am Brett. Während sie sprach, flackerten die hellen und dunklen Stellen in ihrem Haar bunt auf.

Sarah war seit ungefähr zehn Monaten in Mason Falls tätig, aber ich wusste nichts über ihr Leben davor, abgesehen von ihrer Bemerkung, in einer Kleinstadt in Indiana aufgewachsen zu sein.

»Wo ich geboren wurde …« Sie lächelte. »Sagen wir mal, dagegen sieht Mason Falls wie eine Metropole aus.«

»Lassen Sie mich raten«, sagte ich. »Kaff im Mittelwesten. Tausend Leute. Höchstes Gebäude der Stadt hat zwei Stockwerke.«

»Sechshundert Einwohner«, sagte sie. »Und hundert von ihnen besuchten mit mir die Highschool.«

»Und Sie sind so schnell und weit davongelaufen, wie ein Mädchen nur rennen kann.« Ich lächelte, um zu verdeutlichen, dass ich mich über dieses Klischee lustig machte.

Sarah gab mir einen Klaps auf den Arm. »Das können Sie laut sagen. Die Uni von Michigan kam mir wie ein anderes Universum vor, als ich dort ankam. Im ersten Studienjahr belegte ich einen Englischkurs mit sechshundert Teilnehmern.«

Wir sprachen eine Weile übers College, und irgendwann bestellte sie einen Chivas und Mineralwasser.

»Und dort haben Sie sich auch für Medizin eingeschrieben?«

»Jawohl.« Sie nickte. »Acht Jahre in Ann Arbor. Bis es mir wahrhaftig zum Hals raushing.«

»Und warum wollten Sie Gerichtsmedizinerin werden?«, fragte ich. »Warum die Toten?«

»Das ist eine längere Geschichte«, sagte sie. »Die Kurzversion lautet wohl, dass ich mir während des zweiten Jahres meines Medizinstudiums Urlaub nahm. Mein Bruder hatte Krebs im fortgeschrittenen Stadium, und letztendlich verbrachte ich den Großteil des Jahres in einem Krankenhaus in Bloomington.«

»Jesus«, sagte ich.

»Ja, das war hart«, sagte Sarah. »Ich ging an die Hochschule zurück, aber nach einem weiteren Jahr wusste ich nicht genau, was ich machen sollte. Ich hielt mich nicht für fähig, den Patienten solche Nachrichten zu überbringen, wie meine Familie sie bekam.«

»Natürlich nicht.«

»Einer meiner Professoren schlug Pathologie vor, und ich verliebte mich. Nach meiner Facharztausbildung bekam ich einen Job beim Gerichtsmedizinischen Institut von Atlanta.«

Vor mir stand ein mit Wild Turkey gefülltes Schnapsglas, und ich erhob es.

»Auf die Toten«, sagte ich.

»Auf die Lebenden«, erwiderte Sarah.

Ich schluckte den Whiskey und rutschte auf meinem Hocker hin und her. »Und was hat Sie hierher verschlagen?« Ich blinzelte. »Atlanta ist eine moderne Stadt. Lebhaft. Ein idealer Ort für Leute in den Dreißigern.«

»Verstehen Sie mich nicht falsch«, sagte sie. »Ich habe Atlanta geliebt. Aber das Institut war eine Fabrik. Nach Stechuhr.«

»Ohne Aufstiegschancen? Bis zum Tod?«, fragte ich.

Sarah nickte, dann kapierte sie den Witz. Verpasste mir erneut einen Klaps auf den Arm.

»Die Arbeit an sich war gut«, sagte sie. »Ich will nicht lügen.« Sie unterbrach sich, und ihre Stimme fiel eine Oktave tiefer. »Aber die Dinge liefen nicht so, wie ich es geplant hatte.«

Ich wartete ab, doch mehr kam nicht von ihr.

Ein Teil von Sarahs Persönlichkeit lag offen. Sie agierte zurückhaltend und mit Bedacht, als hütete sie ein Geheimnis. Aber gleichzeitig entblößte sie ihre Wunden, jedenfalls vor mir.

»Wie auch immer, als ich auf die freie Stelle hier stieß«, sagte sie, »dachte ich mir, entweder bist du ein kleines Rädchen einer großen Maschine in Atlanta oder eine größere Nummer hier in Mason Falls. Ich fuhr hierher und schaute mich um. Es erinnerte mich an den Ort, in dem ich aufgewachsen bin. Der richtige Fleck, um jemanden kennenzulernen. Eine Familie zu gründen.«

Plötzlich dachte ich an Lena und Jonas. An unsere Zukunftspläne.

Ich kippte meinen Schnapsrest hinunter und erhob mich.

»Ich sollte mal gehen«, sagte ich. »Zurück zum Fall.«

Sarah sah auf. »Habe ich was Falsches gesagt?«

»Nein«, sagte ich. »Wirklich nicht.«

Ich klatschte einen Zwanziger auf den Tresen, und Sarah legte mir ihre Hand auf den Unterarm.

»Wie alt war er?«, fragte sie. »Ihr Sohn?«

Ich spürte, wie mir ein warmer Schauer über den Nacken lief. »Acht«, sagte ich.

»Das muss unerträglich gewesen sein.«

»Ja.« Zum ersten Mal gestand ich ausdrücklich ein, wie sehr Kendrick und Jonas für mich verbunden zu sein schienen.

Sarah beugte sich vor und küsste mich auf die Wange.

Ich lächelte und begleitete sie zum Parkplatz des Reviers. Ging alleine rein. Im Konferenzraum sammelte ich meine Unterlagen zusammen, um den Fall abzuschließen.

Ich fing mit allem an, was Abe über Cory Burkette zusammengetragen hatte, wobei das Allererste dessen Strafregister war.

Ich entdeckte die Abschrift eines Gespräches, das Abe mit Dathel Mackey geführt hatte, der bei der First Baptist arbeitete und für die Webster-Familie kochte und putzte.

F: Hat Burkette viel Zeit mit Kendrick verbracht?

A: Es war eher andersrum. Der Junge ist ihm überallhin nachgelaufen. Ich glaube, Cory hat ihm auch was beigebracht.

F: Was beigebracht?

A: Das Fahren. Cory besaß ein Motorrad.

Ich griff nach dem Blatt mit der letzten Textnachricht, die Kendrick verschickt hatte, als das Übernachten endete.

> Heute Abend endet früh. Hast gesagt, du zeigst es mir, wenn Elts schlafen.

Vielleicht stand das »Zeigen« in keinem sexuellen Zusammenhang. Vielleicht ging es darum, dass Burkette Kendrick zeigte, wie er seine Suzuki zu fahren hatte. Andererseits war das mit der Motorradfahrschule vielleicht auch seine

Strategie, Kendricks Vertrauen zu gewinnen. Um es danach zu missbrauchen.

Gegen zehn rief mein Boss an. »Wir geben morgen Mittag eine kleine Pressekonferenz«, sagte Miles Dooger. »Zieh ein sauberes Hemd mit Krawatte an.«

»Na klar«, sagte ich.

Miles wartete darauf, dass ich die Stille füllte, doch das tat ich nicht.

»Es ist die beste aller Welten, P.T.«, sagte er. »Mutter und Vater haben Gerechtigkeit bekommen, und keiner verschwendet Steuergeld mit einem Prozess.«

»Du meinst, dass niemand die Sache mit dem Lynchmord rauskriegt?«

»Bist du der Ansicht, die Eltern sollten davon erfahren?«

Ich dachte an meinen eigenen Sohn. Das Wissen um sämtliche Einzelheiten seines Ertrinkens hatte mir nicht geholfen, darüber hinwegzukommen.

»Nein«, sagte ich.

Ich legte auf, mich selbst auf das Sofa in meinem Büro und schloss die Augen.

Wenn man bei der Polizei ist, sieht man alle möglichen Fotos, deren Anblick für normale Leute unerträglich ist. Und Tatsache ist, dass man sich als Detective daran gewöhnt. »Desensibilisiert« ist das Wort, das Miles dafür benutzt.

Aber die Bilder von Kendricks verbranntem Gesicht und Körper waren anders. Jedes Mal, wenn ich sie betrachtete, entdeckte ich ein neues grauenhaftes Detail.

Ich konzentrierte mich auf die Dunkelheit hinter meinen Lidern und versuchte ein bisschen zur Ruhe zu kommen.

In meinen Träumen war ich ein Adler, der über das Land flog. Ich sah das Louisianamoos, das auf Ungers Farm im Wind hin und her schwang. Ich sah den Baum brennen und flog nach Westen. Immer noch dreihundert Meter über dem Erdboden.

»Dad«, sprach Jonas' Stimme. »Sieh genauer hin.«

Ich richtete mich auf und ließ mich im Sturzflug fallen, auf die Weihrauchkiefer zu. Als ich weiter hinabkam, schmolz Kendricks Gesicht, und es riss mich mit einem Ruck aus dem Dämmerschlaf.

Ich durchwanderte den Besprechungsraum. Das Sprühflugzeug. Dieser Sache waren wir nicht nachgegangen.

Draußen in der Arrestzelle ertönte ein Geräusch, und ich schaute hinüber. Durch die offene Tür des Konferenzraumes sah ich Alvin Gerbin, unseren Kriminaltechniker.

»Hey, P.T.«, dröhnte Gerbins Stimme. »Sorry, ich hab gedacht, es wär niemand hier.« Gerbin hatte sein charakteristisches Hawaiihemd ausgezogen und präsentierte sich in dem ärmellosen Unterhemd, das er darunter trug. Seine Herrentitten wurden durch den engen Stoff markant betont.

Ich schaute auf meine Armbanduhr: vier Uhr morgens. »Was treibst du hier?«

»Ich bin gerade damit fertig geworden, die Spuren von da draußen in der Hütte zu verarbeiten«, antwortete er. »Jetzt geh ich erst mal nach Hause und penne.«

Gerbin packte sechs oder acht Klarsichtbeutel in eine

Ablagebox auf seinem Schreibtisch. In einem der Beutel befand sich ein Handy.

»Schaut irgendwer Burkettes Zeug durch?«

»Bis jetzt noch nicht«, sagte Gerbin. »Der Chief meinte zu mir, es gäbe keinen Grund zur Eile. Und dazu kommen noch all die Überstunden diesen Monat, also wird es sich brav hinten anstellen müssen.«

»Darf ich?«, fragte ich und deutete auf das Telefon in der Asservatentüte.

Gerbin zuckte mit den Schultern. »Es ist vier Uhr morgens und keiner außer uns zweien hier, zum Teufel. Wird sowieso früher oder später bei dir oder Abe auf dem Tisch landen.«

Ich zog mir Gummihandschuhe an und schaltete das Handy ein. Ein gesperrter Bildschirm erschien.

»Einen Moment«, sagte ich. Ich griff mir die Akte, die wir über Burkette angelegt hatten, ortete seine Sozialversicherungsnummer und probierte die letzten vier Ziffern als Passwort.

Immer noch gesperrt.

In seiner Akte fand ich seine Gefängnis-Kennnummer. Sie hatte acht Jahre lang seine Identität gebildet.

Das Handy wurde entsperrt, und ich fing an, mich Seite um Seite durch Apps zu wischen.

Ich sah seine Textnachrichten durch und stieß auch auf die von Kendrick. Ich ging den Chat rückwärts durch, entdeckte aber nichts, was auf eine sexuelle Beziehung schließen ließ.

Dann betrachtete ich Burkettes Fotos.

Es gab Aufnahmen von seinem Motorrad. Dann eine von einem Riesenrad auf einem Jahrmarkt. Und Aufnahmen von Tieren. Unmengen von Kirmes-Tieren.

»Du kommst aus einer Farmer-Familie, oder?«, fragte ich Gerbin.

»War bei den Future Farmers of America. Auf dem Land geboren, aufgewachsen und stolz drauf.«

Ich schaute mir Fotos an, die Burkette von der Hauptbühne geschossen hatte, wo Preise verliehen wurden. Größter Flaschenkürbis. Bester Apfelkuchen.

»Bist du letztes Wochenende auf dem Winterjahrmarkt gewesen?«, fragte ich. »Mitgekriegt, wer was gewonnen hat?«

»Verpasse ich nie«, sagte Gerbin. »Ich meine, es ist nicht so wie die im Sommer, aber trotzdem. Samstagabend unter dem großen Zeltdach. Die Preise.«

Samstagabend?

Samstagabend war Burkette auf dem Jahrmarkt gewesen?

Ich begaffte das Foto eines Schweins mit einer blauen Schleife um den Hals.

Dreißig Meilen von Harmony entfernt? Am selben Samstagabend, an dem Kendrick entführt und ermordet wurde?

Mir fiel die Unterredung mit Burkette vor der Hütte ein. Ich hatte ihn nach Virgil Rowe gefragt, und er schien irritiert gewesen zu sein. Er hatte gedacht, es handle sich um ein Mitglied der First Baptist, nicht um einen Neonazi-Kameraden.

War es möglich, dass wir falschlagen?

Dass die beiden Männer einander nicht kannten? Und dass Burkette nichts mit Kendricks Ermordung zu tun hatte?

Ich fand ein Selfie von Burkette mit dem prämierten Schwein. Im Hintergrund konnte ich den gerade aufgehenden Mond erkennen. Das reichte, um den Zeitpunkt auf ungefähr sieben oder halb acht abends zu schätzen, was Burkette auf gut eine halbe Autostunde Entfernung zu dem Zeitpunkt brachte, zu dem Kendrick entführt worden war.

Ich ging ins Besprechungszimmer, das Telefon noch immer in der Hand, und warf einen Blick auf die Fotos der Hundertdollarnoten, die ich in der Streichholzschachtel in Virgil Rowes Wohnung gefunden hatte.

Auf eine davon waren die Worte »Erhebe dich« geschrieben worden. Und auf einem Post-it-Zettelchen hatte gestanden: *P. B., zwei Uhr nachmittags.*

P. B. waren keine Initialen. Die Buchstaben standen für Paragon Baptist. Kendricks Schule.

Als Remy die Websters nach Kendricks Stundenplan gefragt hatte, hatten die Eltern gesagt, Kendrick sei jeden Tag um zwei aus der Schule gekommen.

Ich schaute aus den Fenstern des Konferenzraumes. Die Hornsträucher wehten sanft in der verregneten Nacht, dunkle Schatten vor einem schwarzen Himmel.

Vielleicht war der Post-it-Zettel ein Hinweis, wo und wann man auf Kendrick stoßen konnte, aber irgendwas war um zwei Uhr nachmittags schiefgegangen, als Rowe sich Kendrick schnappen sollte.

Ich kaute auf meiner Unterlippe herum und überdachte die Sache.

Was, wenn Virgil Rowe Kendrick ab zwei Uhr gefolgt war und auf seinem Heimweg beobachtet hatte? Und dann am folgenden Abend beobachtet hatte, wie der Junge durch die Felder zum Haus seines Freundes geradelt war? Möglicherweise stand Rowe noch immer auf dem Acker und wartete, als Kendrick die Übernachtungsparty verließ. Er brauchte keine SMS oder sonstige Informationen von Burkette zu Kendricks Aufenthaltsort. Er brauchte Burkette überhaupt nicht.

Ich suchte das Foto von Burkette auf dem Jahrmarkt raus. Schickte es an meine persönliche E-Mail-Adresse. Dann wählte ich den Ordner mit den gesendeten Nachrichten an und löschte es.

Ich verließ das Besprechungszimmer und kehrte zu meinem Kriminaltechniker zurück.

»Was Aufregendes gefunden?«, fragte Gerbin.

»Nö«, sagte ich und steckte das Handy zurück in den Beutel. »Merle oder Abe sollen es sich anschauen, sobald sie Zeit dafür finden.«

Es war Viertel vor fünf, und ich hatte dringend frische Luft nötig.

Wenn Burkette nichts mit dem Mord an Kendrick zu tun hatte, dann waren die Ereignisse des letzten Tages mehr als schlimm. Dass Remy mit ihrer Pistole gefilmt worden war, hatte die Medien auf Burkette aufmerksam gemacht. Und wie die meisten Ex-Häftlinge war Burkette, als sein Gesicht auf dem Fernsehbildschirm auftauchte, abgehauen und hatte sich in seiner Hütte verkrochen, bis wir ihn schließlich erschossen.

Das Letzte, was die Polizei von Mason Falls gebrauchen konnte, war ein von uns erschossener Unschuldiger. Doch noch übler war, was Burkettes Unschuld bedeutete. Nämlich, dass der wahre Mörder nach wie vor dort draußen herumlief. Und das wiederum bedeutete, dass wir unserer letzten brauchbaren Spur nachgehen und bei Virgil Rowe weiterwühlen mussten. Was den Fall geradewegs zu mir zurückführte.

Ich fuhr nach Hause und pennte eine Stunde. Aber der Traum vom Fliegen kam wieder und riss mich aus dem Schlaf. Um sechs Uhr morgens duschte ich, zog einen blauen Leinenanzug an und warf für die spätere Pressekonferenz eine Krawatte auf den Autorücksitz.

Ich startete durch, um mit dem Piloten des Sprühflugzeuges zu reden. Der Fall war noch nicht abgeschlossen, und ich brauchte einen neuen Anhaltspunkt.

21 Die Southeast Regional Air Facility war ein örtlicher Hubschrauberlandeplatz und Flughafen, auf dem einmotorige Flieger, ein paar Flugzeuge des nahe gelegenen Marinekorps-Stützpunkts sowie zwei regionale Airlines, die unter der Marke Delta Kurzstreckenflüge anboten, untergebracht waren.

Der Flughafen selbst bestand aus einem kleinen Terminal mit einem glänzenden, wie ein Flügel geformten Metalldach.

Ich fuhr um das Gebäude herum, steuerte einen Hangar an, der die Schädlingsbekämpfungsflugzeuge beherbergte, ließ meinen Truck vor einem Maschendrahtzaun langsam ausrollen und hielt einer Kamera meine Dienstmarke entgegen.

Das Tor bewegte sich, und ich sah ein Rollfeld vor mir, das kleineren Fliegern diente. Ungefähr zweihundert Meter weiter hinten erhob sich ein winziges weißes Flugzeug in die Luft.

Der Pilot, der den Notruf gewählt hatte, um den Brand in Harmony zu melden, hieß Brodie Sands. Wenn man von dem kurzen Telefongespräch ausging, das Abe geführt hatte, als der Lynchmord noch nichts weiter als ein Feuer gewesen war, dann gab es hier nichts weiter zu tun, als ein paar letzte kleine, unschöne Falten glatt zu bügeln. Doch ich wurde immer wieder von den Flug-Visionen heimgesucht. Wer weiß? Vielleicht war es gar nichts. Vielleicht war ich in einem früheren Leben ein Vogel gewesen. Oder brauchte Urlaub.

Zu meiner Rechten tauchte ein großer Metallhangar auf, und ich stieg aus.

Im Inneren waren um die zehn Flugzeuge in spitzen Winkeln zueinander geparkt, um den Platz bestmöglich zu nutzen.

Ein Mann in gelber Windjacke lag unter dem Flügel eines Flugzeuges auf dem Rücken, unter sich einen mit Teppich gepolsterten Montagewagen. Auf die Flanke seiner roten Einmotorigen waren die Worte *Topeka Sands* gemalt.

»Brodie Sands?«, fragte ich, und der Mann glitt aus seiner Arbeitsnische hervor. Er war Ende sechzig, groß, knochendürr und trug Cordhose, Windjacke und Baseballkappe.

»Detective Marsh«, sagte ich. »Mason Falls PD. Haben Sie eine Minute Zeit?«

Sands führte mich zu einem quadratischen, zwischen seinem Flugzeug und dem nächststehenden auf den blanken Beton geklebten Fleck Kunstrasen.

»Willkommen im Paradies«, sagte er und bedeutete mir, mich zu setzen. Eine Handvoll Fünf-Dollar-Gartenstühle war auf dem falschen grünen Gras aufgestellt.

»Mr Sands, Sie haben vor drei Tagen ein Feuer draußen bei Harmony Farms gemeldet.«

»Jawohl, Sir«, sagte er und griff sich einen Stuhl.

Ich nahm neben ihm Platz. Der Stoppelbart in Sands' unterer Gesichtshälfte sah aus, als könnte ich mich daran schneiden. »Können Sie mir den Verlauf des Morgens schildern?«

»Da gibt's nicht viel zu erzählen«, sagte er. »Ich sah ein Feuer. Ging tiefer runter, um es besser sehen zu können, und meldete mich dann hier.« Sands' Finger zeigte himmelwärts. »Wir haben da oben eine kleine FVK. Der zuständige Mann hat mich mit euch Jungs verbunden.«

Ich blinzelte. »FVK?«

»Flugverkehrskontrolle«, erklärte er. »Es ist zugegebenermaßen keine richtige FVK. Aber die meisten von uns haben entweder für kommerzielle Gesellschaften oder das Militär gearbeitet, deshalb nennen wir's so.«

»Lassen Sie uns noch ein bisschen vorher anfangen«, sagte ich. »Wann Sie aufgestanden sind. Wann Sie hier ankamen.«

Sands nickte. »Für gewöhnlich bin ich um vier wach. Um Viertel vor fünf hier. An jenem Tag war ich um kurz nach sechs in der Luft.«

Ich blätterte durch meine Notizen. Unger, der Farmer, war um fünf zu seinem Gottesdienst aufgebrochen. Und der Anruf von Sands war um halb sechs eingegangen.

Demnach war das Feuer gegen Viertel nach fünf ausgebrochen.

Ich ließ Sands fortfahren. Er war kein Verdächtiger. Vielleicht hatte er keinen blassen Dunst, wann er in der Luft gewesen war.

»Und es ist jeden Tag dieselbe Route?«

Sands schüttelte den Kopf. »Nein, für manche Kunden sind drei Tage pro Woche angesetzt. Bei anderen einmal wöchentlich.«

»Sie fliegen also Ihre Bahnen«, brachte ich ihn zurück in die Spur.

»Genau«, sagte er. »Am Highway 903 sah ich so etwas wie eine kleine Lichtexplosion.« Sands wies mit der Hand in die entsprechende Richtung. »Ich funkte die FVK an, und sie meldeten sich bei Ihnen.«

Ich blätterte in meinem Notizbuch rückwärts, bis ich zu der Stelle kam, an der der Notruf einging.

»Wären Sie überrascht von der Tatsache, dass Sie den Anruf um fünf Uhr zweiunddreißig tätigten?«, fragte ich. »Dass Sie viel früher in der Luft waren, als Sie soeben behaupteten?«

Sands verzog das Gesicht. »Spielt das eine Rolle? Später an diesem Tag habe ich bei der FVK nachgefragt. Die meinten, die Feuerwehr wäre dorthin ausgerückt. Es ist nur wenig Land verbrannt.«

Ich schaute von meinen Notizen auf und betrachtete eine gigantische Luftbildkarte, die hinter uns an der Wand hing. Hatte Sands hinterm Mond gelebt? Wusste er nichts von Kendrick?

Auf der Karte konnte ich erkennen, wo wir uns gerade befanden. Rechts über uns lag Harmony. Sechs oder sieben Felder waren mit gelbem Marker hervorgehoben.

»Diese gelben Felder sind Ihre Kunden?«, fragte ich.

»Mmh«, sagte er.

Meine Augen folgten einer imaginären Linie vom Flughafen zu den gelben Feldern. Sie führte nicht über Ungers Grundbesitz hinweg.

Irgendwas stimmte nicht, aber ich brauchte einen Moment zum Nachdenken. »Könnten Sie mir erklären, wie es funktioniert?« Ich deutete auf seinen Flieger. »Das Sprühen.«

»Das ist ziemlich simpel.« Er wies auf eine Leitung, die unter beiden Flügelkanten verlief. »Die Zerstäuber sind an die Hinterkanten der Flügel montiert, und die zwei Pumpen werden von Windgeneratoren angetrieben. Auf diese Weise verschwendet man keine Motorenergie, wenn man sprüht.«

Ich neigte den Kopf. »Ich erinnere mich daran, dass es vor einigen Jahren eine Debatte über aus dem Ruder laufende Insektenvernichtungsmittel gab«, sagte ich. »Die Leute haben gegen euch Jungs protestiert. Wir mussten zwei Streifenwagen hier rausschicken.«

»Das nennt sich Abdrift«, sagte Sands mit einem Hauch Abwehr in der Stimme. »Deswegen fliegen wir jetzt tiefer, wenn wir sprühen.«

»Verstehe«, sagte ich. »Als Sie das Feuer sahen, müssen Sie also ziemlich tief geflogen sein. Ich meine, Sie hätten ja nicht einfach *raten* wollen, ob es ein Feuer war, oder? Die Feuerwehr auf einen sinnlosen Einsatz schicken?«

»Ich habe nicht geraten, Detective. Ich habe es genau gesehen.«

»Und von welcher Höhe reden wir konkret?«, fragte ich.

»Ich hatte sie wahrscheinlich bis auf zwölf Meter runtergebracht.«

Ich stand auf und warf einen neuerlichen Blick auf die Luftbildkarte. Der Ölgestank in dem offenen Hangar erinnerte mich an ein Waffenlager aus dem Bürgerkrieg, das ich mit Jonas besucht hatte. Andeutungen von Geschützbronze, vermischt mit dem Geruch von Rosmarin, der von den benachbarten Wiesen herbeiwehte.

»Haben Sie bei der Unger-Farm gesprüht?«, wollte ich wissen. »Oder sind Sie auf dem Weg woandershin daran vorbeigeflogen?«

»Dort habe ich nicht gesprüht, nein.«

»Warum sind Sie dann auf zwölf Meter runtergegangen?«, fragte ich. »Ich meine, es liegt eindeutig nicht auf dem Weg zu diesen anderen gelb gefärbten Feldern.«

Sands schob die Hände in die Taschen. »Mann, keine Ahnung. Vielleicht bin ich auch gar nicht so tief geflogen. Dieses Erkältungsmittel, das ich regelmäßig nehme, macht mich für den Job so brauchbar wie 'ne Fliegengittertür in einem U-Boot.«

Erneut fixierte ich die Karte. Sands wich meinen Fragen aus. Was keinen Sinn ergab. Er hatte nichts zu verbergen.

»Kennen Sie Tripp Unger?«, fragte ich.

»Ist ein früherer Kunde«, sagte Sands.

Ich zögerte. Sah Sands in die Augen. »In dem Feuer wurde die Leiche eines Jungen gefunden, Mr Sands.«

»Wie bitte?«, sagte er mit aufrichtiger Überraschung.

»Es war keiner von Tripps Jungs, oder?«

»Schauen Sie keine Nachrichten?«

»Mein Fernseher hat vor ein paar Jahren den Geist aufgegeben. Ich setze mich im Waffle House an die Theke, wenn die Braves spielen. Glotze das Spiel, während ich esse.«

»Gibt es einen Grund dafür, warum Sie Detective Kaplan gegenüber nie erwähnten, dass Unger ein ehemaliger Kunde war?«

»Schien mir nicht wichtig«, sagte Sands. »Tripp und ich – wir haben uns verkracht. Wir kannten uns seit der sechsten Klasse. Dann hat er mich verklagt.«

»Und?«

»Und nichts. Es gibt neben dem Zeug, das aus diesen Röhrchen spritzt, einen ganzen Haufen Gründe dafür, wenn Getreide nicht wachsen mag. Aber die Versicherung ließ ein paar Scheine springen. Ich ebenfalls. Und unsere Wege trennten sich. Ende der Geschichte.«

»Der Zeitablauf ist von großer Bedeutung, Mr Sands. Sehen Sie, zehn Minuten früher wäre Ihnen dieses Feuer gar nicht aufgefallen. Doch eventuell hätten Sie den Täter gesehen.«

»Ich hab aber nichts gesehen«, meinte Sands.

Irgendwo lag die Verbindung, doch mir tat der Kopf weh. Ich hätte letzte Nacht mehr Schlaf finden müssen.

»Es gibt da etwas, das ich nicht verstehe, Mr Sands.« Ich schüttelte den Kopf. »Und damit meine ich von Anfang an.«

»Was denn?«, wollte er wissen.

»Die Feuerwehr brauchte fünfzehn Minuten, bis sie

dort draußen ankam«, sagte ich. »Und das Opfer war noch immer nicht vollständig verbrannt. Ich habe versucht herauszufinden, wie das möglich ist.«

»Na ja, es hat immer wieder geregnet.« Sands zuckte mit den Achseln.

»Sicher, aber diese Kiefer ... ist ein dichter Baum, wissen Sie? Schirmt den größten Teil des Regens ab. Wodurch der Körper weiterhin gebrannt hätte.«

Sands' Blick war zu Boden gerichtet, und ich fuhr mit der Handfläche über die Karosserie seines Fliegers.

Ich dachte an den Geruch, der mir aufgefallen war, als Remy und ich erstmals das Feld betreten hatten. Kuhscheiße, darf ich dir Regen vorstellen, hatte Remy gesagt. Oder so ähnlich.

»Letztes Jahr hat es oben unweit der Hügel gebrannt«, sagte ich zu Sands. »Das Feuer hat einige Häuser zerstört. Doch dieser Farmer, den ich getroffen habe – er war völlig außer sich vor Sorge, wo sein Vieh nun grasen sollte. Ich meine, er war ein Riesenkerl, aber ich hab ihn Rotz und Wasser heulen sehen.«

Ich zeigte mit dem Finger auf Sands' Flugzeug. »Doch dann hat einer von euch Jungs was verspritzt. In der folgenden Woche gab es Regen, und zehn Tage später wuchsen Knospen aus der Erde. Wenn ich mich recht erinnere, nannte er es ›Oberflächendünger‹. Versprüht die *Topeka Sands* Oberflächendünger?«

Sands sah mich mit flehendem Blick an. »Kommen Sie schon, Mann«, sagte er. »Was soll das hier – bleibt keine gute Tat ungesühnt?«

Ich öffnete meine Fallakte und zog das Foto von den winzigen grünen Kristallen neben der Weihrauchkiefer hervor.

»Mr Sands, ich habe diese Dinger neben der Leiche auf dem Boden entdeckt. Und dann war da noch dieser Geruch.«

Er setzte seine Baseballkappe ab und fuhr sich mit der Hand durchs strähnige graue Haar.

»An dieser Stelle muss ich Sie daran erinnern, dass es sich um Ermittlungen in einem Mordfall handelt«, sagte ich. »Falls Sie lügen, sollten Sie sich vorsehen.«

»Ich habe kein Kind gesehen«, sagte Sands.

»Aber das Feuer haben Sie gesehen?«

Er nickte. »Ich habe sie auf zwölf Meter runtergebracht und mir überlegt, dass Tripp und Barb wahrscheinlich in der Kirche waren. Und dann hat mich irgendein Instinkt angetrieben.«

»Was meinen Sie damit – irgendein Instinkt?«

»Mir war klar, dass ich nicht landen konnte. Also schoss ich hundert Liter TD-71 ab, um den Brand einzudämmen, bis die Feuerwehr kam. Und wenn Unger das wüsste, hätte er es auf meine Lizenz abgesehen, auch wenn ich ihm einen Gefallen tue, indem ich sein Land rette.«

»Auf Ihre Lizenz abgesehen – warum?«, fragte ich.

»Ich war zu früh in der Luft, Detective. Vor sechs darf man nicht fliegen.«

Deswegen also log er bezüglich der Zeit. Es verstieß gegen die städtischen Vorschriften, zu solch früher Stunde zu sprühen.

»Aber glauben Sie mir, es ist alles Bio-Gülle. Wasser und Dünger. Kein Pestizid.«

Das erklärte Kendricks seltsame Brandmuster. Die Gülle war durch die Baumwipfel auf seinen brennenden Leib getropft.

In meinem Kopf formte sich allerdings ein bedeutend wichtigerer Gedanke.

»Wie viele Leute wissen über diese Sache Bescheid?«, fragte ich. »Wann man fliegen darf und wann nicht.«

»Piloten.« Sands zuckte die Schultern. »Farmer. Leute aus der Düngemittel-Branche.«

In Gedanken stellte ich die Uhr vor. Überlegte mir einen alternativen Zeitstrahl. Malte mir eine Szene aus, in der Sands nicht vor sechs dort ankam. Oder noch später.

»Wenn Sie also dieses Feuer nicht um halb sechs gelöscht hätten«, sagte ich, »wäre es spätestens um sechs zu verheerenden Schäden gekommen.«

»Mit Sicherheit.«

Was bedeutete, dass die Feuersbrunst die Hälfte von Ungers Farmland hätte verschlingen können, wenn Sands zu der ihm rechtlich vorgeschriebenen Zeit geflogen wäre.

Ich machte mich auf, den Hangar zu verlassen.

»Bin ich aus dem Schneider?«, rief Sands mir nach.

Ich drehte mich um. Ging ein Stück zurück auf ihn zu. »Nein«, sagte ich und deutete auf die Karte an der Wand. »Da ist noch etwas. Warum sind Sie überhaupt in diese Richtung geflogen – wenn Sie doch auf Ungers Farm gar nichts verloren hatten?«

Er biss sich auf die Lippe. »Es klingt absurd.«

»Versuchen Sie's einfach.«

»Jemand hat zu mir gesprochen«, sagte er. »Ich hörte eine Stimme, die wie meine verstorbene Frau klang.«

Ich zögerte. »Sie liegen richtig. Das ergibt keinen Sinn.« Ich lief zu meinem Pick-up zurück.

»Werden Sie es Tripp erzählen?«, schrie er mir hinterher.

Ich gab keine Antwort. Ich musste dringend mit einem Freund bei der Feuerwehr reden.

22

Das Mason Falls Fire Department war in einem historischen Gebäude an der Fremont Street untergebracht, direkt hinter einem deutschen Feinkostgeschäft, wo es das beste Reuben-Sandwich von ganz Georgia gab.

Ich musste für die Pressekonferenz mit Miles Dooger rechtzeitig zurück sein, aber der Impuls des Augenblicks zog mich in eine andere Richtung. Dorthin, wo sich andere Möglichkeiten eröffneten. Dass Burkette, den Abe erschossen hatte, keinerlei Schuld an Kendricks Ermordung trug. Und dass das Feuer gänzlich andere Folgen hätte nach sich ziehen können, wäre es nicht von Brodie Sands so schnell gelöscht worden.

Ich trat zum Empfang, zückte meine Marke und ging in den zweiten Stock rauf, um mich mit Pup Lang zu unterhalten.

Pup war der leitende Brandermittler der Stadt, und wir hatten uns bei einem vorangegangenen Fall angefreundet. Er hatte nach zwanzig Jahren seine Wurzeln im San Fernando Valley vor Los Angeles gekappt. Seine Frau kam ursprünglich aus Marietta in der Nähe von Atlanta.

»Wie geht's, Kumpel?«, fragte Pup, als ich sein Büro betrat. Er trug ein kurzärmeliges Polohemd, eine lange Hose, Flip-Flops und hatte sich eine Sonnenbrille ins grau melierte Haar geschoben, obwohl es draußen regnete.

»Pup«, sagte ich, »du weißt Bescheid über die Schweinerei, mit der ich's zu tun habe, oder?«

»Klar«, sagte er. »Der Junge, der im Feuer gefunden wurde. Ihr habt euren Mann aber doch letzten Abend gestellt, stimmt's?«

»Weiß nicht«, sagte ich. »Ich habe rauszufinden versucht, warum das Feuer da draußen so langsam brannte.«

»Ja, wir auch«, sagte er.

»Abgesehen davon, dass ich jetzt die Antwort kenne«, sagte ich. »Der Sprühpilot, der es entdeckte, hat Gülle auf den Brand gekippt.«

»Ausgeschlossen«, sagte Pup. »Meine Leute haben mit ihm gesprochen. Er hat an keiner Stelle erwähnt ...«

»Ich weiß«, sagte ich. »Er hat's aber mir soeben gestanden.«

Pup ließ das sacken. Zuckte die Achseln. »Demnach ist er ein barmherziger Samariter, und du kannst dich über eine bessere Beweislage freuen. Wo liegt das Problem?«

Ich schloss Pups Bürotür. »Kendrick Webster wurde gelyncht«, sagte ich. »Ich habe den Strick abgenommen, bevor irgendwer ihn gesehen hat.«

»Mein Gott«, sagte Pup.

»Meine Frage lautet also wie folgt: ein Drecksack, der einen Jungen lyncht – warum tut er das?«

»Tja, ich bin nicht wie du von hier«, sagte Pup. »Aber die Geschichte lehrt uns, dass es sich um eine rassistische Machtdemonstration handelt. Einschüchterung. Um der Bevölkerung Angst einzujagen.«

Ich ging den schmalen Raum vor Pups Schreibtisch auf und ab. »Aber wenn ich's richtig sehe«, sagte ich. »Wäre der Brand durch dieses Sprühflugzeug nicht eingedämmt worden, hätte er bis zu eurem Eintreffen ...«

»Das Feuer hätte nicht zehn, sondern eher vierzig Morgen verbrannt.«

»Weshalb der Strick ...« Ich hob fragend die Hände.

Pup nickte. »Er wäre im Feuer verkohlt. Niemand hätte eine Spur davon entdeckt.«

»Was der Grundidee eines Lynchmordes widerspricht, wenn niemand was davon erfährt. Wenn also der Sprühflieger nicht um halb sechs drübergeflogen und euer Einsatzwagen nicht um sechs angekommen wäre ...«

»Dann müsstest du Kendrick mittels zahnärztlicher Unterlagen identifizieren«, sagte Pup.

Ich fuhr mir mit der Hand durchs Haar. Die Pressekonferenz, auf der wir der Gemeinde berichten würden, der Fall sei geklärt, fand in einer knappen Stunde statt.

»Weißt du, in L.A.«, sagte Pup, »kriegst du's ab und an mit Mord durch Verbrennen zu tun. Normalerweise geht es dabei um Vertuschung. Jemand erschießt jemanden. Verbrennt die Leiche in irgendeiner leeren Wohnung, um die Schusswunde zu verstecken.«

»Davon habe ich gehört«, sagte ich.

»Mein Punkt ist«, sagte Pup, »dass es nichts ist, was

ich mit Kleinstädten im Süden in Verbindung bringe. Ist so etwas hier schon mal passiert?«

»Das weiß ich nicht«, erwiderte ich.

Dann machte es klick in meinem Kopf. Etwas, das der verrückte Säufer in der Zelle gesagt hatte. Über die Ellbogen. Dass es nicht das erste Mal gewesen sei.

»Ich muss kurz was nachprüfen. Komme vielleicht wieder.«

Ich eilte raus zu meinem Truck und fuhr zum Revier zurück, wo ich im hinteren Treppenhaus jeweils zwei Stufen auf einmal nahm. Ich pflanzte mich vor meinen Rechner und loggte mich in das Programm ein, das wir benutzten, um Verbrechensmustern nachzugehen.

ViCAP beziehungsweise das Violent Criminal Apprehension Program war die Datenbank, die das FBI über die US-Gewaltdelikte der letzten dreißig Jahre führte.

Ich tippte ein paar Variablen ein.

Opfer zwischen dreizehn und achtzehn Jahre alt.

Ort mit einer Einwohnerzahl unter zweihunderttausend.

Ein Feuer, das den Körper so stark verbrannt hatte, dass zahnärztliche Unterlagen nötig waren, um das Opfer zu identifizieren.

Ich wartete auf die Information, ob so etwas in der Vergangenheit schon einmal geschehen war, und hörte einen Piepton.

Ich klickte den einzigen Eintrag an. Shonus County. Mord durch Brand.

Shonus lag fünfundzwanzig Meilen nördlich von Mason Falls.

Ich lud die Kurzdarstellung runter und fing an, sie zu lesen.

Junius Lochland war siebzehn gewesen, als man ihn tot auf einem Feld fand. Ich ließ den Blick abwärts wandern und sah, das Junius schwarz war, der Enkelsohn eines Baptistenpredigers.

Doch dann begann mein Herz zu rasen.

Beide Ellbogen waren bei Junius gebrochen.

Ich stand auf und starrte auf meinen Computerbildschirm.

Es gab ein Problem. Der Fall war nicht aktuell, sondern von 1993. Fünfundzwanzig Jahre alt. Damals war keiner unserer gegenwärtigen Verdächtigen auch nur aus der Mittelstufe raus gewesen.

Mein Handy klingelte, und ich ging dran, ohne nachzusehen, wer es war.

»Kommst du, Kumpel?«, sagte Miles Dooger. »Wir treten in dreißig Minuten vor die Presse, und ich möchte vorher noch was besprechen.«

Ich gaffte den Bericht über den Mord von '93 an. Der Fall war gelöst worden. Ein Mann hatte das Verbrechen vor fünfundzwanzig Jahren gestanden und war ins Gefängnis gesteckt worden.

»Ja«, sagte ich. »Bin in zehn Minuten da.«

Auf dem Weg nach draußen stieß ich auf Gattling, einen Streifenpolizisten. »Würdest du mir einen Gefallen tun?« Ich deutete auf den Ausdruck des 93er-Verbrechens. »Find mal raus, ob der Kerl, der diese Tat in Shonus verübt hat, kürzlich auf Bewährung freigekommen ist.«

»Und dann?«, fragte Gattling.

»Schick mir eine SMS. Und sprich mit niemandem sonst darüber.«

23 Die Pressekonferenz war für ein Uhr mittags im Herrenhaus einer Plantage aus den 1870ern angesetzt, das man in ein Hotel namens Planter's House umgewandelt hatte.

Chief Dooger hatte mich gebeten, ihn in einem Hausmeisterhäuschen hinter dem Hotel zu treffen.

Ich stellte den Wagen ab und hatte keine Schwierigkeiten, den Treffpunkt zu finden. Eine Art privates Raucher-Separee hinten im Garten. Die Decke bestand aus quadratischen, dunkelrot gestrichenen Zinnschindeln. Die Wände wiesen vom Boden bis zur Decke reichende Zierleisten aus Eichenholz auf.

»P.T.« Miles winkte mich herein.

Mein ältester Freund und Mentor saß im Dunkeln.

»Setz dich«, sagte er und deutete auf einen Ledersessel mit Kupfernieten an den Armlehnen. Auf dem Tisch zwischen uns stand eine Flasche Evan Williams 23. Ich hatte von dieser Whiskeysorte gehört, sie aber noch nie mit eigenen Augen gesehen.

»Ich wollte vor der Pressekonferenz unter vier Augen mit dir reden«, sagte Miles. »Starten wir mit einem Toast.«

Miles füllte zwei Whiskey-Tumbler mit der Kentucky-Spezialität und erhob eines davon. »Auf Fälle, die keine Jurys erfordern«, sagte er. »Die schnellste und billigste Strafverfolgung auf Erden.«

Dass jemand diese Parole als Trinkspruch verwendete, war mir noch nicht untergekommen, doch ich erhob meinerseits das Glas.

Während mir der samtige Schnaps die Gurgel wärmte, meldete das Summen meines Handys den Eingang einer SMS. Sie stammte von Gattling, dem Kollegen in Uniform.

Typ von '93 war nie auf Bewährung. Wurde '99
bei einer Schlägerei im Knast getötet.

»Ich weiß, dass du dich immer noch mit den Einzelheiten beschäftigst«, sagte Miles. »Und keiner erwartet von dir, dass du heute eine Menge Fragen beantwortest. Ich werde lediglich sagen, dass Burkette bezüglich Kendricks Ermordung unser Hauptverdächtiger war. Es gibt nach wie vor zahllose ungelöster Probleme. Fragen nach dem Wie. Fragen nach dem Warum.«

»Gut.« Ich nickte und warf einen zweiten flüchtigen Blick auf die Textnachricht.

Der Mörder von '93 lief keineswegs auf Bewährung frei herum. Er war mausetot.

Dies bedeutete, dass jede Verbindung zu dem Fall vor fünfundzwanzig Jahren rein zufällig sein musste.

Miles bemerkte, dass ich auf mein Telefon starrte.

»Es gibt keinen neuesten Stand, auf den du mich bringen könntest, oder?«, fragte er nach.

Ich dachte an Abes Karriere. Die höchstwahrscheinlich ruiniert wäre, wenn ich über Burkettes Erschießung den Mund aufmachte. Und eine verrückte Theorie über ein Foto auf Burkettes Handy vom Stapel ließ.

»Nein«, sagte ich. »Kein neuester Stand.«

»Gut«, gab Miles zurück. »Weil ich dich in ein kleines Geheimnis einweihen werde. Diese Flasche« – er zeigte auf den Evan Williams 23 – »wurde für uns beide gekauft. Ich habe mich vor einer Stunde mit Toby Monroe in diesem Raum getroffen. Ihm ausführlich erklärt, was passiert ist.«

»Heißt der Gouverneur von Georgia nicht zufällig auch Toby Monroe?«

Miles lächelte. »Sagt, er hätte ein Auge auf dich geworfen, P.T. Hat mich mächtig stolz gemacht. Bin stolz, dich im Team zu haben. Stolz darauf, der Kerl zu sein, der dir alles beigebracht hat, was du weißt.«

»Ich bin mir ziemlich sicher, dass du mir bloß beigebracht hast, wo der Kaffeeautomat stand«, sagte ich. »Wo sich die Toiletten befinden ... wie man lästigen Papierkram vermeidet.«

»Das nennt man Delegieren.« Miles lachte.

Er zog eine seiner Visitenkarten hervor und drehte sie um. Auf die Rückseite war eine Telefonnummer gekritzelt.

»Der Gouverneur lässt dir das hier zukommen«, sagte Miles. »Falls du mal was brauchst.«

Ich betrachtete die Visitenkarte.

»Sein Privatanschluss«, erklärte Miles.

»Wow«, sagte ich und steckte sie ein.

Dann zwinkerte Miles mir zu und hob sein Glas. »Und was Mason Falls betrifft: Sagen wir einfach, es besteht eine amtliche Chance, dass die Forensik einen neuen Laden an der I-32 beziehen wird.«

Darauf trank ich, da ich wusste, wie sehr Miles sich den Arsch aufgerissen hatte, um das Bundeskriminallabor hierher zu kriegen. Die örtliche Wirtschaft konnte es gut gebrauchen.

Nach dem nächsten Drink erhoben wir uns und gingen um das Hotel herum zum Vordereingang. Auf dem Klavier in der Lobby spielte ein College-Kid in einem Anzug, der zwei Nummern zu groß war, »Jingle Bells«. Wir betraten einen Ballsaal. Vorne stand ein Podium und daneben ein einzelner Stuhl.

Miles postierte sich vor dem Podest und gab eine kurze Erklärung ab, bei der er von der Bedrohung sprach, die unsere Gemeinde heimsuchte, und davon, wie stolz er war, wie souverän die Polizei die Ermittlungen geführt hatte.

Mich und Abe erwähnte er namentlich, doch Remy, die seit dem Auftauchen des YouTube-Videos zu Hause saß, ließ er unberücksichtigt.

»Chief Dooger«, meldete sich ein Typ von CNN. »Spiegelt das Dezernat die Ethnien der Gemeinden, denen es dient?«

»Das glaube ich schon. Wir hatten drei Detectives auf diesen Fall angesetzt. Zwei von ihnen waren Afroamerikaner.«

Die Reporter machten sich Notizen. Nahmen Miles

von allen Seiten in die Zange. Als ich an die Reihe kam, gab ich ihnen nicht viel, woran sie sich festbeißen konnten, was schlicht daran lag, dass ich zu diesem Zeitpunkt kaum etwas mitzuteilen hatte. Nachdem die offizielle Pressekonferenz zu Ende war, bohrten einige Journalisten bei Miles noch ein bisschen nach, und ich ging durch die Nebentür nach draußen zu meinem Pick-up.

Ich war müde und fragte mich, ob es wirklich nötig war, bei den Fällen weiter nachzuforschen. Das Verbrechen von '93 war aufgeklärt worden und fiel außerdem nicht in meinen Zuständigkeitsbereich.

Wen kümmerte es, ob Burkette und Rowe einander gekannt hatten? Beide waren rechtsradikale Rassisten, und einer von beiden hatte Kendrick umgebracht. Miles hatte recht. Stille Justiz funktionierte oft eleganter und effizienter als das kleinteilige Hickhack im Gerichtssaal.

Ich steuerte erneut die Raucherlounge hinter dem Hotel an und vertraute darauf, dass die Evan-Williams-Flasche noch immer auf dem Tisch stand.

Was also, wenn sich Burkette zum Zeitpunkt von Kendricks Entführung auf dem Jahrmarkt aufgehalten hatte? Es wäre ihm trotzdem möglich gewesen, den Inhalt von Kendricks SMS an Virgil Rowe weiterzuleiten und Rowe zu stecken, wo der Junge war. Vielleicht schoss Burkette die Fotos von dem prämierten Schwein aus ebenjenem Grund – um sich ein Alibi zu verschaffen. Wer macht schließlich schon ein Selfie mit einem Schwein?

»Detective Marsh«, hörte ich eine Stimme sagen.

Ich wandte mich um und erblickte einen Streifenpolizisten. Junger Kerl. Glatt nach hinten gekämmtes Haar. Er war mir schon mal über den Weg gelaufen, ich wusste jedoch seinen Namen nicht.

»Da ist eine Frau, die mit Ihnen reden will.«

»Worüber?«

»Nun ja, äh ...« Er geriet ins Stottern. »Sie ist wegen der Pressekonferenz gekommen, hat aber auf der Damentoilette so 'ne Art Anfall gehabt.«

Er zeigte aufs Hotel. »Es geht ihr jetzt besser, aber sie wollte keinen Notarzt. Hat nach Ihnen persönlich gefragt.«

Ich ging zurück in die Lobby, die ich eine halbe Stunde zuvor betreten hatte, und der Uniformierte führte mich in einen der Konferenzräume. Auf einer Couch saß eine Schwarze.

Sie war Anfang, Mitte siebzig und trug ein Südseeinsulaner-Kleid, das meine Frau als Muumuu bezeichnet hätte. Es war grün, mit orangen Schmetterlingen und Blumen darauf.

Doch das Auffälligste waren ihre Augen.

Die Äderchen in ihrem linken Auge waren geplatzt, und unter beiden Augen war schwarze Wimperntusche mit irgendwas Schwarz-Rötlichem verlaufen, das wie Blut aussah. Hinzu kam eine rötlich gefärbte Prellung an ihrem Kinn.

»Mein Name ist Dathel Mackey, Detective«, sagte sie. »Ich arbeite für die Websters bei der First Baptist.«

Das hier war die Frau aus Abes Notizen. Die vom Frage-Antwort-Spiel, das ich letzten Abend gelesen hatte.

»Was kann ich für Sie tun, Mrs Mackey?«

Sie zog einen Flyer aus ihrer Handtasche und entfaltete ihn. Es war der gleiche, den Remy schon am Kühlschrank der Websters entdeckt hatte.

»Am Abend dieses Vortrages sah ich einen bösen Mann«, sagte sie. »Und das war nicht Mr Burkette.«

»Können Sie den Mann beschreiben?«

»Er war weiß«, sagte sie. »Langer schwarzer Bart, der ihm bis auf die Brust hing. Große Zähne. Gut aussehend wie Sie. In den Dreißigern.«

Große Zähne?

Während sie sprach, drang mir aus der Küche der Geruch diverser Gewürze in die Nase. Muskatnuss und Ingwer. »Und Sie denken, dass er etwas mit Kendricks Tod zu tun hat?«, fragte ich.

»Sind Sie gläubig, Detective Marsh?«

»Ich war in jungen Jahren regelmäßig in der Sonntagsschule beim Kindergottesdienst.«

»Als ich einundfünfzig Jahre alt war, unternahm ich eine Pilgerfahrt nach Trinidad. Ich wurde von meiner Gruppe getrennt und entführt«, fuhr sie fort. »Sie dachten, ich hätte Geld. Hielten mich eine Woche lang gefangen. Haben mich furchtbar verprügelt.«

Ich schüttelte den Kopf. Sie war keine zierliche Frau, unmittelbar unter der Oberfläche war eine große Willenskraft zu spüren.

»Ich kehrte mit der Gabe des Sehens zurück«, sagte sie. »Der Mann, den ich sah, ist ein Jäger. Ein Raubtier. Schlägt Frauen. Quält Tiere.«

Während sie sprach, tropfte eine blutige Träne aus

ihrem rechten Augenwinkel. Ich bemerkte Prellungen und Blutergüsse auf ihren Armen und an ihrem Hals. Wahrscheinlich rührten sie von Stürzen während der Krampfanfälle her.

»Ist alles in Ordnung, Mrs Mackey? Ihr Auge.« Ich zeigte darauf.

»Die Gabe verlangt ihren Preis«, sagte sie.

Sie beugte sich zu mir vor und flüsterte, sodass der andere Beamte es nicht hören konnte.

»Wenn ich die Augen schließe, kann ich den Strick sehen, Detective. Jenen, den Sie um Kendricks Hals fanden.«

Ich starrte sie an. Wie vor den Kopf geschlagen.

Ausgeschlossen, sagte Purvis.

»Keine Sorge, Schätzchen«, sagte sie. »Ich habe den Websters nichts davon erzählt. Welche Nachricht könnte für Eltern schlimmer sein?«

Ich hatte ungefähr zehn Sekunden den Atem angehalten und stieß ihn jetzt aus. Erklärte dem Streifenpolizisten, ich könne mich nun alleine mit Mrs Mackey unterhalten.

»Als ich diesen Mann sah«, fuhr sie fort, »konnte ich das vollkommen Böse in ihm spüren.«

Virgil Rowe, der Brandstifter, hatte keinen Bart, doch ich holte nichtsdestotrotz sein Bild aus meiner Tasche, um auf Nummer sicher zu gehen. »Ist das der Mann?«

»Nein«, sagte sie. »Der Jäger, den ich sah, Detective ... Vielleicht könnte ich ihn beschreiben, und Sie holen jemanden dazu, der ein Bild von ihm zeichnen kann?«

»Klar, wir haben einen Phantombildzeichner«, sagte ich.

Ich zögerte. »Ich möchte Ihnen eine ungewöhnliche Frage stellen, Mrs Mackey. Wir haben draußen in dem Schuppen, in dem Burkette lebte, eine von Kendricks Unterhosen gefunden. Haben Sie jemals beobachtet, dass Burkette sich in der Nähe von kleinen Jungen herumtrieb?«

»Nicht so, wie Sie denken«, sagte sie. »Aber ich kümmere mich um die gesamte Wäsche, Mr Marsh. Um die der Familie, aber auch um die von Mr Burkette. Daher würde ich der Tatsache, dass Sie Unterwäsche in dieser Hütte gefunden haben, nicht allzu viel Bedeutung beimessen.«

»Und das heißt?«

»Es ist gut möglich, dass ich eine von Kendricks Unterhosen in Mr Burkettes Kommode einsortiert habe. Das ist mir schon mal passiert. Auch mit Socken.«

Ich schüttelte abermals den Kopf. Ein weiteres Votum für Burkettes Unschuld.

»Also, dieser Kerl, den Sie gesehen haben«, sagte ich. »Es ist ja jetzt einige Tage her. Glauben Sie, Sie erinnern sich gut genug an ihn, um sein Gesicht und seine Augenfarbe zu beschreiben? Oder haben Sie ihn heute erneut gesehen, während Ihres Anfalls?«

»Heute ist mir etwas anderes erschienen«, sagte sie und wischte sich das Blut aus dem Augenwinkel.

»Heute war es ein anderer Junge«, fuhr sie fort. »Muskulös und dunkler. Auch ihn hat jemand verbrannt. Doch das war nicht in der heutigen Zeit, Detective. Mitten in der Vision habe ich eine Jahreszahl erkannt. Und einen Monat. Es war der November 1993.«

24

Ich schnappte mir eine Schachtel Marlboro Reds vom Beifahrersitz meines Trucks. Steckte mir eine zwischen die Lippen. Zitterte am ganzen Leib.

1993. Ein anderer Junge, der brannte.

Auf diese Weise werden Fälle gelöst, sagte Purvis. *Durch Unterredungen wie diese.*

Ich schaute in den Fond meines Wagens. Kein Purvis. Nur der Purvis in meinem Kopf.

Ich warf mich auf den Fahrersitz, hielt mich nordöstlich und fuhr die SR-914 hinauf Richtung Shonus County, wo sich der Mord von '93 ereignet hatte.

Ist vor fünfundzwanzig Jahren der falsche Mann ins Gefängnis gewandert und dort gestorben?

Oder gab es einen Nachahmungstäter, der genug über das alte Verbrechen wusste, um es in Mason Falls zu kopieren?

Die Straße wurde in beide Richtungen einspurig. Ich stellte die Musik ab und fuhr in aller Stille. Die Spätnachmittagssonne fiel durch die Bäume hindurch in Streifen über mein Gesicht.

Dreißig Minuten später stand ich im Empfangsbereich des Sheriff's Department von Shonus County.

Der Laden sah aus, als hätte man ihn mittels Baumarktgutschein möbliert. Es gab zwei billige Wartestühle ohne Polster und einen Tresen aus Pressspan.

Captain Andy Sugarman war weiß, Mitte vierzig und hatte breite Schultern. Er glotzte in die Mappe mit dem ViCAP-Ausdruck. »Der für diesen Fall zuständige Detective ist vor elf Jahren gestorben«, sagte er. »Er war mein Mentor.«

»Das tut mir leid«, sagte ich.

Ich erinnerte Sugarman daran, dass wir uns schon mal getroffen hatten, vor ein paar Jahren, im Rahmen einer Konferenz, doch er schien mich nicht wiederzuerkennen. Außerdem schilderte ich ihm eine kurze Zusammenfassung der Ereignisse um das Feuer in Mason Falls. Das Lynchen verschwieg ich.

»Und weshalb glauben Sie, dass es eine Verbindung gibt – nach all der Zeit, die inzwischen vergangen ist?«

»Sie meinen, abgesehen davon, dass beide Opfer schwarz, beide Söhne von Predigern und jedes Mal die Ellbogen gebrochen waren, außerdem beide Male ein Feuer brannte?«

»Tja, die Ellbogen – so etwas kann während eines Feuers passieren«, sagte Sugarman. »So reagiert der Körper unter Umständen auf Hitze.«

»Stimmt.« Ich nickte.

»Und die Sache mit den Predigern ...« Sugarman schaute sich um, wer in Hörweite war. »Man kann hier in der Gegend keinen Stein werfen, ohne ein schwarzes Kind zu treffen, dessen Vater oder Großvater ein Prediger ist.«

»Dann, scheint mir, muss ich um eine professionelle Gefälligkeit bitten«, sagte ich. »Ich würde sehr gerne die Fallakte studieren.«

»Ihnen ist klar, dass es kein offener Fall ist, oder?«, erwiderte Sugarman. »Er ist aufgeklärt. Der Kerl ging in den Knast. Bei der Urteilsverkündung hat er seine Schuld eingestanden.«

»Hören Sie«, sagte ich. »Ich bin nicht verrückt oder so was. Ich will lediglich all meine losen Fäden verknüpfen.«

Sugarman nickte. Er bat um »drei Minuten« und kehrte dann mit einer Kopie der Akte zurück.

»Ich habe ein bisschen gebraucht – aber jetzt erinnere ich mich an Sie«, sagte er. »Von der Konferenz. Sie haben über einen Fall referiert. Irgendeine große Mordgeschichte. Sie waren scheißgut damals.«

Damals, schnaubte Purvis.

Ich fragte mich, ob er meinen Werdegang recherchiert hatte, während er die Akte fotokopierte. Ob er gesehen hatte, was meiner Familie zugestoßen war, und sich deswegen schlecht fühlte.

»Nur zu, stellen Sie sämtliche Fragen, die Ihnen auf den Nägeln brennen«, sagte Sugarman. »Sollte irgendwer Ihnen gegenüber unverschämt werden, werden Sie laut und sagen, dass Sugar kommt. Sollten die Leute Sie nicht unterstützen – das wäre so, als würden sie mich nicht unterstützen.«

25

Draußen im Pick-up studierte ich die Akte. Junius Lochland war siebzehn, als er im November 1993 tot aufgefunden wurde. Er war eine regional bekannte Sportskanone, ein Dreifach-Athlet – Leichtathletik, Basketball und Football – und ein Star an der Shonus High.

Zwei Fotoserien beherrschten die Akte. »Vorher«-Aufnahmen, auf denen Junius über Hürden sprang und Bälle fing. Und drei oder vier »Nachher«-Bilder, die seinen Körper um drei Viertel der ursprünglichen Größe geschrumpft zeigten, kaum mehr als ein Brandfleck auf dem Erdboden.

»Was ist dir zugestoßen?«, sagte ich laut vor mich hin, blätterte die Seiten um und las über den letzten Abend in Junius' Leben. Offenbar pflegte der Siebzehnjährige die Angewohnheit, allabendlich vor dem Schlafengehen noch eine Runde zu joggen. Eines Abends verschwand er, einfach so. Vier Tage später entdeckte ein Crossläufer auf einem Feld, das unlängst in Brand geraten war, seine verkohlte Leiche.

Im gerichtsmedizinischen Erstbericht wurden die Ellbogen, genau wie bei meinem Fall, als eine vor dem Tod erlittene Verletzung geführt, doch die komplette Passage war gestrichen worden – jemand hatte lauter Querstriche über die Zeilen mit den Untersuchungsergebnissen getippt.

Eine Notiz über die in der Hitze der Flammen geborstenen Ellbogen war an die Seite geheftet. Sie stand auf einem anderen Briefbogen als der Rest der Akten. Mit einem Stempel des Staates Georgia.

Ich kletterte aus meinem Truck und ging zum hinteren Bereich des Polizeireviers, zu der unverwechselbaren Rampe, die zum gerichtsmedizinischen Labor irgendwo in den Innereien des Gebäudes führte.

Als ich mich umsah, zog ein roter Streifen über den violetten Himmel. So etwas hatte ich noch nie gesehen. Ich blinzelte, um ihn genauer zu betrachten, aber da war er schon verschwunden.

Ich passierte die Rampe zu den Amtsräumen der Gerichtsmedizin und klopfte an die Tür.

»Hallo?«

Ein klein gewachsener, dicklicher Mann mit grauen Haaren kam herausgewatschelt. Ich hielt meine Marke in der einen und die Fallakte in der anderen Hand.

»Sind Sie der Gerichtsmediziner?«

»Den lieben langen Tag.« Er lächelte.

Sein Name war Brett Beaudin, und er trug ein Polohemd in XL über einer Khakihose. Sein texanischer Akzent erinnerte mich an Gerbin, meinen eigenen Kriminaltechniker, der allerdings ohne femininen Singsang auskam. Als er mich in sein Büro geleitete, erklärte ich ihm, dass ich mit Sugarman über den '93er Mord gesprochen hatte.

»Das war ein grauenvoller Sommer«, sagte Beaudin. »Mein zweites Jahr in dem Job.«

Ich ließ den Blick durch sein Büro schweifen. Die Wände waren mit Kork ausgekleidet und voll von angepinnten medizinischen Untersuchungsprotokollen und Fotos, sodass kaum ein Fleckchen freie Wand zu erkennen war.

»Ich erinnere mich an den Tag, an dem ich zu dem Grundstück rausfuhr. Es war schwül wie in der Sauna.«

»Das war der Notruf wegen des Brandes?«

»Und es war außerdem alles andere als ein kleines Feuer«, sagte er. »Jemand hatte Kerosin als Brandbeschleuniger benutzt. Dreißig Morgen waren verbrannt.«

Kerosin. Derselbe Brandbeschleuniger wie in Virgil Rowes Garage. Und beim Feuer auf Ungers Land.

»Die Ellbogen des Opfers ...« Ich blätterte zur entsprechenden Seite des Berichtes. »Es gibt zwei verschiedene Befunde.«

Beaudin griff sich die Akte. »Ja, das war in der Tat ein strittiger Punkt. Ich habe die Ellbogen als Verletzung ante mortem abgezeichnet. Aber irgendwann im Laufe der Ermittlungen wurde das geändert. Der damalige Chief zog einen Regierungsspezialisten hinzu, der sein Veto einlegte.«

»Wofür haben Sie es demnach zunächst gehalten? Folter? Hatte jemand Junius die Ellbogen gebrochen?«

»Zuerst habe ich das gedacht«, sagte Beaudin und stemmte die Hände in die Hüften. »Aber der Kerl von der Regierung war ein Brandexperte. Hatte einen Haufen mehr Erfahrung als ich seinerzeit.«

»Und was war mit Ruß in seiner Lunge?«, fragte ich.

»Tja, die raffinierten Tests, über die wir heute verfügen,

hatten wir damals nicht, aber es hätte auch keine Rolle gespielt. Um zu überprüfen, ob sich Ruß in den Bronchien befindet, braucht man zumindest einen kleinen Rest Bronchien, der einigermaßen intakt ist.«

Ich nickte. Der Körper des Opfers war zu stark verbrannt. Das wäre auch bei Kendrick der Fall gewesen, wenn der Sprühflieger das Feuer nicht gelöscht hätte.

»Sagen Sie mir doch geradeheraus, worauf Sie hinauswollen, Cowboy«, sagte Beaudin. »Ich kann Ihnen zumindest meine Meinung sagen.«

Ich zog meine Fallakte aus der Umhängetasche, ging sie mit ihm durch, und er folgte meiner Geschichte, indem er unablässig nickte.

»Das Schwierige ist die Zeit, die inzwischen vergangen ist«, sagte er. »Was wäre der Ermittlungsansatz? Jemand hat hier bei uns 1993 einen Jungen getötet und dann ein Vierteljahrhundert Pause eingelegt? Sie wissen besser als ich, wie unwahrscheinlich das ist.«

»Ja«, sagte ich. Er hatte recht.

Ich dachte an das einzige Detail, das ich ausgelassen hatte. Das Lynchen.

»War es hier in der Nähe?«, fragte ich. »Wo er gefunden wurde? Ich würde gerne wissen, ob dort Bäume wachsen.«

»Bäume, na klar, sicher«, sagte er und legte mir die Hand auf die Schulter. »Ich fahre jeden Tag auf dem Weg nach Hause daran vorbei. Wollen Sie es sich anschauen? Ist ein regelrechter Wald dort draußen.«

26 Während der Fahrt präsentierte sich der Himmel in einem wunderschönen Violett. Shonus County war insgesamt viel ländlicher, als ich mir vorgestellt hatte, und wir rollten gerade durch eine Landschaft mit riesenhaften Eichen, die einen Baldachin aus Baumkronen über der Straße bildeten. Sie hielten die Lichter der Stadt beinahe komplett ab und tauchten uns in Dunkelheit.

»Hier ist es«, sagte Beaudin und gestikulierte, als wir eine kleine Brücke überquerten. Ich fuhr langsamer und parkte, seinen Anweisungen folgend, am Rand des Highway. Von dort aus gingen wir zu Fuß.

Ungefähr fünfzehn Meter vom Highway entfernt war eine Reihe von Leyland-Zypressen gepflanzt worden. Beaudin ging mir voraus und folgte dem Verlauf der Straße.

»Sind Sie verheiratet?«

Ich dachte mir schon, wohin er wollte. Noch zwei Tage bis Weihnachten, und hier lief ich mit ihm im ländlichen Georgia herum.

»War ich«, sagte ich. »Jetzt nicht mehr.«

»Kinder?«

»Momentan nicht.«

»Es war genau dort drüben.« Beaudin deutete auf ein Stück Land ungefähr dreißig Meter jenseits der Straße. »Es ist allerdings ein Privatgrundstück.«

Ich lächelte ihn an. »Nun ja, wir sehen uns bloß um, stimmt's? Wollen niemandem sein Obst klauen.«

Ich ging zu dem von Bäumen gesäumten Areal hinüber, und Beaudin folgte mir. Meine Statur ist die eines Tight End – groß, aber stämmig –, weshalb ich bei einigen der niedrigeren Bäume den Kopf einziehen musste.

»Dieser Junius war nicht der Einzige, der damals im Sommer vermisst wurde, P. T.« Beaudin runzelte die Stirn. »Da war auch noch ein Mädchen. Ebenfalls schwarz und ungefähr in Junius' Alter.«

»Was war mit ihr?«

»Keine Ahnung.« Er zuckte die Achseln. »Die Polizei hat sie irgendwann als Ausreißerin gebucht. Ich glaube, das größere Interesse galt ihrem Gesundheitszustand. Ob sie sich mit irgendwas infiziert hatte. Am Tag zuvor war sie im Krankenhaus gewesen.«

»Weswegen?«, fragte ich.

Hinter uns hörte ich ein Geräusch. Ein Laster, der durch die Büsche brach.

»Sie hatte Nasenbluten«, sagte er. »Schmerzen in der Brust.«

Das Nasenbluten traf mich wie ein Schlag. Ich dachte an die Typhus-infizierten Kids in Mason Falls.

Ich wandte mich um, damit ich Beaudin eingehender dazu befragen konnte, doch der Truck beschleunigte und ließ Erde aufspritzen, als er durch die Baumreihe pflügte.

Er hatte Nebelscheinwerfer aufs Dach montiert und kam auf uns zu. Schnell.

Circa sechs Meter vor uns kam der Wagen schlitternd zum Stehen, und die Scheinwerfer blendeten uns. Eine dicke Staubwolke lag in der Luft.

»Sie da, nehmen Sie die Hände hoch«, ertönte eine Stimme durch eine Flüstertüte.

»Himmel«, sagte Beaudin. »Verdammte Hinterwäldler.«

Dann vernahm ich, wie der Hahn einer Flinte gespannt wurde, und wir hoben unsere Hände.

»Ich bin Polizist«, sagte ich.

»Und ich bin Amerikaner«, erwiderte die Stimme. »Sie wissen schon, dass Sie Privatgrund betreten haben?«

Die Frontscheinwerfer erloschen, aber durch das Licht der Nebelleuchten konnte ich sehen, dass ein Bushmaster-AR-15 auf die Fahrerkabine des Pick-ups montiert war. Das Bushmaster war eine halb automatische Präzisionswaffe, und in Georgia ist es gesetzlich verboten, so ein Sturmgewehr auf seinen Truck zu montieren.

»Ich werde jetzt ganz langsam meine Dienstmarke ziehen«, sagte ich.

Was ich tat. Ein magerer Kerl im Muskelshirt sprang vom Truck. Er war nicht älter als neunzehn.

Als er nach meiner Brieftasche griff, wirbelte ich ihn herum, zog meine Glock und drückte ihm den Lauf gegen die Schläfe. Innerhalb von zwei Sekunden hatte ich ihn am Boden. »Falls da noch mehr von euch sind«, rief ich laut, »solltet ihr wissen, dass eine Pistole auf seinen Kopf gerichtet ist.«

»Ich bin alleine«, sagte der Magere.

»Sie sind verhaftet.«

Daraufhin begann der Junge zu lachen. Er schien nicht mehr alle Tassen im Schrank zu haben.

»Was gibt's da zu kichern?«, fragte ich.

Doch der Bursche hörte nicht auf, auch dann nicht, als ich ihm den Kopf in den Dreck rammte.

»Sie haben nicht den leisesten Hauch einer Ahnung, mit wem Sie sich anlegen«, sagte er.

27

Captain Sugarman brauchte zwanzig Minuten, bis er bei uns war, und als er eintraf, schien er mit den Nerven am Ende.

»Sie müssen dem Jungen die Handschellen abnehmen, P.T.« Er rückte mir dicht auf die Pelle.

»Er hat gegen das Gesetz des Staates Georgia verstoßen«, sagte ich und deutete auf das Sturmgewehr. »Obendrein kommt er mit dieser Bürgerwehr-Dienstgrad- und Ordnungsnummernscheiße um die Ecke. Will mir seinen Namen nicht verraten.«

Sugarman zerrte mich weg von der Stelle, wo der junge Mann mit auf den Rücken gefesselten Händen stand. »Sein Name lautet Tyler Windall«, sagte er. »Zum Teufel, P.T., ich kenne die Miliz, bei der er Mitglied ist. Schon mal von Talmadge Hester gehört?«

»Hester wie Hester-Pfirsiche?«

Sugarman nickte. »Ihnen gehören hier an die zehn Farmen. Die Hälfte der Immobilien in der Innenstadt von Shonus. Und das Land, auf dem Sie stehen. Der Vollidiot da vorne ist einer von den Proleten, die sie als Wachpatrouillen einsetzen.«

Ich grinste. »Ich habe mich fünfzehn Meter von einer Verkehrsstraße entfernt aufgehalten.«

Sugarman schüttelte den Kopf. »Und diesen Scheißkerlen gehören genau diese fünfzehn Meter.«

Ich blickte Sugarman an. Was zum Geier kümmerte mich irgendein Hillbilly-Pimpf? Ich wollte die Familie des '93 verstorbenen Jungen aufspüren. Ich würde mir keinen Gefallen tun, wenn ich Sugarman ans Bein pisste.

»Was soll ich Ihrer Meinung nach jetzt tun?«

Sugarman schaute zu Tyler hinüber. »Wir können ihn nicht freilassen. Er würde überall damit prahlen, es einem Bullen von außerhalb so richtig gezeigt zu haben.«

Sugarman ging zu Tyler. Er ersetzte meine Handschellen durch seine eigenen und schob Tyler in seinen Streifenwagen. »Begleiten Sie mich doch bitte, P. T. Wir bringen ihn zu den Hesters.«

Ein weiterer Streifenwagen kam vorbei, um Beaudin, den Gerichtsmediziner, mitzunehmen.

Danach folgte ich Sugarman eine kurvenreiche Straße entlang. Es war Vollmond, und sein Licht schien auf ein Herrenhaus in der Ferne. Als wir näher kamen, heftete sich mein Blick auf die hohen weißen Säulen, von denen die Fassade dominiert wurde. Sie waren von Kopf bis Fuß mit Weihnachtsbeleuchtung behängt, und am Straßenrand waren gut fünfhundert Meter lang Autos geparkt.

Wir stellten unsere Fahrzeuge direkt vor dem Herrenhaus ab. Es war gigantisch – wahrscheinlich zehn Schlafzimmer – und prachtvoll. Von weit her erklang klassische Musik. Eine Weihnachtsfeier in vollem Gange.

Eine vierschrötige Frau in Dienstmädchenuniform ließ uns herein, und Sugarman bat mich, in einem der Salons zu warten, während er mit ihr zusammen den Korridor hinunterging.

Die Innenausstattung des Wohnzimmers entsprach dem, was die Einheimischen als Antebellum-Stil bezeichneten, mit verschnörkelten dicken Stuckleisten an der Decke und lauter Gemälden von Konföderiertensoldaten an den Wänden.

Ein paar Minuten später betrat Sugarman an der Seite eines über siebzigjährigen Mannes den Raum.

»Sie müssen Detective Marsh sein«, sagte der alte Herr. Er hatte dichtes graues Haar, das er rechts gescheitelt trug, und war in einen weißen Anzug mit weißer Krawatte und weißem Hemd gekleidet. »Talmadge Hester«, stellte er sich vor. Seine Stimme klang sanft und aufmunternd wie ein Schauspieler in einem Werbespot, der einem empfahl, seinen Ruhestand mit Golfspielen in Georgia zu verbringen.

»Mr Hester«, sagte ich. »Verzeihen Sie, dass ich Sie zu dieser späten Stunde während der Feiertage unangemeldet belästige.«

Mein Handy vibrierte in der Hosentasche.

»Machen Sie sich keine Gedanken«, sagte der Alte und bedeutete mir, in das Arbeitszimmer auf der anderen Seite des Korridors zu wechseln. Wir gingen an einer Frau in einem blauen viktorianischen Kleid mit Puffärmeln und tiefem Ausschnitt vorbei. »Wir feiern jedes Jahr um diese Zeit ein kleines Kostümfest«, erklärte er. »Daher ist noch niemand schlafen gegangen.«

Das Arbeitszimmer entsprach in seiner Einrichtung dem Salon, abgesehen davon, dass am hinteren Ende ein riesiger Eichenholztisch stand. Wahrscheinlich tranken hier Offiziere der Konföderierten Whiskey mit Debütantinnen. Damals, bevor man sie Debütantinnen nannte.

Ein Mann von Anfang vierzig stand gegen den Tisch gelehnt. Er war untersetzt, sonnengebräunt und trug eine Kluft, die ich nur als die legere Kleidung eines Soldaten aus den 1860er-Jahren bezeichnen kann. Die Familienähnlichkeit mit dem alten Mann war frappierend.

»Mr Marsh, dies ist mein Sohn Wade.« Der alte Herr vollführte eine Geste. »Mr Marsh ist ein Detective aus Mason Falls und hat einen Zusammenstoß mit einem unserer übereifrigen Angestellten erlitten.«

Wade streckte die Hand aus, und ich schüttelte sie. »Darf ich raten, mit wem?« Wade lächelte. »War es Tyler?«

»Sugar hat ihn draußen im Wagen«, sagte ich und benutzte die Abkürzung von Sugarmans Namen absichtlich, um anzudeuten, dass wir doch alle gute Kumpels und alte Bekannte waren.

»Tyler hat ein AR-15 auf seinen Jeep montiert«, sagte Sugarman. »P.T. ist ihm am Highway 908 in die Arme gelaufen. Er hat sich als Cop zu erkennen gegeben, aber Tyler schien sich wenig darum zu scheren.«

In der Ferne konnte ich ein ganzes Orchester hören, höchstwahrscheinlich im hinteren Gartenbereich. Sie spielten »Dixie«, und mir kam es vor, als hätten wir eine Zeitreise angetreten.

»Haben Sie da draußen was gesucht?«, fragte Wade. »Entlang des Highway?«

Mein Handy vibrierte. »Nur ein paar Hintergrundinformationen«, sagte ich. »Ich untersuche ein Verbrechen, das vor fünfundzwanzig Jahren begangen wurde.«

Der ältere Hester schien beeindruckt. Er zeigte auf das dicke, mit einem Gummiband verschnürte Aktenpaket, das ich bei mir trug. »Ist das hier wie bei einer dieser Fernsehsendungen über ungelöste Kriminalfälle?«

»So ähnlich.« Ich lächelte.

Mir fiel ein gerahmtes Foto auf der antiken Anrichte neben mir ins Auge. Das Bild war auf einem Golfplatz aufgenommen worden und zeigte Wade und Talmadge Hester Seite an Seite mit Gouverneur Toby Monroe. Derselbe Typ, mit dem sich mein Boss heute Morgen getroffen hatte.

»Wir bringen dem regionalen Polizeivollzugsdienst selbstverständlich großen Respekt entgegen«, sagte Talmadge Hester. »Wenn wir also irgendetwas für Sie tun können ...«

»Waren Sie vor fünfundzwanzig Jahren hier ansässig?«, fragte ich.

»Wir waren auch vor zweihundert Jahren hier ansässig«, sagte Hester junior und zeigte auf das Porträt eines Generals über dem Kamin.

»Erinnern Sie sich an den Jungen, dessen Leiche 1993 gefunden wurde?«

»Natürlich«, sagte Wade. »Wir haben dieselbe Highschool besucht. Es war eine Tragödie.«

»Waren Sie mit ihm befreundet?«

Wade lächelte. »Wir haben nicht wirklich ... in denselben Kreisen verkehrt. Aber dieser Junge konnte definitiv Körbe werfen.«

»Demnach wissen Sie noch, dass er Sportler war?«

Wade zuckte mit den Schultern. »Shonus war in diesem Jahr damals die favorisierte Mannschaft. Glücklicherweise haben unsere Jungs auf wundersame Weise trotzdem gewonnen. Hatten auch ohne ihn eine Art magischen Lauf.«

Erneut brummte mein Handy.

»Müssen Sie das Telefonat annehmen?«, fragte Wade.

»Würde es Ihnen was ausmachen?«, gab ich zurück.

»Keineswegs.« Wade öffnete eine Seitentür für mich, und ich trat in einen ummauerten Garten. Inzwischen war die Mailbox des Handys angesprungen, und ich hörte meine Nachrichten ab.

»P.T.«, tönte es aus der Mailbox, und ich erkannte die Stimme eines Deputy. »Hier spricht Fin McRae. Wir sind hier bei Ihrem Schwiegervater im MotorMouth an der SR-902. Er hatte ein paar Drinks intus und wurde in eine Kneipenschlägerei verwickelt.«

»Mein Gott«, sagte ich laut und schaltete die Taschenlampe meines Telefons an, um mir rasch die Handynummer des Officers zu notieren. Das Licht erhellte den Garten.

Ein kunstvoller Figurenschmuck war an die gegenüberliegende Wand geschweißt. In geschwungenen filigranen Buchstaben standen zwei Worte darauf:

Erhebe Dich.

Dieselben Worte, die mit Filzstift auf die Hundertdollarnote geschrieben worden waren, die ich in der Streichholzschachtel bei Virgil Rowe gefunden hatte.

Ich stellte das Handy an, um es heller zu erleuchten.

»Alles in Ordnung?«, fragte Wade und trat in den Garten.

»Ja«, sagte ich. »Ich bewundere nur gerade das da.«

»Das alte Ding.« Er kicherte. »Es hing schon vor meiner Geburt dort. Mein Hemd ist daran hängen geblieben. Es hat mir die Hose zerrissen. Wenn mein Daddy das Zeitliche segnet, reiße ich's von der verdammten Wand.«

Er kam näher und zog einen Kreis mit dem Zeigefinger, eine Geste, die das gesamte Haus einschloss.

»Die Fassade macht einen guten Eindruck, aber unter der Oberfläche fällt die Bude auseinander, Detective.«

Ich ging mit Wade wieder rein und sah mich diesmal genauer um.

Mein Blick wanderte langsam die Reihe gerahmter Fotos auf dem Schreibtisch entlang.

Es gab Spatenstiche. Vertragsunterzeichnungen. Die Hesters mit Riesenschecks für wohltätige Zwecke.

Ein Bild weckte mein Interesse.

Es war ein Gottesdienst am Sediment Rock, an demselben Ort, wo sich Tripp Unger an jenem Morgen aufgehalten hatte, an dem Kendrick auf seiner Farm verbrannt war.

Hinter der Gruppe auf dem Foto trug ein Schild die Aufschrift *Erstgeborener Sohn Gottes, Ostern 2015.*

Erstgeborener Sohn Gottes. Remy hatte Unger danach gefragt, welche Kirche er besuchte. Es war derselbe Name.

Falls ich dem hiesigen Gerichtsmediziner statt dem Typen von der Regierung Glauben schenkte, hatten beide Fälle die Ellbogen gemeinsam. Ebenso einen dunkelhäutigen Teenager. Den gleichen Brandbeschleuniger. Und nun auch noch zwei Farmbesitzer, die vierzig Minuten voneinander entfernt lebten und in dieselbe Kirche gingen?

Ich erinnerte mich, welche Leute der Sprühflugzeugpilot auf die Frage genannt hatte, wer die rechtlichen Vorschriften bezüglich der Uhrzeit kannte, von der an ein Flieger abheben durfte. Farmer und Piloten.

»Tja, Sie haben hier wirklich ein wunderschönes Zuhause, Gentlemen.« Ich lächelte.

»Das höre ich gerne«, sagte der alte Hester.

Zwei Gedanken gingen mir durch den Kopf. Der erste war, dass es zwischen den Hesters und den zwei Fällen interessante Verbindungen gab – gegenwärtig und damals '93. Der zweite war, dass sie Beziehungen hatten, und zwar nicht zu knapp. Wenn ich sie ins Visier nahm, dann besser mit wasserdichten Beweisen.

Ich drehte mich um und hielt mein Handy hoch. »Unglücklicherweise verlangt ein Notfall nach mir, meine Herren. Vielleicht ist es das Beste, wenn wir Tyler mit einer Verwarnung davonkommen lassen. Und sorgen Sie dafür, dass diese Waffe von seinem Truck verschwindet.«

»Betrachten Sie es als erledigt«, sagte Wade. Er trat näher, um zu sehen, welches Foto ich fixierte. Dann wanderte sein Blick zu meinem Aktenstapel, und er versuchte die Rückenetiketten zu entziffern.

»Ich hoffe, Sie finden, wonach Sie suchen«, sagte er. »Wegen Junius.«

»Das weiß ich zu schätzen«, erwiderte ich.

Draußen gingen Sugarman und ich die kurvenreiche Einfahrt hinunter. »Alles okay bei Ihnen?«, fragte er.

Ich nickte. Ein Mann stapelte Gerätschaften in den Kofferraum einer Limousine, die hinter meinem Pick-up parkte. Ich konnte ihn nicht erkennen, hörte jedoch das Wort »Höhlenforschung«. Es ist ein lustiges Wort, das mich an die Worte »Erhebe dich« auf dem Bildhauerkunstwerk erinnerte.

War es möglich, dass eine Verbindung bestand – zwischen den Worten »Erhebe dich« auf dem Geldschein und dem »Erhebe dich« auf dieser alten Metallskulptur?

»Mein Schwiegervater steckt in Schwierigkeiten«, erklärte ich Sugarman. »Ich muss nach Hause flitzen. Danke für Ihre Hilfe heute Abend.«

Ich stieg in meinen Truck. Hörte, wie der Kofferraumdeckel der Limousine hinter mir zuschlug.

Ich fuhr um Sugarmans Streifenwagen herum und wollte gerade Gas geben, stieg stattdessen jedoch in die Eisen.

Ein Mann ging direkt vor meinem F-150 vorbei und bedachte mich mit einem stechenden Blick. Er gehörte zu der Sorte Kerl, die wir hier unten im Süden einen »Kleiderschrank« nennen. Fast zwei Meter groß, schätzte ich, und um die zweieinhalb Zentner schwer.

Ich zog an ihm vorbei und raste zurück nach Mason Falls.

28

MotorMouth war eine Biker-Bar auf einem Schotterstreifen nahe der State Route 914, gerade noch so eben im Zuständigkeitsbereich von Mason Falls. Als ich bremste, sah ich nirgendwo einen Streifenwagen, also parkte ich neben einer Reihe von Choppern und stieg aus.

Durch das Innere der Kneipe flutete grünlich blaues Licht, und ein alter Harley-Davidson-Panhead-Motor baumelte von der Decke. In Leder gekleidete Paare drängten sich im Laden. Marvin, mein Schwiegervater, war nirgendwo in Sicht.

Aus den Lautsprechern plärrte »Machinehead« von Bush. *Breathe in. Breathe out. Breathe in. Breathe out. Breathe in.*

Der alte Marvin trank gerne einen. Es gab eine Zeit, da hatte er zu Hause getrunken, damals, als seine Frau noch lebte. Und dann gab es eine Zeit, in der er trank, wenn er unterwegs war. Wie an dem Abend, an dem meine Frau und mein Sohn ums Leben kamen.

Die letzten paar Monate hatte er seine Drinks im Landing Patch gekippt. Das hatte mich überhaupt erst zu diesem Striplokal geführt. Ich war in Therapie und versuchte dem

Drang zu widerstehen, Marvin die Scheiße aus dem Leib zu prügeln. Ich saß im Wagen auf dem Parkplatz. Schaute zu, wie er reinging. Fragte mich, ob er wegen der Lage herkam, direkt am Tullumy. Genau dort, wo seine Tochter und sein Enkelsohn ersoffen waren.

Heute Abend jedoch war er stattdessen ins MotorMouth gegangen. In irgendeine Lederkneipe. Warum?

Ich fand einen Barkeeper. »MFPD.« Ich zückte mein Blech. »War vorhin ein Uniformierter hier, um einen Streit zu schlichten?«

Er deutete zur Hintertür. Ich ging nach draußen und überquerte einen vor Müll strotzenden Parkplatz. Auf Autos und Motorräder geklebte Schildchen warben für eine Harley-Silvesterparty.

Unter einem Baum auf der anderen Seite des Parkplatzes stand ein Streifenwagen.

McRae sah mich und stieg aus. Er war ein kurzer und stämmiger Glatzkopf, seit ungefähr sechs Jahren bei der Truppe und für eine nicht allzu lange Weile mein Pokerpartner.

»Tut mir leid, dass es so lange gedauert hat, Fin.« Ich streckte ihm die Hand entgegen.

»Kein Problem«, sagte er und schüttelte mir die Hand. »Ich hatte Papierkram zu erledigen. Das Schnarchen hat mich am meisten genervt.«

Ich spähte in den Fond des Wagens. Mein Schwiegervater hing als formvollendete Alkoholleiche auf der Rückbank. Er trug Jeans und ein weißes Anzughemd, dessen Ärmel bis zu den Ellbogen aufgerollt waren. Seinen Kopf hatte er gegen die Seitenscheibe gedrückt. Kleine graue Haare sprossen aus seinen dunkelbraunen Ohren.

»Was ist passiert?«, fragte ich.

»Sofern man Marvins Version glaubt, hat jemand Schwachsinn über dich verbreitet.«

»Über mich?« Ich kniff die Augen zusammen.

McRae nickte. »Marvin hat sie aufgefordert, die Sache vor der Tür zu klären, und sich prompt ein paar kräftige Arschtritte eingefangen.«

Ich glaubte kein einziges Wort von dem, was mein Schwiegervater von sich gab.

»Hör mal, P.T.«, sagte McRae. »Ich bin der Letzte, der sich in deine Angelegenheiten einmischen will, aber dein Schwiegervater sagt, du hättest seit drei Monaten nicht mehr mit ihm geredet.«

Ich wollte nicht hören, was McRae von mir dachte, aber ich wusste auch, dass er mir einen Gefallen damit tat, Marvin nicht einzubuchten. »Das ist eine lange Geschichte, Fin«, sagte ich.

»Hat auch mit den Feiertagen zu tun«, meinte er. »Bring den alten Kerl doch nach Hause. Schaff ihn ins Bett.«

Ich wuchtete Marvin aus dem Streifenwagen. Stellte ihn aufrecht hin. Seine Lider zuckten. »Paul«, begrüßte er mich.

Ich führte Marvin über den Parkplatz zu meinem Truck und setzte ihn auf den Beifahrersitz.

»Ich trage keine Schuld daran, Paul«, sagte er, als ich den Motor anließ. »Da war ein Auto. Es kam den Highway entlang.«

Das hatte ich schon mal gehört. Dass Marvin nicht hinter dem Steuer seines Wagens gesessen und den Wagen meiner Frau mit seinem angestoßen hatte, an dem Abend, als sie starb.

»Ich will nicht darüber sprechen«, sagte ich.

Als ich bei Marvins Haus ankam, sah ich, dass er wieder eingeschlafen war, und ich griff mir seine Schlüssel.

Ich machte die Tür auf und schaute hinein. Der Flur hing voller gerahmter Fotos von Lena und Jonas, und es roch nach meiner Frau. Wie ihr Haus gerochen hatte, als wir uns kennenlernten. Als die Dinge im Lot waren.

Ich blinzelte. Hielt meine Augen geschlossen. Öffnete sie dann und eilte ins Schlafzimmer. Zog die Decken von Marvins Bett zurück.

Als ich auf dem Weg nach draußen am Gästezimmer vorbeiging, sah ich, dass die Wand komplett mit Bildern von Autos beklebt war. Ausgeschnittene Fotos der Frontschürzen diverser Limousinen aus den 90ern.

»Scheißkerl«, sagte ich und spürte die Wut in mir hochkochen.

Dem alten Herrn war lediglich grobe Fahrlässigkeit bei regennasser Straße zur Last gelegt worden, damals am 21. Dezember letzten Jahres, obwohl der Alkoholgehalt seines Blutes bei genau 0,8 Promille gelegen hatte. Das Ganze stützte sich überwiegend auf Marvins Darstellung der Ereignisse, welcher der Staatsanwalt folgte. Dass seine Tochter Lena, deren Autobatterie streikte, ihn angerufen habe. Dass ihr Wagen jenseits der I-32 liegen geblieben sei, genau südlich der Brücke. Und dass er mit ihr gesprochen habe, gegen das Fahrerfenster gelehnt, als ein Wagen kam, das Heck seines eigenen, geparkten Wagens rammte, diesen in ihren und ihn schließlich von der Straße geschoben habe.

Lenas Jeep von 2001 hatte schnell Fahrt aufgenommen, während er den Hügel hinabschlitterte. Innerhalb weniger Sekunden hatte es ihn ins kalte Wasser des Tullumy River geschleudert und stromabwärts getragen.

Ich starrte die an die Wand geklebten Bilder an. Nahaufnahmen von Kühlergrills.

Als wir Marvins Chrysler 200 letztes Jahr unter die Lupe genommen hatten, waren wir auf eine zerbrochene Heckleuchte und ein verbeultes Schutzblech gestoßen, beide von weißen Lackspuren gezeichnet. Marvin hatte behauptet, es stamme von dem Wagen, der das Heck seiner Limousine gerammt hatte. Außerdem hatte er jedem Menschen, der ihm sein Ohr lieh, erzählt, er würde die Schnauze dieses Autos unter Tausenden wiedererkennen, sollte sie ihm je wieder unter die Augen kommen.

Ich ging raus zum Truck und öffnete die Beifahrertür.

Ich vertrat eine sehr viel schlichtere Theorie, was den Tod meiner Frau und meines Sohnes letztes Jahr in der Woche vor Weihnachten anging. Es war die Geschichte eines betrunkenen Vaters, dessen eingedellte Stoßstange schon vorher diese weißen Lackreste aufgewiesen hatte. Der seine Geschwindigkeit falsch einschätzte, als er besoffen versuchte, den alten Jeep seiner Tochter anzuschieben.

Ich stieß Marvin mit dem Finger an. »Aufwachen«, sagte ich.

Er glotzte mich an. »Paul.«

»Sag nichts. Geh einfach rein.«

Ich half ihm ins Bett. Als ich die Decken hochzog, griff er meinen Arm.

»Die Kerle, die mich zusammengeschlagen haben«, sagte er. »Sie haben gesagt, du wärst ein Säufer geworden wie ich. Dass du dich immer noch rumtreibst und deine Nase in Angelegenheiten steckst, die dich nichts angehen. Dass sie dich umlegen, wenn du den Dienst nicht quittierst.«

»Was hast du gesagt?«

Ich stieß ihn nach hinten, und sein Schädel knallte gegen das Kopfende des Bettes.

»Sie haben gesagt, du wärst ...«

»Ich bin nicht wie du«, sagte ich. »Du bist ein Säufer und ein Narr. Wir haben nichts gemeinsam.«

Ich starrte ihn an. Bedrohte mich jemand? War das möglich?

Dann fiel mir ein, mit wem ich redete. Mit einem Lügner.

»Du hast deine Tochter umgebracht, Marvin.«

Tränen flossen über sein Gesicht. »Ich schwöre es«, flüsterte er.

Ich wandte mich um und ging.

29

Um Mitternacht kam ich zu Hause an und setzte mich auf die Veranda.

Purvis wanderte auf dem Rasen umher, hockte sich nieder und gab sich alle Mühe, die um das echte Gras sprießende Bluthirse zu vernichten.

Die Dezembernachtluft war kalt, und ich dachte über die Hesters und das Verbrechen von 1993 nach.

War es möglich, dass jemand von dem alten Fall mit dem Tod von Kendrick Webster in Verbindung stand? War es möglich, dass jemand meinen Schwiegervater durch die Nennung meines Namens zu einem Kampf provoziert hatte?

Ich hörte fortwährend Marvins Stimme in meinem Kopf. »Sie haben gesagt, du wärst ein Säufer wie ich.«

Ich stand auf, ging ins Haus, öffnete den Küchenschrank rechts neben dem Kühlschrank und griff mir eine Flasche Johnnie Walker, deren Inhalt ich in die Spüle goss.

Dahinter standen zwei Flaschen Wein, die ich ebenfalls ausschüttete.

»Gut«, sagte ich laut.

Ich schaute mich um. Die Wohnfläche des Hauses war

einschließlich der Küche offen gestaltet, mit Küche und Esszimmer als einem einzigen großen Raum.

Auf Lenas antikem Eichenholzesstisch stapelte sich Post, zu deren Bearbeitung ich noch nicht gekommen war. Überwiegend überfällige Rechnungen.

Ich hörte hinter mir ein Geräusch und drehte mich um. Es war Purvis, der in die Küche dackelte. Er schaute an mir vorbei zu den leeren Flaschen auf dem Küchentresen.

Wenn du schon was tust, dann tu es auch richtig, knurrte Purvis.

Ich wandte mich wieder um und betrat den Essbereich. Lugte in eine braune Tüte unter dem Tisch. Darin befand sich eine halb leere Flasche Belvedere-Wodka. Außerdem eine noch zu einem Fünftel gefüllte Flasche Bacardi. In den Ausguss damit.

Ich ging raus zur Garage und entdeckte eine Billigmarke Tequila. Und weg.

Ein paar Fingerbreit Knob-Creek-Bourbon. Trockengelegt.

Ich fand einen Sechserpack Miller und wiederholte die Prozedur. Eine Flasche Cuervo auf einem Schlafzimmerregal. Eine halbe Flasche Dewar's war unter Jonas' Bett gerollt, in dem ich gelegentlich die Nacht verbrachte.

Ich sah zu, wie die Braunen und Klaren über rostfreien Stahl strudelten, und ihr scharfer Geruch stach mir in die Nase. Allein der Duft war berauschend.

Kamchatka. Patrón. Irgendein ausschließlich auf Russisch beschrifteter Wodka. Ich schleppte sie alle in die Küche. Geriet bei einem wirklich guten Rum ins Zögern, kippte aber auch ihn weg.

Die Alkoholschwaden durchzogen das gesamte Haus, und als ich fertig war, standen zehn Bierdosen und zwanzig leere Wein- und Schnapsflaschen auf der Arbeitsfläche.

Ich packte sie in zwei Müllbeutel und trug sie raus zu den Abfalltonnen. Schnappte mir Purvis und ging mit ihm ohne Leine die Straße runter.

Einige Türen weiter grenzte ein Nachbarhaus an einen kleinen Teich, und ich betrachtete das Leben spendende Wasser und fragte mich, ob ich es einen Tag ohne Alkohol aushalten würde. Die Luft, die vom Tümpel herüberwehte, roch nach altem Brot und Entenscheiße, und die Stiefmütterchen, die um den Rand herumwuchsen, sahen wie verblichene Papiertaschentücher aus. Die Pflanzen wurden von innen heraus gefressen, das Ergebnis von Gitterwanzen oder schlechter Sonnenverträglichkeit oder irgendeines bodenbürtigen Pilzes, der ebenso Teil des Ökosystems war wie die Pflanzen selbst.

Wir spazierten zurück, und ich kletterte mit Purvis ins Bett.

Den größten Teil der Nacht über schlotterte ich am ganzen Leib, war allerdings zu müde, um zu kontrollieren, ob ich ein Fenster offen gelassen oder mir eine Erkältung eingefangen hatte.

Um sechs Uhr morgens konnte ich nicht länger leugnen, keinen Schlaf zu finden, weshalb ich aufstand, duschte und in Sakko, Hemd und graue Hose schlüpfte. Wenn es stark regnet, sieht meine Frisur mitunter nach Dauerwelle aus, und da ich mein Haar nicht kämme, brachte ich ein bisschen Form rein. Und rasierte mich. Dann brach ich auf, um Tripp Unger von Harmony Farms zu besuchen.

Als ich Ungers Grundstück erreichte, bremste ich meinen Truck ab.

Vor vier Tagen hatten wir dort einen Streifenwagen postiert, um die Medien fernzuhalten.

Ich rollte neben Officer Winston Lamars Wagen, und er kurbelte die Scheibe runter.

Lamar war Anfang dreißig und trug eine blonde Stachelfrisur. Rote Aknepickel sprenkelten das Kinn und die Stirn.

»Wie steht's, Blaumann?«, fragte ich.

»Doppeltes Geld für den Friedhof.« Er zuckte die Achseln. »Kann mich nicht beschweren.«

»Haben Sie den Farmer im Auge behalten?«

»Ja, aber es passiert nicht viel«, sagte Lamar. »Um fünf wurden irgendwelche neuen Geräte geliefert und abgeladen, aber darüber wusste ich Bescheid. Die Frau des Farmers kam gegen Mitternacht und hat mich informiert, dass damit zu rechnen wäre.«

»Was für Geräte?«

»Da war ein Bagger«, sagte er. »Eine Grabenfräse. Noch ein paar andere. Manche hat er bereits in Betrieb genommen.« Er deutete zum Anwesen hinüber.

Ich dachte über Unger nach. Vor wenigen Tagen war er so abgebrannt gewesen, dass es nicht mal für einen Fingerhut Löschwasser gereicht hätte, und jetzt das hier?

Mein Kopf war Experte für Worst-Case-Szenarien, und ich malte mir eines davon aus. Ein Großgrundbesitzer, der

Geld brauchte. Der die Geschichte eines schwarzen Jungen verkaufte, der auf seinem Land den Flammentod gestorben war.

Ich ließ den Streifenwagen hinter mir und fuhr die Schotterstraße hinauf.

Als ich Ungers Haus passierte, sah ich eine gigantische Maschine, die sich hin- und herdrehte. Es war ein gelber Grabenbagger mit einem schwarzen Streifen an der Seite. Das Fahrzeug war an beiden Enden mit einer Schaufel bestückt, dazwischen thronte das Führerhaus.

Es nieselte, und ich parkte in einer Schlammschneise. Unger winkte und stellte den Bagger ab.

»Detective«, sagte er. Der Farmer stieg aus der Fahrerkabine des Baggers. Ich erklärte ihm, ich hätte noch ein paar Fragen.

»Schießen Sie los«, sagte Unger. Er trug ein Flanellhemd mit braunem Schachbrettmuster unter einer wattierten orangenen Weste.

»Kennen Sie Talmadge Hester?«

»Den von Hester Pfirsiche? Na klar«, sagte er. »Wir stehen uns nicht besonders nahe, aber die Landwirtschaft von Georgia ist nicht besonders groß. Warum?«

»Wahrscheinlich ist es gar nichts«, sagte ich. »Aber besuchen die Hesters denselben Gottesdienst wie Sie, draußen beim Sediment Rock?«

»Jawohl.«

»Und was war letzten Sonntag, als es brannte? Haben Sie die Hesters da auch gesehen?«

»Nun ja, Talmadge ist jeden Sonntag dort. Dieser Tage

begleitet ihn sein Ältester, Wade, der auch für ihn arbeitet. Ich hab also Talmadge und Wade gesehen.«

Mir fiel der Sprühfliegerpilot ein, den Unger verklagt hatte. »Und Sie alle kommen miteinander klar – Sie und die Hesters? Die hätten keinen Anlass, hier ein Feuer zu legen?«

Unger lächelte. »Im Landwirtschaftsgewerbe bin ich das, was man einen kleinen Fisch nennt, Detective. Ich glaube nicht, dass sie überhaupt viel über mich nachdenken.«

»Verstehe«, sagte ich.

»Tatsächlich reden wir in der Kirche kaum miteinander«, sagte Unger. »Ich bin einer der Kirchendiener, da gab es gelegentlich Probleme mit seinem Jungen. Störte den Gottesdienst oder tauchte betrunken dort auf.«

»Wade?« Ich blinzelte.

»Nein, der jüngere Hester-Sohn. Buschiger brauner Bart. Ungefähr in Ihrem Alter.«

Dathel Mackey hatte davon gesprochen, an dem Tag, an dem Kendrick verschwunden war, einen bärtigen Mann bei der First Baptist gesehen zu haben. Sie hatte ihn »den Jäger« genannt.

»Ich glaube, sein Name ist Matthew«, sagte Unger.

Ich notierte mir das und sah dann flüchtig zu der Stelle hinüber, an der Unger gegraben hatte. Der Farmer hatte dreißig Meter Graben ausgehoben, erst mit dem großen Bagger und dann einen dünneren und tieferen Kanal mit der Mikrograbenfräse.

»Wie tief ist das – zweieinhalb Meter?«, fragte ich und schaute in den Graben.

»Drei«, antwortete Unger.

Zu tief für Saatgut, sagte Purvis.

Ich wandte den Blick vom Graben und sah Unger an. »Meine Kollegin und ich sagten Ihnen neulich, dass eventuell Leute vom Fernsehen auf Sie zukommen und Ihnen bares Geld anbieten würden, damit Sie ihnen erzählen, was passiert ist.«

Unger schien zu kapieren, worauf ich hinauswollte, denn er hob die Hand. »Es ist nicht so, wie Sie denken, Detective. Ein paar Typen kamen vorbei, nachdem Sie weg waren. Aber diese Kerle waren keine Reporter. Sie haben im Verlauf des letzten Monats durch die Hälfte dieses Tals Rohre verlegt und schließlich entschieden, dass es zu teuer wäre, sie um mein Land herum zu verlegen.«

»Was kommt in den Graben?«

»Irgendeine Breitbandfaser.« Unger zuckte mit den Schultern. »Sie wollten mit ihrem eigenen Team anrücken, doch in Anbetracht des Feuers und so wollte ich keine Fremden auf meinem Grundstück.«

»Tja, schön für Sie«, sagte ich. »Ich weiß, dass Ihre Leute eine harte Zeit hatten. Hilft Ihnen so was einigermaßen aus der Klemme?«

»Sagen wir einfach, dass ich in vier Tagen Grabenziehen meine jährlichen Betriebskosten einfahre«, erläuterte Unger. »Und das Gleiche jedes darauffolgende Jahr.«

Ich stieß einen Pfiff aus. Das war tatsächlich ein warmer Regen.

Er erklärte mir, dass es ihm möglich sein würde, nun sein komplettes Land zu bewirtschaften. Sogar die verbrannten Areale.

»Ich bin heute Morgen hingegangen, um mir den Ackerboden anzuschauen«, sagte Unger. »Wissen Sie, der Junge war nicht das einzige Todesopfer. Ein Lamm ist verbrannt.«

»Eines Ihrer Tiere?«, wollte ich wissen.

»Nee. Unter normalen Umständen wäre ich davon ausgegangen, dass es sich auf meinen Grund und Boden verirrt hätte, aber die nächste Farm mit Nutzvieh liegt sechs Meilen entfernt. Daher kann das kaum hinkommen.«

Unger zog sein Handy hervor und zeigte mir ein Foto. Es war ein verbranntes Tier, doch irgendwas stimmte nicht damit.

Ich starrte es an, ohne recht zu wissen, was ich davon halten sollte.

»Fehlt der Kopf?«

»Ja«, sagte er. »Seltsam, oder?«

Ich fuhr schließlich zum Revier zurück und hielt mich nicht damit auf, nach oben in mein Büro zu gehen, sondern ließ mir von einem Beamten am Empfang die Infos über den jüngeren Hester-Bruder ausdrucken.

Matthew Hester. Zweiunddreißig Jahre alt. Braunes Haar. Blaue Augen.

Auf seinem Führerscheinfoto trug Matthew Hester einen struppigen Bart, der ihm weit übers Kinn hing. Ich sah mir seine Beschreibung an. Einen Meter fünfundsiebzig groß. Zweiundsiebzig Kilogramm schwer. Dem Foto nach mit dem Körperbau eines drahtigen Sportlertypen ausgestattet.

Falls Matthew Hester etwas mit Virgil Rowe oder Cory Burkette zu tun hatte, würde das eine ganze Reihe von Anhaltspunkten miteinander verknüpfen. Die beiden Bezirke, Mason Falls und Shonus. Die beiden Zeiträume, '93 und jetzt.

Ich griff nach meinem Telefon und schickte Remy eine SMS, obwohl sie offiziell beurlaubt war.

> Bist du da? Will ein paar Gedanken mit dir austauschen.

Während ich auf eine Antwort wartete, checkte ich in der Poststelle meinen Eingangskorb und sah, dass mir Captain Sugarman aus Shonus eine von mir angeforderte Akte geschickt hatte.

Ihr Gegenstand war Brian Menasco, der junge Mann, der des Verbrechens von 1993 für schuldig befunden worden war. Der Junge, der für den Mord an Junius Lochland ins Gefängnis gegangen war. Menasco war seinerseits ein paar Jahre später bei einer Knastschlägerei getötet worden und hatte seine Strafe dementsprechend nicht vollständig abgesessen, weshalb die Akte ziemlich dünn war.

Detective Berry kam mit einem Starbucks-Kaffee in der Hand vorbei. Er war in Zivil. Ein Polohemd spannte sich über seinen prallen Bauch.

»Hab nach dir gesucht«, sagte er und setzte ein dämliches Grinsen auf. »Wir waren dabei, einen Fahndungsaufruf rauszuschicken.«

»Was kann ich für dich tun, Merle?«

»Wir haben da eine Dame oben. Sie hat Abe sprechen

wollen, aber er sitzt wegen der Schießerei seit zwei Stunden beim Seelenklempner. Ich habe einen Phantombildzeichner zu ihr geschickt.«

Berry war eigentlich Abes Partner, und seine Aktion bewies, dass er auf dem Posten war, wenn es galt, ihn zu vertreten.

»Danke«, sagte ich. »Aber vielleicht kann ich ihr stattdessen ein Bild zeigen.« Ich hielt das Foto von Matthew Hester in die Höhe. »Ist es eine Schwarze? Um die siebzig? Arbeitet bei der First Baptist?«

Berry schüttelte den Kopf. »Nein, es handelt sich um eine Latina in den Sechzigern. Wohnt in einer der Straßen mit Nummern. Hat in der Nacht, in der dein Neonazi totgeschlagen wurde, jemanden rumschleichen sehen.«

Verdammt, dachte ich. Es war Martha Velasquez. Die Frau, die mich beobachtet hatte, wie ich bei Virgil Rowe reinging.

»Sie ist jetzt gerade hier?«

»Sitzt mit einem Zeichner oben in deinem Büro«, sagte Berry. »Deswegen habe ich den Witz mit dem Fahndungsaufruf gerissen.«

»Wieso?«, fragte ich Berry. Ich konnte ihm nicht folgen.

»Tja, die Zeichnung ist erst zur Hälfte fertig«, sagte er. »Aber sie sieht stark nach dir aus. Ich und Vannerman von der Streife meinten, dass wir unseren Mann, wenn wir ihn aufgespürt haben, bei der Gegenüberstellung mit P.T. konfrontieren sollten. Du weißt schon, zum Spaß.«

»Klar«, sagte ich. »Sehr lustig.«

Rasend komisch, sagte Purvis.

Mein Handy summte. Remy simste zurück.

Komme vorbei.

Ich sah nach unten. Vergewisserte mich, dass man mein Herz nicht durchs Hemd pochen sah.

»Da ist noch etwas.« Berry blätterte durch seine Aufzeichnungen. »Hier«, sagte er, als er das entsprechende Dokument gefunden hatte. »Abe hat die Nachbarstädte nach Festnahmen durchforstet. Ein Typ mit StormCloud-Tattoos. Das hier kam vom Macon PD.«

Berry überreichte mir ein Vorstrafenregister, und ich heftete meinen Blick auf den Namen, der auf dem Deckblatt stand.

»Donnie Meadows«, las ich laut.

Er schaute mich an, und ich zuckte mit den Schultern.

»Er trägt das Wort StormCloud auf seinem linken Bizeps.«

Ich schlug den Aktenordner auf und starrte auf Donnie Meadows' erkennungsdienstliches Polizeifoto.

Meadows war der Kleiderschrank, dem ich letzte Nacht vor dem Anwesen der Hesters begegnet war. Er war Mitglied von StormCloud, desselben Hassvereins, dem auch Virgil Rowe angehört hatte.

»Du kennst ihn?«, fragte Berry. »Ein ziemlicher Riese. Den Angaben zufolge über zwei Meter groß.«

In der Akte wurde Meadows als Mensch gemischter Abstammung beschrieben. Halb Samoaner, halb Deutscher.

Sein Schädel war rasiert, und er hatte eine breite Knollennase mit ausladenden Nüstern. Auf der Fotografie sah er nicht aus wie jemand, mit dem man sich gerne anlegte.

»Ich habe ihn irgendwo schon mal gesehen«, sagte ich.

Bei den Hesters in Shonus County war ich neugierig gewesen, ob noch andere Verbindungen zwischen 1993 und der Gegenwart bestanden, außer der Tatsache, dass sie und Unger dieselbe Kirche besuchten.

Und jetzt gehörte jemand, der sich vor ihrem Herrenhaus herumgetrieben hatte, zur selben Nazi-Truppe wie Virgil Rowe?

Ich hatte da etwas aufgetan. Ich wusste nur nicht, was.

Gleichzeitig schlitterte ich gefährlich darauf zu, selbst mit dem Mord an Virgil Rowe in Verbindung gebracht zu werden.

»Wir sehen uns oben«, sagte Berry. »Die Frau in deinem Büro ...?«

Ich verspürte das dringende Verlangen, davonzurennen. In meinen Wagen zu springen und Georgia, so schnell ich konnte, hinter mir zu lassen.

Genauso stark war mein Verlangen nach einem Drink.

Aber noch eine andere Sache ging mir nicht aus dem Kopf. Das Wort »Riese«, das Berry gerade benutzt hatte. Dieselbe Bezeichnung hatte ich vor zwei Tagen gehört – hier in Mason Falls, in der Gefängniszelle, von diesem irren Spinner.

»Ja«, sagte ich zu Berry. »Ich komme gleich nach.«

Berry verschwand, und ich eilte die Stufen zum Kellergeschoss hinab, wo sich die Zellen befanden. Stieß auf den diensthabenden Beamten.

»Hier war ein Kerl«, sagte ich. »Ist mir gegenüber halb durchgedreht. Langte durch die Gitterstäbe und hat versucht, mich zu packen. Ich glaube, er hieß Bernard Kane.«

»Stimmt«, sagte der Wachpolizist.

»Ich müsste dringend mit ihm reden.«

Der Polizist verzog das Gesicht. »Schlechte Nachrichten, P.T. Bei unserem Sieben-Uhr-Kontrollgang haben wir Mr Kane tot in seiner Zelle gefunden.«

Ich verzog das Gesicht. »Was?«

»Er hat sich erhängt. Seine Leute sind vor einer Stunde hier gewesen, um die Leiche abzuholen.«

»Bist du sicher, dass es derselbe Typ ist?«, fragte ich. »Sakko? Jeans? Roch nicht gut?«

Der Officer nickte.

»Was meinst du damit, sie haben die Leiche abgeholt?«, hakte ich nach. »Es sollte eine Autopsie geben. Eine Untersuchung. Wir sehen die Kameraaufnahmen ein...«

»Die Familie hat darauf bestanden«, sagte der Polizist.

»Wen interessiert, worauf sie besteht?«

Der Polizist hob die Hand, als wollte er *Lass mich erklären* sagen.

»Ihr Anwalt kreuzt mit einem Schriftstück auf, P.T.«, fuhr er fort. »Anscheinend spricht es die Polizei von jeglicher Mitschuld an Kanes Tod frei – wenn dafür die Leiche unverzüglich freigegeben wird. Der Chief hat bei den Anwälten der Stadtverwaltung nachgehakt, und sie meinten, wir wären Idioten, wenn wir nicht unterschreiben, nicht zuletzt angesichts der Tatsache, dass der Kerl gewissermaßen unter unseren Augen ums Leben gekommen ist.«

Ich lehnte mich gegen die Wand. »Hast du Protokoll über Kanes Besuche geführt?«

»Klar«, sagte der Beamte.

Er zog den Wisch hervor, und ich sah, zu welcher Uhrzeit der Anwalt eingetroffen war. Morgens um zwanzig nach sieben. Wie konnte er die Vereinbarung so schnell fertig haben?

Ich schlug die Seite davor auf. Derselbe Name stand auch am vorangegangenen Abend im Protokoll, als Kane noch am Leben war. Lauten Hartley. Derselbe Anwalt hatte ihm vorher einen Besuch abgestattet.

Was zum Teufel war hier los? Und was hatte all das mit Kendrick zu tun?

30 Remy hatte eine Zweizimmerwohnung westlich der Innenstadt zwischengemietet. Sie gehörte einem Geschäftsmann, der für drei Jahre nach Kalifornien gezogen war und nach einem ruhigen und vertrauenswürdigen Mieter gesucht hatte. Mit einer Polizistin hatte er das große Los gezogen und Remy die Bude zum halben Preis überlassen.

Sie ließ mich über den Türdrücker ins Gebäude, und ich bestieg einen Fahrstuhl, in dem ein Kronleuchter hing. Drückte die Taste fürs dritte Stockwerk.

Während der Fahrstuhl sich in die Höhe bewegte, fragte ich mich, ob ich Remy erzählen sollte, dass ich in der ersten Nacht bei Virgil Rowe gewesen war.

Irgendjemandem musste ich das beichten, und Remy war meine Freundin. Meine Partnerin.

Die Fahrstuhltür ging auf. Der Flur roch nach frischer Farbe.

»Hallo«, sagte Remy, als sie die Tür öffnete.

Sie trug eine Jogginghose und ein altes Sweatshirt. Ich war es nicht gewohnt, sie derart unter ihrem Niveau gekleidet zu sehen.

»Wie geht's dir, Kollegin?«

»Ich langweile mich.« Remy führte mich ins Esszimmer. Schwarze Holzbalken verliefen unter der Decke, und die Tapete war mit einem Muster aus silbernen Blättern verziert.

Ich schnappte mir einen Stuhl, öffnete meine Umhängetasche und gab Remy eine kurze Zusammenfassung dessen, was sie letzten Tag verpasst hatte. Da war die Erschießung von Cory Burkette, von der sie in den Nachrichten gehört hatte. Und dann mein Foto-Fund auf Burkettes Handy, der ihn am Abend von Kendricks Verschwinden dreißig Meilen von dem Jungen entfernt zeigte.

»Verdammter Mist«, sagte sie, als ihr dämmerte, was das bedeuten konnte. »Weiß sonst noch jemand davon?«

»Nur wir zwei«, sagte ich.

Ich setzte sie über Dathel Mackey, meinen Ausflug nach Shonus und die Familie Hester ins Bild.

»Wir sind also fortwährend davon ausgegangen, dass Virgil Rowe und Cory Burkette sich über StormCloud kannten«, sagte Remy. »Aber wir haben das nie verifiziert.«

»Haargenau«, sagte ich. »Was allerdings bei manchen dieser neuen Akteure nicht stimmt. Wir wissen, wer wen kennt.«

Remy griff nach einem Schreibblock und notierte einige Namen. Während sie sprach, kreiste sie diese ein.

»Virgil Rowe ist also ganz dicke mit diesem Kleiderschrank, Donnie Meadows. Sie tragen beide StormCloud-Tattoos.«

»Richtig.«

Remy zog eine Linie zwischen dem Meadows-Kreis und einem neuen. »Donnie Meadows wiederum ist ganz dicke mit Matthew Hester. Oder irgendeinem Hester.«

»Das dürfen wir vermuten«, sagte ich. »Er hielt sich letzte Nacht in der Nähe ihres Hauses auf.«

Remys Hand fuhr eine Reihe Nieten an den Stuhllehnen entlang. »Was immer noch nicht unseren Fall klärt«, sagte sie.

Ich machte weiter und berichtete ihr von dem Metallrelief im Haus der Hesters, das die Worte »Erhebe dich« trug.

»Und das Gleiche stand auf dem Geldschein?«, fragte sie.

Ich nickte, und wir diskutierten darüber. Ob es bedeutete, dass die Hesters zu jener Sorte von Leuten gehörten, die Virgil Rowe dafür bezahlten, Kendrick umzubringen.

»Du hast gesagt, es gab ein Mädchen mit Typhus, das vor fünfundzwanzig Jahren verschwunden ist?«, fragte Remy.

»Ich weiß nicht, ob sie Typhus hatte. Der Leichenbeschauer hat nur gesagt, sie hatte Nasenbluten.«

»Und was folgerst du daraus?«, fragte Remy. »Weil nämlich manche Journalisten andeuten, dass diese Kinder von der Paragon Baptist möglicherweise gezielt angegangen worden sind. Das Wasser infiziert war.«

»Journalisten oder Blogger?«, fragte ich. Mir war klar, dass Remy den Unterschied kannte.

»Blogger«, sagte sie. »Tatsächlich der Singular. Ein Typ.«

»Keine Ahnung«, sagte ich, erhob mich und ging auf und ab, während Remy den Rest der Akte durchlas.

Ich war frustriert. Steckte fest. Und hatte Schiss, dass mir die Dienstmarke flöten ging. Ich ging in die Küche und starrte auf eine offene Flasche Chardonnay. Ich nahm mir eine Tasse und füllte sie lieber mit Wasser.

Ich dachte an den Phantombildzeichner, der in genau diesem Moment mein Gesicht malte. An mein Unvermögen, die notwendigen Verbindungen in diesem Fall herzustellen. War ich ein schlechterer Detective als zuvor? Lag es am Trinken? An der Trauer? Oder an der Tatsache, dass ich möglicherweise Virgil Rowe getötet hatte? Oder spielte alles eine Rolle?

»Ich muss dir was sagen«, sagte ich von der Küche aus.

Bevor ich weitersprechen konnte, kam Remy mit einer meiner Akten rein. Es war die von 1993 zum Mordfall Junius Lochland. Sie hatte eine verwirrte Miene aufgesetzt.

»Dieser Menasco«, sagte sie und blätterte zu einer bestimmten Seite. »Er ist der Vater des Jungen, der '93 wegen des Mordes verurteilt wurde?«

»Ja«, entgegnete ich. »Der Junge selbst ist tot. Wurde bei einer Knastprügelei getötet. Daher hatte ich Sugarman um Informationen über dessen Dad gebeten.«

»Ist diese Adresse hier noch gültig?«, fragte sie.

Ich schaute mir die Akte an.

Will Menasco, 265 Lake Drive, Schaeffer Lake, GA.

»Ich denke schon«, sagte ich. »Warum?«

»Ein alter Freund von mir hat über Airbnb eine Wohnung am Schaeffer Lake gemietet. Das ist mehr als vornehm, P.T. Jedes Haus am Lake Drive ist zwei oder drei Millionen Dollar wert.«

Ich merkte, worauf sie hinauswollte.

»Diese Menascos sind vor fünfundzwanzig Jahren also bettelarm«, sagte ich.

»Sieh mal.« Sie zeigte es mir. »Sie hatten einen Pflichtverteidiger für ihren Sohn. Er wird schuldig gesprochen, und plötzlich wohnen sie unter Millionären?«

Ich holte mein Handy raus und wählte eine Immobilien-Seite an. Tippte die Adresse von Will Menasco ein. Ein Preis tauchte auf: $ 2,8 Millionen. 1994 für $ 1,1 Millionen gekauft. Im selben Monat, in dem der Prozess stattfand.

»Glaubst du, es war eine Entschädigungszahlung?«, fragte ich Remy.

»Wäre möglich«, sagte sie. »Ihr Sohn hat den Kopf für etwas hingehalten, das er gar nicht getan hatte. Und die Eltern machen sich mit der Kohle davon ...«

»Und fünfundzwanzig Jahre später läuft der wahre Mörder noch immer frei herum«, sagte ich.

Remy nickte. Es war ein Ansatz.

»Was wolltest du mir erzählen?«, erkundigte sie sich.

Ich dachte an die Nacht, in der ich Virgil Rowe zusammengeschlagen hatte. Ich konnte mich nach wie vor an nichts erinnern, was passiert war, nachdem ich damit gedroht hatte, ihm die Finger abzuschießen. Vielleicht hatte ich mich einfach aus dem Staub gemacht.

Vielleicht.

»Ach, nichts«, sagte ich.

Remy sah mich an, und eine Sekunde lang dachte ich, sie wüsste es.

»P.T.«, sagte sie, »du trinkst während einer Mordfallermittlung jeden Abend – kein schöner Anblick.«

Ich schluckte. Nickte.

»Und wenn du nicht trinkst?«, fuhr Remy fort. »Eine Weinflasche anglotzt? Deine Hände zittern wie die einer Jungfrau in der Hochzeitsnacht. Auch kein schöner Anblick.«

»Was soll ich deiner Ansicht nach tun?«, fragte ich.

»Du kannst diesen Tanz jederzeit auslassen«, sagte Remy. »Du weißt doch, dass du das Recht dazu hast. Du kannst sagen: ›Tut mir leid, Jungs – das hier geht mir zu sehr unter die Haut. Zu persönlich!‹«

Ich starrte sie an, schwieg aber. Weil wir beide wussten, dass ich diesen Fall nicht aussitzen würde.

Ich griff mir die Akte und zog davon.

31 *Kendrick schrie, bekam jedoch kaum Luft.*
Flammen züngelten vom Boden aus zu seinem Körper hoch. Sie trafen auf das Kerosin, und seine Haut warf Blasen.

Schwarze Flecken sprenkelten seine Pupillen, und er wand sich hin und her.

In der Ferne konnte er den älteren Mann aus der Höhle sehen. Er kam von der Straße hergelaufen.

Kendricks Sicht wurde von Rauchschwaden getrübt, und doch sah er Glühwürmchen in der Nachtluft tanzen. Und sanft die Arme und den Kopf des Mannes umschwirren.

Kendrick blinzelte und schaute auf die Füße des Mannes. Sie berührten den Boden nicht. Er schwebte.

»Glück kann zurückgewonnen werden«, rief der alte Mann. »Alles hängt vom Glück ab.«

Von irgendwo über ihm vernahm Kendrick ein summendes Geräusch. Weit, weit weg.

Der Mann stieg hoch in die Luft. Über Kendricks Sichtfeld hinaus.

Und die Flammen bedeckten Kendricks Brust, bis er nicht mehr atmen konnte.

32

Schaeffer Lake war eine Stunde von Mason Falls entfernt. Ich hatte einen kurzen Zwischenstopp zu Hause eingelegt und mir Purvis geschnappt, der prompt auf der Rückbank eingeschlafen war. Während ich mich meinem Ziel näherte, rief ich mir die Einzelheiten des alten Falles ins Gedächtnis.

1993 hatte man den sechsundzwanzigjährigen Brian Menasco am Rand des Highway 908 aufgelesen, desorientiert, verwirrt und in verbrannter Kleidung. Dank eines Großfeuers in unmittelbarer Nähe war er wegen Brandstiftung verhaftet worden.

Als zwei Tage später Junius' Leiche gefunden wurde, stufte man die Brandstiftung auf Mord durch Verbrennen hoch. Ein Prozess folgte. Die Jury brauchte nur acht Stunden.

Mein Navi sagte mir, ich wäre bei den Menascos angekommen, also ließ ich meinen F-150 vor einem grauen Haus im Ranch-Stil ausrollen, von dessen Wänden die Farbe abblätterte.

Durch die Kiefern rechts vom Gebäude konnte ich das grünlich blaue Wasser des Sees dahinter erkennen.

Schaeffer Lake war halb Natur-, halb Stausee, entstanden bei der Vollendung des Stanley-Damms in den 1950ern. Er war bei Boot- und Jetskifahrern beliebt und besaß über hundert Zuflüsse und Nebenarme, war reich an Forellen- und Sonnenbarschen.

Ich drückte die Klingel, aber niemand kam. Nach einer Minute entdeckte ich ein verblasstes Schildchen unter der Klingel, das anwies, Päckchen und Pakete zur Seeseite des Hauses zu bringen. Ich bahnte mir den Weg durch einen von Unkraut zugewucherten Trampelpfad und fand mich an einem verschmutzten Stück Seeufer wieder. Das Anwesen war verwildert und zugewachsen, aber noch wesentlich größer, als ich es von der Straße aus eingeschätzt hätte. Ausladende zweieinhalb Hektar, gelegen an einer Einbuchtung des Sees.

Ein hölzerner Bootssteg ragte ins Wasser hinaus. Auf einem Gartenstuhl saß ein Mann.

»Hallo«, rief ich ihm zu.

Der Mann war über siebzig und trug ein Flanellhemd mit blauem Karomuster.

Ich ging näher heran und betrat den Steg aus Zedernholz, das im Laufe der Jahrzehnte grau geworden war. Das Wasser ließ es von unten verfaulen, die Sonne bleichte es von oben. Es verlief keine Reling um den Steg, sodass man schnurgrade ins Wasser wandern konnte.

»Ich suche William Menasco.«

»Sie haben ihn gefunden«, sagte er. Der Ausdruck auf seinem Gesicht changierte irgendwo zwischen »Wer zum Geier sind Sie?« und »Scheiß drauf«.

»P.T. Marsh.« Ich streckte ihm meine Hand entgegen.

Der alte Zausel schüttelte sie nicht, sondern deutete auf einen leeren Stuhl. Er war spindeldürr, voller Falten und hatte sich seine Jeans weit über die Hüfte hochgezogen.

»Sind Sie Immobilienmakler, P.T.?«, wollte er wissen. »Weil ich nämlich nicht daran denke, zu verkaufen.«

Ich lächelte und schüttelte den Kopf. Weit draußen auf dem See sah ich einen Mann auf einem Paddelbrett stehen. Das Wasser war ruhig, und der Mann hielt ein Paddel in einer Hand.

Ich beglückte Menasco mit dem Anblick meiner Blechmarke. »Ich bin Detective, Sir, und ich wollte mit Ihnen über Ihren Sohn Brian sprechen.«

Verärgerung machte sich auf der Miene des Alten breit. Er hatte schmale dunkle Augen, die näher beieinanderstanden als die eines Regenwurmes. »Brian hat uns schon lange verlassen«, sagte er. »Nächsten Monat sind es zwanzig Jahre.«

»Ich weiß«, sagte ich.

»Er war nicht in der Verfassung für einen Gefängnisaufenthalt«, sagte der Vater. »Es ist eine Gemeinschaft sehr für sich, wie Sie wahrscheinlich wissen.«

Ich wusste nicht genau, was das heißen sollte, und neigte den Kopf.

»Man muss mit jedem klarkommen«, verdeutlichte Menasco. »Sonst geht man verdammt noch mal hops. Brian ist mit keinem klargekommen.«

Menasco langte in eine rote Kühlbox neben seinem Stuhl. Von der Größe, in die ein Sechserpack passt. Die

Budweiser-Dose, die er soeben geleert hatte, warf er ins Wasser. Und krallte sich eine neue.

»Ihr Wichser habt meinen Jungen wegen Verschwörung angeklagt.« Er sah zu mir hinüber. »Schon mal von einem Mann gehört, der dank einer Anklage wegen Verschwörung keine Freunde findet?«

Ich gab ihm keine Antwort darauf. Draußen auf dem See beugte sich der Mann auf dem Paddelbrett vor und stach das Blatt seines Paddels ins Wasser. Vielleicht hatte er es auf Fische abgesehen, und das Paddelding war in Wirklichkeit ein Speer.

»Ich arbeite in Mason Falls, Mr Menasco. Kennen Sie die Gegend?«

Er nahm einen langen Zug von seinem frischen Budweiser. »Ich bin dreißig Jahre lang Truck gefahren. Verbinden Sie mir die Augen, und ich finde Mason Falls und die Hälfte der anderen Kackstädte in diesem Staat.«

»Ich untersuche einen Mordfall, der einige Ähnlichkeiten mit dem aufweist, für den Ihr Sohn ins Gefängnis gegangen ist«, sagte ich. »Ich habe einen schwarzen Jungen, der gekidnappt und dann verbrannt wurde. Er war fünfzehn, und seine Ellbogen waren gebrochen.«

Menasco stellte sein Bier ab, und ich bemerkte eine leere Dose Schmalzfleisch mit einer Plastikgabel darin neben seinem Stuhl. Mein Daddy nannte das Zeug immer Bauernkaviar.

»Wir hatten einen passenden Verdächtigen«, sagte ich. »Er ist ein Ex-Knacki, für dessen Schuld einiges spricht, aber ich glaube nicht, dass er es getan hat.«

Menasco wandte sich um. »Soll mich das auf den Gedanken bringen, dass Sie einer von den Guten sind? Sie sind der Bulle, der meinem Sohn rausgeholfen hätte, wenn Sie damals dabei gewesen wären?«

»Nein, Sir.«

»Ich weiß nix von Mason Falls und irgendeinem Jungen da«, erklärte Menasco.

»Die Cops in Shonus, haben die seinerzeit noch irgendjemand anderen außer Ihrem Sohn unter die Lupe genommen? Jemand, der noch am Leben sein könnte? Ich habe mir die Fallakte besorgt, aber die ist ziemlich dünn. Möglicherweise sind Ihnen Gerüchte zu Ohren gekommen.«

»Brian war seit seiner Kindheit ein Feuerteufel«, sagte der alte Mann. »Aber er war sanftmütig wie seine Mutter. Ich konnte ihn nie zum Angeln mitnehmen, weil er so verdammt zart besaitet war, wenn's darum ging, einen Krabbenköder auf den Haken zu spießen. Er war ein Eigenbrötler, doch wenn man dafür sorgte, dass er kein Streichholz in die Hand bekam, war er harmlos.«

»Demnach sind die gebrochenen Ellbogen bei Junius Lochland...«

Menasco schüttelte den Kopf. »Zuerst machten die Zeitungen aus meinem Jungen so eine Art böses Monster – eine brutale Bestie. Dann kamen sie zur Besinnung. Merkten, dass Brian niemals dazu in der Lage gewesen wäre. Also erzählten sie während des Prozesses eine andere Geschichte. Brian hätte Junius nur bewusstlos geschlagen. Die Arme wären durch das Feuer gebrochen.«

Ich dachte an meine Unterhaltung mit Beaudin, dem Gerichtsmediziner, über die zwei unterschiedlichen Berichte. Beaudins ursprüngliche Überlegung hatte gelautet, dass man Junius gefoltert hatte.

»Also keine weiteren Ihnen bekannten Verdächtigen?«

Er zuckte die Achseln. »Nein.«

»Mr Menasco, sagt Ihnen der Name ›StormCloud‹ etwas? Es handelt sich um eine Neonazi-Gruppierung.«

»Ich habe Ihnen gerade erklärt, dass mein Sohn nicht so war, Marsh. Die Hälfte der Jungs, mit denen ich fuhr, war schwarz. Einmal im Monat haben wir bei mir zu Hause Karten gespielt.«

»Was ist mit einer Familie namens Hester?«, fragte ich. »Ihnen gehörte das Land, auf dem man Brian aufgelesen hat.«

»Jeder kennt Hester Pfirsiche«, sagte er. »Na und?«

Ich starrte den alten Kauz an. Mir gingen allmählich die Fragen aus, und ich konnte keinesfalls mit leeren Händen nach Mason Falls zurückkehren. Berry schaute sich wahrscheinlich in diesem Augenblick eine Zeichnung von meiner Visage an.

»Mr Menasco«, sagte ich, »Brian hatte einen Pflichtverteidiger. Gibt es einen Grund dafür, warum Sie keinen Anwalt beauftragt haben?«

Menasco deutete in die Runde. Mit dem Anflug eines Lächelns. »Sie meinen, warum ich nicht all das hier zu Geld gemacht habe, um meinem Jungen zu helfen?«

Ich nickte.

»Damals existierte nichts von all dem hier«, sagte

Menasco. »Die Jury verschwand im Hinterzimmer, und der Staatsanwalt meinte zu uns, es würde wahrscheinlich einen oder zwei Tage dauern. Meine Mutter war krank, weshalb ich nach Kentucky rauffuhr, um sie zu sehen. Ich nahm sie zur Pferdewette mit. Zwei Stunden später gingen wir mit $ 1,5 Millionen nach Hause.«

Ein Knacken wie Donner spaltete mein Hirn. »Wie bitte?«

»Zwei Vierer-Wetten in Folge«, sagte er. »Ich habe den Gewinn aus dem ersten Rennen sofort beim nächsten gesetzt.«

Ich schüttelte den Kopf. Die Wahrscheinlichkeit, die ersten vier Pferde in der richtigen Reihenfolge zu tippen, war reiner Wahnsinn. Es bei zwei Rennen hintereinander zu schaffen – völlig unmöglich.

»Das war am selben Tag, an dem Brian verurteilt wurde?«

Er nickte. »Ich wollte meinem Jungen einen Anwalt von dem Geld besorgen, aber es war zwecklos. Als ich das Geld in Händen hielt, hatte der Pflichtverteidiger Brian bereits geraten, den Mord an Junius zu gestehen, um ein milderes Urteil zu kriegen. Da führte kein Weg zurück.«

Der Alte trank sein Bier aus und schmiss auch diese Dose in den See.

Wir schauten zu, wie die leere Dose mit Wasser volllief und langsam auf den Grund sank, wo sich meiner Schätzung nach ungefähr fünfhundert weitere Bud-Dosen befanden. Vielleicht auch ein paar Miller Highlifes. Vereinzelte Dosen Schlitz.

Das Leben steckte voller Ironie. Seltsamen Wendungen des Schicksals. Einen Tag zu spät zu Geld gekommen zu sein war Menascos Schicksal gewesen. Aber seine Geschichte zu hören, nachdem ich vier Stunden zuvor mit Unger über dessen warmen Regen wegen der Breitbandfaser gesprochen hatte – das war selbst für einen Zyniker wie mich zu viel.

Ich erhob mich. »Es tut mir leid wegen Ihres Sohnes, Mr Menasco.«

»Man kann nichts zurückgewinnen, Marsh. Auch wenn einen das Glück heimsucht.«

Ich blinzelte ihn an. Es war eine ungewöhnliche Formulierung – »das Glück«. Aber daran lag es nicht alleine.

Es war derselbe Ausdruck, den Bernard Kane, dieser Säufer, mir gegenüber in der Gefängniszelle benutzt hatte.

»Was meinen Sie damit?«

Doch Menasco zeigte nur ein Schulterzucken und öffnete seine Kühlbox, um sich ein weiteres Bier zu nehmen.

Ich fixierte ihn intensiv. »Sie haben ›das Glück‹ gesagt.«

»Ich muss nicht mit dir reden, Bulle.«

Ich schlug Menasco die Bierdose aus der Hand. Beugte mich vor und packte ihn am Kragen seines Flanellhemdes. »Ich kämpfe hier gerade um mein Leben, Sie alter Scheißer. Sie sprachen vom ›Glück‹. Erklären Sie mir das gefälligst.«

Menasco hatte die Augen weit aufgerissen. »Da war dieser alte Typ, dem das Frachtdock gehörte, wo ich arbeitete«, sagte er. »Er war ein echt voreingenommenes Arschloch. Hat nie mit mir geredet, bis Brian verhaftet wurde. Danach führte er sich auf, als wären wir beste Freunde. Sagte, dass es passieren würde, bevor es passierte.«

»Er hat Ihnen von Brian und dem Feuer erzählt, bevor es dann wirklich geschah?«

»Nein, nein. Er hat mir gesagt, ich würde beim Pferderennen gewinnen, bevor ich dann tatsächlich gewonnen habe. Sagte, ich sei auserwählt, ›das Glück‹ zu erfahren. Wegen dem, was Brian getan hatte. Er ist derjenige, der sich so ausgedrückt hat.«

»Auserwählt von wem?«

»Keine Ahnung.« Menasco zuckte mit den Schultern. »Er brabbelte irgendwas von einer Gruppe. Dem Orden. Am Tag vor meinem Wettgewinn meinte er zu mir, ich solle keine Angst haben, Karten zu spielen oder auf Pferde zu setzen. Einen Lottoschein kaufen. Eine richtig verrückte Wette eingehen. Ich würde dann schon sehen, wie die Waagschalen ins Gleichgewicht kamen. Dass sich der Orden um einen kümmerte.«

Einen Lottoschein?, sagte Purvis in meinem Kopf.

Am Tag von Kendricks Ermordung hatte jemand aus Harmony bei der Lottoziehung gewonnen.

Ich ließ Menascos Hemd los.

»Er nannte es ›den Orden‹?«

Der alte Mann nickte bedächtig.

»War das eine Gruppierung hier in Shonus?«

»Ich weiß es nicht, Marsh«, sagte er und wirkte erschöpft. »Ich weiß es nicht.«

Ich hatte alles aus dem alten Sack rausgeholt, was zu holen war. Jetzt musste ich Fortschritte machen. Wenn mir der entscheidende kleine Durchbruch glückte, konnte ich vielleicht etwas in die Waagschale werfen. Für meine eigene Zukunft.

33 Ich war mit meinem Pick-up auf dem Rückweg nach Mason Falls, als mein Handy vibrierte. Eine mir unbekannte Nummer.

»Hier ist Ihre Kleine«, sagte die Stimme einer Frau.

Ich brauchte eine Sekunde, bis mir klar war, dass es Dathel Mackey war, die alte Dame von der First Baptist. Im Hintergrund hörte ich irgendwelche merkwürdigen Geräusche.

»Mrs Mackey«, sagte ich. »Wo sind Sie?«

»Im Wald«, antwortete sie. »Ich konnte nicht schlafen, also bin ich spazieren gegangen. Inzwischen regnet es.«

Ich vernahm etwas, das wie Donner klang. Ein grollender Lärm, den ich mit Luftausdehnung assoziierte. Wenn jemand zu nahe an einer Stelle steht, wo der Blitz einschlägt.

»Wie wäre es, wenn Sie nach Hause und ich vorbeikommen würde?«, sagte ich. »Ich möchte Ihnen ein Foto zeigen. Es könnte der bärtige Kerl sein, den Sie erwähnt haben.«

»Sie haben sich jetzt ein Mädchen geschnappt.«

»Was?«, sagte ich. »Wen?«

»Sie nehmen ein Lamm und verbrennen es …«

»Sagten Sie Lamm?« Ich brüllte fast und fragte mich, ob sie abermals Visionen aus der Vergangenheit hatte. Vielleicht von dem Mädchen, das '93 verschwunden war. Die Kleine mit dem Nasenbluten.

»Der Bärtige. Und sein Freund, der Riese.«

Erneut hörte ich es donnern, und dann war die Leitung tot.

»Scheiße«, sagte ich, fuhr rechts ran und kontrollierte meinen Empfang.

Volle Balken.

Ich probierte die Nummer, aber nichts geschah. Kein Freizeichen. Keine Mailbox.

Ich musste Donnie Meadows finden und rief Abe an, da ich wusste, dass er in der Folge der Schießerei an den Schreibtisch gefesselt war.

Nach einer Minute entspannten Plauderns war mir klar, dass mich bis jetzt noch niemand mit dem Phantombild in Verbindung gebracht hatte. Ich war noch nicht ganz am Arsch.

Ich sagte Abe, dass ich einer Spur folgte, und bat ihn, frühere Adressen von Donnie Meadows nachzuschauen.

Da er keine ausfindig machen konnte, suchte Abe nach der Mutter und dem Vater des Riesen. Erstaunlicherweise war die einzige gelistete Anschrift die des Herrenhauses der Hesters.

»Ach nee«, sagte ich zu Abe.

»Doch«, erwiderte er und wiederholte die Angaben. Dasselbe Haus, in dem ich gestern auf Frauen und Männer in Konföderiertenklamotten gestoßen war.

Ich wechselte die Fahrtrichtung und steuerte meinen Truck nun ostwärts über eine durch ein Waldgebiet führende Landstraße. Zum Anwesen der Hesters.

»Hör mal, P. T.«, sagte Abe. »Ich wollte dich gerade wegen einer anderen Sache anrufen. Kommst du noch mal hier vorbei?«

Mein Puls beschleunigte sich. »Hatte ich eigentlich nicht vor. Warum?«

»Erinnerst du dich an Corinne Stables?«

»Klar, die Stripperin«, sagte ich.

»Tja, ich habe eine Benachrichtigung erhalten, dass sie am Busbahnhof mit Kreditkarte bezahlt hat. Sieht so aus, als wollte sie aus der Stadt verschwinden.«

»Ich komme«, sagte ich. »Hole sie persönlich ab.«

»Nicht nötig«, meinte Abe. »Die Streife ist in fünf Minuten da. Fahr ruhig weiter zu den Hesters. Die Streifenhörnchen liefern sie bei mir ab. Ich wollte es dich bloß wissen lassen.«

Ich legte auf und atmete lautstark aus. Alles am ersten Tatort schien auf mich zu deuten.

Ich drückte den Fuß fester aufs Gas, und der Pick-up beschleunigte auf über hundertdreißig Kilometer. Auf zu den Hesters, dachte ich. Sieh zu, dass endlich was passiert, P.T.

Die Nachmittagssonne sank allmählich, und beide Seiten der Straße waren von Pfirsichbäumen gesäumt. Ich überlegte, ob sie wohl allesamt den Hesters gehörten.

Als ich bei ihrem Herrenhaus ankam, ließ ich Purvis im Truck schlafen und ging hinein. Das Dienstmädchen hatte keine Mühe, Wade aufzutreiben. Er war nach neuester

Country-Club-Mode gekleidet – türkises Polohemd, ordentlich im Bund der Baumwollhose verstaut. Ein blauer Segeltuchgürtel mit Bildern von Walen und Klippern darauf hielt die ganze Tracht zusammen.

»Tja, normalerweise kommt die Polizei nicht vorbei, um ›Fröhliche Weihnachten‹ zu wünschen«, sagte er. »Aber ich habe gestern Abend mit meinem Daddy um zweihundert Dollar gewettet. Ich meinte zu ihm – diesen Marsh haben wir nicht zum letzten Mal gesehen.«

Ich lächelte. Wade bewegte sich wie ein Hühnerdieb. Er schlich, wenn andere gingen. »Vielleicht sollten Sie den Einsatz verdoppeln und auf alles oder nichts gehen, und ich komme morgen wieder«, sagte ich.

Wade kicherte und führte mich in dasselbe Zimmer, in dem wir uns in der Nacht zuvor unterhalten hatten. »Was kann ich für Sie tun, Detective?«

»Donnie Meadows«, sagte ich und hielt ein Foto hoch. »Arbeitet er für Sie, Mr Hester?«

»Unser Betrieb ist groß, Detective Marsh. In Sachen Angestellte muss ich die Personalabteilung konsultieren.«

»Er ist ein ungewöhnlich großer Mann, Mr Hester. Deutlich über zwei Meter. Weit über hundert Kilo schwer. Ich glaube, an den dürften Sie sich erinnern.«

Dieses Mal sah sich Wade das Foto länger an. Gab es mir zurück und nahm auf einem kleinen Sofa Platz.

»Zigarre?« Er entnahm einer Kiste eine Havanna und schnitt sie an. »Warum interessieren Sie sich für ihn, Detective? Hat sich Mr Meadows auch ein Bushmaster auf seinen Truck montiert?«

»Weiß ich nicht so genau«, sagte ich. »Immerhin ist er ein Ex-Sträfling. Etliche Male verhaftet worden.«

Wade zündete die Zigarre an, nahm einen Zug und begann zu paffen. »Nun, wir sind tolerante und nachsichtige Menschen. Geben den Leuten eine zweite Chance.«

»Mr Meadows trägt die Tätowierung einer Neonazi-Gruppierung namens StormCloud auf dem Arm«, sagte ich. »Das gleiche Tattoo wie ein Mann, der mit unserem offenen Mordfall in Mason Falls in Verbindung steht.«

Wade kräuselte die Stirn. »In den Nachrichten habe ich gehört, Sie hätten diesen Mord aufgeklärt.«

»Tja, man soll nicht alles glauben, was man im Fernsehen hört«, erwiderte ich.

»Worauf genau wollen Sie hinaus, Detective Marsh?«

»Ich glaube, dass Mr Meadows helfen kann, ein paar offene Fragen in unserem Fall zu klären. Mithelfen könnte, den Eltern eines Jungen Gerechtigkeit zu verschaffen.«

Wade zeigte mit seiner Zigarre auf mich. »Lassen Sie mich raten, Marsh. Ich wette, Sie haben Mr Meadows gestern Nacht gesehen, als Sie abgefahren sind.«

Ich nickte.

»Demnach war Ihre Frage, ob er mir bekannt ist, eher rhetorischer Natur?«

»Letzte Nacht wusste ich noch nicht, wer er war«, sagte ich. »Ist er ein Angestellter? Ein Freund?«

»Er ist der Freund eines Freundes«, erklärte Wade.

»Ist er gerade in der Nähe?«, fragte ich. »Ich habe lediglich ein paar Fragen. Maximal fünf Minuten.«

Plötzlich zuckte Wade die Achseln. »Und damit wären die Dinge für Sie erledigt? Wenn Sie mit ihm sprechen?«

»Ja, wahrscheinlich.«

»Dann warten Sie bitte hier«, sagte er und verließ den Raum.

Ich setzte mich auf das Sofa und schloss einen Moment lang die Augen. Ich war erschöpft und wusste nicht, wohin die Reise gehen würde.

Purvis winselte. *Du glaubst doch nicht wirklich, dass er den Zweimeterbrocken hier anschleppt, oder?*

Ich stellte mir Corinne zurück auf dem Revier vor.

Abe liebte es, Verdächtige oder sogar Zeugen zu grillen. Er ließ sie eine Stunde lang schmoren, ohne ein einziges Wort zu sagen.

Doch bei Corinne würde er nicht lange fackeln. Er würde sie wegen Beihilfe zum Mord einbuchten, sie mit Handschellen an einen Verhörtisch fesseln, und sie würde singen wie eine hysterische Nachtigall.

Die Hausangestellte, die mich hereingelassen hatte, betrat das Zimmer mit einem Messingtablett, auf dem eine Kanne stand.

»Kaffee?«, fragte sie. Sie war eine große Frau, größer als ich, mit olivenfarbener Haut und fleischigen Armen.

Aufgrund des Schlafmangels zitterten meine Hände, und da ich wusste, dass ich einen Schuss Koffein nötig hatte, goss ich mir eine Tasse hinter die Binde.

Nach ungefähr zehn Minuten kehrte Wade zurück, berichtete mir allerdings, dass sich Mr Meadows nicht auf dem Anwesen aufhalte.

Ich schlug andere Töne an. Ich war es leid, mit diesem Kerl Softball zu spielen. »Ist Ihr Bruder Matthew derjenige, der mit Donnie Meadows bekannt ist? Sie sagten, er wäre der Freund eines Freundes.«

Wade ging zur Eingangstür des Arbeitszimmers, wo das Dienstmädchen die Kanne abgestellt hatte. Er zog die Tür zu und schenkte sich eine Tasse ein.

»Ich habe von Ihrer Frau und Ihrem Sohn gehört«, sagte er. »Nachdem Sie uns letzte Nacht verlassen hatten, schlugen Daddy und ich ein bisschen nach.«

Ich hasste es, wenn Fremde dieses Thema aufbrachten.

»Ich kann mir gut vorstellen, dass der Verlust der Familie einen Mann verzweifeln lässt. In einen Zustand versetzt, in dem jeder wie ein Verdächtiger aussieht.«

Ich starrte ihn an. Am liebsten hätte ich ihm eine reingehauen, und zwar heftig.

»Weiß Captain Sugarman, dass Sie hier sind?«, erkundigte sich Wade. »Und am Geburtstag des Herrn anständige Leute belästigen?«

»Nein.«

»Was ist mit Ihrem eigenen Polizeichef? Handelt es sich um Miles Dooger?«

»Ich war in der Nachbarschaft unterwegs«, sagte ich.

»Schön, wir haben uns nichts weiter zuschulden kommen lassen, außer mit gutem Willen der Gemeinde zu dienen. Und die Polizei sowie den Gouverneur zu unterstützen. Daher ist es wohl das Beste, wenn Sie uns jetzt verlassen.«

Wade öffnete den Zugang zum Korridor. Ich ging an ihm vorbei auf die Vordertür zu.

»Manche Dinge sind nähere Nachforschungen einfach nicht wert, Mr Marsh«, sagte er. »Die Kosten sind höher als der Gewinn.«

»Ich schätze, ich bin einfach einer von diesen sturen Typen«, entgegnete ich.

»Nichts zu verlieren?«, fragte Wade.

Die Art und Weise, wie er es betonte, war wie ein Messer, das er mir zwischen die Rippen stieß.

»Mag schon sein«, sagte ich.

Da brach er beinahe in Gelächter aus. »Tja, in diesem Punkt liegen Sie falsch, Marsh. Jeder hat irgendetwas zu verlieren.«

34

Draußen schaltete ich mein Handy ein und entdeckte eine Menge neuer Textnachrichten.

Chief Dooger. Abe. Remy. Alle wollten wissen, wo ich war.

Während ich die Einfahrt der Hesters hinunterfuhr, rief ich Remy an.

»Sie haben mich zur Arbeit zurückbeordert«, sagte sie und klang verwirrt.

»Jetzt schon?«

»Ja, aber es ist irgendwie seltsam«, sagte sie. »Ich habe meinen zuständigen Gewerkschaftler darüber informiert, und er meinte, ich sei nach wie vor beurlaubt.«

Ich dachte an die Hesters und ihre Verbindungen. An Wade, der mich nach meinem Boss Miles Dooger gefragt hatte. Hatte er den Raum verlassen und ein paar Anrufe getätigt, statt Meadows zu suchen? Versuchte er mich lahmzulegen?

»Warum rufst du nicht auf dem Revier an?«, sagte ich zu Remy. »Schnüffel ein bisschen rum, und sieh mal, was los ist.«

Remy beendete das Telefonat, und ich fuhr, ohne wirklich zu wissen, wohin ich wollte, auf die Interstate.

Als Remy mich zurückrief, zitterte ihre Stimme. »Wir müssen uns treffen«, sagte sie. »Aber nicht auf dem Revier. Wo bist du, P.T.?«

»Halbe Stunde entfernt«, sagte ich. »Was läuft?«

»Sag du's mir«, sagte Remy. »Anscheinend hat die Zentrale einen anonymen Hinweis erhalten. Ein Handyfoto von einem Typen vor Virgil Rowes Bude in der Nacht seiner Ermordung.«

Ich schluckte und stählte mich für einen Schlag in die Magengrube.

Das war weitaus mehr als eine mir ähnelnde Phantombildzeichnung. Jemand hatte ein Foto?

»Ich schätze, es ist unscharf und dunkel, aber sie sagen, dass du es wärst, P.T.« Remy unterbrach sich. »Hast du Virgil Rowe umgebracht?«

35

Ein Foto, das anonym an die Polizei geschickt wurde, bedeutete in mehrerlei Hinsicht schlechte Neuigkeiten.

Ein »Das Glas ist halb voll«-Typ würde es einfach als Beweis meiner Unschuld betrachten. Der wahre Mörder muss draußen vor Virgils gesessen haben, sah mich rauskommen und schoss mit seiner Handykamera ein Foto von mir, bevor er hineinging und im Bewusstsein, ein wasserdichtes Alibi zu haben, Virgil Rowe erwürgte. Und es war nicht nur das Foto eines anderen, sondern noch dazu das des ultimativen Sündenbocks – ein Bulle bei der Arbeit.

Glas halb leer? Ich schlug Virgil Rowe tot, verließ den Tatort und konnte mich nicht erinnern, es getan zu haben. Vielleicht saß ein Pärchen in seinem Wagen – zum Beispiel bei einem Rendezvous, wer weiß? –, und sie machten eine Aufnahme und erkannten mich später in den Nachrichten wieder. Stellten fest, dass ich ein Bulle war, und kriegten Schiss. Lieferten das Bild anonym ab.

Ich versicherte Remy, dass ich ihr alles erklären würde, und wir verabredeten einen Treffpunkt außerhalb der Stadtgrenze. In direkter Nähe zum Landing Patch.

Ich versuchte, einen klaren Gedanken zu fassen, fühlte mich aber plötzlich entsetzlich elend. Ich warf einen Blick in den Spiegel und sah meine blutunterlaufenen Augen. In den vergangenen zwei Tagen hatte ich nur sechs Stunden geschlafen.

Am späten Nachmittag war ich raus aus Shonus County, doch der Schweiß suppte mir den Kragen hoch.

Du hast das Foto nicht gesehen, P.T., sagte Purvis. *Mach dich locker.*

Ich blickte über die Schulter nach hinten zu meiner Bulldogge.

Weitere fünf Minuten vergingen, und mein Zustand wurde schlimmer. Die Lichter der anderen Autos verwandelten sich in verschwommene, wie Diamanten geformte Flecken.

Ich schaute in den Rückspiegel. Die Limousine fuhr seit fünf Minuten direkt hinter mir. Sie hatte eckige Scheinwerfer und lag ungefähr zehn Wagenlängen zurück.

Meine Kehle war ausgedörrt, und mir war übel. Das Lenkrad lag schwer wie ein Mühlstein in meiner Hand.

Ich senkte den Blick und sah, dass ich mit lediglich fünfundvierzig Meilen pro Stunde unterwegs war. Irgendwie war die Limousine noch immer dort hinten. Im gleichen Abstand.

»Neuer Plan«, murmelte ich und änderte meinen Kurs. Ich nahm einen anderen Weg und fuhr von Süden über die I-32 nach Mason Falls hinein.

Ich hatte das Gefühl, dass irgendwas in mir drinsteckte, aber das Einzige, was ich zu mir genommen hatte ...

Der Kaffee.

War Hester zu einem solchen Übergriff fähig?

Ich rief mir das Dienstmädchen in Erinnerung. Die kräftigen Arme. Ihre hochgewachsene Statur und das platte Gesicht. War es möglich, dass sie mit Donnie Meadows verwandt war? Abe hatte gesagt, das Herrenhaus der Hesters sei als Adresse eines Angehörigen verzeichnet. Ich hatte ihn nicht gefragt, welches Familienangehörigen. Könnte die Frau Donnie Meadows' Mutter gewesen sein?

Ich überlegte, wem im Dezernat ich sonst noch vertrauen konnte, und wählte die Nummer von Sarah Raines.

»Hey, wie geht's Ihnen?«, fragte sie mit fröhlicher Stimme.

»Jemand hat mir Drogen verabreicht, Sarah. Ich kann das Zeug in meinen Venen spüren.«

»Sagen Sie mir, wo Sie sind, P. T. Ich rufe den Notarzt.«

Noch eine Person, die dich fragt, wo du bist?, kommentierte Purvis.

Ich biss mir auf die Lippe, unsicher, ob ich ihr vertrauen konnte. »Ich bin unterwegs zu dem Ort, an dem es passiert ist«, sagte ich. »Zu Lena und Jonas.«

»Okay«, erwiderte sie zaghaft. »Mir ist nicht ganz klar, was das heißt. Was kann ich tun?«

Ich verfluchte mich für mein ewiges Misstrauen. Dafür, seit dem Unfall ein derart weltabgeschiedener Einsiedler geworden zu sein. Lena wäre damit alles andere als einverstanden gewesen.

»Kümmern Sie sich um Purvis«, sagte ich, »falls mir

was zustößt. Sagen Sie Remy, sie soll sich ansehen, wo der Unfall stattfand. Sagen Sie's nur ihr. Niemandem sonst.«

Ich legte auf und sammelte meine Aufzeichnungen zusammen. Meine Hände fühlten sich wie Gelee an.

Sie waren hinter mir her. Die Hesters. Der Orden. Irgendwer. Alle.

Möglicherweise besaß ich bereits Beweise dafür, wie sie allesamt mit drinsteckten, und wusste es nicht einmal.

Ich schaute mich um. Die Limousine war immer noch da. Ließ sich zurückfallen.

Ich erinnerte mich daran, wie Wade Hester und sein alter Herr den Aktenstapel angestarrt hatten, den ich mit mir herumschleppte.

Mit einem Schleier vor den Augen zog ich einen übergroßen Asservatenbeutel aus dem Handschuhfach. Ich fing an, all meine Notizen hineinzustopfen. Die ausgedruckten Informationen über Donnie Meadows. Sämtliche meiner lückenhaften Theorien, mit denen ich garantiert richtiglag, ohne sie wirklich miteinander verknüpft zu haben.

Ich verschloss den Beutel und gab Gas, als ich mich der Brücke an der I-32 näherte.

Bald würde eine Kurve kommen. Die Kurve, an der sich der Unfall meiner Frau zugetragen hatte. Eine markante Biegung, die mich dem Sichtfeld der Limousine für zwei Sekunden entziehen würde.

Ich beschleunigte, als ich den Ort erblickte, an dem ich alles verloren hatte, was mein Leben ausmachte. Ich warf den luftdicht verschlossenen Beutel hoch durch die Luft in die Büsche.

Ich musste dringend einen ungestörten Platz finden, an dem ich mich aus- und gesundschlafen konnte. Wo ich Remy treffen und in Ruhe alles mit ihr durchgehen konnte, sobald sich der Rauch ein wenig verzogen hatte.

Auf der anderen Seite der Brücke erkannte ich ein mir wohlbekanntes Leuchtschild. Das Landing Patch.

Ich bremste ab und glitt in eine Parklücke am Rand des Parkplatzes.

Ich stolperte aus meinem Truck und fragte mich, was genau wohl gerade mit meinem Körper vorging.

Ich suchte mein Handy, musste es aber wohl verloren haben. Ich konnte die Neonreklame mit den sich spreizenden und wieder schließenden Beinen der Frau sehen.

»Horace«, rief ich nach dem Türsteher. »Horace!«

Doch zu dieser Stunde saß niemand bei der Eingangstür. Es war zu früh, um einen Rausschmeißer zu beschäftigen.

Eine Minute später näherte sich ein Mann mit einem dichten braunen Bart. Er war ein paar Zentimeter kleiner als ich, und seine Nase sah aus, als wäre sie etliche Male gebrochen worden. Er trug ein rotes T-Shirt der South-Carolina-Gamecocks.

Ich kniff die Augen zusammen.

Was zur Hölle?

Es war nicht Matthew Hester. Der Bärtige war jemand anders. Jemand, dessen Namen ich nicht kannte.

»Wer zum Teufel sind Sie?«, fragte ich.

Meine Frage war eigentlich fehl am Platze, aber er lächelte und entblößte riesige Zähne, die inmitten seines gigantischen Bartes weiß aufleuchteten. Ein Wald mit einem Wolf darin.

Es war ganz einfach. Die Hesters hatten mir was in den Kaffee getan und mich bis hierher verfolgen lassen.

Dann hörte ich eine andere Stimme. Die irgendwas von Feinden und Freunden tönte.

Mein Kopf saß wie ein Fels auf meinen Schultern. »Sie wissen, was passiert?«, nuschelte ich. »Mit Leuten, die Cops fertigmachen?«

Der Vollbart lachte, und ich versuchte den Rückwärtsgang einzulegen, aber die Nacht glich einer Mauer hinter mir. Ich begriff, dass dort wirklich jemand stand und mich nach vorne stieß. Donnie Meadows, der Kleiderschrank. Ihm gehörte die andere Stimme.

Meadows schob mich auf den Fahrersitz meines Pickups. Er roch nach Pfefferminz-Kautabak.

»Kann nicht fahren«, sagte ich, hörte jedoch, wie die Zündung startete.

Dann hörte ich Lenas Stimme. Ihr Echo hallte irgendwo durch die Finsternis. »Vielleicht wird es Zeit, P. T.«

Der Vollbart sagte irgendwas über meine Aufzeichnungen. Er konnte sie nirgends finden. Er fragte den Kleiderschrank, ob er sie irgendwo gesehen hatte.

»Ich seh nur einen verdammten Köter«, raunzte Meadows. »Eine potthässliche gefleckte Bulldogge.«

Ich hörte, wie eine Tür aufgerissen wurde. Ein Jaulen, als irgendwer Purvis hinausbeförderte. Meadows sagte, er würde keine Hunde töten.

Vor mir öffnete sich ein neues Fenster zur Welt.

»Der Truck ist aber groß«, sagte ich. Was keinen Sinn ergab, bis mir klar wurde, dass man gerade meinen Sitz nach hinten verschob. Der Vollbart beugte sich über mich.

Sein Atem roch nach schwarzgebranntem Schnaps und Listerine-Mundspülung, und etwas brannte mir im Mund. LSD. In hochprozentigem Alkohol aufgelöst.

Die Flüssigkeit füllte meine Kehle, und ich würgte einen Moment, bevor ich schluckte. Tabletten waren ebenfalls hineingemischt.

Purvis kläffte in der Ferne, und der Vollbart rief ihm irgendwas zu.

Der Truck setzte sich in Bewegung.

»Nein«, sagte ich.

Aber der Wagen gewann ganz von selbst an Fahrt. Vielleicht mit ein bisschen Anschub per Hand.

Die Scheinwerfer waren ausgeschaltet und meine Lider unendlich schwer. Meadows hatte meinen F-150 um die Kurve herum gleich hinter den Landing Patch manövriert. Die Sonne war während der letzten Stunde untergegangen, und man schob mich zu einer dunklen Stelle, die von keinem vorbeifahrenden Auto eingesehen werden konnte.

»Leichte Beute«, hustete ich hervor, als mein Körper loszuwerden versuchte, was auch immer sie mir verabreicht hatten. Ich wollte nichts als kotzen.

»Ja, das ist der Plan«, sagte der Kleiderschrank.

Glühwürmchen tanzten um die zwei Männer herum und schwirrten über ihre Arme hinweg. Sie agierten wie winzige Helferlein, die tatkräftig daran mitwirkten, mich in einen gefährlichen Winkel des Universums zu verbannen.

»Meadows.« Ich zeigte auf ihn.

»Er kennt meinen Namen«, sagte der Kleiderschrank. »Ich will seine Knarre.«

»Nein, die bleibt hier«, antwortete der Vollbart. Er fixierte seinen Riesenkumpel aus stahlblauen Augen. »Entsichere sie, und prüf nach, ob sie geladen ist, denn das hier ist ein ziemlich verwegener Bulle.« Er schaute auf mich herab. »Frohe Weihnachten, Arschloch.«

»Bitte«, sagte ich, sprach jedoch zu niemand anderem als der Dunkelheit. Die Männer waren verschwunden, und ich konnte mich nicht bewegen.

Ich sah den Nachruf vor mir: *P. T. Marsh. Verwitweter, paranoider, versoffener Detective. Korrupter Bulle, der für Nackttänzerinnen mordet und mit Hunden redet.* Und das waren noch meine besseren Eigenschaften.

Dann sah ich ein Licht aufblitzen, und der Boden brach unter mir weg.

Alles drehte sich. Himmel war Erde und Erde Himmel.

Blut lief mir in die Augen, und ich sah den Stahl eines Sattelschleppers. Eine lange weiße Karosserie. Verschlammte Schmutzfänger und kopfüber stehende Reifen.

Dann Feuer und Finsternis. Meine Augen schlossen sich. Ich vernahm die Worte, die vom 21. Dezember letzten Jahres herüberhallten. Lena hatte mich gerufen.

»Ich bin auf dem Weg nach Hause«, sagte sie. »Bis bald.«

Und dann Schwärze.

36

Ich hörte Geräusche. Fühlte, wie ich durch die Luft flog. Meine Schulter und mein Kopf stießen gegen Metall, und abermals versank ich in Schwärze.

Dann hoben mich Hände in die Höhe. Trugen mich. Meine Augen fühlten sich zugeschwollen an, und ich hörte den Klang von tausend marschierenden Stiefeln. Von durchfochtenen und verlorenen Kriegen und meinem über den Boden schrammenden Leib.

Mir gingen Dinge durch den Kopf, doch ich konnte sie nicht in Worte fassen.

Remys Gesicht tauchte kurz in meinem Blickfeld auf, und ich versuchte zu sprechen. »Mit Sarah reden«, sagte ich.

Dunkelheit wechselte zu Licht. Der wunderschöne blaue Nachthimmel des ländlichen Georgia. Das grelle Weiß zu vieler Glühbirnen.

Endlich wurde mein Körper nicht mehr irgendwo hingeschleift. Schmerz war jetzt die vorherrschende Empfindung, und ich spürte das steife Gewebe von Krankenhauswäsche unter mir.

Ich öffnete die Augen und schloss sie wieder. Schlief gefühlt mehrere Tage.

Als ich sie wieder aufmachte, erblickte ich einen Mann, den ich überwiegend vom Hörensagen kannte.

»Hallo, P. T.«, sagte er.

»Wasser«, flüsterte ich, und er nahm einen Pappbecher und füllte ihn aus einer Plastikkanne, die auf dem Klapptisch stand.

Ich befand mich in einem Krankenhauszimmer. Mein Kopf drehte sich nach rechts. Ein Fenster. Draußen herrschte Nacht. Dann nach links. Eine geschlossene Tür. Ein weißes Laken war fest um mich gewickelt. Glänzende silberne Schienen zu beiden Seiten des Bettes.

Der Mann hob den Becher an meinen Mund, und ich schluckte. Musste husten.

Ein Infusionsschlauch schlängelte sich meinen Arm herauf. Ich schloss die Augen und versuchte mich zu erinnern. Versuchte zu begreifen, warum der einzige Mensch, der mich erwartete, während ich wieder zu Bewusstsein kam, Cornell Fuller vom Dezernat für interne Ermittlungen war.

»Ich sitze hier, warte und denke mir, heute ist der Tag gekommen, an dem du auftauchen wirst, um Luft zu holen«, sagte Cornell.

Ich öffnete die Augen. Cornell war ein sonderbar aussehender Kerl. Die Leute nannten ihn Big Bird, weil er groß war und eine komische Art zu gehen an sich hatte. Ein sonderbares verlottertes Gestrüpp welliger blonder Haare wucherte auf seinem Schädel.

»Vertreter«, stieß ich mit heiserer Stimme hervor, womit ich zu verstehen gab, nicht ohne meinen Gewerkschaftsvertreter mit ihm zu sprechen.

»Du kriegst deinen Vertreter«, sagte er. »Aber du steckst so tief drin, dass du mich garantiert vorher um einen Deal anbetteln wirst, P.T.«

Ich drückte die Augen fest zu und spürte entlang des Rückens und an der Seite Schmerzen, konnte allerdings Finger und Zehen bewegen. Dann hob ich meine Füße an. Es schien nichts gebrochen zu sein.

Als ich die Augen wieder aufmachte, war Cornell mit seinem Stuhl näher an mich herangerückt. Er hielt eine prall gefüllte Aktenmappe in der Hand.

»Raus hier«, sagte ich.

Doch er ging nicht. Er hielt ein Foto hoch. Mein Ford F-150, demoliert, mitten auf der Straße.

Ich wollte das nicht sehen und schloss die Augen. Doch dann öffnete ich sie schnell wieder, weil ich es sehen musste.

Er zauberte ein weiteres Foto hervor. Ein auf die Seite gekippter Sattelschlepper.

»Der Fahrer dieses Lasters liegt auf der Intensivstation«, erklärte Cornell.

»Kann mich nicht erinnern.«

Cornell lachte. »Ich nehme an, das stellt sich als Nebenwirkung ein, wenn man voll zugedröhnt und besoffen wie ein Bahnhofspenner ist.«

Die Drogen. Sie hatten mir was eingeflößt und meinen Truck auf die Straße geschoben. Matthew Hester und Donnie Meadows.

Wobei sich mein Hirn flugs korrigierte. Der Bartmann war nicht Matthew Hester, sondern jemand anders gewesen.

»Und dann ist da noch das hier.« Fuller präsentierte einen weiteren Ordner. »Das ist meine Chronik deiner Aktivitäten vom letzten Sonntag. Ich habe dich draußen bei der Oben-ohne-Bar erwischt. Danach bist du gegen drei Uhr morgens in die Stadt gefahren. Dein Kumpel Horace vom Landing Patch hat mir bereits dabei geholfen, das Bild zu vervollständigen.«

»Verschwinde«, sagte ich. Ich ertastete einen Klingelknopf und begann ihn zu drücken, wieder und wieder.

Cornell stand auf. »Seltsam ist bloß, dass Horace meinte, du hättest es gar nicht unbedingt auf die Ladys im Stripclub abgesehen, sondern dir die meiste Zeit über einen Drink in den Pick-up geholt. Hast dagesessen und wie ein geistig Behinderter zum Flussufer gestarrt.« Cornell hob abwehrend die Hände. »Seine Worte, nicht meine.«

Eine Schwester kam herein, und ich sagte ihr, Cornell solle gehen.

Nachdem sie ihn rausgescheucht hatte, setzte ich mich unter Schmerzen auf. Restlos alles tat mir weh.

»Nur die Ruhe, Cowboy«, sagte die Krankenschwester. Sie trug einen violetten Krankenhauskittel und hatte blondes Haar mit blauen Strähnen darin.

Nach fünf Minuten schwang ich die Beine aus dem Bett und setzte die Füße auf den Boden.

»Ob Sie wollen oder nicht, ich stehe auf.«

»Na schön, dann lassen Sie mich wenigstens die Leitungen kappen«, gab sie zurück.

Ich drückte die Sohlen auf den Boden. Es kribbelte heftig, aber ich war am Leben. Ich inspizierte meine Arme.

Mordsmäßig zerkratzt und verschorft. Befingerte die rechte Halsseite. Dort war es nicht anders.

Ich wankte um das Bett herum, merkte jedoch, wie mir die Augen zufielen. Ich kletterte zurück ins Bett, gänzlich ausgelaugt von meinem Drei-Meter-Spaziergang.

Am nächsten Tag kam Remy. Ich stand unter irgendeinem Beruhigungsmittel und hatte Schwierigkeiten, mich zu konzentrieren.

»Versuch bloß nicht, Cornell Fuller zu verarschen«, sagte sie.

»Der Unfall«, sagte ich. »Ich habe die Fotos gesehen.«

»Wade Hester«, sagte Remy. »Er wurde krank, nachdem du weg warst. Sie mussten ihm den Magen auspumpen. Er hat gerade so überlebt.«

»Hat er auch von dem Kaffee getrunken?«

Sie nickte. »Seit gestern ist alles anders. Cornell greift jetzt nach jedem Strohhalm. Versucht, irgendwas aus dir rauszukriegen. Jeder weiß, dass diese Hausangestellte dich vergiftet hat, weil du hinter ihrem Sohn Donnie her warst.«

Ich schielte zu ihr rüber. Hatte sich die Sache damit erledigt? Trotz allem, was ich getan hatte?

»Die Stripperin«, murmelte ich.

Remy lächelte. »Ja, ich schätze, sie war schlauer, als Abe dachte. Der Bus, den er verfolgte, war eine Finte. Sie ist nie eingestiegen. Hat wahrscheinlich den Fahrschein gekauft und dann in entgegengesetzter Richtung die Stadt verlassen.«

Jetzt fielen mir die Augen zu. Ich konnte nur schwer verstehen, was Remy sagte.

»Augenblick.« Ich blinzelte. »Und Wade Hester? Der Hester-Clan?«

»Unschuldig«, sagte Remy.

Ich schloss die Augen. Die Hesters hatten nichts Unrechtes getan. Das Verbrechen von '93 – sie waren genauso schuldig wie Tripp Unger. Jemand anderer hatte eine schreckliche Untat auf ihrem Land verübt.

»Was ist mit dem Orden?«

»Ja, darauf bin ich in deinen Notizen gestoßen«, sagte Remy. »Sarah hat mir verraten, wo sie zu finden waren. Was bedeutet das?«

Mir tat der Kopf weh, und Remy schob mir das Kissen zurecht.

»P. T.«, sagte sie. »Wie ist es so?«

»Wie?«, fragte ich zurück. Das Medikament begann seine Wirkung zu entfalten, und ich wusste nicht genau, wovon sie sprach.

»Schlaf ein bisschen«, sagte Remy und dimmte das Licht. »Wir können uns morgen unterhalten.«

Trotzdem hielt sie den Blick fest auf mich gerichtet, und ich bemerkte ihren besorgten Gesichtsausdruck.

»Was ist los?«, brummte ich.

Sie starrte mich bloß weiter an.

Ich strich mir mit der Hand über die Wange. »Habe ich Narben oder so?«

»Ich habe mal nach dem Trucker gesehen, mit dem du zusammengestoßen bist, P. T. Er ist auf dem Weg der Besserung.«

»Gut«, sagte ich.

»Dein Schwiegervater Marvin liegt Tür an Tür mit ihm. Jemand hat ihn erneut übelst zusammengeschlagen. Wenn du das nächste Mal aus dem Bett steigst, solltest du ihn besuchen.«

Meine Augenlider senkten sich.

Wade Hester hatte recht. Ich hatte tatsächlich noch mehr zu verlieren.

37 Nach dem Aufwachen suchte ich den Weg zur Intensivstation, wo Marvins Zimmer war. Es war mitten in der Nacht. Ich stieß die Tür auf und ließ den Anblick auf mich wirken.

Um Marvins Kopf war ein Riemen gewickelt, an dem ein Schlauch angebracht war. Dieser traf wiederum auf weitere Schläuche, die sich über seinen Körper hinweg bis zu einer Apparatur neben dem Bett zogen.

Mir war speiübel. Und ich war wütend. Das hier war keine kleine Kneipenkeilerei im MotorMouth. Eine Pumpe faltete sich surrend auf und wieder zusammen, ein anderer Apparat piepte.

Ich trat näher und musterte die Blutergüsse in seinem Gesicht. Marvins Kiefer und Nase schienen gebrochen zu sein. Beide Augen waren von violetten und schwarzen Schwellungen umkränzt.

Wer auch immer das getan hatte, ich würde ihn umbringen. Und ich musste raus hier. Raus aus dem Krankenhaus.

Ich öffnete den schmalen Wandschrank und fand die durchsichtige Plastiktüte, in der seine Kleidung steckte.

Ich stieg in die Hose meines Schwiegervaters, stopfte mein Operationshemd in den Bund und warf mir sein Sakko über.

Als ich in den Flur hinaustrat, entdeckte ich eine nicht besetzte Schwesternstation. Neben einem Computer lag ein iPhone, und ich schaute aufs Datum. Stellte fest, dass ich fünf Tage lang im Koma gelegen hatte.

Ich entdeckte eine Uber-App auf dem Smartphone und bestellte einen Wagen.

»Angie?«, meinte der Fahrer draußen vor dem Eingang.

Ich brachte ein gequältes Lächeln zustande, als ich einstieg. »Meine Frau hat mit ihrem Handy angerufen. Sie heißt Angie«, sagte ich.

Zu Hause ging ich ins Schlafzimmer und riss mir Marvins Klamotten vom Leib, bevor ich eine heiße Dusche nahm.

Danach zog ich Shorts und T-Shirt über. Ich zog von einem Zimmer ins andere, hob sämtliche dreckige Wäsche auf und stapelte sie im Wäschekorb, um die Bude wenigstens ein bisschen wohnlicher zu gestalten.

Ungefähr fünfzehn Minuten später hörte ich ein Bellen und öffnete die Eingangstür. Es war Sarah Raines, und sie hatte Purvis dabei.

»Hey, Kumpel«, sagte ich, ging in die Hocke und herzte meine Bulldogge. Ich roch den Wald an ihm. Ein Hauch von Rosmarin, an dem er sich offenbar geschubbert hatte.

Sarah trug eine abgeschnittene kurze Hose und ein T-Shirt mit Schmetterlingsmotiv.

»Woher haben Sie gewusst, dass ich hier sein würde?«, fragte ich.

»Ich war im Krankenhaus. Ihr Bett war leer.«

Ich nickte, und meine Bulldogge stürmte zu ihrem Napf und begann unverzüglich zu saufen.

»Wissen Sie noch, dass Sie mich angerufen haben?«, fragte Sarah. »Sie baten mich, nach Purvis zu suchen.«

»Vage«, sagte ich.

»Na ja, ich habe den Leuten vom Dezernat für interne Ermittlungen mitgeteilt, dass man Sie unter Drogen gesetzt hat. Wurde zu Protokoll genommen und ist jetzt aktenkundig.«

»Ich danke Ihnen.«

»Außerdem haben Sie mir gesagt, ich solle Remy zu der Stelle schicken, an der Ihre Frau verunglückt ist.«

Ich starrte sie an. Der Asservatenbeutel, den ich weggeschmissen hatte. Ich bekam Kopfschmerzen bei dem Versuch, die Puzzleteile zusammenzusetzen.

»Darf ich reinkommen?«, fragte sie, und ich erklärte, dass ich gerade aufräumte.

»Ich helfe Ihnen«, sagte Sarah und begann sich in der Küche nützlich zu machen. Einige Minuten später erkundigte sie sich, wann ich zum letzten Mal etwas gegessen hatte, und machte mir ein paar Rühreier.

Es war die erste echte Mahlzeit, die ich seit dem Tag des Unfalls zu mir genommen hatte. Ich setzte mich ins Wohnzimmer und schlang sie hastig in mich rein.

Danach, erinnere ich mich, überkam mich eine überwältigende Müdigkeit, und ich legte mich hin.

Ich muss eingeschlafen sein, denn ich wachte am nächsten Morgen unter einer alten Decke auf, die mir jemand übergeworfen hatte. Sarah hatte mir einen Zettel geschrieben, auf dem stand, dass sie mich nicht hätte wecken wollen.

Purvis lag zusammengerollt unter meinem Arm und wackelte mit dem braunweißen Stummel, der seinen Schwanz darstellen sollte. Ich zog ihn enger an mich, und mit einem Schnaufen drückte er seine Schnauze so wohlig in meine Achsel, wie er es seit Monaten nicht getan hatte.

»Die vielen Leute, die du verloren hast«, sagte ich, als mir aufging, dass Purvis abermals ausgesetzt worden war. Am Rand eines Highways zurückgelassen.

In der folgenden Stunde räumte ich ein bisschen weiter im Haus auf, was jedoch zunehmend Erinnerungen an meine Frau und meinen Sohn in mir wachrief. Ich stieß auf meinen alten Laptop. Ich warf ihn an und schaute zusammen mit Purvis Videos von einem zwei Jahre zurückliegenden Familienurlaub.

Wir waren in Key West, Lenas Lieblingsort, und meine Frau sah atemberaubend aus in ihrem orangeblauen Sarong über dem Badeanzug. Es gab eine Stunde mit ihr und Jonas am Strand. Dann auf einem Boot. Jonas kämpfte mit den Tücken einer Angelrute.

Purvis bellte, als er Lenas Stimme hörte, und ich legte ihm meine Hand in die Nackenfalten.

Ich verlor mich für eine weitere halbe Stunde in Erinnerungen, bis mich etwas rausriss. Etwas, das Lena sagte.

Der Videofilm zeigte uns bei einem Brettspiel in der Hotellobby, und Jonas bediente die Kamera. Er nahm uns auf.

»Pass bloß auf, Paul«, sagte Lena zu mir. »Du glaubst, du würdest gewinnen, aber ich werde dir gleich kräftig den Hintern versohlen.«

Dann zwinkerte Lena. »Oder Daddy gewinnt, verliert dann aber später am Abend was anderes.«

Ich saß starr vor Verblüffung da. Lena hatte mich Paul genannt. Darüber hinaus hatte sie das Wort »versohlen« gebraucht.

Ich nahm eine heiße Dusche, zog mich an und versuchte mir den Ratschlag ins Gedächtnis zu rufen, den Lenas Zwillingsschwester mir an dem Tag gab, an dem sie mir von ihrer Vision erzählt hatte. Exie hatte gesagt, es ginge um Verrat. Dass jemand, der mir nahestand, mich versohlen würde.

Ich rollte den Läufer unter meiner Kommode zurück und öffnete den Bodensafe. Darin befanden sich meine private .22er, ein wenig Munition sowie ein Bündel Bares für Notfälle.

Als ich auf dem Boden lag und den Tresor schloss, sah ich den Zipfel eines unter dem Bett liegenden Hemdes hervorlugen, bedeckt von einem Laken, das ich während der Nacht von mir gestrampelt haben musste.

Es war das Flanellhemd, das ich in der Nacht meines Besuches bei Rowe getragen hatte. Ebenjenes, von dem ich annahm, ich hätte es in irgendeine Mülltonne geschmissen, nachdem ich ihn verprügelt hatte. Ich brachte es in die Wäschekammer, breitete es auf dem Tisch aus und knipste die helle Deckenlampe an.

Am rechten Ärmelaufschlag klebte Blut, wenn auch nicht viel. Und sonst nirgendwo.

Dies war nicht das Hemd von jemandem, der Virgil Rowe zusammengeschlagen hatte. Der einen Neonazi erwürgt hatte? Ausgeschlossen.

Ich ging in die Küche und bestellte ein Taxi, das mich zum Haus meines Schwiegervaters bringen sollte.

Als ich bei Marvin ankam, stand die Vordertür weit offen – und ich ängstlich davor. Ich zog meine .22er und ging nacheinander in jeden einzelnen Raum. Niemand da.

Mitten auf dem Küchenfußboden thronte ein getrockneter Haufen Katzenkacke, und ich fragte mich, wie lange das Haus schon offen gestanden hatte.

Und falls das der Fall war – was bedeutete es? Hatte irgendwer die Bude durchsucht? Wonach?

Ich schnappte mir die Schlüssel des alten Herrn und startete den 1972er Charger, den er in der Garage geparkt und nie bewegt hatte.

Bei einem Bullen waren bestimmte Dinge eine Frage des Instinkts, und so einiges hatte noch keinen Sinn ergeben.

Ich steuerte den Charger zum Laden an der Ecke und kaufte drei Wegwerfhandys, da ich nicht wusste, was als Nächstes auf mich zukam oder wem ich trauen konnte.

Wieder unterwegs überkam mich etwas, das ich seit einer geraumen Weile nicht mehr gespürt hatte. Es wäre einfach, die Sache als durch Alkoholabstinenz oder eine Nahtoderfahrung bedingte Erleuchtung zu beschreiben. Doch es war mehr als das.

Im Laufe des letzten Jahres hatte sich mein Zorn über den Verlust von Lena und Jonas Leichtsinn und Rücksichtslosigkeit in mir entfacht. Ein Gefühl von Gleichgültigkeit. Doch jetzt war meine Aufmerksamkeit vollständig darauf gerichtet, den Drahtzieher aufzuspüren. Der mich so dringend tot sehen wollte, dass er mich unter Drogen setzte. Aber warum? Wie zum Teufel sollte ich das wissen?

Eine Stunde später befand ich mich am Fuhr- und Maschinenpark der Polizei. Die Streifenbeamten des MFPD brachten ihre Wagen zur Reparatur oder zum Nachrüsten hierher. Das Dezernat für interne Ermittlungen hatte Büroräume hier, und schließlich diente der Ort als letzte Ruhestätte meines Ford F-150.

Ich starrte meinen Pick-up an. Die Fahrerseite war komplett demoliert. Das Dach etwa zwanzig Zentimeter tief eingedrückt. Die Frontscheinwerfer zerschlagen.

Mein Freund Carlos kam zu mir rüber. Er hatte schulterlanges dunkles Haar, das von einem dicken roten Gummiband im Zaum gehalten wurde, und trug einen Mechaniker-Overall, auf dessen Etikett *Ray* stand.

»Ich könnte lügen und dir erzählen, dass es da draußen irgendwo eine Karosseriewerkstatt gibt, die dir helfen kann, Bruder«, sagte Carlos. »Aber leider wirst du diese Kiste nie wieder fahren.«

Aus einem Lautsprecher über unseren Häuptern krähte Tim McGraw.

»Ich habe diesen Truck geliebt«, sagte ich.

Carlos küsste seine Medaille des heiligen Christophorus. »Ruhe in Frieden. Gute Reise zum Schrottplatz.«

Ich wandte mich zu Carlos um. »Pass auf, ich weiß nicht, ob du's schon gehört hast. Die Nachricht geht um, dass meine Wenigkeit unter Drogen gesetzt wurde. Was meine Unschuld belegt.«

»Hab ich gehört.« Carlos beugte sich zu mir nach vorne. »Die Frage ist doch aber: Waren die Drogen gut und ausreichend?«

Ich ignorierte Carlos' Witz. »Wir haben einen Hinweis auf einen der zwei Typen, die mir das angetan haben«, sagte ich. »Was den anderen angeht, brauche ich noch ein bisschen Bedenkzeit. Glücklicherweise« – ich klopfte mir an den Kopf – »ist dieses Ding eine sichere Bank, sogar im Suff oder unter Drogeneinfluss.«

Carlos wurde ernst. »Erinnerst du dich an irgendetwas?«

Carlos war kürzlich ins Tatort-Team befördert worden. Und obwohl er eine solch lässig-entspannte Art pflegte, war er teuflisch klug und sogar noch sorgfältiger.

»Der Kerl hat meinen Sitz nach hinten geschoben, C.«, sagte ich. »Deshalb müssen seine Fingerabdrücke auf dem Verstellhebel sein.«

Carlos zog sich Handschuhe über.

»Ich schaue mal nach.« Er öffnete die Tür des Trucks. »Es gibt nur ein Problem. Der Truck hier gehört mir nicht. Und es ist auch nicht mehr dein Truck. Er gehört jetzt den Internen. Wenn ich ihn also anfasse, ohne dass Fuller es weiß, bohrt Big Bird mir seinen Schnabel in den Arsch.«

Ich nickte. Niemand war scharf darauf, den Zorn des Dezernates für interne Ermittlungen auf sich zu ziehen.

Bezüglich des Bartmanns brauchte ich einen Namen, war mir aber nicht ganz im Klaren, wie es um meinen Status als Cop bestellt war. Nach dem Unfall waren meine Knarre und meine Marke konfisziert worden. Andererseits hatte man sie mir weder formell entzogen noch mich angeklagt.

»Hör zu«, sagte ich zu Carlos. »Ich will nicht, dass du dich verpflichtet fühlst, mir zu helfen – nur weil ich dir geholfen habe, als deine Schwester letztes Jahr in der Klemme steckte.«

Carlos sah mich an. »Ach komm, Mann.«

»Habe ihr Register löschen lassen«, sagte ich. »Weißt du, wie schwierig es unter den gegebenen Umständen des Strafjustizsystems ist, ein Register zu löschen?«

»Ich nehme mal an, du wirst es mir erklären.«

»Das werde ich nicht«, sagte ich. »Ich erinnere dich bloß daran, dass wir Freunde sind und ich nicht der Typ bin, dem dieses Wort leichtfertig über die Lippen kommt. Und noch was, Carlos.« Ich deutete auf meinen Truck. »Dieser Kerl hat nicht nur meine Gefühle verletzt. Er hat versucht, mich zu ermorden.«

Carlos stieß lautstark die Luft aus und sah sich um.

»Folgender Vorschlag«, fuhr ich fort. »Du nimmst die Fingerabdrücke vom Schieber und simst mir den Namen des Typen. Gleichzeitig kannst du ihn Big Bird verraten. Niemand wird auch nur ahnen, woher ich die Information habe.«

»Wie das?«, fragte Carlos.

Ich zog zwei der Wegwerftelefone aus der Tasche, gab eines davon ihm. »Die Nummer von dem hier ist in dieses einprogrammiert. Sie sind austauschbar, mein Freund. Ich kriege die Textnachricht. Ich schmeiße das Handy in den Fluss. Du schmeißt deines in die Recycling-Tonne, und niemand wird was spitzkriegen.«

Er sah mich fragend an.

»Ich muss die Info haben«, sagte ich, drehte mich um und ging davon, ohne eine Antwort abzuwarten.

Es waren Machenschaften im Gange, die ich noch nicht durchschaute. Irgendwer kontrollierte das Schachbrett, und ich konnte nur den jeweils letzten Schritt rückwärts oder den nächsten vorwärts überblicken. Ich musste mich diagonal bewegen. Kreativer denken.

Ich schickte Remy eine SMS, um ihr mitzuteilen, dass das Wegwerfhandy der beste Weg war, mich zu kontaktieren.

Könnte deine Hilfe gebrauchen. Bist du munter?

Ich warf mein Telefon auf den Beifahrersitz und dachte an das, was William Menasco über »das Glück« gesagt hatte. Er hatte eine Gruppierung erwähnt, die man den Orden nannte.

Ich hatte vor meinem unfreiwilligen Drogentrip keine Gelegenheit gehabt, sie unter die Lupe zu nehmen.

War der Orden mehr als eine mit StormCloud verbundene Nazi-Truppe? War es eine Art Kult oder Sekte?

Ich benötigte die Unterstützung eines Experten, und ich hatte bereits einen im Sinn. Eine Forscherin, die ich mein halbes Leben kannte.

38 Um vier Uhr nachmittags war ich auf dem Campus der University of Georgia angekommen und hatte meinen Wagen auf einem Parkplatz am Sanford Drive abgestellt.

Candy Mellar war eine Freundin meiner Mutter gewesen und leitete seit 1983 die Abteilung für Sondersammlungen in der Universitätsbibliothek. Sie war Spezialistin für das Okkulte, und wir hatten bei einem früheren Fall schon zusammengearbeitet.

Eine Textnachricht von Remy ließ mein Handy läuten.

Nehme mir ein paar Tage frei. Unsere Teamarbeit verschieben wir.

Die Nachricht ließ mich frösteln.

Meine Partnerin sperrte sich dagegen, eine Ermittlung abzuschließen?

Hatte das etwas mit dem Mord an Virgil Rowe zu tun? Oder dem Dezernat für interne Ermittlungen?

Ich wusste, dass ein Foto die Runde gemacht hatte, auf dem zu sehen war, wie ich Rowes Haus verließ. Außerdem hatte sich ein Phantombild als mein Porträt herausgestellt. Stellten die Internen immer noch Nachforschungen über mich an? Hatte Remy mich angelogen, als sie mir im Krankenhaus sagte, ich müsse mir keine Sorgen machen? War ihr vom Dezernat für interne Ermittlungen befohlen worden, sich von mir fernzuhalten?

Ich ließ die LeConte Hall hinter mir und ging Richtung Bibliothek.

Zum Zeitpunkt meiner Vergiftung war Remy suspendiert gewesen, weil sie auf Kirchengrund ihre Waffe gezückt hatte. Im Krankenhaus hatte sie jedoch ihre Dienstmarke am Gürtel getragen.

Ich überlegte, was ich tun würde, wäre ich Leiter der internen Ermittlungen und jagte einen Cop. Ich würde seine suspendierte Partnerin aufsuchen und einen Deal mit ihr vereinbaren, der sie ins Team der Detectives zurückbeförderte – sie müsste nichts weiter tun, als mich im Auge behalten. Und regelmäßig bei den Internen Meldung machen.

Ich schrieb Remy zurück und fragte, was sie vorhatte.

Fahre in 15 min nach Dixon.

In Dixon lebte Remys Großmutter, und die Frau hatte sich wirklich rührend um mich gekümmert. Sie war nach dem Tod meiner Frau und meines Sohnes buchstäblich für zwei Wochen bei mir eingezogen.

Ich rief meine Kollegin an. »Ist mit Grammy alles in Ordnung?«

»Der geht's gut«, sagte Remy. »Es geht um ihren Cousin. Er ist Pastor, und es gibt Probleme mit seiner Enkelin. Sie ist sechzehn und mit einem Jungen vom College ausgegangen.«

»Ist das Mädchen mit ihm durchgebrannt?«

»Danach sieht's aus«, sagte Remy.

Ich zögerte. Konnte all das ein Lügenmärchen sein?

»Warum haben sie sich nicht an die örtlichen Behörden gewandt?«, fragte ich. Womit ich die Polizei von Dixon meinte.

»Es handelt sich um gemeindefreies Gebiet, P.T.«

»Und was ist mit dem Sheriff?«

»Du weißt, was die Leute da oben von der Polizei halten«, erklärte Remy. »Sie haben Oma angerufen, die wiederum mich anrief.«

Ich hatte durchaus Verständnis dafür. Die Einheimischen in den Bergen riefen nicht nach der Polizei, und zwar aus gutem Grund. Sie waren schon zu oft Opfer von willkürlicher Polizeigewalt geworden.

»Halt mich auf dem Laufenden«, sagte ich und drückte das Gespräch weg.

Auf dem Campus der University of Georgia kannte ich mich gut aus. Als ich jung war, hatte meine Mutter an der geisteswissenschaftlichen Fakultät unterrichtet.

Ich erreichte die Bibliothek und fragte nach Candy.

»P.T.«, rief sie eine Minute darauf. Candy war über siebzig und trug ihr aschblondes Haar zu einem Pferdeschwanz zusammengebunden. Sie traf mich in der riesigen Eingangshalle der Bibliothek und umarmte mich.

»Ich habe deine E-Mail gelesen«, sagte sie. »Wusste nicht, ob deine Ermittlungen sich um irgendeine alte Bruderschaft oder eine gegenwärtige Nazi-Gruppierung drehen.«

»Ich dachte, das könntest du mir vielleicht sagen«, erwiderte ich.

Candy lächelte. »Tja, dann komm mit.« Sie ging vor mir die Treppe hinauf zu ihrem Büro. Sie war schlank, trug immer ein Hängekleid und musste ihre eins neunzig bei jedem niedrigen Türrahmen einziehen. Ich erinnere mich daran, dass mein Dad immer sagte, sie sei auf der ganzen Welt die einzige Bibliothekarin, die keine Leiter brauchte.

Ich saß in ihrem Büro, und sie hämmerte auf ihre Tastatur ein. Überall um sie herum hingen an Pinnwänden Zitate und Sinnsprüche. *Vertraue dem Universum* oder *Wir sind für nichts so dankbar wie für Dankbarkeit.*

»Im späten neunzehnten Jahrhundert schossen Geheimbünde wie Pilze aus dem Boden«, sagte Candy. »Golden Dawn, OTO, SRIA. Wir nennen sie die Resterampe der Freimaurer.«

»Du hast von dem Orden also schon gehört?«

»Nein«, antwortete sie. »Und selbst wenn ich ein weiteres Mal nachschaue, um hundertprozentig auf Nummer sicher zu gehen, wird die Antwort immer noch nein lauten.«

Ich sackte auf meinem Stuhl zusammen.

»Mit welchem Fall hat es zu tun?«, wollte Candy wissen.

Ich erzählte ihr von Kendrick. Ich weihte sie sogar in den Lynchmord ein.

»Meine Hypothese war, dass die Morde sich wiederholten«, sagte ich. »Die gleiche Hautfarbe. Das gleiche Alter. Die gebrochenen Ellbogen.«

Candy rutschte auf ihrem Stuhl nach vorne. »Was meinst du damit, gebrochene Ellbogen?«

»Bei beiden Opfern waren die Ellbogenhöcker gebrochen. In beiden Armen. Ich nehme an, dass man sie gefoltert hat. Die Körper nach hinten gebogen wurden oder so ähnlich.«

Candy erhob sich, öffnete einen Aktenschrank und zog einen Laptop heraus, der aussah, als hätte er seine besten Tage hinter sich. Sie startete eine Suche, diesmal allerdings nicht über die universitäre Suchmaschine. »Es gibt ein Buch«, sagte sie. »Eine Art Hauptbuch, Regelwerk oder Chronik.«

»Vom Orden?«

»Über den Orden weiß ich nichts«, sagte sie. »Maryanne, die diese Stelle vor mir innehatte – sie hat immer bei alteingesessenen Südstaatenfamilien um Spenden gebeten.«

»Bücherspenden?«

Candy nickte. »Die Witwe irgendeines Typen schickte uns nach seinem Tod eine Kiste. Das fragliche Buch bezeichnete Maryanne als den Marquis de Sade der Südstaaten. Delirierend irre Texte. Grausige Bilder. Wir konnten es für den Verleih nicht freigeben.«

Candy bedeutete mir, ihr zu folgen, und wir gingen das hintere Treppenhaus acht Stockwerke hinunter ins »Magazin«, wie sie es nannte.

»Es gibt Bilder von Mädchen, deren Hände hinter dem Rücken gefesselt sind, P.T. Mit gebrochenen Ellbogen.«

Das Innere des Gebäudes roch schmutzig, und nur eine Handvoll Lichter brannte. Candy schloss eine mit *Private Sammlungen* beschriftete Tür auf, fand kurz darauf den gesuchten Pappkarton, entnahm diesem ein voluminöses, in Leder gebundenes Buch und blätterte es mit der für sie üblichen Geschwindigkeit von neunzig Meilen pro Stunde durch.

Bei einer Seite, die schaubildhaft mit vertikalen und horizontalen Linien bedeckt war, machte sie halt, und ich sah ein von Hand gezeichnetes Symbol in einem Kasten. Es war das allsehende Auge von der Eindollarnote. Dasselbe Symbol, das in den Baum neben dem Bewässerungsgraben geschnitzt worden war.

Statt einer Pyramide befand sich ein Plantagenhaus unter dem Auge.

Und über dem Auge standen in verschnörkelter Schrift zwei Worte.

Erhebe Dich.

Derselbe Text wie auf dem Geldschein. Und auf der Wanddekoration im Haus der Hesters.

»Scheiße«, sagte ich.

Candy blätterte weiter. »Sieht so aus, als wäre diese Gruppierung eine Art Bruderschaft gewesen, gegründet von Männern aus fünfundzwanzig Südstaatenfamilien.« Sie zeigte auf etwas. »Diese Chronik stammt nicht aus

der Feder eines einzelnen Mannes. Es gibt Einträge seines
Urururgroßvaters. Schau dir die Jahreszahl an, P. T.«
Ich las den Eintrag vom 23. Juni 1868.

*Ich holte einen Eimer Wasser aus dem Brunnen und
schüttete ihn über Rowens toten Leib, welcher auf
dem edlen Leinen des Speisetisches aufgebahrt lag. Ich
gebrauchte einen Schwamm, um den Schmutz ab-
zuwischen, und sah zu, wie das handgesponnene
Leinentuch unter ihm die Farbe verbrannten Heus
und den Geruch von Schlamm annahm.*
*Nachdem ich seine Haut gereinigt hatte, brachte ich
Rowens Leichnam in den Garten.*
*Der Krieg für die Unabhängigkeit des Südens hatte ein
Ende gefunden, und ich stach meine Schaufel in den
Grund, um meinen Sohn zu begraben.*
*Wann immer ich in jüngster Zeit zur Erde sprach,
antwortete mir eine Stimme und hallte um mich herum
in der Luft wider.*
*Wenn ich mich fest konzentrierte, konnte ich es an
gewissen Tagen regnen lassen. Bündelte ich meinen Geist
noch stärker, bedeckten Heuschrecken den Himmel.*
*»Erzähle niemandem davon«, hatte Annis mich gewarnt.
»Was auch immer du dort draußen im Dunkel von
der Sklavenfrau lernst, die du gefangen hast – lass
davon ab.«*
*Doch als ich so für mich alleine dastand, konnte ich der
Versuchung nicht widerstehen, die Augen zu schließen
und meine Kräfte zu sammeln.*

*»Erhebe dich«, sprach ich zu Rowens totem Leib.
Doch nichts geschah. Noch nicht.*

Hier endete der Eintrag, und ich schaute Candy an.
»Gruselig«, sagte sie.
»Wohl wahr«, stimmte ich ihr zu.
Sie blätterte zur nächsten Seite, und unser Blick fiel auf unleserlich gekritzelte Worte ...

*Andine Emphavuma
Endibweret Serenee Mdima*

Darunter standen weitere Worte, diesmal auf Englisch. Ich konnte nicht sagen, ob es sich um eine Übersetzung des Vorherigen handelte.

*Verleihe mir die Macht
Lasse die Dunkelheit walten*

»Fünfundzwanzig Familien, hast du gesagt?«, fragte ich.
Candy nickte.
Und Verbrechen, die fünfundzwanzig Jahre auseinanderliegen, erscholl die Stimme von Purvis in meinem Kopf.
Sie blätterte weiter in dem Tagebuch, und wir stießen auf einige Familiennamen von Gründungsmitgliedern.
»Es scheint, als wäre der Gründer ein Kerl namens Bayard Oxley gewesen«, sagte Candy. »Hier sind noch andere Namen. Stover. Hennessey. Kane. Granton.«
»Kane?« Ich kniff die Augen zusammen.

»Sagt dir der Name irgendwas?«, wollte Candy wissen.

»Es ist derselbe Nachname wie der eines durchgeknallten Säufers, den wir eingebuchtet hatten. Er war unschuldig, wusste aber von Kendricks gebrochenen Ellbogen. Erzählte mir, dass sie es immer tun.«

»Denkst du, er ist irgendwie in diese Sache verwickelt?«

»Er ist tot, Candy. Hat sich in seiner Zelle erhängt.«

Candy blätterte eine Seite um. In einer der Zeichnungen erblickte ich das Bild eines Mädchens, dem die Hände auf den Rücken gebunden waren. Eine andere enthielt schriftliche Angaben über Tieropfer.

»Abgeschnittene Hirschköpfe«, sagte Candy. »Lämmer auf Altären.«

Ich berichtete Candy von den Überresten des geköpften Lammes, die Unger nach dem Brand entdeckt hatte. Von Dathel Mackeys Vision eines Opferlammes.

Candy reichte mir das Buch und wies auf einen Eintrag vom 9. November 1968. Vor fünfzig Jahren.

Am heutigen Tag gab man uns die zwei Namen. Sheila Jones und Jerome Twyman. Wir werden die Jungs nach ihnen schicken, und das Leben wird wieder anfangen, besser zu werden. Amen. Erhebe dich, alter Süden, erhebe dich.

Der Eintrag war kurz und der letzte der Chronik. *Man gab uns die zwei Namen* – ich fragte mich, was das bedeuten sollte.

»Wenn ich nachprüfen wollte, ob es sich hierbei um

reale Menschen handelte«, sagte ich zu Candy und deutete auf die Zeile, in der Sheila und Jerome erwähnt wurden. »Und ob ihnen im November oder Dezember '68 irgendetwas zugestoßen ist. Habt ihr ein Archiv alter Zeitungen?«

»Bis ins Jahr 1975 zurück ist alles digitalisiert«, sagte Candy. »Die Zeit davor – Mikrofiche.«

Sie führte mich zwei Treppen höher zu einem alten Mikrofiche-Lesegerät. Vor Jahren hatte ich einen solchen Apparat meinerseits benutzt – eine dieser gigantischen, steinzeitlichen Erfindungen, mit denen man die Negative alter Tageszeitungen lesen konnte.

Candy schob eine Filmpatrone in die Maschine, und ich setzte mich. Eine Zeitung aus den Sechzigern, das *Marietta Daily Journal*, rückte ins Blickfeld. Ich drehte am Einstellrad, und Aufnahmen alter Zeitungsseiten vom November 1968 rauschten vor unseren Augen vorbei.

Als ich schneller drehte, verschwammen die Seiten zu schwarz-weißen Schlieren.

Ich blieb bei einer Seite stehen, auf der sich ein Artikel über Sheila Jones fand. Sie war schwarz, siebzehn Jahre alt und wurde als vermisst gemeldet. Das Datum war der 16. November 1968.

»Blättere mal weiter, und sieh nach, ob sie je gefunden wurde«, drängte Candy.

Ich drehte weiter und blieb bei einer Titelstory hängen.

Ein Feuer in der Nähmaschinenfabrik, zwei Tage später. Man hatte Sheilas Leiche darin entdeckt.

»Mord durch Verbrennen«, flüsterte ich. »Vor fünfzig Jahren.«

Am selben Tag wurde Jerome Twyman als vermisst gemeldet. Wir forschten weiter nach, konnten aber keinen Beleg dafür finden, dass man ihn gefunden hatte – weder lebend noch in einem weiteren Feuer.

Ich zögerte einen Moment, bevor ich laut zusammenfasse. »Also, zwei Kinder 1968. Ein Junge, ein Mädchen. Fünfundzwanzig Jahre später, 1993, dann Junius Lochland.«

»Und jetzt Kendrick«, vollendete Candy meinen Gedankengang.

Ich drehte das Rädchen vor und zurück, um weitere Informationen über den verschwundenen Jungen von '68 zu finden, blieb jedoch erfolglos. Ein Aufreißer zu einem Artikel ließ mich anhalten.

»Du bist zu weit«, sagte Candy.

Ich starrte auf den Leitartikel. Es war ein Tag nach dem Brand vom November 1968.

Cliff Monroe einziger Kandidat nach katastrophalem Schneesturm

Der Artikel drehte sich um eine Debatte zwischen zwei Kandidaten für das Gouverneursamt im Dezember 1968. Nach der Hälfte der Veranstaltung brach das Dach des Gebäudes unter dem Druck eines unvorhergesehenen Schneesturms zusammen, beide Kandidaten kamen ums Leben.

In dieser Lage standen die Aussichten des Kandidaten der dritten Partei, die Wahl zum Gouverneur zu gewinnen, ziemlich gut.

Er war ein unbeschriebenes Blatt aus einer reichen

Familie und hieß Cliff Monroe. Der Vater des amtierenden Gouverneurs, Toby Monroe.

»Toby Monroe ist der Typ, mit dem sich mein Boss getroffen hat«, sagte ich. Der Kerl, der ein Auge auf mich geworfen hatte.

»Und dessen Familie ein glücklicher Zufall widerfuhr«, sagte Candy. »Ungefähr zur selben Zeit, als die beiden Kids verschwanden.«

Ich drehte mich zu Candy um. Sie hielt noch immer die Chronik in Händen. »Du meintest, einflussreiche Familien hätten den Orden gegründet. Befand sich der Name Monroe auf der Liste?«

Candy schlug das Buch auf und blätterte darin herum. Auf einer Seite hielt sie inne.

»Ist so.«

Ich erhob mich vom Mikrofiche. Die Hesters. Die Monroes. Wohlhabende Leute in Machtpositionen fanden sich überall in dem gesamten Fall. Leute, die ich nicht zusammenbringen konnte.

Und im Zentrum hilf- und machtlose schwarze Teenager.

Meine Gedanken wanderten zu jener ersten Nacht in Shonus County. Der örtliche Leichenbeschauer hatte mir von einem Mädchen erzählt, das 1993 in derselben Woche wie Junius Lochland verschwunden war.

»Schau mal vor 1968 nach, Candy«, bat ich. »Mal sehen, ob irgendwo andere Jugendliche erwähnt werden.«

Candy stieß auf eine weitere Seite: 1943.

Fünfundzwanzig Jahre zuvor.

Ein Junge und ein Mädchen. Abermals ein Eintrag über zwei Namen und »Jungs«, die losgeschickt werden.

Ich stand auf. »In diesem Fall geht es nicht um Neonazis, Candy. Sondern um etwas Älteres, Tiefergehenderes.«

Candy blickte konzentriert in die Chronik und blätterte verschiedene Kapitel auf. »Die letzten Namen, P. T. Sie stehen in diesem Staat an der Spitze von Industrie und Wirtschaft. Große Unternehmen.«

»Ich weiß«, sagte ich.

»Großzügige Mäzene für die Bibliothek.«

»Von dir weiß ich das nicht«, versicherte ich Candy.

Doch da war noch etwas. Etwas, das die Rädchen in meinem Oberstübchen rattern ließ.

»Zwei Kids '43. Zwei '68. Dem Leichenbeschauer in Shonus zufolge zwei 1993. Aber jetzt haben wir nur Kendrick.«

»Du meinst, irgendwo da draußen ist ein Mädchen?«, überlegte Candy. »Das sich bereits jemand geschnappt hat?«

»Jeden Tag gehen Meldungen von vermissten Kindern ein, Candy.« Ich zuckte mit den Schultern. Doch dann fiel mir noch etwas anderes ein.

Ich rief Remy auf dem Handy an. »Hast du diesen Freund in die Finger gekriegt?«

»Vor einer Stunde«, sagte Remy. »Aber bei Gott, P. T., er hat keinen Schimmer, wo Delilah ist. Sagt, sie sei vor zwei Tagen bei ihm los, um nach Hause zu gehen. Der lügt doch, oder?«

»Rem«, sagte ich. »Dieses Mädchen, Delilah, hast du gesagt, sie sei die Tochter eines Pastors?«

»Enkelin«, sagte Remy. »Warum?«
Ich dachte an die Worte in der Chronik.
Am heutigen Tag gab man uns die zwei Namen.
»Bleib, wo du bist, Rem. Ich komme.«

39

Es gab keine Entschuldigung dafür. Die eigene Beute auf diese Art zu verlieren.

»Der Boss wird uns die Scheiße aus dem Leib prügeln«, sagte der größere Mann.

»Nein, wird er nicht«, sagte der Mann mit dem Bart. »Weil er nichts davon erfährt.«

Der kleinere Mann hielt um die sechs Meter Industriekabel in der Hand. Während die beiden sich ihren Weg durchs Gestrüpp bahnten, wuchsen die Felsen um sie herum, zunächst Findlinge und Gesteinsbrocken, zu zerklüfteten Formationen empor.

Zwischen zwei großen Felsblöcken lag der Eingang zu einer Höhle, ungefähr zweieinhalb Meter breit, ein schiefes O, das sich schräg ins Gestein bohrte.

»Wofür ist das?«, fragte der große Kerl und wies auf das Kabel.

Sein Freund hielt es in die Höhe. »Das soll unser Mädchen hier davon abhalten, abzuhauen.«

Sie kletterten in das Loch, und der Kleinere hielt inne. Er fädelte das Kabel durch metallene Ösen, die in den Kalkstein geschraubt waren. Die Parkverwaltung hatte dieses Haken-

und-Ösen-Verschlusssystem installieren lassen, nachdem sich einige Collegekids in den Höhlen verlaufen oder verletzt hatten.

Außerhalb der Saison zogen die Ranger eine einzige lange Kette vorwärts und rückwärts durch sämtliche Ösenhaken, um die Höhlen komplett abzuriegeln.

Doch die beiden Männer hatten jene Ketten vor einer Woche, als sie mit dem Jungen hergekommen waren, durchtrennt.

»Manchmal habe ich hier unten Visionen gehabt«, sagte der Große.

Sie bogen ab und begannen den Tunnel zu durchqueren.

»Lichtblitze unter Tage«, fuhr er fort. »Blut im Wasser. Schatten, die über die Wände huschen.«

Der Große ließ sich durch das Loch im Boden fallen und fand sich in einem lang gezogenen Tunnel wieder, der tiefer in den Untergrund führte.

»Wir teilen uns auf«, sagte der Kleine. Er ging nach links, sein Partner nach rechts.

Keiner von beiden nahm jedoch Notiz von dem Augenpaar, das vor ihnen aus dem Lehm herausblickte.

Geschafft, dachte das Mädchen. Und dann rannte die junge Frau in die entgegengesetzte Richtung, so schnell sie konnte – auf den Höhleneingang zu.

Sie hörte die Männer hinter sich, doch es kümmerte sie nicht.

Sie war schneller und würde aus diesem Loch heraus und draußen in der schützenden Nacht sein, bevor sie sie in die Hände bekamen.

Als sie jedoch den Eingang erreichte, blockierte ihn etwas.

Sie riss an dem Stahlkabel, das den Ausgang versperrte, und schrie um Hilfe. Doch das Einzige, was sie hörte, waren die Schritte hinter ihr.

40

Remy und ich saßen im Charger des alten Herrn und waren auf dem Weg nach Dixon. Während ich fuhr, weihte ich meine Partnerin in die Sache mit dem Orden ein und berichtete ihr, was Candy in der Bibliothek entdeckt hatte.

Remy zeigte mir Fotos von Delilah Ward. Sie war fünfzehn und trug eine pinke Joggingjacke. Ihr Haar war zu einem mit einem Stäbchen fixierten Knoten hochgesteckt.

Ich schaute zu Remy rüber. Meine Kollegin war immer für mich da gewesen, und ich hatte ihr nach wie vor keinen reinen Wein eingeschenkt.

»Hör zu, Rem«, sagte ich. »Wir haben noch gar nicht über das Bild gesprochen, das anonym bei der Polizei eingegangen ist.«

»Na ja, inzwischen hab ich's gesehen.« Remy zuckte die Achseln. »Und ich will nicht behaupten, dass ihr weißen Jungs alle gleich aussieht, aber mal ehrlich – es könnte jeder groß gewachsene Kerl mit gewellten braunen Haaren sein.«

»Aber die Person, die das Foto ablieferte – die haben gemeint, ich sei es, oder?«

»Beigelegt war ein Zettel mit deinem Namen drauf«, sagte Remy. »War an den Chief adressiert.«

Die Grundstücke und Immobilien um uns herum wechselten von ärmlich zu trostlos. Kleine Holzhäuschen mit Wellblech vor den Fenstern standen vereinzelt auf den Wiesen herum.

Ich dachte an das nur gering mit Blut verschmutzte Flanellhemd, das ich heute gefunden hatte.

»Ich habe Virgil Rowe nicht umgebracht«, erklärte ich Remy.

»Aber du warst bei ihm?«

»Ja«, sagte ich, und mir fiel alles ein, was in den letzten zehn Tagen schiefgelaufen war. »Erinnerst du dich an den Seelenklempner, bei dem ich war – nachdem Lena und Jonas gestorben waren?«

»Na klar«, sagte Remy.

»Ich hatte eine Menge Aggressionsprobleme mit meinem Schwiegervater, und die Psychiaterin hat mit mir darüber gesprochen. Sie nannte es ›den Flur streichen‹.«

»Was bedeutet das?«, fragte Remy.

Ich wechselte die Spur und überholte einen Umzugslaster.

»Es ist so, als würde man sich in eine schwierige Lage manövrieren und dann sich selbst dabei beobachten, wie man damit umgeht.«

»Verstehe«, sagte sie.

»Also fing ich an, Marvin zu beschatten«, sagte ich. »Ich weiß nicht mal genau, warum. Vielleicht wollte ich mich davon abhalten, ihn grün und blau zu schlagen. Den Flur streichen. Vielleicht wollte ich auch einfach nur beobachten, was er den lieben langen Tag so trieb. Wie er sich ohne sie durchs Leben und den Alltag schlug.«

»Wo ist er hin?«, fragte Remy.

»Zum Landing Patch«, antwortete ich.

»In seinem hohen Alter?«

»Er war nicht dort, um sich einen Lapdance zu gönnen. Es war nur eine Bar in der Nähe des Ortes, wo es passiert ist. Genau auf der anderen Seite der Brücke, gegenüber der Stelle, wo sich der Unfall ereignete.«

Remy wurde still, und ich tat es ihr nach. »Eines Abends habe ich auf dem Parkplatz eine Zigarette geraucht, während Marvin da drin war, und dieses Mädchen getroffen.«

»Corinne?«

»Ihr Künstlername lautete Crimson. Und sie hatte diese Blutergüsse – überall auf den Beinen. Sie wurde windelweich geprügelt, und zwar regelmäßig. Daher habe ich ihr versprochen, mal vorbeizukommen und ein Wörtchen mit ihrem Freund zu wechseln.«

»Warum hast du's nicht gemeldet?«

»Weiß nicht.« Ich zuckte die Schultern und imitierte einen Notfallanruf. »Hi, hier spricht P.T. Ich stehe auf einem Parkplatz mit einer Nackttänzerin, die keinem Bullen über den Weg traut. Kommt bitte schnell.«

Remy nickte verständnisvoll. »Aber Rowe war am Leben, als du dich verzogen hast? An besagtem Abend?«

»Mit Sicherheit«, sagte ich. »Ich habe ihm eins auf die Nase verpasst, und er hat geblutet wie ein Schwein. Dann habe ich ihm meine Glock gegen die Kniescheibe gedrückt und gedroht, ihn umzubringen, wenn er sie noch ein einziges Mal schlägt.«

Remy ließ meine Worte sacken und bedeutete mir, auf eine schmale Landstraße abzubiegen, die uns in die Höhe führte. In die Berge.

»Keine weiteren Geheimnisse?«, wollte sie wissen.

»Kein einziges«, versicherte ich ihr.

»Gut«, sagte sie. Und das war typisch Remy. Alles mit einem einzigen Wort vergeben. Deswegen ist sie einer der großartigsten Menschen, die ich je kennenlernen durfte.

Ich fuhr an einer Abzweigung vorbei, an der ein Schild stand, dessen verblichene Schrift von einem gewerblichen Langustenteich kündete. Auf einem fern gelegenen Feld wurde eine Ölbohrplattform errichtet. In einem Staat, der nie ein erfolgreiches Erdölprojekt angestoßen hatte, war das ein seltsamer Anblick. Andererseits war die ganze Gegend bereits so lange vom Abstieg geprägt, dass jeder Neustart nach Aufstieg aussah, und Verzweiflung maskierte sich nicht selten als Hoffnung.

Meine Züge verhärteten sich. »Ich habe noch ein anderes Problem, Rem. Und kein kleines.«

»Worum geht's?«

»Das Foto von mir vor Virgil Rowes Haus – hat irgendwer Filmmaterial gesichtet, um nachzuschauen, wer es beim Revier abgegeben hat?«

»So ist das nicht gelaufen«, sagte Remy. »Jemand hat Abe auf dem Parkplatz einen Umschlag überreicht. Adressiert an den Chief, aber ausgehändigt an Abe. Da draußen gibt's keine Kamera. Wir gehen davon aus, dass es derselbe Umschlag ist, der eine Stunde später im Postfach des Chief gefunden wurde.«

»Okay, aber wer hat ihn Abe gegeben?«

Remy wies mich an, eine Schotterstraße anzusteuern.

»Das ist es ja gerade«, sagte sie. »Abe war so durcheinander wegen der Schießerei, dass er nicht darauf geachtet hat. Er weiß nur noch, dass es ein Weißer war. Hat ihm den Umschlag übergeben, den Abe dann in Miles' Posteingangskorb legte.«

Der Radiosender spielte einen Bluegrass-Song von Alison Krauss. Wir fuhren über eine hölzerne Brücke, ganz in der Nähe des Hauses von Remys Verwandten.

»Was ist los?«, fragte Remy.

Etwas in meinem Kopf rastete ein, eine Vermutung, wer genau mich »versohlt« hatte.

»Was haben diese zwei Kerle getrieben, die mich umbringen wollten, Meadows und der Bärtige? Beim Hester-Anwesen auf der Lauer gelegen, bis ich aufgekreuzt bin?«

»Davon gehen wir aus«, sagte sie. »Deswegen konnten sie dir so problemlos folgen.«

»Aber woher haben sie gewusst, dass ich kommen würde?«, fragte ich. »Bis vierzig Minuten vorher wusste ich nicht, dass ich kommen würde. Ich war bei dir, als du suspendiert warst. Dann oben am Schaeffer Lake. Und ich war«, betonte ich, »bei den Hesters nach zehn Minuten wieder raus.«

»Das verstehe ich nicht«, sagte Remy.

»Haben sie einfach dort rumgehangen und gewartet? Oder war es für sie ein glücklicher Zufall, dass ich plötzlich auf der Matte stand?«

»Hast du eine andere Erklärung?«

»Habe ich«, sagte ich. »Als ich eine halbe Stunde entfernt war, habe ich ein Telefonat geführt. Erzählte jemand, dass ich auf dem Weg zu den Hesters war.«

»Wem?«, fragte Remy.

»Abe.«

»Was willst du damit sagen, P. T.?«

»Er ist der Einzige, der Bescheid wusste«, sagte ich. »Darüber hinaus ist er derjenige, der vor der Hütte auf Burkette geschossen hat. Zwei Mal, obwohl wir abgesprochen hatten, ihn lebend zu fassen.«

»Ausgeschlossen«, sagte Remy. »Unmöglich.«

»Und ist dir aufgefallen, dass etwas fehlt, Rem? Das Foto von Burkette auf der Landwirtschaftsmesse mit dem Schwein, das beweist, dass Abe einen unschuldigen Mann erschossen hat. Es ist von der Bildfläche verschwunden. Abe hat diese Kiste mit Beweismaterial jetzt schon seit fast einer Woche.«

»Er hatte viel zu tun«, merkte Remy an.

»Abe ist außerdem der Typ, der mit einem Bild um die Ecke kam, das nicht gerade nach mir aussah – obwohl ich es war? Und er hat keine Ahnung, von wem er es hat?«

Remy sagte eine Weile gar nichts.

»Remy, erinnerst du dich an diese Fox-Reporterin, Deb, die uns überrumpelt hat?«

»Klar.«

»Sie hat mich an dem Abend, nachdem wir das Kabel entdeckt hatten, überfallartig in die Zange genommen. Ich ließ mich von einer Streife zurück zum Revier mitnehmen, und du warst draußen beim Bewässerungsgraben, wo wir das Fahrrad fanden.«

»Und?«

»Also wusste sie Bescheid über unser Büro – abgeriegelt, mit Packpapier verhängt.«

»Jeder Cop im Gebäude hat die abgeklebten Fenster gesehen.«

»Aber sie hat von der *Ereignischronik auf Packpapier* gesprochen, Rem. Der Zeitstrahl war nur innerhalb des Raumes zu sehen. Nur für dich und mich und Abe.«

Remy schluckte. »Du musst zu Chief Dooger.«

»Nicht bevor wir alle zusammenhaben«, sagte ich. »Den Kerl mit dem Bart, der versucht hat, mich umzubringen. Donnie Meadows. Und Abe.«

»Denk mal über deine eigenen Worte nach«, sagte Remy. »Ein schwarzer Cop, der mit Neonazis kollaboriert, um einen schwarzen Teenager zu ermorden?«

Ich schaute meine Partnerin eindringlich an. »Wenn diese Sache so weit und tief zurückreicht, wie ich glaube, Rem ... es wäre möglich, dass sie mit Geld um sich werfen. Sie müssen etwas gegen Abe in der Hand haben.«

Remy machte ein Zeichen, dass ich rechts abbiegen sollte, also bog ich in eine Sackgasse ein und hielt vor dem Haus von Großmutters Cousin.

Wir stiegen aus, und natürlich war die Stimmung gedrückt. Ein Mädchen wurde vermisst. Und ein Mann, der unser Kollege war, einer von uns, war möglicherweise auf die schiefe Bahn geraten.

Das Haus, das vor uns lag, war klein und aus ausrangiertem Holz und Aluminium errichtet worden. Auf der Südseite hatte jemand die komplette Wand besprüht. Das Gemälde zeigte den Leib eines Engels mit dem Kopf einer Ziege. Von seinen gespreizten Flügeln tropfte rote Farbe – so dargestellt, dass es wie Blut aussah.

»Mein Gott«, sagte Remy und ging darauf zu.

Auf einem Ölfass im kniehohen Gras unmittelbar neben dem Haus saß ein vielleicht achtzig Jahre alter, knochendürrer schwarzer Mann.

»War das schon immer hier?«, fragte ihn Remy.

»Seit ungefähr einem Monat«, antwortete er, ohne den Blick von der halb leeren Dreiviertelliterflasche Old-English-Bier zu lösen, die zwischen seinen Beinen klemmte.

Ich starrte auf das Wandbild und wandte mich dann zur Hausfront um.

»Rem«, sagte ich. »Eine Sache haben wir bislang ausgespart. Diese unverhofften Glücksfälle. Der Lotteriegewinn in Harmony nach Kendricks Ermordung. William Menascos doppelter Viererwetterfolg. Die Telefongesellschaft, die Unger einen Tag nach dem Mord einen warmen Regen zukommen ließ.«

Meine Partnerin betätigte sich auf ihrem iPad. »Hier ist noch was für dich. Als du im Krankenhaus warst, habe ich den Typen überprüft, der im Lotto gewonnen hatte. Sein täglicher Weg mit dem Truck führte direkt an Ungers Farm vorbei. An dem besagten Morgen hat er jedoch verschlafen. Er hätte den Mord bezeugen können, P.T.«

»Aber das hat er nicht getan«, sagte ich. »Und eine Belohnung bekommen.«

»Glaubst du, es ist dieser Geheimbund?«, meinte Remy. »Der Orden?«

»Der Orden kann nicht festlegen, welche vier Pferde in aufeinanderfolgenden Rennen gewinnen. Sie können nicht bewirken, dass dieser Typ verschläft.«

»Was dann?«

»Ich weiß es nicht«, sagte ich. Wenn wir es nicht begreifen konnten, wie sollten wir es dann beweisen?

»Du und ich«, sagte ich zu Remy, »wir müssen Beweise finden. Uns nicht an irgendeine paranoide Verschwörungstheorie hängen. Wir müssen jemandem Handschellen anlegen.«

Wir gingen die Stufen zum Haus hinauf.

Drinnen zog Grammy mich in eine bärenstarke Umarmung. »Da bist du ja, mein Junge«, sagte sie.

Grammy war so lang gewachsen wie Remy, aber breit gebaut und kräftig, mit gewellten grauen Haaren. Sie trug große Elfenbeinohrringe, zu Kreuzen geformt, zu einem burgunderroten Kleid.

»Wie kommst du über die Feiertage?«, fragte sie.

»Nicht besonders gut«, sagte ich in einem Anflug von Ehrlichkeit.

Sie fuhr mit dem Daumen über eine Schorfkruste auf meiner Stirn, eine Verletzung, die ich mir durch den Unfall eingehandelt hatte. »Komm rein, mein Schatz.«

Einige Sekunden später befanden wir uns in einem kleinen Wohnzimmer.

Ich saß gegenüber von Leticia, der kleinen Schwester des vermissten Mädchens, auf einem Klappstuhl aus Metall. Das Polster der Couch, auf dem das Mädchen saß, war zerschlissen und zeigte Risse, die Armlehnen waren abgewetzt.

Leticia erklärte, sie habe ursprünglich für ihre ältere Schwester gelogen, um zu vertuschen, dass Delilah bei ihrem Freund auf dem Campus war.

»Aber dann hat dich jemand angerufen?«, erkundigte sich Remy.

Das Mädchen nickte und schilderte eine schreiende Stimme am anderen Ende der Leitung – eine Stimme, die sich nach Delilah angehört hatte.

»Erzähl Miss Morgan und Mister Marsh ganz genau, was du gehört hast«, ermahnte sie Grammy.

»Delilah hat dort auf dem Apparat angerufen.« Sie zeigte in die entsprechende Richtung. »Zuerst musste ich den Anruf annehmen. Dann habe ich ihre Stimme gehört.«

Ich sah meine Partnerin an. Hatte Delilah ein R-Gespräch geführt?

»Sie war außer Atem und klang verängstigt«, sagte Leticia.

Ich drehte mich um und sah ein altmodisches Telefon mit Wählscheibe, das an der nahe gelegenen Wand hing.

»Und was hat sie gesagt?«, fragte Remy. »Bitte den genauen Wortlaut, falls du dich erinnern kannst.«

»Sie schrie, es wären zwei. Weiße Männer. Einer von

ihnen hat versucht, ihr die Arme auf den Rücken zu binden. Ihre Ellbogen zu brechen oder so was.«

Ich betrachtete das Mädchen. Es war noch sehr jung, das Haar war mit rosa Schleifchen zu Zöpfen gebunden. »Leticia, hat sie es *so* gesagt?«, fragte ich. »›Die Arme hinter den Rücken gebunden‹? ›Um die Ellbogen zu brechen‹?«

Die Augen des kleinen Mädchens waren feucht. »Jawohl, Sir«, sagte sie.

»Und wie lange hat das Gespräch mit ihr gedauert, Süße?«, fragte Remy.

Leticia sah sich zögernd um.

»Sag's ihr«, drängte Grammy sie sanft.

Das Mädchen wischte sich die Augen trocken und riss sich zusammen. »Sie hat nur wenige Sekunden geredet. Aber ich habe ziemlich lange zugehört. Im Telefon knackte es – und dann knackte es noch mal. Ich konnte Schreie hören. Da habe ich Angst bekommen und bin in mein Zimmer gerannt.«

»Das hast du richtig gemacht«, sagte Remy. Sie wandte sich an mich. »P.T., könnte ich dich einen Moment sprechen?«

Wir gingen in die Küche, doch ich wusste schon, was Remy sagen würde.

»Das sind dieselben Kerle.«

»Mit Sicherheit«, sagte ich. »Das Problem ist nur, dass wir nicht wissen, wo Meadows steckt. Und der andere Typ ...«

Ich hielt inne, als mir dämmerte, dass ich, seit ich an der Universität losgefahren war, keinen Blick mehr auf mein Wegwerfhandy geworfen hatte. Um nachzuschauen, ob Carlos vom Labor mir was geschickt hatte.

»Der andere Typ – was ist mit dem?«, fragte Remy.

»Warte mal.« Ich zog mein Wegwerftelefon hervor und stieß auf eine Nachricht von Carlos.

Ich öffnete einen Anhang, und das Gesicht, das erschien, gehörte dem Bärtigen. Der Kerl, der Donnie Meadows geholfen hatte, meinen Pick-up mitten auf die I-32 zu schieben. Der versucht hatte, mich zu ermorden.

Er hatte ein langes Gesicht mit schiefer Nase und blauen Augen. Der überwiegende Teil seiner unteren Gesichtshälfte wurde von einem lockigen braunen Bart bedeckt. Sein Haar war wellig und ungepflegt.

Elias Cobb. Weißer. Zweiunddreißig Jahre alt.

»Erkennst du ihn wieder?«, fragte Remy.

Auf seinem erkennungsdienstlichen Porträtfoto trug Cobb ein großes StormCloud-Tattoo, das sich vom Hals über die Brust zog. »Ja«, sagte ich.

Ich wollte diesen Kerl in die Finger kriegen. Am liebsten hätte ich ihn zu einem Sumpf geschafft, ihm mit Beton gefüllte Milchkrüge an den Leib gebunden und ihn versenkt.

Cobbs Adresse befand sich im Süden der Innenstadt.

509 13th St. #219.

»Wenn wir nach Vorschrift vorgehen«, erklärte ich Remy, »verplempern wir einen kompletten Tag. Cobb beschatten ... Haftbefehle beantragen.«

Unsere Blicke trafen sich. »Hast du eine bessere Idee?«

»Na ja, im Augenblick bin ich ohne Dienstmarke unterwegs«, sagte ich. »Daher stecke ich voller Ideen.«

41 Remy ließ mich in der Gasse hinter der 13. Straße raus, und ich eilte an der Rückseite von Gebäuden vorbei, bis ich die Anschrift fand. Ein verlottertes Backsteinmietshaus mit Hinterhofeingang.

Ich betrat eine kleine Eingangshalle. Es roch nach nassem Hund, und in den Ecken löste sich grüner Kunstrasen vom Boden.

Der Hauptzweck des Eingangsbereichs schien darin zu bestehen, die Briefkästen der Mieter zu beherbergen. So gut wie alle von ihnen quollen vor Werbung und Flugblättern über. Ein Mülleimer war ebenfalls bis zum Bersten mit Werbung gefüllt, und zu ihr gesellten sich ein Pizzakarton und ein leeres Sechserpack Rolling Rock.

Ich warf mir meine Umhängetasche über die Schulter, um beide Arme frei zu haben, schnappte mir die Pizzaschachtel und schob mir die .22er unters Hemd.

Oben klopfte ich an die Tür von Wohnung Nummer 219.

»Domino«, sagte ich und hielt das Logo vor den Türspion.

Eine Frau öffnete die Tür. Sie war korpulent, hatte lange schwarze Haare und trug ein weites Kleid mit orangem

Paisleymuster. Ihre Haut war so gerötet, dass es aussah, als hätte sie Schmirgelpapier als Waschlappen benutzt.

»Ich hab keine Pizza bestellt.«

»Tja, ich liefere auch keine«, sagte ich, ließ die Schachtel fallen und schob den Fuß in die Tür.

»Er ist nicht hier«, sagte sie perplex.

»Ich habe noch gar nicht gesagt, wen ich suche.«

»Sie sind Bulle oder Bewährungshelfer, und Ihre Sorte stellt immer die gleichen Fragen.«

Ich zog meine .22er, richtete sie auf ihren Kopf und drückte die Tür auf.

»Wie sieht's jetzt aus? Ist er jetzt vielleicht anwesend? Macht sein Bewährungshelfer so was wie das hier?«

Sie war hart im Nehmen, hatte aber Angst und schüttelte langsam den Kopf von links nach rechts.

Ich zwängte mich hinein und zog die Tür hinter mir zu. Ihr Blick ließ Furcht erkennen, als ich den Bolzen verriegelte.

»Sind wir unter uns?«

Sie nickte, und ich hielt sie eng an mich gedrückt, während ich die Bude sicherte. »Bleiben Sie bei mir, Schwester«, sagte ich. »Sollte er aus einer Tür springen, sind Sie eine tote Frau.«

Ich schob sie ins Schlafzimmer. Niemand dort. Dann die Küche. Dreckige Töpfe und Pfannen stapelten sich einen halben Meter hoch in einer alten Farmhouse-Spüle.

Als wir aus der Küche traten, schnappte sie sich eine Bratpfanne und ging auf mich los. Ich wehrte die Attacke mit dem Unterarm ab, drehte ihr den Arm auf den Rücken und presste sie gegen die Wand.

Bis dahin war es mir gar nicht aufgefallen, aber ihr fehlte ein Zahn. Wo ihr rechter Schneidezahn hätte sein sollen, gähnte nur eine rötlich schwarze, blutige Höhle.

»Sagen Sie mir, wo verdammt noch mal Cobb steckt«, sagte ich. »Er und dieser beschissene Riese.«

»Ich weiß es nicht«, sagte sie.

Ich bog ihren Arm weiter zurück und spürte, wie sie zusammenzuckte.

»Ich habe nicht die geringste Ahnung«, brüllte sie.

Ich wirbelte sie herum, sodass wir einander Auge in Auge gegenüberstanden. »Dann haben Sie keinen Wert für mich.«

Ich schob ihr den Lauf meiner .22er in den Mund.

Sie verdrehte verzweifelt den Kopf, um den Lauf zwischen ihren Lippen loszuwerden. »Warten Sie.« Sie begann zu weinen. »Er ist bei diesen reichen Leuten.«

»Ich brauche einen Namen.«

»Ich glaube, er lautet Jester. Oder Hesmer?«

»Hester?«, fragte ich und drückte ihr die Kanone jetzt gegen die Wange.

Ihr Kopf wackelte auf und ab.

»Wo?«, fragte ich.

»Sie sind in Shonus.«

Ich rammte ihr den Lauf fester ins Gesicht.

»Er denkt, er wäre einer von ihnen«, sagte sie. »Sie gegen die Schwarzen.«

In meinem überforderten Kopf drehte sich alles.

Wade Hester war am selben Abend, an dem man mich vergiftet hatte, beinahe getötet worden. Remy meinte, er sei unschuldig.

Mir war klar, dass ich mich nicht darauf verlassen konnte, dass die Frau einen Warnanruf bei Cobb bleiben ließ, weshalb ich sie quer durchs Zimmer zerrte. Mit einem Kabelbinder fesselte ich sie im Schlafzimmer ans Heizungsrohr.

»Scheiße«, jammerte sie. »Lassen Sie mich hier etwa so zurück?«

Ich schaltete den Fernseher ein. Warf ihr die Fernbedienung zu. Nahm eine Tüte Schweinekrusten und zwei Dosen Bier aus dem Kühlschrank. Gab sie ihr. »Sollten Sie die Wahrheit gesagt haben, komme ich morgen wieder und lasse Sie frei.«

Eine Minute später trat ich auf den Hinterhof hinaus, spazierte zwanglos zur Straße und bestieg den Charger.

»War er da?«, fragte Remy.

»Nur seine Freundin«, sagte ich. »Die Hesters – wir haben angenommen, dass sie sauber sind, stimmt's?«

Remy nickte. »Wegen desselben Giftes, das dich erwischt hat, wäre Wade fast ins Koma gefallen.«

Ich musste irgendeine Verbindung herstellen, damit das hier Sinn ergab.

»Seine Freundin erzählt was anderes.«

Remy schien verwirrt, und ich startete die Zündung und rief Captain Andy Sugarman an, den Cop oben in Shonus County.

»P.T.«, begrüßte er mich. »Es überrascht mich, von Ihnen zu hören.«

»Weshalb?«

»Ich habe gehört, man hätte Ihnen die Marke entzogen.«

»Fast«, erwiderte ich. »Wade Hester hat mir den Job gerettet. Weil er auch ein paar Tassen von diesem Kaffee getrunken hat, nachdem ich gegangen bin. Deswegen ist seine Hausangestellte flüchtig und hat uns ihren Sohn Donnie auf dem Silbertablett präsentiert, mit einer hübschen Schleife dran.«

»Was kann ich also für Sie tun?«, wollte Sugarman wissen.

»Ich habe ein schlechtes Gewissen wegen Wade und wollte mal hören, wie's ihm geht.«

»Ganz gut, schätze ich«, gab Sugarman zurück. »Allerdings scheint mir, dass die Chose einen Keil zwischen ihn und den alten Herrn getrieben hat.«

»Hat er Ihnen das erzählt?«

»Einer meiner Deputys«, sagte Sugarman. »Er hat sich mit einem von ihren Sicherheitsleuten unterhalten. Ich gehe davon aus, dass Wade in ihr Haus am Fluss umgezogen ist. Hat dem Wachdienst gesagt, er solle ihn in Ruhe lassen. Und seinem alten Herrn, ihn erst recht in Ruhe zu lassen.«

Ich legte auf und machte mir Gedanken. Vielleicht hatte Hester junior keine Ahnung, was mit dem Orden lief. Oder vielleicht hatte er sich entschieden, nichts darüber wissen zu wollen, bis die Scheiße, in der sein Vater bis zum Hals steckte, ihn beinahe umgebracht hätte.

Ich nahm die SR-914 Richtung Shonus. Ich hätte Sugarman fragen können, wo das andere Haus der Hesters lag, aber ich wollte nicht durchblicken lassen, dass ich in seinem Revier herumschnüffelte.

Ich bat Remy, auf ihrem iPad eine Karte der Gegend aufzurufen.

»Gibt es eine Straße entlang des Opagucha River?«

»Zwei sogar«, sagte Remy. »Windy Vista und Highland.«

Ich rief bei uns im Büro an und erwischte Donna, meine Freundin bei der Verwaltung. Fragte sie, ob jemand namens Hester an einer der beiden Straßen Grund besäße.

»Solltest du tatsächlich arbeiten, P. T.?«, fragte Donna.

»Tue ich nicht«, gab ich zurück. »Ich schaue mich nach Immobilien um. Ziehe in Erwägung, den Beruf zu wechseln. Würdest du mir was abkaufen, wenn ich Makler wäre und du meine Visage an einer Bushaltestelle sehen würdest?«

»Auf gar keinen Fall«, sagte Donna. Dann gab sie mir die Adresse durch.

42

Das Haus der Hesters lag still und ruhig da, als Remy und ich es erreichten. Eine lange kurvige Straße führte zu einem Fünfzimmerhaus direkt am Opagucha River hinauf.

Ich schaltete die Scheinwerfer aus, nahm den Gang raus und ließ den Charger leise heranrollen.

Es war zehn Uhr, und im Haus brannte kaum ein Licht. Wir klopften an der Eingangstür, aber niemand kam. Schließlich schlugen Remy und ich uns über einen schmalen Pfad zwischen Holunderbeerbäumen, die links vom Haus gepflanzt waren, in die Büsche.

Der Opagucha war ein breiter schwarzer Strich, der sich spätabends in eleganter Rundung um das Haus schlängelte. Über dem Fluss drehte ein Schwalbenweih seine Runden, dessen schmale Flügel und gegabelter Schwanz sich schwarz vor dem violetten Himmel abhoben.

Ich kniff die Augen zusammen und entdeckte Wade Hester am Ende eines hölzernen Steges. Seine Füße hingen im Wasser, und er saß leicht zusammengesackt da. Hätte man ihm von hinten auf die Schulter geklopft, wäre er wahrscheinlich wie ein Stein ins Wasser geplumpst.

»Rem.« Ich zeigte in Wades Richtung, und meine Partnerin huschte durch das Buschwerk an der Hausseite auf den Steg.

Als wir näher kamen, entdeckten wir zwei leere Flaschen Captain Morgan neben ihm. Wade Hester trug ein weißes T-Shirt und eine Schlafanzughose, ein ziemlicher Kontrast zu dem türkisen Polohemd und der Leinenhose letzte Woche.

»Himmel«, sagte ich, zog ihn vom Rand weg und prüfte mit der Taschenlampe meines Handys seine Pupillen.

»Wade«, sagte ich. »Ich bin's, Detective Marsh aus Mason Falls.«

»Sein Puls ist extrem schwach«, sagte Remy.

»M-mein Gott«, nuschelte Wade. »Sie schon wieder?«

Ich bewegte den Lichtstrahl von links nach rechts, und seine Iris weiteten sich kaum.

»Ich hab Dinge gesehen ...«, blubberte Wade. »Lassen Sie mich einfach zufrieden.«

»Schaffen wir ihn rein«, sagte ich.

Ich schob meine Hände unter seine Achselhöhlen, und Remy griff sich seine Beine. Wir trugen Wade ins Haus und fanden das Badezimmer.

»In die Wanne.«

Remy drehte das kalte Wasser auf, und Wades Augen blinzelten ein bisschen kräftiger.

»Eis«, sagte ich, und Remy machte sich zur Küche auf.

Ich ging neben der Wanne in die Hocke und steckte den Stöpsel ein, sodass sie sich füllte und er ordentlich nass wurde. »Ich brauche Ihre Hilfe, Wade.«

»Es ist zu spät«, sagte er.

Ich schaute unter dem Waschbecken nach und fand eine Flasche Wasserstoffperoxid. Sah Wade an und eilte zu Remy.

Küche und Wohnzimmer waren ein einziger großer Raum mit weißen Korbmöbeln, auf denen blaue Kissen lagen.

Remy riss das rechteckige Kühlschrankfach auf, in dem das Eis aufbewahrt wurde.

»Kipp ihm das Eis über die Birne.«

Meine Finger wanderten durch die Fächer, bis ich ein Glas angetrockneten Senf gefunden hatte, den ich zusammen mit einem ordentlichen Spritzer Tabasco in eine Tasse tat. Ich verrührte die Pampe mit dem Zeigefinger und rannte ins Badezimmer. Remy hatte Wade mit Eis überschüttet, und er saß ein wenig aufrechter. Wurde langsam wach.

»Wir brauchen Ihre Hilfe«, sagte sie.

»Ich wusste nicht, dass wir ...«, sagte Wade. »Mein Vater. Mein Bruder ...«

Wade zitterte wie Espenlaub, halb vom Eis, halb vom Schnaps.

»Es gibt da ein vermisstes Mädchen, Wade.« Ich erhob die Stimme. »Sie ist nicht tot. Sie konnte entkommen.«

»Was?« Er glotzte mich aus glasigen Augen an.

Ich hob die Tasse an seine Lippen und verpasste ihm die feurige Portion Zwangsernährung. Hielt seinen Mund geschlossen, während er schluckte.

»Wir müssen wissen, wo sie die Kinder hinbringen«, sagte Remy.

Wades Kehle verkrampfte sich, und er begann zu kotzen – flächendeckend auf seine Klamotten und das Eis. Für mich war das ein vertrauter Gestank. Rum. Vermischt mit einer Portion Pasta, die er sich eingefahren hatte.

Als er fertig war, hielt ich ihm mein Handy mit Cobbs Bild vor die Nase. »Elias Cobb«, sagte ich. »Wo ist er?«

»Ich wusste nicht, dass man Sie vergiften wollte.«

»Das ist mir egal!«, brüllte ich und zwang ihn, sich auf mich zu konzentrieren. »Cobb hat ein Mädchen. Sie können es geradebiegen, Wade. Sie können sie retten.«

»Sie ist wahrscheinlich längst tot.«

Remy erhob sich und ergriff meinen Arm. »Du schreist ihn an, P. T.«, flüsterte sie. »Und du zitterst selber wie ein Aal.«

Ich sah auf meine Hände runter. Remy hatte recht.

»Ich kriege das hin«, sagte sie. »Vertrau mir.«

Ich ging einen Schritt zurück, vor die Badezimmertür.

»Das Mädchen konnte fliehen, Mr Hester«, sagte Remy und zeigte ihm ein Foto von Delilah. »Sie ist Meadows und Cobb entkommen.«

Ein Funken Licht glühte in Wades Augen auf.

»Es liegt jetzt an Ihnen.«

Sie knöpfte ihre Hemdmanschette auf, um Wade den Mund zu säubern.

»Ich weiß, wie schlecht Sie sich fühlen«, sagte sie. »Und das liegt daran, dass Sie im Grunde Ihres Herzens ein guter Mensch sind.« Sie tippte Wade auf die Brust. »Jetzt haben Sie die Macht, etwas zu unternehmen und das Leben einer Frau zu retten. Das wollen Sie doch, oder?«

Hester sah Remy an und dann raus zu mir.

Ich nickte, um zu unterstreichen, dass sie richtiglag.

»Es gibt einen State Park«, sagte Wade. »Von Ihnen aus jenseits der I-32 gelegen.« Nun war sein Blick auf Remy gerichtet. »In den Höhlen dort tun sie den Leuten Dinge an. Grauenhafte Dinge.«

43 Cantabon war ein kleiner State Park nicht weit vom Haus meines Schwiegervaters. Dort gab es Wanderwege und unterirdische Höhlen, durch die das Wasser des Tullumy River floss.

Während Remy und ich hinfuhren, sah ich plötzlich vor meinem inneren Auge einen Zusammenhang. Die erste Nacht vor dem Haus der Hesters. Als ich mich auf den Rückweg machte, hatte ich Fetzen eines Gesprächs mit angehört.

»Höhlenforschung«, sagte ich zu Remy. »Die haben draußen bei den Hesters Ausrüstungsgegenstände in eine Limousine geladen. Einer der Typen blieb für mich unsichtbar. Das war wahrscheinlich Cobb. Und es war das erste Mal, dass mir Meadows, der Kleiderschrank, über den Weg lief. Der Typ, der den Kofferraum belud, sprach von ›Höhlenforschung‹.«

»Das Kabel«, sagte Remy. »Darum hatten sie es dabei. Das Riemenscheibensystem war für Höhlenkletterei.«

Die nächsten Minuten fuhren wir schweigend, wobei ich fester aufs Gas trat und uns beiden nur ein einziger Gedanke durch den Kopf ging: Lieber Gott, lass Delilah noch am Leben sein.

»Bist du schon mal dort gewesen?«, fragte Remy irgendwann.

Ich nickte und beschleunigte den Charger, die Straße war frei, auf fast hundertfünfzig Sachen. »Als ich noch ein Grünschnabel war, hatten wir während des Sommers immer einen Streifenwagen dort postiert. Jugendliche ließen sich volllaufen. Machten in den Höhlen miteinander rum.«

»Diesen Dienst musste ich nie schieben«, sagte sie.

»Bevor du das gemusst hättest, übernahm der Staat das Gelände«, sagte ich. »Eines Abends hat sich so'n Kid ernstlich verletzt. Jetzt sperren sie den Parkplatz ab. Große rote Warnschilder mitten auf der Straße, die raufführt. Sogar Ketten über den Höhlenöffnungen. Hat dem Ort gewissermaßen jeden Reiz geraubt.«

»Falls Delilah sportlich ist und abhauen konnte«, sagte Remy, »gibt es gute Verstecke für sie?«

»Das wollen wir hoffen.«

Remy sah mich an. »Diese Kerle haben dich schon einmal in einen Hinterhalt gelockt, P.T. Woher wissen wir, dass Wade nicht lügt?«

»Sicher sein können wir uns nicht«, sagte ich. »Aber ich denke nicht, dass es ihn noch groß kümmert. Dieser Mann stand kurz davor, sich umzubringen, Rem.«

»Richtig, aber wenn man der Freundin glaubt, arbeitet Cobb für die Hesters. Es könnte eine Falle sein.«

Remy hatte recht. Ich dachte an mein Anfängerjahr im Cantabon Park zurück. Damals war ich frisch mit Lena zusammen, und der Park war nachts völlig verlassen.

Beschissener Handyempfang. Ich war in der Regel alleine dort oben und rief Lena von einer Telefonzelle bei den Toiletten an.

»Delilahs kleine Schwester hat gesagt, sie hätte ein Knacken und dann noch ein Knacken im Telefon gehört. Sie bekam Angst und rannte hoch in ihr Zimmer. Meinst du, sie hat den Hörer hängen lassen?«, sagte ich.

»Könnte sein«, sagte Remy.

»Beim Cantabon gab es früher einen Münzfernsprecher. Wenn die jüngere Schwester es zweimal knacken hörte, hat Delilah vielleicht nicht aufgelegt.«

Remy schaute mich an. »Denkst du, wir können den Anruf rückverfolgen?«

»Wir können's versuchen.«

»An wen wenden wir uns?« Sie zögerte. »Falls Abe es rausfindet ...«

»Kein Problem«, sagte ich.

Miles Dooger war in Mason Falls nicht nur der Boss. Er war außerdem mein Freund und längster Mentor.

»Miles«, sagte ich, als er dran war. »P.T. hier.«

Miles war nicht gerade begeistert, von mir zu hören.

»Hast du meine Nachricht bekommen?«, fragte er.

»Nein«, sagte ich. »Habe mein Handy verloren.«

»P.T., hast du dir die Infusionsnadel aus dem Arm gezogen und das verdammte Krankenhaus verlassen?«

»Ich habe mich nach Hause fahren lassen.«

»Fahren lassen?«, sagte er. »So nennen wir das jetzt?«

Ich wartete ab, bis er es ausspuckte.

»Ich habe einen Anruf vom Dezernat für interne Ermittlungen erhalten«, sagte Miles. »Ich musste persönlich hinfahren und die Krankenhauskameras sichten. Danach Zulassungsunterlagen raussuchen und irgendeinen armen Kerl belästigen, der für Uber arbeitet. Du hast mir einen Haufen echter Detective-Arbeit aufgezwungen.«

»Tut mir leid«, sagte ich. »Ich habe meinen Schwiegervater besucht, und dann brannte eine Sicherung durch. Ich konnte es dort nicht mehr aushalten.«

»Demnach bist du jetzt zu Hause? Ruhst dich aus?«, fragte er. »Nein, bist du nicht, weil ich nämlich bei dir vorbeigefahren bin.«

»Hör zu, Miles«, sagte ich. »Tust du mir einen Gefallen?«

»*Ich soll dir* einen Gefallen tun? Du schuldest *mir* einen Gefallen.«

Doch ich wusste, dass er auf meiner Seite stand und mich unterstützen würde. Nach Lenas Tod hatte seine Frau Jules einen Monat lang jeden Abend Essen vorbeigebracht und den Kühlschrank mit pinken und violetten Tupperdosen gefüllt.

»Na schön, dann musst du mir einen *weiteren* Gefallen tun«, sagte ich. »Remy und ich waren oben in Dixon. Ist 'ne lange Geschichte, aber jemand aus ihrer Familie steckt in Schwierigkeiten. Ich muss eine Telefonnummer nachverfolgen lassen, und ich will nicht, dass es einer von unseren Leuten macht.«

»Warum nicht, zum Henker?«

»Vertraust du mir?«, fragte ich.

»In jüngster Zeit nicht unbedingt.«

»Wir haben hier ein Mädchen im Teenageralter. Schwarz. Ein paar weiße Kerle haben sie sich geschnappt. Sie ist die Enkelin eines Predigers, und es könnte ihr jemand die Ellbogen gebrochen haben.«

»Schwachsinn«, sagte er.

»Nein. Glaub mir, Mann, es stimmt.«

»Haben die das der Polizei gemeldet?«, wollte Miles wissen.

»Nein«, antwortete ich. »Sie leben hier oben in den Bergen, vertrauen den Bullen nicht. Sie haben der Familie Bescheid gesagt. Und die Familie ist Remy.«

»Der Frischling?«, sagte er, offenkundig nicht erfreut darüber, sich auf die Informationen einer Nachwuchspolizistin verlassen zu müssen.

»Boss«, sagte ich. Ich musste mir bei ihm genauso viel Mühe geben wie bei Wade, damit er es begriff. »Wenn wir diese Nummer haben, wissen wir sofort, ob es was mit unserem Fall zu tun hat oder nicht.«

Letztendlich willigte er ein, uns zu helfen, und ich nannte ihm Delilahs Festnetzanschluss und den Zeitpunkt des Anrufs. »Ich schicke meinem Kumpel Loyo von der Telefongesellschaft eine SMS«, sagte er. »Kennst du Loyo noch?«

»Na klar«, sagte ich. Miles unterhielt nach wie vor eine Menge Verbindungen. Typen vom alten Schlag, die er schon anschleppte, als ich noch wesentlich jünger war.

»Gib uns fünf Minuten, dann ruft er dich unter dieser Nummer zurück.«

Ich legte auf, und wir bretterten weiter in Richtung State Park.

Als wir die Straße erreichten, die in den Cantabon führte, sahen wir, dass das große Schild mit dem Hinweis, der Park sei geschlossen, nicht mehr mitten auf der Fahrbahn stand. Irgendwer hatte es auf den rechten Fahrstreifen geschoben.

Das Handy klingelte, und Loyo war dran.

»Ich hab deinen Anruf«, sagte Loyo. »War sieben Minuten lang. Gegen Gebühr, von einer Telefonzelle aus.«

»Woher stammte der Anruf?«, fragte ich.

»Cantabon State Park«, antwortete er. »Vom Parkplatz.«

Ich drückte das Gespräch weg. »Ist keine Falle«, erklärte ich Remy. »Los!«

44

Auf dem Parkplatz stand ein einsamer Chevy-Pick-up. Die Nachtluft war kühl und der Mond so gut wie voll.

Ich nahm sofort das Nummernschild des Trucks in Augenschein. Wir hatten bereits nachgeforscht, welches Fahrzeug Cobb fuhr, und das hier war seines. Remy blickte prüfend durch die Scheiben der Fahrerkabine. Der Strahl ihrer Taschenlampe wanderte über die Vorder- und Rücksitze.

Ich klappte den Kofferraumdeckel meines Charger auf. In einer Kiste mit Autozubehör fand ich ein Schnappmesser und klappte es auf.

Ich ging rüber und rammte das Messer in die Vorderräder des Trucks, anschließend in die hinteren.

Remys folgte mir mit ihrem Blick. »Ganze Arbeit«, sagte sie.

»Hunderte Wege führen aus diesen Grotten. Ich möchte vermeiden, dass Cobb und Meadows aus irgendeinem Loch kriechen, während wir gerade in ein anderes schlüpfen.«

Remys Taschenlampe strahlte inzwischen auf das Armaturenbrett, und ich spähte ihr über die Schulter. Eine

Skizze war mit dicker schwarzer Tinte auf ein weißes Blatt gezeichnet.

Auf dem Bild hockte eine weibliche Figur mit auf den Rücken gefesselten Armen auf den Knien. Jemand hatte sie per Rotstift über und über mit Blut besudelt – und derart aggressiv und wild über das Papier gekratzt, dass es ein Loch hineingerissen hatte.

Ich schob das Springmesser in meine Gesäßtasche und winkte Remy zum Ausgangspunkt eines Wanderweges hinüber. Uns lief die Zeit davon.

»Was hältst du davon, schon mal Verstärkung anzufordern?«, fragte Remy.

Sie redete wieder von Abe. Und von jedem anderen korrupten Drecksack, den wir möglicherweise an die Strippe bekamen. »Möglicherweise haben wir ja einen legitimen Grund, uns an jemand zu wenden, der nicht aus Mason Falls kommt«, sagte Remy und deutete auf das State-Park-Schild. »Fällt in ihren Zuständigkeitsbereich.«

»Stimmt«, meinte ich.

»Die State Police wird allerdings eine halbe Stunde bis hierher brauchen«, sagte Remy.

»Fordere sie an.« Auf mein Zeichen hin zog Remy ihr Handy hervor.

Ich ging los, den Wanderweg runter, während Remy die State Police anrief. Nach ungefähr dreißig Metern endete das Buschwerk, und als ich meine Taschenlampe einschaltete, entdeckte ich den Eingang einer Höhle.

»Ist das der Einstieg?«, fragte Remy, die zu mir aufgeschlossen hatte.

»Es gibt einen ganzen Haufen Ein- und Ausgänge.« Ich zuckte mit den Schultern. »Wenn sie am Parkplatz losgerannt ist, wäre das hier der nächstgelegene.«

Ich bückte mich und ließ den Strahl der Taschenlampe wandern. Das Loch war ein krummes Rund von etwa drei Metern Durchmesser. Ohne Taschenlampe war es stockfinster dort drin.

Quer über das Loch war ein Kabel gespannt.

»Ist das die Absperrung der State Police?«, fragte Remy. »Um Jugendliche fernzuhalten?«

Mir fiel eine Gliederkette auf, die in der Nähe auf dem Boden lag. »Nein.« Ich zeigte darauf. »Das da ist sie.«

Ich lief zum Wagen meines Schwiegervaters zurück, holte Werkzeug und zerschnitt das übers Einstiegsloch gezogene Kabel.

Im Inneren der Höhle fiel das Felsgestein unter unseren Füßen schräg nach unten ab. Die Luft roch modrig. Nach einer Minute standen wir vor einem Loch im Boden.

»Aufpassen.« Ich deutete auf den Höhlengrund, der vor uns steil abfiel.

Ich ließ mich in einen weiteren Tunnel hinabgleiten.

Während Remy und ich uns den Weg durch das Höhlensystem bahnten, dachte ich an Delilah. Wenn sie sich vor Cobb und Meadows versteckte, würde sie sich auch vor uns verstecken. Wenn wir laut ihren Namen riefen, würde das ihre Sicherheit gefährden.

Wir bewegten uns weiter voran, entschieden uns jedoch, nur eine Taschenlampe zu benutzen. Der Abschnitt vor uns sah aus wie der Tunnel eines Bergwerks, höher als breit. Als wir ihm folgten, tropfte Wasser von der Decke.

Ich hörte ein seltsames Echo, drehte mich um und richtete die Taschenlampe nach links.

In der Grotte befand sich ein großer Felsbrocken. Er lag irgendwie falsch und windschief da, halb in den Untergrund verkeilt.

Ich trat näher heran und rief mir die Nächte in Erinnerung, an denen ich hier draußen ein Jahrzehnt zuvor Streife gegangen war. Die Grotten hatten mich fasziniert, und sechs- oder siebenmal war ich an den Wochenenden zurückgekehrt, um sie tagsüber zu erkunden.

»Habe ich noch nie gesehen«, flüsterte ich Remy zu.

Meine Partnerin drückte vorsichtig gegen den Findling, und er schaukelte träge vor und zurück, wobei er eine Öffnung im Boden unter sich freigab.

»Meinst du, dieser Stein versperrt normalerweise dieses Loch?«, fragte sie.

»Ja, aber nicht so schräg auf die Seite gestellt, sonst würde ich mich dran erinnern.«

Ich dachte an Meadows. Er wäre kräftig genug gewesen, um den Felsbrocken zu bewegen. Vielleicht war er zu faul gewesen und hatte ihn einfach so liegen lassen.

Ich drückte mich dagegen, und der Stein rollte zur Seite und gab die Öffnung frei.

Ich schob mich in das Loch und sprang vielleicht zwei Meter tief, bis ich den festen Boden eines weiteren Tunnels unter den Füßen hatte.

Das Aussehen der Höhle hatte sich verändert.

Vor mir lag ein langer Stollen von rund zwei Metern Durchmesser. Doch es war nicht Wasser gewesen, das die Durchgänge geformt hatte. Dieser neue Tunnel war in den Kalkstein gehauen worden, und oben waren alle drei bis vier Meter verblasste rote Backsteine als gekrümmte Stützbogen in den Fels eingelassen.

»Komm runter«, sagte ich.

Remy folgte neben mir, und unsere Blicke trafen sich. Dieser Ort war von Menschenhand geschaffen und lag drei Meter unter der anderen Höhle. In den dunkleren Arealen herrschte pechschwarze Finsternis, und man konnte überall um sich herum Wasser tropfen hören.

Wir gingen langsam weiter, und das Aussehen der Höhle veränderte sich noch stärker.

Die Tunnel waren von verknotetem Gestrüpp übersät, überwiegend Totholz, knorrige Zweige und Äste, die von Hand in der Höhle platziert worden waren.

Die Hölzer hatte man ringsum wie Tiergeweihe arrangiert. Sie zwangen uns, bedächtig von links nach rechts voranzugehen und die Taschenlampe auf Hüfthöhe zu halten, um den Weg durch den Tunnel hinter uns zu bringen, ohne dass sich unsere Klamotten im Gestrüpp verfingen.

Wir betraten einen kreisförmigen Raum, in dem Tierschädel auf aus dem Boden ragenden Pflöcken steckten. Der Gestank von verbranntem Kerosin und verrottetem Fleisch lag in der Luft, und die Dunkelheit jenseits der schmalen Lichtstreifen unserer Lampe war erstickend.

Remy ließ den Strahl ihrer Taschenlampe umherwandern. Irgendwer hatte die Worte *Vergiftet das Wasser* in fluoreszierendem Grün an die Wände gesprüht. Ich dachte an die Kids mit dem Nasenbluten. An den Verschwörungsblogger, der schrieb, dass die Kinder der Paragon Baptist sich nicht zufällig Typhus eingefangen hätten.

Ich identifizierte den Schädel einer Kuh, aber es gab auch kleinere Tiere. Etwas, das nach Katze aussah. Einen Hasen. Ein Lamm.

»Was ist das hier, verdammte Scheiße?«, fragte Remy.

Wir hörten aus einiger Entfernung gedämpfte Stimmen. Ich legte einen Finger auf die Lippen und durchquerte das kreisförmige Gewölbe. Fünf oder sechs Tunnel führten in verschiedene Richtungen aus ihm hinaus. In einigen von ihnen häuften sich alte Möbel. Verzogene Kanthölzer lagen gestapelt auf morschen Kommoden. Auch eine Kinderbettmatratze und eine Handvoll alter Puppen fanden sich hier.

»Sollen wir uns trennen?«, hauchte Remy.

Ich schüttelte den Kopf und winkte sie zum ersten Tunnel.

Als wir näher kamen, hörte ich eine Stimme, woraufhin wir unsere Lampen ausschalteten und in der Finsternis an Tempo zulegten. Remy blieb dicht hinter mir und hielt sich an meinem Gürtel fest.

»Bereite den Leib vor«, sagte ein Mann. Die Stimme klang heiser und nasal. Ich bewegte mich darauf zu.

»Bereite den Leib vor«, wiederholte eine andere Stimme.

Ein Lichteffekt, der vom Wasser widergespiegelt wurde, tanzte zwischen meinen Beinen hindurch, auf die Stimmen zu. Er war verschwunden, kaum dass ich ihn bemerkt hatte.

»Kacke«, flüsterte Remy. »Siehst du das?«

Der Tonfall der Stimme des ersten Mannes änderte sich und tönte nun weniger rituell, eher besorgt. »Ich glaube, sie ist ohnmächtig geworden«, sagte er.

»Dann weck sie verdammt noch mal auf. Er wird nicht begeistert sein, wenn sie tot ist.«

Weiter vorne mündete der Tunnel in eine große, bis auf Wadenhöhe mit schlammigem Wasser gefüllte Höhlung. Ich erkannte Donnie Meadows in einem blauen Handwerkeroverall, aber er konnte mich nicht sehen. Ich reckte meinen Hals noch ein Stück weiter vor und erblickte Elias Cobb, den Bärtigen.

Meine Gedanken wanderten zurück zu der Nacht, in der ich sie zuletzt gesehen hatte.

»Frohe Weihnachten, Arschloch«, hatte Cobb zu mir gesagt, bevor er mich zum Sterben in einen unbeleuchteten Teil der I-32 schob.

Meadows kauerte am Boden, und Cobb erhellte den Raum mit einer Maglite-Stablampe.

Delilah lag bäuchlings vor Meadows auf dem Boden. Der Kleiderschrank zog ihr die rechte Hand auf den Rücken und hielt sie dort fest. Dann zog er an der linken. Um seinen Unterarm hatte er weißes Nylonseil gewickelt.

Ich schob mich Zentimeter für Zentimeter vorwärts, während meine Hand nach der .22er tastete.

Der Kopf des Kleiderschranks sah aus, als ob das Haar kürzlich rasiert worden wäre und gerade wieder nachzuwachsen begann. Schwarzer Flaum bedeckte seinen Schädel. Er hatte Blut im Gesicht, schien jedoch keine Schnittwunde aufzuweisen. Es wirkte eher ritualhaft. Auf jeder

Wange eine rötlich schwarze Schmierspur.

Ich stützte meine Waffe auf einem den beiden Männern gegenüberliegenden Felsbrocken ab. Noch war ich zu weit entfernt, und meine Hand zitterte, daher schlich ich näher heran. Ganz leise.

Meadows zerrte heftig an Delilahs linker Hand, und das Mädchen erwachte entweder oder hörte auf, sich totzustellen.

Sie warf sich auf den Rücken und bekam die rechte frei. Schlug sie ihm ins Gesicht.

»Miststück«, sagte Meadows und drückte ihr beide Knie in den Magen, während sie versuchte, sich freizustrampeln.

Das Mädchen keuchte unter seinem Gewicht, und mit einer einzigen schnellen Bewegung drehte Meadows ihren Körper wieder auf den Bauch. Er packte ihre beiden Arme und schob sie durch einen Knoten, den er vorgeknüpft hatte.

»Schauen wir doch mal, wie sich das hier anfühlt«, sagte er, bereit, sie nach hinten zu reißen und ihre Ellbogen bersten zu lassen.

Ich knipste die Taschenlampe an. »Polizei! Hände hoch!«

Cobb verschwand in einem Tunnel am anderen Ende der Höhle, und Meadows ließ das Seil fallen und rannte seinem Kumpel hinterher.

Remy und ich platschten in den großen Raum, wo noch vor wenigen Sekunden die beiden Männer gewesen waren, und stürmten auf Delilah zu.

Ein Schuss hallte wider, und ein Blitz erleuchtete die

Höhle. Ich suchte Deckung in der wässrigen Jauchebrühe, und die Zeit schien auf einmal langsamer zu vergehen. Ein zweiter Schuss folgte, dann ein dritter.

»Mich hat's erwischt«, knurrte Remy, während der Lärm der Schüsse noch von den Kalksteinwänden zurückschallte.

Ich befühlte in der Dunkelheit Remys Arm. Sie zuckte zusammen, als ich ihren Bizeps berührte, und ich konnte spüren, dass sie Blut verlor. Ein schmales, aber stetiges Rinnsal.

Remy atmete flach.

Ich kroch zu Delilah rüber. Löste den Strick um ihre Hände. »Bist du okay?«, flüsterte ich.

Das Mädchen nickte, schwieg jedoch. Ich schaltete meine Lampe ein und sah mich um.

Meine .22er war weg, irgendwo unten im Dreck. Ich durchsuchte den Schlamm, aber ohne Erfolg.

Das Spritzen von Stiefelschritten klang ab, und ich wuchtete mich hoch und zog meine MFPD-Jacke aus. Ich biss ein Loch in den Ärmel der Windjacke, riss einen Streifen ab, ging zu Remy und band ihr den Stoffstreifen fest um den Arm, genau dort, wo die Kugel sich in sie hineingefräst hatte.

»Verdammt.« Remy fuhr heftig zusammen, aber ich kümmerte mich nicht darum und zog den Verband noch fester. Dann wiederholte ich das Ganze mit einem zweiten Stoffstreifen.

Ich starrte in die Dunkelheit, in der Cobb und Meadows verschwunden waren.

Wir konnten auf die Ankunft der State Police warten, die sich den Laden hier näher anschauen würde. Die Tunnel waren wahrscheinlich randvoll mit Beweisen für Tier- und Menschenopfer.

Mir schwebte allerdings etwas gänzlich anderes vor.

Cobb und Meadows hatten mich auf den Highway hinausgeschoben, um mich zu töten. Jetzt hatten sie auf meine Partnerin geschossen. Beinahe Delilah umgebracht. Ich würde sie auf gar keinen Fall davonkommen lassen.

Ich übergab Remy meine Autoschlüssel. »Ich verfolge sie«, sagte ich. »Schaff Delilah raus. Wenn du mich oben nicht siehst, hau ab und fahr ins Krankenhaus.«

Bevor sie irgendwelche Einwände erheben konnte, startete ich durch und hetzte den Tunnel runter, den Cobb und Meadows genommen hatten.

Während ich vorwärtsrannte, verlor sich nach und nach das Wasser auf dem zunehmend steil ansteigenden Boden. Ich wusste, dass ich in nordöstlicher Richtung unterwegs war und einen Bogen zu der Stelle schlug, an der Remy und ich reingekommen waren.

Mein Herzschlag und mein Atem dröhnten in meinem Kopf, als ich an von Kohlezeichnungen bedeckten Wänden vorbeikam.

Eine zeigte einen Racheengel. Eine andere ähnelte der, die wir neben Delilahs Haus gesehen hatten. Wieder eine andere war das allsehende Auge und glich der Baumstammschnitzerei an der Stelle, an der Kendrick entführt worden war.

»Ihr verrückten Scheißkerle«, keuchte ich und lief schneller.

Als ich das Ende des Tunnels erreichte, sah ich den Mond durch ein Loch scheinen. Cobb quetschte sich durch eine Öffnung ins Freie. Bei meiner Körpergröße würde ich größere Schwierigkeiten haben, durch die Öffnung hindurchzukommen.

Ich hastete hinüber, doch Cobb war bereits im Gebüsch verschwunden.

»Kacke«, sagte ich und fürchtete plötzlich, Remy und Delilah würden ihm auf dem Parkplatz in die Arme laufen.

Ich fand am selben Vorsprung wie Cobb Halt und stemmte mich hoch.

Da warf sich eine schwere Masse in meine Flanke, und ich landete in einer Schlammpfütze.

Ich sah auf und erblickte den über mir aufragenden Donnie Meadows. Er stemmte mir die Knie in den Bauch und drückte meinen Kopf unter Wasser.

Ich wehrte mich nach Leibeskräften und versuchte, Meadows eine Faust ins Gesicht zu schlagen, lag aber wie eine Schildkröte auf dem Rücken und konnte kaum den Kopf über Wasser halten.

Ich fing an, Wasser und Schlamm zu schlucken, streckte die Arme aus, um ihn zu schlagen, aber Meadows war zu groß. Sein Oberkörper befand sich außerhalb meiner Reichweite, ich mich allerdings sehr wohl in seiner.

»Stirb doch endlich, verdammt noch mal«, sagte er mit kehliger Stimme.

Mein Kopf tauchte unter, und ich presste die Lippen zusammen.

Trotz meines Ringens und Strampelns kam mir ein Gedanke. Nichts ist von Bedeutung, außer Stärke. Richtig und falsch, Gerechtigkeit – all das war gut und schön. Aber falls Meadows stärker war, würde ich ertrinken, genau wie Jonas und Lena.

Meadows schlug meinen Kopf nach hinten gegen den Erdboden, und auf der Innenseite meiner Augenlider tobten schwarze Flecken.

Ich spürte irgendwas Hartes im Rücken, langte danach und tastete mit der Hand auf dem Höhlengrund umher.

Das Schnappmesser meines Schwiegervaters war mir aus der Hosentasche gerutscht.

Ich zog es unter mir hervor und stieß es Meadows in den Bauch. Er stieß einen Laut hervor. Dann zielte ich tiefer. Säbelte mit Marvins Jagdmesser wieder und wieder auf ihn ein, wobei ich es jedes Mal auf die Oberschenkelschlagader abgesehen hatte.

Meadows schlug wild um sich und wollte meine Hand packen. Doch ich schnitt in alles, was sich bewegte, und seine Schreie hallten von den Höhlenwänden wider, bis irgendwann Stille herrschte.

Sein Körper sackte über mir zusammen, und der Aufprall presste mir sämtliche Luft aus der Brust.

Ich schob sein Gewicht von mir herunter und lag vollkommen fertig in der Dunkelheit inmitten einer rot gefärbten Schlammlache. Ich war ziemlich erledigt, hatte es aber überstanden. »Nie wieder«, sagte ich laut. »Nie wieder.«

Doch eine Sekunde später fiel mir ein, dass Cobb durch die Öffnung verschwunden war und sich Remy vornehmen könnte. Ich raffte mich auf und kletterte hinaus in die Nachtluft.

Als ich den Parkplatz erreichte, traf ich auf Remy und Delilah. Die Teenagerin roch nach Urin und Morast, und ihre Augen waren schwarze Löcher ohne jede Regung.

»Als wir hier ankamen, war Cobbs Truck weg«, sagte Remy. »Sie sind entkommen.«

Ich schaute zu der Stelle hinüber, an der vorher der Chevy-Pick-up gestanden hatte.

»Nicht sie.« Ich schaute Remy fest in die Augen. »Nur Elias Cobb.«

Remy folgte meinem Blick zurück zur Höhle.

»Mit vier platten Reifen fährt Cobb auf den Felgen«, sagte ich. »Er wird nicht weit kommen.«

»Fahr los«, sagte Remy. »Wir warten auf die Jungs von der State.«

Ich stieg in den Charger und wusste nicht genau, wohin es gehen sollte. Ungefähr zwei Meilen die Straße runter entdeckte ich ein riesiges Stück Reifen. Dann ein weiteres daneben im Dreck – die Spuren führten auf irgendein Privatgrundstück.

Ein einsamer Briefkasten war auf einem Pflock in die Erde gerammt worden, und auf dem Boden lag eine Metallkette, die wahrscheinlich den Zugang versperrt hatte.

Ich hatte diesen Ort schon einmal gesehen. Ein großes freies Gelände mit vereinzelten alten Gebäuden darauf. Am zur Interstate hin gelegenen Teil zog sich meilenweit Elektrozaun entlang.

Ich schaltete die Scheinwerfer aus und fuhr langsam, bis der Schotterweg in eine gigantische mit Buschwerk bestandene Freifläche mündete.

Ein gutes Stück weiter vorne sah ich Cobbs Pick-up.

45 Ich stellte den Charger ab und pirschte mich geduckt durch das hüfthohe Gestrüpp – jeweils sechs bis acht Schritte von einem Busch zum anderen – an den Truck heran.

Ungefähr sechzig Meter vor mir stand der Pick-up. Neben der Motorhaube des Fahrzeuges konnte ich eine Gestalt erkennen, die eine brennende Zigarette in der Hand hielt. Die Standlichter des Trucks waren eingeschaltet, sonst nichts. Der Nachthimmel hatte sich verfinstert, und die Luft roch nach Hickorybäumen.

Ich stoppte, kontrollierte meinen Atem und legte mich zwischen den Büschen auf die Erde.

Hinter dem Truck konnte ich überall auf dem mehrere Hundert Meter breiten, gemähten Geländestreifen Container ausmachen. Sie standen jeweils ein paar Meter voneinander entfernt, und man hatte Türöffnungen in die Seiten geschnitten.

So ein Szenario hatte ich schon mal gesehen. Bei einem Ausbildungslehrgang der Polizei am Stadtrand von Charlotte, bei dem wir Einsätze im Häuserkampf trainiert hatten.

Dieses Gelände hatte allerdings nichts mit der Polizei zu tun.

Ich arbeitete mich vorwärts. Noch zwanzig Meter bis zu Cobb und dem Truck. Fünfzehn. Das Gestrüpp ging mir nur noch bis zum Oberschenkel, und ich drückte mich erneut auf den Boden.

In der Stille der Nacht konnte ich Cobbs Stimme vernehmen.

»Hey, warum denn nicht, verdammt noch mal?«, sagte er. »Ich bin hier bei ihnen. Sie kennen mich.«

Ich reckte den Hals, um zu sehen, mit wem er sprach, und unmittelbar neben Cobbs Gesicht schimmerte es metallen: sein Handy.

»Aha, was glauben die denn, wer die Drecksarbeit erledigt und all den schweren Scheiß geschleppt hat?«, fragte er. »Und jetzt wollen sie mich nicht reinlassen? Ernsthaft?«

Das Gespräch verstummte, und Cobb nahm fluchend das Handy vom Ohr. Ich ließ den Blick abermals über das Gelände schweifen und fragte mich, ob es wohl dem Orden gehörte.

In der Ferne leuchtete ein Scheinwerfer auf. Weit jenseits der Container ragte ein drei Stockwerke hoher Turm empor. Das Licht fiel auf die Dächer der Container und erhellte den Pick-up-Truck.

Cobb legte sein Mobiltelefon auf die Motorhaube und streckte beide Hände hoch in die Luft. Jemand kontrollierte ihn. Ihm schien bewusst, dass er sich nicht ohne Erlaubnis nähern durfte.

Dann erlosch das Licht flackernd, und ich überdachte

die Gesamtlage. Kendrick war von Virgil Rowe getötet worden. Dann war Rowe von Cobb und Meadows getötet worden. Cobb hatte Meadows mit zwei Cops in der Grotte zurückgelassen.

Wer auch immer die Liste mit den Söldnern hinter diesen Morden führte, wies möglicherweise jeden an, zum richtigen Zeitpunkt den jeweils Nächsten zu beseitigen. Und Cobb war der letzte Mann, der die Stellung hielt. Käme er ums Leben, hätten wir niemanden mehr, den wir verhören konnten.

Ich fing an, Remy eine SMS zu schreiben, um ihr mitzuteilen, wo ich war. Doch im oberen Teil des Displays sah ich das Datum leuchten.

31. Dezember, zwanzig nach eins am Morgen.

Nur noch ein Tag übrig vom Jahr.

Ich dachte an das zeitliche Muster der Todesfälle – alle fünfundzwanzig Jahre. An all die fast fieberhaften Umtriebe und Aktionen im November und Dezember.

Was wäre, wenn es dem Orden nicht gelang, das Mädchen zu töten, und das Muster durchbrochen wurde?

Was, wenn dies der letzte Tag war, an dem sie ihr Ritual vollziehen konnten?

Ich hatte mein ganzes Leben in diesem Teil des Landes verbracht. War sonderbaren Menschen begegnet. Auf sagenhafte Phänomene gestoßen, deren Zeuge ich geworden war, ohne sie mir erklären zu können. Religiöse Wunder etwa, die am Straßenrand vollbracht worden waren. Oder unvorstellbare Ereignisse wie der Tod meiner Frau.

Sollte ich das hier glauben?

Etwas Unmögliches, aber zum Greifen nah?

Dass seit einhundertfünfzig Jahren ein Kult aktiv war, der schwarze Kinder opferte? Und im Gegenzug für diese Tat das eigene Schicksal und das aller Mitglieder in völlig neue Bahnen lenkte? Sogar das Schicksal jener, die nur am Rande beteiligt waren? Wie Unger mit seiner Farm und dem erdverlegten Kabel oder der Kerl, der im Lotto gewann?

Dann traf es mich wie ein Schlag.

Falls der Orden Cobb Einlass gewährte, würde er ihnen sagen, dass Delilah lebte. Wodurch sie im Verlaufe der nächsten dreiundzwanzig Stunden ein anderes unschuldiges schwarzes Mädchen auftreiben mussten, das sie foltern und ermorden würden.

Ich musste Cobb zu fassen kriegen, bevor sie es taten.

Ich schickte Remy eine kurze Textnachricht, in der ich um Hilfe bat.

10-78. Nahe gelegenes Grundstück. Folge den Reifenspuren.

Dann machte ich mich auf und spurtete durch die Dunkelheit.

Die Nachtluft war kühl, und mein Hemd war von einer Mischung aus Schweiß und Donnie Meadows' Blut durchtränkt.

Ich lief schnell. Fersen, Zehen. Fersen, Zehen. Noch zehn Meter.

Cobb rauchte wieder. Stand gegen die Kühlerhaube seines Trucks gelehnt. Mit dem Rücken zu mir. Noch sechs Meter.

Bei vier Metern drehte Cobb sich um und sah mich, doch ich war zu schnell. Ich traf ihn mit meinem gesamten Gewicht.

Ich war ihm um acht Zentimeter und zwanzig Kilo überlegen, und sein Handy flog durch die Luft, als er unter mir landete. Ohne meine .22er war ich gezwungen, ihn mit purer Muskelkraft zu bezwingen.

Mit der linken Hand umklammerte ich seine Kehle und schlug ihm die rechte Faust hart ins Gesicht. Ein Schlag gegen das Kinn. Den zweiten auf die Nase.

Beim dritten Schlag spürte ich Blut an den Fingern, aber er schaffte es, seine Hände hochzuschieben und mir seine brennende Zigarette gegen den Bauch zu drücken.

Ich schrie auf, und er stieß mich von sich und stand auf.

Er sah sich verwirrt um. Dann rannte er um die Schnauze seines Wagens herum zur Beifahrerseite.

Hatte er eine Waffe dort drin?

Ich hechtete über die Motorhaube seines Trucks, schnappte mit der Rechten seinen Hemdzipfel und riss ihn zurück, bevor er die Beifahrertür öffnen konnte.

Er fiel auf mich drauf, und ich versetzte ihm einen Schwinger in die Nieren. Dann noch einen. Ich konnte ihn winseln hören, hörte aber nicht auf. Dachte an Kendrick. An meinen Sohn und meine Frau. Beim fünften Schlag flackerte der Scheinwerfer des Turmes auf, und ich schob ihn von mir weg, ließ ihn auf der dem Turm zugewandten

Seite des Pick-ups liegen und huschte instinktiv in die Dunkelheit.

Ich kroch zur anderen Seite des Trucks und zog die Fahrertür auf. Drückte die Zentralverriegelung, sodass Cobb die Tür auf seiner Seite nicht aufmachen konnte.

»Er ist ein Bulle!«, brüllte er Richtung Turm. »Killt ihn.«

»Sie werden Ihnen nicht helfen, Cobb«, rief ich. »Sie räumen jeden aus dem Weg, der irgendwie eingeweiht ist.«

Plötzlich rannte Cobb los. Nicht zum Turm, sondern zur Seite. Dort im Dunkel war etwas. Ein rostiger Traktor, der Teil des Trainingsparcours war. Jetzt konnten wir einander sehen, er hinter dem alten landwirtschaftlichen Fahrzeug und ich hinter seinem Truck.

Das Turmlicht erlosch.

»Sie kommen dich holen, Bullenschwein!«, kreischte Cobb und hielt sich hinter dem Traktor versteckt.

»Sie kommen wegen uns beiden«, sagte ich.

Abermals rannte er los, schräg nach hinten auf ein in den Dreck gepflanztes altes Wohnwagenwrack zu. Nun befand Cobb sich in meinem Rücken, sodass ich ihn nicht sehen konnte. Wenn er sich bis zu der Straße vorarbeiten konnte, auf der ich reingefahren war, würde er mit dem Charger flüchten können – ich hatte den Schlüssel stecken lassen.

»Scheiße«, sagte ich, schlich auf den Traktor zu und duckte mich dahinter in den Staub. Cobb konnte mich vom Wohnwagen aus sehen.

Er wollte seine Fluchtroute durch die Dunkelheit fortsetzen, hielt jedoch inne.

In diesem Augenblick sah ich, was er sah.

Es war ein Hirsch. Ein wunderschöner Vierender, der mitten auf dem offenen Areal stand, das Cobb hatte ansteuern wollen.

Das majestätische Tier konnte Cobb seinerseits sehen, schien aber nicht verängstigt zu sein. Es wirkte fast zahm und schritt langsam auf ihn zu.

Cobb erstarrte, und in meinem Hirn feuerte eine Synapse.

»Zurück!«, schrie ich, aber es war zu spät. Ich hörte ein Schwirren. Sah dann, wie der Pfeil Cobbs Brust traf, genau dort, wo das Herz saß. Ein weiterer traf den Hirsch und holte ihn von den Beinen.

Ich rannte zu dem Wohnwagenwrack und suchte dahinter Deckung. Cobbs Leiche lag nicht weit entfernt auf dem Boden. Ich streckte den Arm aus, packte sein Hemd und zog ihn hinter die Karosserie.

Der Pfeil steckte tief in seinem Leib, und ich wusste, dass man ihn nicht herausziehen durfte.

Seine Zähne wurden von Blut umspült, und Blutblasen sickerten aus seinem Mund.

»Wer hat Sie bezahlt, Elias?«, fragte ich.

»Ws-nn«, stieß er zwischen blutverschmierten Zähnen hervor.

»Schützen Sie diese Mistkerle nicht.« Ich schlug ihm auf die Brust. »Sie haben diesen Hirsch zur Tarnung rausgelassen. Sie wollten Sie zum Schweigen bringen.«

»Scheiße.« Sein Atem wurde schwer.

»Wer hat Sie beauftragt, Kendrick zu töten?« Ich schüttelte ihn. »Wer steckt hinter dem Ganzen?«

»Viele aufrechte Männer im Orden«, stammelte er. »Sogar einige von euch.« Er grinste mich an, bevor sein ganzer Körper krampfte und zuckte.

Die Wut kochte in mir hoch. Doch es war noch immer jemand dort draußen in der Nacht. Jemand Tödliches mit Pfeil und Bogen.

»MFPD«, rief ich laut. »Legen Sie sich auf den Boden.«

Hinter mir wurde es unruhig. Mit Blaulicht näherten sich drei oder vier Polizeiwagen.

»Detective Marsh«, rief ich ihnen zu. »Ich habe hier einen Verletzten. Ich brauche einen Notarzt!«

Die Scheinwerfer der Streifenwagen leuchteten auf. Der Suchscheinwerfer des Turmes in der Ferne folgte ihnen. Auf einmal lag das Gelände in abendlichem Zwielicht.

Ein Mann in vollem Tarnanzug und mit Tarnschminke im Gesicht befand sich ungefähr zehn Meter von dem Wohnwagenwrack entfernt, hinter dem ich kauerte.

Der Mann kniete auf dem Boden, neben ihm lag ein Bogen. Die Hände hatte er um den Hinterkopf gelegt.

»Sie sind auf meinem Land«, schrie der Bogenschütze. »Ich dachte, ich würde auf den Hirsch schießen. Es war ein Unfall.«

Ich betrachtete den toten Cobb und atmete den Geruch seines Blutes ein.

Ich musste dieser Sache ein Ende setzen. Die Dinge in Ordnung bringen.

Ich redete mir immer ein, keinerlei Vorurteile zu pflegen. Ich hatte eine schwarze Frau geheiratet. Einen halbschwarzen Sohn großgezogen. Doch die Kluft entging mir nicht. Sie war mir bewusst, wenn ich mit Lena ins Restaurant zum Essen ging. Ich spürte die Blicke, die mir galten, wenn ich mit Jonas im Park war. Wann werden wir lernen, dass es nicht um Farbenblindheit geht? Es geht um Respekt und Menschlichkeit, so einfach ist das.

Cobb war ausgeblutet, doch seine Leiche blieb dem Blick des knienden Schützen verborgen. Er wusste nicht, ob er ihn umgebracht hatte oder nicht.

»Cobb lebt noch«, rief ich den Streifenpolizisten hinter mir zu, so laut ich konnte. »Er redet. Jemand soll das aufschreiben!«

Ich durchwühlte mein Gehirn nach den Namen in der Chronik, die Candy in den Archiven der Universität entdeckt hatte. »Familie Stover«, rief ich. »Familie Hennessey. Die Monroes. Schreibt irgendwer mit?«

Ein Uniformierter ging mit einem Paar Handschellen an mir vorbei auf den Bogenschützen zu. Er starrte mich an, als ich mit mir selbst sprach, während Cobb mausetot auf meinem Schoß lag.

»Orden des Südens«, schrie ich. »Die Granton-Familie. Familie Shannon. Kane ...«

Als ich den Namen Kane aussprach, wurde mir endlich schlagartig klar, was mit dem Säufer abgelaufen war. Der Anwalt hatte ihn am Abend zuvor im Gefängnis besucht. Bernard Kane musste dem Anwalt erzählt haben, was er mir über Kendricks Ellbogen gesagt hatte. Über die Ellbogen sämtlicher Kinder. Der Anwalt hatte ihm befohlen, sich aufzuhängen.

Der Bogenschütze fing zu sprechen an.

»*Andine Emphavuma*«, kreischte er plötzlich in irgendeiner fremden Sprache. »*Endibweret Serenee Mdima.*«

Es waren die Worte aus dem Buch, und ein Schauer lief mir den Rücken hinunter. Der Bogenschütze beschwor Macht von der Dunkelheit. In der Ferne sah ich Nebel über den Boden kriechen.

Er veränderte außerdem seine Haltung und rutschte auf Knien langsam auf seinen Bogen zu.

Na los, dachte ich. Mach schon.

Ich war bereit, mich jedweder Form von Macht entgegenzustellen, die er zu besitzen glaubte.

»Cobbs Partner war Donnie Meadows«, rief ich. »Er wurde bar bezahlt. Familie Oxley. Die ...«

Danach geschah alles fast wie in Zeitlupe.

Der Bogenschütze suchte die Entscheidung. Hörte mit den Beschwörungen auf und nahm die Dinge in die Hand.

Griff nach seinem Bogen und sprang auf.

»Runter!«, schrie ich dem Beamten neben mir noch zu, doch es war zu spät.

Ein Pfeil zischte dem Polizisten in den Bauch.

Der Uniformierte fiel mir entgegen, und ich war unbewaffnet. Als der Beamte auf dem Boden aufschlug, zog ich seine Glock aus dem Halfter.

Ich tauchte gerade aus der Deckung des Wohnwagens auf, als der Schütze seinen Bogen ein zweites Mal spannte.

Der Pfeil löste sich. Kam direkt auf meine Brust zu.

Ich spürte, wie mein Zeigefinger den Abzug der Glock betätigte. Einmal. Zweimal. Masseschwerpunkt.

Ich versuchte der Flugbahn des Pfeils auszuweichen, aber der Schütze hatte zu gut gezielt.

Die Treffer ließen den Körper des Bogenschützen nach hinten taumeln, wo er im Dreck landete.

Ich stand wie erstarrt da. Schaute an mir runter.

Ich nahm den rechten Arm von der Brust, um nachzusehen, ob sich der Pfeil in mich gebohrt hatte und ich es aufgrund all des Adrenalins nur noch nicht gespürt hatte. Doch das tat er nicht. Er streckte ungefähr drei Meter hinter mir im Boden.

Der Streifenpolizist, der verletzt neben mir lag, schüttelte den Kopf. »Der hat Sie getroffen«, sagte er. »Ich hab's genau gesehen.«

Ich betastete meine rechte Seite und bemerkte, dass mein Hemd zerrissen war, aber sonst nichts.

»Nein«, erklärte ich ihm.

Ich ging um das Wrack herum und kickte den Bogen außer Reichweite des Schützen. Auf dessen Hemd war der Name *F. Oxley* gestickt. Ein Nachkomme des Mannes, der den Orden gegründet hatte.

Seine Brust hob sich in einem Krampfanfall, und ich ging neben ihm in die Hocke. Der gesamte Boden um ihn herum triefte vor Blut. Einer meiner Schüsse hatte wohl sein Herz getroffen. Der andere den Hals.

»Das Mädchen lebt«, flüsterte ich ihm ins Ohr. »Bis Neujahr haben wir euch erledigt. Es ist vorbei mit eurem kleinen Verein.«

Er ergriff meinen Arm, die blauen Augen weit aufgerissen. »Sie glauben, Sie hätten etwas in Ordnung gebracht? Sie haben die Nation besudelt.« Er begann Blut zu husten. »Die Industrie. Das Schicksal. Unseren Grund und Boden ...«

Ein Notarztwagen rauschte heran, und zwei Rettungssanitäter sprangen raus. Schoben mich aus dem Weg.

Doch Oxley war tot. Zu schwer verletzt.

Ich stand auf und ging ein paar Schritte auf den Turm und den Scheinwerfer in der Ferne zu. »Ich kenne alle eure Namen«, rief ich laut. »Und ich weiß, was ihr getan habt. Ich habe eure Chronik.«

Ich drehte mich um und ging zum Charger meines alten Herrn zurück. Zwei Streifenwagen waren schräg davor geparkt. Einer von der State Police und einer von uns.

Neben unserem stand Abe Kaplan. Seine Haare waren völlig zerzaust. Es sah so aus, als wäre er direkt aus dem Bett hergekommen.

Cobbs Worte dröhnten mir nach wie vor durch den Kopf. Viele aufrechte Männer im Orden. Sogar einige von euch, hatte er gesagt. Bullen, dachte ich.

»P.T.«, sagte Abe.

Ich verpasste ihm einen Kinnhaken.

Abe taumelte einen Schritt zurück. »Was zum Teufel soll das?«

Ein blau uniformierter Beamter der State Police stand reglos da. Unsicher, wie er sich verhalten sollte.

Ich zeigte auf den Turm. »Sind das deine Freunde? Du kennst diesen Ort?«

»Wie bitte?« Abe blinzelte.

»Geht dir beim Töten von Kindern einer ab, Abe?«

»Leck mich, P. T.«

»Wärst du früher hier gewesen, hättest du Cobb selbst erschießen können, so wie du Burkette vor der Hütte erschossen hast.«

Abes Faust traf meinen Kiefer, bevor ich sie kommen sah.

Ich schmeckte Blut an den Lippen und griff ihn an. Wir rollten ins Gebüsch, bis er auf mir war und meine Schultern niederdrückte.

»Das bei der Hütte war ein sauberer Schuss«, sagte er. »Welche Geschichte auch immer du dir in deinem Hirn zurechtspinnst, hör besser sofort auf damit.«

Ein Polizist trennte uns.

»Die Nacht, in der ich zu den Hesters rausgefahren bin«, sagte ich. »Niemand außer dir wusste, dass ich dorthin wollte. Sie wussten, dass ich kam, und sie haben mich vergiftet.«

Abe schien verwirrt. Sein Haar war voller Dreck. »Was?«

»Und das Foto von mir vor Rowes Haus«, sagte ich. »Was hat dir der Orden geboten? Geld? Begünstigungen? Schutz?«

»Ich habe nicht den leisesten Hauch einer Ahnung, wovon du ...«

»Die Reporterin, die über den Zeitstrahl in unserer Einsatzzentrale Bescheid wusste? Willst du mir ernsthaft erzählen, du hättest mit niemandem gesprochen?«

»Ich habe mit dir gesprochen«, sagte Abe. »Und ich

melde nach oben. Du kennst mich. Ich bin Militär durch und durch.«

Ich wandte mich um und machte mich davon. Noch immer stinksauer.

Abe folgte mir. »Wo zum Geier willst du hin?«

»Wen hast du in unsere Manöverzentrale gelassen – abgesehen von Remy und mir?«

»Niemanden«, sagte er. »Im Ernst. Du. Ich. Remy. Schnauz.«

Ich hielt inne, und Abe starrte mich eine Minute lang an, bevor er den Kopf schüttelte. »Fick dich, P.T.«, sagte er und ging zum Krankenwagen rüber.

Ich sackte auf dem Fahrersitz des Charger zusammen und atmete tief aus.

Es war vorbei. Endlich vorbei.

Für Delilah hatten wir getan, was wir für Kendricks Familie nicht hatten tun können. Wir hatten die Scheißkerle aufgespürt, bevor sie ein weiteres Kind umbringen konnten.

Mein Telefon klingelte. Es war Remy. »Hast du Cobb gefunden?«

»Er ist tot«, sagte ich ausdruckslos.

Mir schwirrte der Kopf. Im Laufe der letzten Stunde hatte ich zwei Menschen getötet. Und zwar ohne Dienstmarke.

»Sie wollen sich mit dir unterhalten, P.T.«, sagte Remy. »Die Jungs von der State.«

»Ja«, sagte ich, als mir klar wurde, dass alle anwesenden Cops gesehen hatten, was hier gelaufen war. Meadows hingegen lag, ohne dass es Zeugen gab, tot dort oben in der Höhle. »Bin schon unterwegs«, sagte ich.

46

Ich fuhr die paar Minuten zum Cantabon-Parkplatz zurück, der sich inzwischen mit Streifenwagen der State Police gefüllt hatte.

Delilah trug einen Krankenhauskittel und war in Decken gewickelt. Sie saß auf dem Rand der offenen Transportfläche eines Notarztwagens, hielt Remys Handy umklammert und sprach mit ihrer kleinen Schwester.

Der Arm meiner Partnerin hing verbunden in einer Schlinge.

Ein State Cop stellte sich mir als Lawrence Neary vor. Er war schlank, trug einen Schnurrbart zur grauen Stachelfrisur und nahm den Rang eines leitenden Ermittlers ein.

»Wir haben gerade Mr Meadows aus der Höhle herausgeholt«, sagte Neary. »Ein ganz schöner Brocken, der da in einer Lache seines eigenen Blutes eingeweicht wurde, Detective Marsh.«

»Denk ich mir«, erwiderte ich.

Nichts weiter, solange er nicht fragt, ermahnte mich Purvis.

»Gibt's einen Grund dafür, warum Sie uns alarmiert haben, als Sie hier ankamen, Detective? Wissen Sie, Ihre eigenen Leute wären weitaus schneller hier gewesen.«

»Es ist Ihr Zuständigkeitsbereich«, sagte ich. »Ich habe als junger Polizist hier in der Gegend Dienst geschoben und kann mich an das Jahr erinnern, in dem der Bezirk an den Staat übergeben wurde.«

Neary nickte. »Darf ich fragen, wie Sie ihn überwältigt haben? Sie sind ein kräftiger Mann, aber Meadows überragt Sie um mindestens zwanzig Zentimeter.«

»Glück, schätze ich«, sagte ich. »Meadows hat mich ungefähr zehn Mal auf den Felsboden geknallt. Ich weiß noch, dass ich immer wieder kurz ohnmächtig wurde. In einem dieser dämmrigen Momente spürte ich das Messer in der Gesäßtasche. Bis dahin hatte ich nicht mehr daran gedacht.«

»Tja, sechsundzwanzig Stiche später war er offenbar nicht mehr in der Lage, noch aufzustehen.«

Ich biss mir auf die Unterlippe. Ich hatte geglaubt, Meadows bei dem Versuch, seine Schlagader im Oberschenkel zu erwischen, fünf- oder sechsmal getroffen zu haben. Nicht sechsundzwanzigmal.

Neary bombardierte mich mit weiteren Fragen, die er für seinen Bericht brauchte. Ich erzählte ihm, wie Remy und ich Kendrick auf dem Acker gefunden hatten, nur wenige Stunden nachdem wir Virgil Rowe aufgespürt hatten. Wie Meadows und Cobb den Brandstifter angeheuert hatten, um Kendrick bei lebendigem Leib zu verbrennen.

Alles, wofür ich keine Erklärung hatte, ließ ich aus. Dinge, die etwas mit Magie und Wundern zu tun hatten.

»Darf ich Sie um einen Gefallen bitten?«, erkundigte ich mich.

»Nur zu.«

»Wir sind immer noch dabei, einige Fragen zu klären«, sagte ich. »Zum Beispiel, wie Informationen aus unserer Abteilung durchgesickert sind. Würde es Ihnen was ausmachen, über Nacht einen Wagen bei Delilah zu postieren? Zu ihrer Sicherheit ...«

Neary war einverstanden. »Falls es lose Fäden gibt und Sie eine Putztruppe brauchen, um sie wieder zusammenzukriegen, lassen Sie es mich wissen, P.T.«, sagte er.

Dann fragte er, ob Remy Delilah zu ihrer Familie zurückbringen wollte.

Keiner sprach ein Wort, als wir hinfuhren. Delilah saß mit Remy hinten im Charger. Gelegentlich hörte ich sie schniefen, und Remy drückte sie an sich.

Vor Delilahs Haus versammelte sich in Windeseile ihre Familie. Cousins liefen aus den Nachbarhäusern herbei. Freunde kamen aus der Kirche.

Ein Beistelltisch wurde mit Salaten und Makkaroni eingedeckt, auf einem Esstisch stapelten sich Sandwiches.

In der Küche umarmte mich Remys Oma fest.

Ich starrte durchs Fenster auf einen toten Nebenarm des Flusses. Auf jeder Uferseite häuften sich einen halben Meter hoch trockene Zweige, und ich musste daran denken, welche Dinge im Leben Sinn ergaben und welche nicht. Der SUV meiner Frau war einen anderen Arm ebendieses Flusses hinabgespült worden. Sie war nicht mehr da, ich hingegen schon.

Kendrick war nicht mehr da, Delilah hingegen gerettet worden.

Ich ging raus aufs Feld und hockte mich ins hohe Gras.

Ich dachte an Lena und ihre Herzensgüte und an Jonas in seiner Unschuld. Hatte ich die beiden Männer heute Abend getötet, um eine Rechnung zu begleichen? Und was zum Teufel hatte ich da eigentlich gemacht? Cobbs Freundin eine Pistole in den Mund geschoben? Was war aus mir geworden?

Ich sank auf die Knie. All die Trauer, die als Zorn dahergekommen war, brach sich Bahn, und der Himmel stürzte über mir zusammen. Aus Wimmern wurde Schluchzen. Ich vergrub meinen Kopf im Gras, und meine Schultern zuckten, als erlitte ich einen Anfall.

Als die Tränen versiegten, stand ich auf, wischte mir das Gesicht trocken und ging zum Haus zurück.

Ich saß auf der Veranda, und mein Fuß ruhte auf einem alten Fußball, der zwischen dichten Kopoubohnen versteckt war, die in Georgia so allgegenwärtig sind.

Ich würde mit Miles reden müssen. Abe war mein Partner gewesen. Doch im Falle eines korrupten Bullen gab es nur einen Weg: Man musste das Krebsgeschwür rausschneiden.

Delilah kam mit Remy auf die Veranda. Die Haare des jungen Mädchens waren nass von einer ausgiebigen Dusche.

»Wie geht's dir?«, fragte ich.

Sie zuckte die Achseln, sagte aber kein Wort.

»Du bist ein tapferes Mädchen, Delilah.«

»Ich hatte Angst«, sagte sie. »Doch dann hörte ich euch kommen. Ab da wollte ich durchhalten. Zeit gewinnen.«

Ich konnte ihr nicht folgen und runzelte die Stirn.

»Pardon«, sagte ich. »Was meinst du damit, du hättest uns kommen gehört?«

»Ungefähr fünf Minuten bevor ihr da wart, hat der echt große Mann eine Vorwarnung bekommen, dass ihr auf dem Weg zur Höhle wärt. Hat gemeint, sie müssten vielleicht an einen anderen Ort in der Nähe umziehen. ›Den ewigen Ablauf verändern‹.«

Remys Blick traf meinen. Die Worte »den ewigen Ablauf verändern« waren unheimlich genug, aber das war es nicht.

Woher zum Teufel wussten sie, dass wir kamen?

Möglicherweise hatte Wade Hester einen Sinneswandel vollzogen und Meadows angerufen. Doch Remy hatte einen Wagen der State Police rauf nach Shonus geschickt, um nach Wade zu sehen. Sie hatten ihn bewusstlos auf dem Sofa gefunden. Er hatte die Haustür nicht abgeschlossen und schlief seinen Rausch aus.

»Hast du sie genau diese Worte sagen hören?«, fragte Remy. »Die Bullen kommen?«

Delilah nickte, und das war alles, was sie wusste.

Ich hatte mich gegen den Verandapfosten gelehnt und erhob mich nun. Etwas in meinem Magen zog sich zusammen. Ein Krampf. Eine Welle von Übelkeit.

Ich wischte mir das Blut aus dem Mundwinkel, wo Abe mir einen Schlag versetzt hatte.

Ich hatte falschgelegen.

»Ein Mann des Militärs. Durch und durch«, flüsterte ich. Der Ausdruck, den Abe benutzt hatte. Ein Satz, der sich auf die Befehlskette bezog.

»Was ist los?«, fragte Remy.

»Bleib bei Delilah«, sagte ich. »Bis ich mir was überlegt habe.« Ich drehte mich um und machte mich zum Charger auf.

»Wo willst du hin?«, wollte Remy wissen.

»Weiß ich noch nicht genau«, gab ich zurück.

Doch das war eine Lüge. Ich bretterte raus aus Dixon nach Mason Falls.

Hinter der Brücke am Tullumy River kam ich am Landing Patch vorbei. Ein paar Minuten später stieß ich auf eine unbefestigte Straße, die zu einem Haus im Stil einer Ranch hinaufführte.

47 Ich parkte den Charger vor dem Haus von Miles Dooger, meinem Boss. Im Vorgarten standen zwei Rentiere aus Lichterketten Wache.

Nach sekundenlangem Klopfen kam Miles an die Tür. Er trug eine Jogginghose und ein Harley-T-Shirt, das ihm kaum über die Plauze reichte.

»Ich muss was mit dir besprechen«, sagte ich.

»Es ist zwei Uhr früh, P.T.«

Ich zuckte die Achseln, und Miles winkte mich rein.

Wir gingen in ein Arbeitszimmer, dessen Fenster mit dunklen Gardinen verhängt waren. Da er sich nicht nach dem Chaos auf dem Gelände des Ordens erkundigte, ging ich davon aus, dass man ihn bislang nicht informiert hatte.

»Habe ich Jules geweckt?«, fragte ich.

»Sie ist mit den Kindern bei ihrer Schwester.«

Miles bot mir einen Drink an, doch ich verzichtete. Er goss zwei Fingerbreit Macallan-25-Single-Malt in einen Tumbler und nahm in einem mit Leder bezogenen Lehnstuhl Platz.

Ich war aufgedreht. Mein Verstand arbeitete schneller als mein Mund.

»Dieser Fall war hart für mich«, sagte ich. »Und die Vergiftung und der Unfall – all das hat mich dazu gebracht, über manche Dinge nachzudenken, die ich bisher verdrängt habe.«

Miles platzierte den Macallan auf der Rundung seines Bauches und nahm die Brille ab. »Das ist doch was Gutes, oder?«

»Schätze schon.« Ich nickte.

Ich ging zu einem Bücherregal voller Sportandenken hinüber. Ein signiertes Foto aus den 80ern von Dominique Wilkins, dem Stürmer der Hawks, stand dort. Und ein Baseball-Set in einem durchsichtigen Würfel mit den Autogrammen sämtlicher Braves-Spieler der Mannschaft von '95.

»Vor zwei Stunden war ich fast überzeugt davon, dass Abe ein korrupter Bulle ist.« Ich strich mir über das Kinn. »Das hier stammt nicht von dem Unfall. Abe schlägt einen strammen rechten Haken.«

Miles lächelte mich an. Im Nebenzimmer klingelte ein Handy.

»Es gab da diesen ziemlich kritischen Moment, Miles«, sagte ich. »Abe und ich gingen aufeinander los. Und ich fragte ihn, ob er unsere Regeln gebrochen und irgendjemanden in den Raum gelassen hätte, in dem wir unseren Zeitstrahl zu Kendricks Tod aufgehängt hatten.«

»Und was hat er gesagt?«

»Er hat gesagt, er hätte nur eine Handvoll Leute in den Raum gelassen. Remy und mich. Und Schnauz.«

»Schnauz?« Miles legte den Kopf schief.

»Ich weiß«, sagte ich. »Ich konnte mir keinen Reim auf

das Wort machen. In letzter Zeit hat es so einiges gegeben, worauf ich mir keinen Reim machen kann. Ich war zu abgelenkt. Diese ganze Schweinerei ging los, als sich der Tod von Lena und Jonas zum ersten Mal jährte.«

»Es tut mir leid, dass du die Ermittlungen leiten musstest«, sagte Miles. »Aber wir konnten auf dich nicht verzichten.«

»Miles, die Kerle in der Höhle im Cantabon Park, wohin Loyo den Anruf zurückverfolgt hat – sie wussten, dass wir kamen.«

»Was meinst du mit ›sie wussten es‹?«

»Das Mädchen hat sie belauschen können«, erklärte ich. »Also fing ich an, mir Fragen zu stellen. Mir geht schon die ganze Woche durch den Kopf, wie unzuverlässig ich bin. Seit diese Sache angefangen hat und ich dieser Stripperin geholfen habe.«

»Du bist schon das ganze *Jahr* über leichtsinnig und unbesonnen gewesen, P.T. Du kannst von *Glück* reden, dass du Freunde bei der Truppe hast. Jungs, die dir den Rücken freihalten.«

»Wie du?«

»Wie viele von uns.«

»Doch dann passierte diese Sache mit meinem Schwiegervater«, sagte ich. »Sein Haus. Kein gewaltsamer Einbruch. Nur jemand, der hineinspaziert war. Die Tür weit offen. Es brachte mich ins Grübeln, wer eigentlich Schlüssel zu beiden Häusern hat.«

»Auf wen bist du gestoßen?«

»Auf mich«, sagte ich. »Ich bewahre diese Ersatzschlüssel in meinem Revierspind auf. Es ist Lenas Schlüsselbund. Wurde aus ihrem Wagen im Fluss geborgen. Er war in ihrer Handtasche, Miles. Erinnerst du dich? Der Streit, den wir wegen der Schlüssel hatten?«

Miles verzog leicht den Mund. Er hasste es, wenn ich die Untersuchungen zum Tod meiner Frau zur Sprache brachte, weil er wusste, dass ich mit den Ergebnissen unzufrieden war. Marvin war nie zur Verantwortung gezogen worden, und der Wagen, der vermeintlich den von Marvin gerammt hatte, war nie entdeckt worden. Ein Verbrechen ohne Verbrecher.

Und Miles war eingesprungen, um persönlich die Ermittlungen in diesem Fall zu leiten.

»Du musst verstehen, dass ich diese Schlüssel in meinem Schließfach verwahre, weil sie mich an meine sehr persönliche Sicht der Dinge erinnern. Die Leute glauben, ich wäre ein bisschen verrückt. Sarkastisch. Ein Trinker.«

»Kannst du ja auch alles sein«, sagte Miles.

»Aber darunter gibt es ein Innerstes, weißt du? Und den eigenen inneren Kern kennt man einfach.«

»Bist du in deinem Innersten ein sarkastischer Mensch?«, fragte Miles. »Oder ein Trinker?«

»Ich bin Detective«, sagte ich. »Da draußen in der Welt laufen eine Menge Cops rum. Anständige Jungs, die es gut meinen, die schlau sind.« Ich starrte Miles an, bis er den Blick abwandte. »Aber nur einige wenige sind richtig gute Detectives.«

In einem anderen Zimmer klingelte das Festnetztelefon.

»Ich hielt an der Überzeugung fest, mein Schwiegervater hätte Lena dort am Straßenrand mit seinem Wagen Starthilfe gegeben«, sagte ich. »Doch man fand die Schlüssel in ihrer Handtasche. Wenn du eine alte Gangschaltung und eine beschissene Batterie hast und Starthilfe kriegst, braucht man den Schlüssel in der Zündung. Du musst darauf vorbereitet sein, die Kupplung reinzuhauen.«

»Also glaubst du inzwischen Marvins Version?«, fragte Miles. »Nach all dieser Zeit?«

»Es spielt keine Rolle, was ich glaube«, sagte ich. »Noch mal, diese Schlüssel in meinem Spind sind ein Symbol. Sie ermahnen mich, anders als andere zu denken.«

»Okay.«

»Aber letzte Woche waren die Schlüssel auf einmal weg. Daher wusste ich, dass ein Cop aus unserem Team sie genommen hatte.«

»Deine Schlüssel?«, fragte er.

»Und weißt du, was Remy gesagt hat, als ich es ihr gestern Abend erzählte?«

Miles fuhr sich mit der Hand durch sein grau meliertes Haar. »Keine Ahnung, was hat unser Frischling so Geniales gesagt?«

»Sie hat mir erklärt, dass in dem Raum eine Kamera installiert ist. Ganz oben an der Decke in einer Ecke. Winzig klein. Weil Bullen dort ihre Knarren in die Spinde schließen. Es muss Aufzeichnungen geben. Das hat mir keine Ruhe gelassen. Und dann ist mir eingefallen, was Abe gesagt hat.«

Ich deutete auf Miles' Schnurrbart. »›Schnauz‹, hat er

gesagt. Ich habe das Wort vor ein paar Wochen von einem Typen von der Streife gehört und konnte es nicht unterbringen. Ich fragte ihn, was soll das heißen, ›Schnauz‹, und er erklärte mir: ›So nennen die Neulinge den Boss – ›Schnauz‹.«

Miles erbleichte und befingerte instinktiv seinen breiten grauen Schnauzbart.

»Demnach war ›Schnauz‹ die andere Person, die Abe Einlass zum Raum mit dem Zeitstrahl gewährte. Und das bist du.«

»Du redest wirres Zeug, P. T.«, sagte er. »Überleg dir, was du sagst.«

»Miles«, sagte ich. »Du bist der einzige Mensch gewesen, der wusste, dass wir zu Cobb und Meadows in dieser Höhle unterwegs waren. Du hast jemanden gewarnt. Und du hast zwei Cops Mördern in die Arme laufen lassen.«

Miles erhob sich.

»Erst ist also Abe unsauber, und jetzt bin ich's?«, fragte er. »Wir alle sind unsauber, und du bist der große aufrechte Held?«

Mir drehte sich der Magen um. Ich fühlte mich, als müsste ich jeden Augenblick kotzen.

»Ich bin kein Held«, sagte ich.

»Du drehst durch, P. T. Und weißt du, warum?«

»Warum?«

»Dich quälen Schuldgefühle wegen deiner Frau«, sagte Miles. »Ich weiß da Sachen, von denen andere Leute nichts wissen. Von denen dein Schwiegervater nichts weiß.«

In meiner Brust begann ein Feuer zu züngeln.

»Ich weiß, dass Lena dich am Abend ihres Todes angerufen hat«, sagte Miles.

Der Brand breitete sich aus, die Flammen leckten an meinem Herzen.

»Ich weiß, dass sie dich gebeten hat, sie abzuholen«, fuhr Miles fort. »Es ist einfacher, deinem Schwiegervater die Schuld zuzuschieben. Genauso, wie du jetzt mir die Schuld zuschiebst.«

»Nein«, flüsterte ich. Doch Miles hatte die Ermittlungen zum Tod meiner Frau geleitet. Er wusste so allerhand.

»Ich fand den Anruf in ihren Handyprotokollen. Drei Minuten lang, weshalb es keine Sprachnachricht sein kann. Und er kam vom Straßenrand zu dir, ins Revier.«

Einen Moment lang saß ich wieder letzten Dezember bei der Arbeit im Büro. Lena hatte angerufen und mich darum gebeten, Jonas und sie abzuholen. Ihr Wagen wäre am Straßenrand liegen geblieben.

»Aber du warst zu beschäftigt, um sie aufzugabeln, stimmt's, P.T.?«, sagte Miles. »Schlimmer noch, du warst es, der ihr gesagt hat, sie solle doch ihren Dad anrufen, obwohl du genau gewusst hast, dass er jeden Abend trank. Und warum? Wegen irgendeinem lächerlichen Raubüberfall, den nur du aufklären kannst? Den zu bewältigen nur der einzigartige P.T. Marsh in der Lage ist?«

Schlagartig erlosch das Feuer.

»Golden Oaks«, murmelte ich.

Mein Körper erstarrte. Ich erinnerte mich an den Fall, für den ich zuständig gewesen war.

Im Golden-Oaks-Minimarkt waren dreiunddreißig Dollar und eine Cherry Coke gestohlen worden.

»Das war wichtiger als das Leben von Lena und Jonas«, sagte Miles. »Und das des Babys.«

Ich hob den Blick vom Fußboden. Glotzte auf die Macallan-Flasche. Lena war seinerzeit schwanger gewesen, und nur wenige Leute hatten davon gewusst. Ich konnte den Whiskey hinten in meinem Rachen schmecken.

»Also ist jeder außer dir korrupt?«, fragte Miles. »Jeder hat Fehler gemacht, nur du nicht?«

Mein Verstand wollte klein beigeben. Trinken. Sich verkriechen. Wie sollte ich der Tatsache ins Auge sehen, meine Frau und meinen Sohn sterben gelassen zu haben?

Doch irgendeine innere Stimme sagte mir, es wäre in Ordnung. Flüsterte mir ein, mir sei bereits vergeben worden.

Vielleicht war es Lenas Stimme. Oder auch die von jemand anders. Von jemandem, den ich nie persönlich kennengelernt hatte. Wie zum Beispiel Kendrick Webster.

»Du hast recht, Miles«, sagte ich. »Ich *bin* randvoll mit Schuldgefühlen. Das hat mich allerdings nicht davon abgehalten, mich voll und ganz darauf zu konzentrieren, Cobb und Meadows zu töten.«

In der Küche klingelte abermals der Festnetzanschluss. »Ich habe keine Zeit für so was«, sagte Miles.

»Du musst bedenken, dass die State Police mitmischt, da der Mord sich schließlich in einem State Park ereignete. Daher fällt es nicht in deinen Zuständigkeitsbereich, Miles. Du hast es nicht unter Kontrolle.«

Miles' Augen wurden groß.

»Das Klingeln des Telefons da drüben im Zimmer«, sagte ich. »Es läutet den Anfang vom Ende für dich ein. Oxley ist tot. Der Orden des Südens entlarvt. Die Tage des Gouverneurs sind gezählt.«

Miles bewegte sich Richtung Küche.

»Ich habe Beweise«, sagte ich.

»Was? Hast du die Aufnahmen der Kamera gesichtet?«

Ich nickte, obwohl ich das bis jetzt noch nicht getan hatte.

»Ich werde allen erzählen, ich hätte mir diese Schlüssel *deinetwegen* genommen«, sagte Miles. »Dass du zu betrunken warst, um es bis zu deinem eigenen Haus zu schaffen.«

Also *war* er es gewesen. Es aus seinem eigenen Mund zu hören, zerriss mir fast das Herz.

»Ich habe das Mädchen gut versteckt, Miles. Die State Police behält sie im Auge. Sie hat alles mit angehört, was sie gesprochen haben, einschließlich der Telefonate.«

»Was willst du?«, fragte Miles. »Willst du meinen Job? Ist es das?«

»Ich will wissen, warum«, schrie ich. »Ging es um Geld?«

Miles lachte. »Es ging nicht um Geld. Es war diese nervtötende Scheiße, deine Arroganz, dich in jeden Fall einzumischen, um sicherzustellen, dass alle anderen es richtig machen.«

»Ich bin dein bester Detective.«

»Du *warst* mein bester Detective. Seit deine Frau gestorben ist, bist du sechs Tage die Woche besoffen.«

»Nein«, sagte ich.

»Du bist bei einer Nackttänzerin eingebrochen und hast ihrem Freund die Scheiße aus dem Leib geprügelt«, fügte er hinzu. »Genau wie diese Sache mit den Schlüsseln deiner Frau. Du prüfst andauernd ihre Mordakte nach. Glaubst du etwa, die Leute vom Archiv würden es mir nicht jedes Mal berichten, wenn du das tust?«

Ich starrte ihn irritiert an. »Aber du bist mein Freund.«

»Wir sorgen beide für Ruhe und Ordnung, P.T. Das ist alles. Und wenn wir Glück haben, machen wir das zwanzig Jahre. Danach müssen wir überlegen, was als Nächstes kommt.«

Ich schüttelte schockiert den Kopf.

»Was meinst du, wie Kleinstädte ihre Highways finanzieren?«, fragte Miles. »Hier eine neue Ausfahrt. Da ein kriminaltechnisches Labor.«

»Du hast also all das getan, um ein beschissenes Kriminallabor betreiben zu können?«

Miles neigte den Kopf. »Himmelherrgott, P.T., kapierst du immer noch nicht, wie die Hälfte der Fälle hier bei uns geregelt wird? Nicht von dir oder deinem Frischling von Partnerin und weil ihr alle so verdammt gut seid. Sondern über Beziehungen.«

Das tat weh.

»Glaubst du, es liegt an den Lektionen, die du Remy darüber erteilst, was zu tun ist und was nicht?«, sagte er. »Du bist so verdammt selbstgerecht.«

Miles stieß die Luft aus. »Ich habe immer sofort an dich gedacht, wenn ich jemand brauchte, der dem Rest von uns eine Atempause verschaffte, oder wichtige Leute zu mir kamen.«

Ich war bestürzt. War es wirklich derart simpel? Hatte man mich so locker hintergehen können?

»Aber du kannst nicht einfach Gott spielen.« Ich stand auf. »Und du bist erledigt.«

Miles fing an zu lachen. »Wegen der Sache mit dem Spind?«

»Ich habe Informationen über den Orden«, sagte ich. »Ich habe das Mädchen. Die State Police wird deinen Kumpel Loyo ausquetschen und den Anruf zurückverfolgen, mit dem du mich verraten hast. Und wenn ich all das abgeliefert habe, wandert dein Arsch in den Knast.«

»Fick dich.«

»Bist du darauf vorbereitet, dass deine Frau und deine Töchter dich dann im Gefängnis besuchen?«, fragte ich ihn. »Möglicherweise kommen sie auch gar nicht, weil sie sich zu sehr schämen. Dann hast du niemanden mehr, so wie ich.«

»Nein«, sagte er.

»Es wird Zeit, der Presse Bescheid zu geben und den Ruhestand anzutreten, Miles.«

»Von wegen.« Er hob die Stimme. »Du bist *mir* unterstellt. Mir allein. Nicht umgekehrt.«

»Erzähl das lieber deinem Kumpel, Gouverneur Monroe. Entweder nimmt er seinen Hut, oder du tust es«, sagte ich. »Und ich würde darauf wetten, dass er seinen eigenen Hintern ins Trockene bringt.«

Ich ging Richtung Tür. »Zwischen deinem Büro und

einer Zelle liegen fünfzehn Meter«, schrie ich. »Solltest du dich auf dem Revier blicken lassen, lege ich deine schmutzigen Pfoten in Handschellen und sperre dich dort ein.«

»Fahr zur Hölle, Marsh.«

»Hölle?«, erwiderte ich. »Dort bin ich schon seit einem Jahr. Bin quasi Ehrenbürger.«

Ich wollte ihm wehtun. Ihn im Knast verrotten sehen. Der Ausdruck auf seinem Gesicht war unmissverständlich. Er wusste, dass er erledigt war.

»Achtundvierzig Stunden«, warnte ich ihn. »Schönen Ruhestand.«

Ich knallte die Tür zu, bestieg den Charger und raste mit stark überhöhter Geschwindigkeit zurück in Richtung Brücke. Eine Minute später stieg ich in die Eisen und fuhr an den Straßenrand.

Miles Dooger und zwei Schläger reichten nicht. Sie reichten nicht annähernd, um das Böse wettzumachen, das diese Gemeinde und diese Familien seit einhundertfünfzig Jahren heimgesucht hatte.

Ich schnappte mir die Asservatentüte und durchwühlte sie nach einer Visitenkarte. Nach der Karte, die Miles mir vor einer Woche vor der Pressekonferenz im Raucherraum gegeben hatte. Auf ihr stand Gouverneur Monroes private Telefonnummer.

Mit dem Wegwerfhandy rief ich Neary von der State Police an.

»Marsh hier«, sagte ich, als er dranging. »Ich brauche Ihre Hilfe.«

»Selbstverständlich«, sagte Neary. »Ich hab's Ihnen

gesagt, P. T. Wenn sich irgendwas tut, dann stürzen Sie sich nicht alleine rein.«

»Keine Sorge«, sagte ich. »Im Augenblick sind Sie der einzige Mensch, dem ich vertrauen kann.«

»Wie kann ich helfen?«

»Rückverfolgung einer Nummer«, sagte ich.

Ich teilte ihm die Nummer von Gouverneur Monroe mit, und er versicherte, mir die Adresse zu simsen.

»Was ist mit Verstärkung?«, fragte er. »Ich kann zwei Wagen schicken.«

»Lassen Sie sie ein Stück entfernt parken. Sie sollen nach mir Ausschau halten.«

Eine Minute später simste er mir die Adresse. Ein Farmhaus dreißig Minuten außerhalb von Marietta.

Ich stieg in den Wagen und fuhr schweigend, während ich an die zwei Dutzend Abendessen dachte, die ich bei Miles Dooger zu Hause genossen hatte. An Miles' Besuch im Krankenhaus, nachdem Lena das Baby bekommen hatte. An Jonas, der im Garten mit Miles' Kindern spielte. Zu glauben, er hätte den Mord an mir befohlen, war eigentlich völlig unmöglich.

Mein Navi pingte, und ich nahm die Ausfahrt nach Tall Oaks. Fuhr so lange, bis der Asphalt der Straße in feinen Kies überging.

Ich schaltete das Abblendlicht ein und erspähte einen weißen Zaun, der dem Verlauf einer kurvigen Einfahrt folgte. Es war ein Farmbetrieb für Pferdezucht, und zwar ein ziemlich großer. Die Ställe waren größer als das Hauptgebäude, und das Hauptgebäude war schon riesig.

Das Handy verriet mir, dass die letzte Abzweigung vor mir lag, und ich fuhr langsam an zwei blauen State-Trooper-Wagen vorbei. Nearys Jungs grüßten mich mit einem Nicken, folgten mir aber nicht, sondern blieben brav außerhalb des Privatgeländes stehen.

Meine Fahrt endete vor einem geschlossenen Tor mit einem kleinen Sicherheitspavillon, der jedoch leer war. Ich tippte die Nummer von der Rückseite der Visitenkarte in mein Handy ein.

»Hallo?«, meldete sich eine Männerstimme im Halbschlaf.

»Hier ist Detective P. T. Marsh«, sagte ich.

»Wie spät ist es?«, fragte eine Frauenstimme im Hintergrund. Verschlafen. Jung.

Ich schaute aufs Handy, um sicherzustellen, dass ich die richtige Nummer gewählt hatte. Der Mann hatte noch nicht aufgelegt.

»Ich weiß vom Orden des Südens«, sagte ich.

Nichts als Stille.

»Ich habe eine Akte darüber«, sagte ich. »Monroe ist einer der Gründernamen.«

»Falsch verbunden?«, meinte die Frau.

»Ich weiß von dem Schneesturm 1968«, sagte ich. »Damals wurden zwei Kinder ermordet. Wir werden uns jetzt darüber unterhalten, Herr Gouverneur, sonst fahre ich nach Atlanta. Plaudere mit jemandem von CNN darüber, wie Ihre Familie ihre politische Karriere startete.«

»Ich komme raus«, sagte er. »Warten Sie kurz.«

Ich hörte ein Geräusch, und das elektrische Holztor glitt auf.

Ich fuhr die Einfahrt entlang und parkte zwischen dem Wohnhaus und einer gigantischen, gut gepflegten Rasenfläche – ungefähr drei Meter vor der Veranda.

Als ich aus dem Auto stieg, schalteten die beiden Trooper das Abblendlicht ein und beleuchteten die Farm.

Eine Tür öffnete sich knarrend, und Monroe trat heraus. Er trug eine Schlafanzughose und einen schwarzen Blouson. Sein für gewöhnlich perfekt sitzendes grau meliertes Haar war zerzaust.

Ich ging auf die Holzstufen zu, die vom Haus herabführten. »Gehört dieses Haus Ihnen?«, wollte ich wissen.

»Es gehört einem Freund«, erklärte er. »Hat einen Triple-Crown-Gewinner hervorgebracht. Hierher komme ich, um nachzudenken und Energie zu tanken.«

Ich dachte an die Frau, die ich im Hintergrund gehört hatte. Die Stimme einer Zwanzigjährigen. Nicht die über fünfzig Jahre alte Frau des Gouverneurs, die ich ein Dutzend Mal im Fernsehen gesehen hatte.

»So nennt man das heute?« Ich betrachtete das Haus. »Nachdenken?«

Monroe starrte mich von der obersten Stufe der Veranda aus an. »Ich kenne Sie nicht, Marsh.«

»Ich bin der Typ, der in seinem Auto eine Akte liegen hat, in der überall Ihr Name auftaucht«, sagte ich.

Ich stand circa zwei Meter von ihm entfernt, zog das Flanellhemd hoch, das ich über der Jeans trug, und drehte mich einmal im Kreis – um ihm zu zeigen, dass ich nicht verdrahtet war.

»Außerdem bin ich der Typ, der weiß, dass Sie und

Ihresgleichen seit einhundertfünfzig Jahren Kinder ermorden ...«

»Sie können mich nicht mit etwas in Verbindung bringen, das ich nie getan habe.«

»Das muss ich gar nicht.« Ich zuckte mit den Schultern. »Das übernehmen die Medien. Von mir aus können die dann diese Scheiße weiter verbreiten und der Öffentlichkeit zum Fraß vorwerfen.«

Monroe strich mit der Hand über das Holz des Geländers. »Was wollen Sie?«, fragte er.

»Der Orden. Wann haben Sie zum ersten Mal davon gehört?«

»Das ist doch eine Geistergeschichte, Detective.«

Ich wandte mich um, ging die drei Meter zu meinem Wagen zurück und stieg ein. »Viel Glück beim nächsten Nachrichtendurchlauf.«

»Marsh«, sagte er. »Schon gut, bleiben Sie hier.«

Doch er hielt sich immer noch zurück, und ich startete den Motor.

»Ich komme gerade von Miles Dooger«, sagte ich. »Lassen Sie mich erzählen, was ich ihm gesagt habe. Wir haben das Mädchen gerettet. Wir konnten das Geld beschlagnahmen, das bezahlt wurde, um sie zu töten. Sie hat die Kerle identifiziert und mit angehört, wie Dooger sie ihr auf den Hals gehetzt hat – auf *Ihren* Befehl hin. Daher werden wir die Sache so fest und wasserdicht eintüten, dass Sie sich nicht einmal mehr daran erinnern werden, wie es in der Residenz des Gouverneurs gerochen hat. Sehen Sie diese Jungs?« Ich deutete auf die beiden

Streifenwagen. »Ein Wort von mir, und sie nehmen Sie fest.«

Der Gouverneur sah durch den Dunst zu den zwei Wagen hinüber und dann wieder mich an. Sein gesamtes Leben war davon geprägt, ständig die Chancen auf Loyalität oder Verrat gegeneinander abzuwägen.

»In Ordnung«, sagte er. »Unterhalten wir uns.«

Ich kletterte aus dem Charger und ging auf ihn zu.

»Es gab da einen Kerl namens Mickey Havordine«, sagte er. »Er war der erste Wahlkampfleiter meines Dads.«

»Okay«, sagte ich.

»Mickey war wie ein Onkel. Kümmerte sich um mich, wenn mein Dad umherreiste. Eines Abends war er betrunken und erzählte mir diese Geschichte, wie sie vom ersten Rededuell ausgeschlossen wurden. Das war das erste Mal, dass ich den Begriff ›der Orden‹ hörte.«

»Der Abend des Schneesturms?«, fragte ich. Der Mikrofiche-Artikel, auf den ich mit Candy gestoßen war.

»Genau.« Der Gouverneur nickte. »Und die Typen, gegen die mein Dad angetreten ist, waren alles andere als Nieten, Marsh. Einer war ein Stadtrat aus Atlanta. Der andere der amtierende Gouverneur.«

»Aber beide starben«, sagte ich. »So bekam Ihr Vater seinen Auftritt.«

»Ja«, sagte Monroe. »Dad war nicht zu dem Rededuell eingeladen, müssen Sie wissen. Er war Kandidat Nummer drei und somit ausgeschlossen. Also mietete Mickey diese Limonadenfabrik in Decano Falls. Ziel war es, eine Menschenmenge dorthin zu locken, zu filmen und die Aufnahmen bei den Nachrichtensendern unterzubringen. Er wollte den Auftritt größer wirken lassen als das Kandidatenduell.«

»Doch der Sturm funkte dazwischen?«

»Nicht irgendein Sturm«, erklärte Monroe. »Abends um acht lag der Schnee kniehoch, und die einzigen Menschen in dem Laden waren Mickey und mein Dad, die sich betranken. Das Hoch drei Tage früher hatte uns Temperaturen von neunzehn Grad gebracht. Aber nun waren es minus zehn Grad, und es wurde immer kälter. Der Sturm hatte alle in ihre Häuser getrieben, wo sie die Debatte im Fernsehen verfolgten.«

»Demnach hat Mickey es vermasselt?«

»Hat die Hälfte ihres Etats an einem einzigen Abend verpulvert«, sagte Monroe. »Doch mein Dad meinte, er solle sich keine Sorgen machen.«

Das war 1968, dachte ich. Vor fünfzig Jahren.

»Und dann, eine Minute später – keine Debatte mehr«, fuhr der Gouverneur fort. »Unter dem Druck des Blizzards stürzte das Dach ein. Alle kamen ums Leben.«

Minus zehn Grad und ein Blizzard in Georgia. Das war noch abgefahrener als ein Vierer beim Pferderennen.

»Dad und Mickey befanden sich eine Stunde entfernt«, sagte Monroe. »Dad befahl Mickey, sich auszunüchtern und eine Rede für ihn zu schreiben. Mickey jedoch war wie versteinert. ›Was hast du getan?‹, fragte er Dad.«

»Und was hat Ihr Dad geantwortet?«

»Nichts«, sagte Monroe. »Es war ein Unfall, Marsh. Mutter Natur trug die Verantwortung. Sie fuhren rüber, und mein Vater hielt die beste Rede seines Lebens. Er sprach über den Verlust von zwei Dienern des Volkes, von Eltern und Reportern und dass er nicht ruhen werde, bevor er herausgefunden hatte, wie und warum es geschehen war.«

»Was bedeutet ›Erhebe dich‹?«

Monroe zuckte die Achseln. »Mein Vater trug ein ›Erhebe dich‹-Tattoo. Wie mein Großvater. Als Kind habe ich Dad danach gefragt, woraufhin er mir erklärte, es wäre ein Wahlkampfslogan.«

Ich griff nach meinem Handy und zeigte ihm Fotos von Donnie Meadows und Elias Cobb. »Kennen Sie diese Männer?«

Monroe betrachtete eingehend ihre Züge. »Nö.«

»Es gab da außerordentlich glückliche Fügungen, Gouverneur. Vor neun Tagen ein Lottogewinn in Harmony. 1993 eine äußerst ertragreiche Pferdewette für den Mann, dessen Sohn eingesperrt wurde. Ich habe Nachforschungen angestellt. Und sicher ahnen Sie schon, was ich rausgefunden habe.«

»Dass es sich um Willkür handelt. Um Zufälle. Höhere Gewalt.«

Das war haargenau das, was ich rausgefunden hatte. Und plötzlich war ich sauer. Stinksauer. Darüber, dass Monroe weit vor mir von all diesen Dingen gewusst hatte.

»Sie haben sich also mit Miles Dooger getroffen und wussten Bescheid«, sagte ich. »Sie wussten, was für ein Jahr war. Sie haben mitbekommen, dass Kendrick entführt wurde, und Sie …«

»Ich war zunächst ratlos.«

»Und als Dooger Sie darüber aufklärte, dass es ein Lynchmord war ...«

»... hatte ich eine Vermutung«, sagte er. »Aber ich pflege keinen Kontakt zu diesen Leuten, Marsh. Wer immer sie sind, sie agieren im Dunkeln.«

»Sie und ich.« Ich drückte Monroe einen Finger auf die Brust. »Wir werden dafür bezahlt, uns darum zu kümmern, dass es sich in Georgia gut leben lässt. Dass so eine Scheiße nicht passiert.«

»Und ich gebe mir wirklich Mühe, Marsh«, sagte er. »Aber manchmal muss man mit dem Vermächtnis der Vergangenheit leben – ob es einem gefällt oder nicht. Das wollte Mickey mir klarmachen, als er mir die Geschichte erzählte.«

»Für Sie geht's den Bach runter.«

»Marsh.« Er folgte mir die Verandastufen herunter. »Ich habe nie einen Dollar von diesen Leuten angenommen. Ich habe Wahlen verloren. Ich habe Wahlen gewonnen. Und sollten sie mich mit irgendeinem Voodoo-Zauber unterstützt haben, dann weiß ich nichts davon.«

Er packte mich an der Schulter, und ich wirbelte herum und schlug ihn nieder, sodass er auf den Rasen neben der Treppe fiel.

»Was wollen Sie von mir?«, heulte er.

»Jemand hat diese Männer dafür entlohnt, Kinder umzubringen. Für sie war es keine Magie. Es war Auftragsmord, und Sie hängen mit drin.«

»Sie und ich, wir gehen der Sache auf den Grund.«

»Nein.«

»Ich werde ein paar Anrufe tätigen.«

»Die erledigen Sie besser sofort«, sagte ich. »Bis Sonnenaufgang will ich fünf Namen.«

»Wie bitte?«, kreischte er ungläubig.

Ich ging zu meinem Wagen rüber und schnappte mir die fette Akte.

Die Augen des Gouverneurs wurden groß. »Woher haben Sie das?«

»Alles jetzt nicht mehr ganz so tief im Dunkeln, stimmt's? Mann, Sie wissen eine ganze Menge!«

»Die jüngere Generation hat keine Ahnung davon, Marsh.«

Ich dachte an Wade Hester, den es völlig von den Beinen riss, als er rausfand, was sein Vater getan hatte.

»Dann begnüge ich mich mit den älteren Herren«, sagte ich. »Sie treiben das schon ihr ganzes Leben lang. Aber ich will einen pro Stunde, falls Sie morgen in Ihrem Büro erscheinen wollen.«

»Wie?« Er blinzelte. »Sie erwarten von mir, diese Leute mitten in der Nacht zu wecken? Ihnen zu sagen, sie sollen sich stellen?«

»Zur Abwechslung kann ich mir auch gerne Sie selbst vorknöpfen«, sagte ich. »Scheibchenweise. Ich fange mit Ihrer Ehe an. Dieses junge Ding da drin zerre ich aus dem Bett. Anschließend verlieren Sie Ihren Job. Und dann wandern Sie ins Gefängnis.«

»Detective.« Er schluckte schwer.

»Ich könnte Ihnen auch einen Deal anbieten«, fuhr ich fort. »Einen pro Stunde, und wenn ich fertig bin, gebe ich Ihnen das hier.« Ich hielt die Chronik der Ereignisse in die Höhe. »Sie simsen mir eine Adresse, und die Herren ergeben sich der State Police. Gestehen, wen sie wann bezahlt haben ... und von mir erfährt niemand etwas über den Orden. Über eine Verschwörung. Kein Wörtchen über das Gouverneursamt. Es sind nur ein paar Rassisten-Opas, die sagen können, dass sie so erzogen wurden. In wenigen Wochen wird die Sache aus den Nachrichten verschwunden sein. Dann können Sie Ihren Freunden diese Chronik wiedergeben – und behalten Ihren Job.«

Monroe starrte mich an. »Sie werfen mich den Geiern zum Fraß vor«, sagte Monroe. »Diese Leute unterstützen mich.«

»Immerhin landen Sie nicht im Knast. Sie können in der Gouverneursvilla wohnen bleiben. An den Wochenenden herkommen und nachdenken. Ich wette, die Websters würden das ein angenehmes Leben nennen.«

Eine Minute lang schwieg der Gouverneur, und ich wartete es ab. Sein Gesicht war so weiß wie das Verandageländer.

»Verraten Sie mir, wohin mich mein erster Weg führt«, sagte ich.

»Gwinnett County«, sagte er. Seine Stimme war kaum mehr als ein Flüstern. »Innerhalb der nächsten paar Minuten erhalten Sie eine SMS mit einer Adresse.«

Ich stieg ins Auto und winkte den Jungs von der State, mir zu folgen.

48

Die nächsten vier Stunden verbrachte ich damit, zusammen mit meinen beiden Kumpels von der State Police durch einige der vornehmsten alten Viertel von ganz Georgia zu fahren.

Wir fuhren zum Berkeley Lake in Gwinnett County rüber und fanden uns auf einem riesigen Ufergrundstück wieder. Dann ging's südöstlich von Alpharetta nach Johns Creek, wo wir ein klotzig-kolossales Haus mit dreieinhalb Meter hohen, maßgefertigten Kupfertüren betraten.

Die Alten wurden geopfert, um die Jungen zu schützen. Und je näher der Morgen rückte, desto mehr unterschriebene Aussagen und Anwälte standen bereits parat, wenn ich aufschlug.

Allerdings bat keiner der Rechtsbeistände um einen Deal.

Sie lieferten einfach fünf weiße Männer zwischen zweiundsechzig und achtzig aus, zusammen mit handschriftlichen Unterlagen über die Zahlungen, die sie tätigten, um vier schwarze Kinder ermorden zu lassen. Die Namen ließ ich ihnen nicht zukommen, und sie passten perfekt mit den Jugendlichen von '93 zusammen, die ich aus der Chronik hatte. Und mit Kendrick und Delilah aus der Gegenwart.

Die Mienen der Männer waren ausdruckslos und ihre Wangen fahl in Erwartung dessen, was auf sie zukam.

Auf einem Anwesen in Milton las ich einen Anwaltsnamen, der mir bekannt vorkam. Lauten Hartley war der Mann, der Bernard Kane in der Ausnüchterungszelle besucht hatte. Unmittelbar bevor Kane sich erhängt hatte.

»Ich kenne Sie«, sagte ich zu ihm. »Sie haben in meinem Gefängnis mit Bernard Kane gesprochen.«

Der Anwalt stand auf. »Sie kennen mich nicht im Geringsten«, sagte er und verließ den Raum.

Der letzte der Männer war Talmadge Hester in Shonus, wo ich erstmals vom Orden Wind bekommen hatte. Der alte Zausel saß zusammengesunken in einem Stuhl an seinem zweihundert Jahre alten Schreibtisch, als ich um sieben Uhr morgens eintraf. Dieses Mal fand keine prachtvolle Party statt. Keine Uniformen oder Geschichten über Debütantinnen aus vergangenen Tagen.

»Ich habe Wade nicht gesehen«, sagte er zu mir. »Werden Sie mit ihm darüber reden? Können Sie versuchen, ihm zu erklären, dass ich es seinetwegen getan habe?«

»Nein«, sagte ich, legte dem Alten Handschellen an und verfrachtete ihn auf die Rückbank des Streifenwagens.

Den Abtransport übernahm Lawrence Neary von der State Police, und er schüttelte den Kopf über mich. »Unglaublich, Marsh. Haben Sie vier Morde in einer Nacht geklärt?«

Ich gab keine Antwort, sondern drehte mich bloß zu meinem Wagen um. Ich war todmüde und musste diesen Fall endgültig hinter mich bringen.

Das hier waren reale Verbrechen, aber niemand konnte erklären, wie diese Taten am anderen Ende des Geschehens magische Folgen zeitigten. Wie aus Gewalt Glück wurde. Und wie aus Glück Vermögen entstand.

Es ging definitiv um Rituale. In der Höhle hatte ich Kerzen und Wandschriften gesehen. Der Farmer hatte draußen in Harmony ein verbranntes Lamm ohne Kopf gefunden. Doch ich schätze mal, dass dies Teil der Vereinbarung war, die ich mit dem Gouverneur getroffen hatte. Dass ich nicht sämtliche Einzelheiten erfuhr. Stattdessen hagelte es Festnahmen.

Die letzte Einbuchtung brachte ich morgens um acht hinter mich. Danach machte ich mich zum Parkplatz vor dem Revier auf.

Zwei Wagen hinter mir stand Deb Newberry von Fox. Sie trug eine rote Bluse und einen kurzen schwarzen Rock. Diesmal war kein Kameramann bei ihr, doch ich war mir sicher, dass er schon auf dem Weg war.

»Wer zuerst kommt, mahlt zuerst, was, Deb?«, sagte ich und öffnete die Fahrertür des Charger.

Die Reporterin beugte sich zum Seitenspiegel ihres SUVs hinunter und legte pinken Lippenstift auf.

»Ich kenne diesen Tonfall in Ihrer Stimme, Marsh«, sagte sie, ohne mich eines Blickes zu würdigen. »Sie fragen sich, wie ich so schnell hier sein kann. Wen ich kenne.«

Ich schnaubte, als würde mich das nicht interessieren. Aber sie hatte mich durchschaut.

Sie richtete sich auf und strich den Rock glatt. »Ich war schon dabei, pikantes Zeug über Sie zu sammeln, Detective.

Aber sieht so aus, als wäre jemand aus dem Keller gestiegen, hätte sich vom Saulus zum Paulus gewandelt. Zumindest ist das meine Story.«

Sie ging zum Revier, und ich stieg in meinen Wagen. Um halb neun fuhr ich auf meine Einfahrt, wo ein schwarzer 7er-BMW auf mich wartete. Ein Chauffeur ließ eine getönte Scheibe herunter und fragte mich, ob ich etwas für ihn hätte.

Ich holte die Akte aus meinem Wagen und übergab sie ihm. Ich hätte es sowieso nicht als Beweismaterial einreichen können, da sonst jedem der Name des Gouverneurs aufgefallen wäre, mit dem ich den Deal gemacht hatte. Doch ich setzte meine Hoffnung darauf, dass irgendwo tief unten in den Katakomben der Universitätsbibliothek Candys alte Mitarbeiterin einen Teil davon kopiert hatte.

Ich legte mich auf die Dielen meiner Veranda. Purvis kam raus und leckte mir übers Gesicht.

Vor zehn Tagen, als ich zu Virgil Rowe rausgefahren war, hatte ich noch eine klare Vorstellung von Gerechtigkeit. Eine, auf deren Grundlage ich erwog, Rowe aus der Welt zu schaffen. Ich befand mich in einem tiefen Tal und war bereit, einem Menschen das Lebenslicht auszublasen, schlicht und ergreifend, weil ich es konnte.

Es war ein Jahr her, seit meine Frau und mein Sohn aus dem Leben geschieden waren, und ich konnte es endlich akzeptieren. Sie würden nicht zurückkehren, und es war jetzt niemand mehr übrig, an dem ich meine Wut auslassen konnte.

49 Den Rest des Tages verbrachte ich mit Aufräumen und Putzen. Ich spülte jedes Stück Geschirr und sortierte sogar einiges davon aus. Ich holte gerahmte Fotos von Lena und Jonas wieder hervor und hängte sie an die Wand, sodass ich sie jeden Tag sehen konnte.

Abends kam Sarah rüber, und wir aßen zusammen. Ich hatte den Kühlschrank mit richtigen Lebensmitteln befüllt und kochte frische Pasta. Der Duft von Knoblauch und Basilikum ersetzte den Mief von Schimmel.

Sarah trug ein gelbes Sommerkleid mit extraschmalen Trägern, die ihre Schultern angemessen zur Geltung brachten.

Ich entkorkte eine Flasche Pinot für sie, blieb selbst jedoch bei Eiswasser.

Sie erzählte mir mehr von Atlanta. Was dort mit ihrem Boss schiefgelaufen war. Ein Skandal, in den sie hineingezogen worden war und dem sie sich nicht entziehen konnte. Es war eine traurige Geschichte. Eine, in der Sarah jemandem vertraut und sich böse die Finger verbrannt hatte.

Ich griff nach ihrer Hand. Eine Stunde später hatten wir uns noch immer nicht losgelassen.

Sarah stand auf, um ihren mitgebrachten Kuchen zu servieren.

Wir schalteten den Fernseher an, und irgendwann schliefen wir ein. Noch schöner war, dass sie nach wie vor neben mir auf der Couch lag, als ich aufwachte. Und Purvis auf dem Läufer zu unseren Füßen.

Am Freitag ging ich ins Büro und füllte den nötigen Papierkram aus, um mir ein paar Tage freizunehmen.

Ich musste ein Weilchen raus aus der Stadt. Der ganze Ort vibrierte vor Energie.

Miles Dooger hatte in den Lokalnachrichten bekannt gegeben, dass er sich in den Ruhestand verabschieden würde. Umrahmt wurde die ganze Sache von dem großen Fall, der gelöst worden war, und die Medien spendeten ihm ordentlich Beifall.

Miles erschien allerdings nicht im Büro, um offiziell Abschied zu nehmen. Er hatte darum gebeten, seine Sachen einzupacken und zu ihm nach Hause zu schicken, und ich musste an meine Drohung denken, ihn in eine Zelle zu stecken.

Ich nickte, als mir ein uniformierter Beamter die Neuigkeiten vom Chief berichtete.

Miles war mein Mentor. Mein erster Freund bei der Einheit. Ich dachte daran, wie unerträglich es für ihn gewesen sein musste, den Tod meiner Frau zu untersuchen. Und hinzu kam noch, dass er die ganze Zeit in dem Bewusstsein in der Gegend herumlief, auch an seinen besten Tagen nur ein durchschnittlicher Detective zu sein, der einen komplizierten Tathergang zu entknoten versuchte.

Während meiner Abwesenheit hatte Remy mein Büro übernommen und die noch freie Wand benutzt, um alles anzukleben, was wir über den Fall hatten. Außerdem hatte sie Cobbs Freundin von dem Heizungsrohr in ihrem Apartment losgebunden.

Die Geschichte begann mit den fünf Männern, die im Laufe der vorangegangenen Nacht verhaftet worden waren, sowie mit den Namen der vier Kids von '93 und heute.

Doch Remy hatte außerdem neue Beweise.

»Ich habe mir einen Durchsuchungsbefehl für ein von Donnie Meadows in der Stadt gemietetes Apartment beschafft«, sagte sie. »Abe hat das Gleiche für das Gästehaus gemacht, in dem Cobb gewohnt hat.«

Während Meadows seine Bude reinlich hielt, sodass sich kein Beweismaterial fand, war Cobb schlampiger gewesen. Er hatte ein Notizbuch mit den Beträgen zurückgelassen, die Oxley und der Orden ihm und Meadows bezahlt hatten. Auch hatte er Einzelheiten bezüglich Kendrick festgehalten. Wann Kendrick aus der Schule kam und wo er wohnte. Und einiges, das sich um das Wie und Warum drehte. Dass der Orden einen männlichen Teenager vorzog, nach Möglichkeit einen jungfräulichen, sowie jemanden, dessen Familie den Aufstieg schwarzer Amerikaner repräsentierte. Eine weitere Ebene der Tragödie.

Ich starrte auf die Wand mit dem Beweismaterial, während Remy auf ihrem iPad herumtippte.

»Demnach sind Cobb und Meadows Kendrick von der Schule nach Hause gefolgt, wie wir es uns ja schon gedacht haben?«

»Das war, als Dathel Mackey von der First Baptist Cobb zum ersten Mal gesehen hat«, sagte Remy.

Der Bärtige, der in derselben Nacht, in der Kendrick verschwand, in der Nähe der Kirche herumlungerte.

»Cobb behielt die Eltern im Auge, während Meadows Kendrick zu der Pyjamaparty folgte«, ergänzte Remy. »Der Plan lautete, Kendrick mithilfe des Kabels abzufangen, wenn er morgens mit dem Fahrrad losfuhr. Doch kaum hatte Meadows das Kabel beschafft, fiel die Übernachtungsaktion aus, und Kendrick erschien auf der Bildfläche.«

Ich schüttelte den Kopf und sah mir weitere Notizen an, die sie auf Post-it-Zettel geschrieben und zu den Beweisen geklebt hatte.

Meadows und Cobb hatten Kendrick in dieselbe Höhle verschleppt, in der wir Delilah gefunden hatten. Ursprünglich handelte es sich dort um Privatgelände, das für den Orden von spiritueller Bedeutung war. Es war einst mit dem Jagdrevier verbunden gewesen, wo ich Francis Oxley erschossen hatte.

»1932 wurde das Land dem Staat geschenkt«, sagte Remy. »Damals wurde es State Park.«

Ich betrachtete eine notarielle Urkunde der Schenkung mit Remys handschriftlichen Anmerkungen dazu. Eine Nichte einer der Gründerfamilien des Ordens hatte dem Staat die Parzelle überschrieben. Doch sie hatten sich nach wie vor in die Höhle geschlichen und sie für ihre Zwecke genutzt. Teile abgeriegelt, von deren Existenz die Öffentlichkeit nicht einmal etwas ahnte.

Nach dem Geschehen in der Höhle beauftragten die

beiden Männer Virgil Rowe damit, Kendrick zur Harmony Farm zu bringen und – als Teil ihres Rituals – das Feld in Brand zu stecken.

»Damit hätte es also enden können«, sagte Remy. »Wäre nicht Brodie Sands gewesen, der Sprühflieger, der im Wind das Flüstern seiner Frau vernommen hatte.«

»Sands, der das Feuer mit seinem Sprühflugzeug löschte, hat den Orden nervös gemacht.«

»Ganz genau«, erwiderte Remy. »Cobb und Meadows taten also, was jeder Gangster tun würde. Noch bevor Kendricks Leiche entdeckt wurde, gingen sie zu Rowe und brachten ihn zum Schweigen. Töteten den Brandstifter, dem es nicht gelungen war, das Feuer am Laufen zu halten.«

»Hmm«, sagte ich und hatte zum allerersten Mal ein vollständiges Bild vor Augen.

»Wir haben dieses Foto von dir gefunden.« Remy zeigte darauf. »Das Foto, das der Polizei anonym zugespielt wurde. Von dir, wie du aus Corinnes Haus spazierst.«

»Wo?«, fragte ich.

»Auf Cobbs Handy.«

Und da waren sie endlich zu sehen. Die Mörder vor Virgil Rowes und Corinnes Wohnung exakt zum Zeitpunkt meines Aufenthalts dort. Der Beweis, dass ich Virgil Rowe *nicht* erwürgt hatte.

»Die müssen genau dann draußen aufgekreuzt sein, als du Corinne aufgetragen hast, ihre Sachen zu packen«, sagte Remy. »Ziemlich beschissenes Timing, falls du meine Meinung hören willst.«

Ich betrachtete ein Foto von dem Geld, das man aufgespürt hatte. »Was haben Cobb und Meadows dafür gekriegt, Kendrick und Delilah umzubringen?«

»Dreißig Riesen«, sagte Remy. »Zehn davon gingen an Rowe.«

»Die Kohle, die ich in der Streichholzschachtel gefunden habe?«

»Genau.« Remy nickte.

Mein Blick streifte ein Foto von William Menasco, dem alten Mann am See. »Wie lautet also unser Befund bezüglich dieser Leute vom Orden, Remy?«, fragte ich. »Wenn man – auch unwissentlich – Beihilfe zum Mord leistet, tun sie dir einen Gefallen?«

Remy betrachtete dasselbe Foto. »Die Wahrheit ist«, sagte sie, »dass wir es nicht wissen. Abe hat einen der Senioren nach dem Pferderennen von 1993 gefragt, aber der hat nur mit den Schultern gezuckt und gesagt, sie hätten genügend Leute in dem Geschäft erkannt. Jockeys. Kampfrichter. Trainer. Aber er konnte sich nicht an ein manipuliertes Rennen erinnern.«

Ich dachte an den Gewinn bei der Staatslotterie in Harmony.

»Und was ist mit ›dem Glück‹?«, fragte ich und wandte mich erwartungsvoll an Remy. Hatte sie vielleicht eine Erklärung? »Was ist mit der Lotterie? Mit dem zu Geld gekommenen Farmer?«

»Ich denke, das hängt davon ab, woran du glaubst. Aberglaube? Zufall? Es könnte auch schlicht Realität sein.«

Sie stand auf. Schaute mich an mit Besorgnis? Mitleid?

»Wartest du darauf, dass ich es laut ausspreche, P.T.?«, sagte Remy. »Dass etwas Verrücktes im Äther des Südens herumwest? Irgendeine schwarze Magie aus Bürgerkriegszeiten, vom Vater an den Sohn überliefert?«

Ich dachte an die wohlhabenden Familien, die über all die Jahre von den Morden an Kindern profitiert hatten. Wofür? Eine Mitgliedschaft im Country Club gegen ein Menschenleben?

»Und die fünf Männer?«

»Sie alle haben sich gegenüber dem Bezirksstaatsanwalt schuldig bekannt. Fünfzehn bis zwanzig Jahre ohne Bewährung.« Remy warf mir einen Blick zu. »Alle haben uns die gleiche Geschichte aufgetischt, P.T. Es tue ihnen leid, aber so seien sie eben erzogen worden.«

»Haben sie die Namen der Typen genannt, die sie '93 angeheuert haben?«, fragte ich. »Derjenigen, die die Drecksarbeit für sie erledigt und Junius und das Mädchen umgebracht haben?«

Remy nickte. »Vor einer Stunde haben wir einen von diesen Kerlen aufgegriffen. Ein anderer ist aufgrund einer anderen Anklage schon im Gefängnis. Die Tat liegt fünfundzwanzig Jahre zurück, P.T., also ist er nicht gerade ein junger Hüpfer.«

Meine Partnerin setzte sich wieder auf meinen Stuhl und legte die Füße auf den Tisch. Sie trug eine weiße Hose und glänzende schwarze Pumps.

»Kommen wir zur Sache, Boss«, sagte sie. »Du und ich – im Augenblick brauchen wir gewissermaßen eine Schubkarre, um unsere Eier durch die Gegend zu schaukeln. Es sei denn, du weißt etwas, das ich nicht weiß. Möchtest du mir nicht beichten, wie du all diese alten Säcke zu einem Geständnis bewegt hast?«

Ich ließ den Blick durchs Revier schweifen. Remy hatte recht. Es brummte, und wir würden für eine Weile der heiße Scheiß sein. Doch ich musste fortwährend an das denken, was Miles Dooger zu mir gesagt hatte. Über die Aufklärung von Straftaten.

Nicht Beweise, sondern Beziehungen.

War das nicht genau meine Strategie mit dem Gouverneur gewesen? Druck auszuüben, statt Daten zu sammeln?

Und was hatte der Gouverneur mit den fünf Familienclans gemacht, damit sie ihre Männer drangaben?

Ich schaute zu Miles Doogers Büro hinüber, in dem sich die Umzugskartons stapelten.

»Manche Dinge bleiben besser ungesagt, Kollegin.«

Remys Augen folgten meinem Blick.

»Wirst du dich um das Amt des Chief bewerben?«, fragte sie.

»Nö, ich bin nicht scharf auf den Job.«

Meine Partnerin wandte sich wieder ihren Beweisen zu. »Tja, die Unternehmen, die mit den Familien dieser Männer in Verbindung stehen«, sagte sie. »Die kriechen zu Kreuze und drängeln geradezu. Ganz vorne die PR-Abteilungen. Wir hatten ein paar Anrufe mit Angeboten, Harmony und Mason Falls entsprechend unter die Arme zu greifen. Gefragt waren sinnvolle soziale Projekte vor Ort, denen man eine Spende zukommen lassen könnte.«

»Die Kinder mit Typhus«, sagte ich. »Das wäre ein sinnvolles Projekt.«

»Diese Kinder bekommen alle Antibiotika und sind gut drauf, P.T.«, sagte Remy. »Das Kind, das im Koma lag, ist heute Morgen aufgewacht, als wäre nichts passiert.«

Erster Januar. Der Beginn der nächsten fünfundzwanzig Jahre. Das Ende des Zyklus.

Die Familien hatten ihre Chronik wieder. Doch ich hatte genug davon gelesen, und sie waren eingeschüchtert. Vielleicht waren auch genügend von ihnen wie Wade Hester. Die neue Generation, schuldbewusst und bereit, Wiedergutmachung zu leisten.

Ich schaute meine Partnerin an. Irgendwann hatte ich sogar schon in Erwägung gezogen, sie könne sich gegen mich gewendet haben. »Rem«, sagte ich. »Wir sind wieder gut miteinander, oder? Du und ich?«

Remy presste die Lippen zusammen. »Du hast dich gebessert und Ordnung in dein Leben gebracht, Boss«, sagte sie. »Aber falls du gestattest, werde ich weiter ein Auge auf dich haben.«

»Das solltest du.«

Ich erhob mich und ging zum Büro, das sich Abe und Merle teilten. Abe war allein im Raum, über seine Notizen gebeugt.

»Ich muss mich bei dir entschuldigen«, sagte ich und streckte meine Hand aus.

Abe schüttelte sie und schob den Stuhl zurück. »Habe gehört, ziehst einen Strich.«

»Ich habe es bislang versäumt, einen passenden Ort für

die Asche meiner Frau zu suchen«, sagte ich und dachte daran, wie ich Jonas im Sarg beerdigt hatte, Lena sich jedoch immer noch in einer Urne in meinem Wohnzimmer befand. Kremiert, wie ihre Familie es gewünscht hatte.

»Sie hat die Keys geliebt, daher dachte ich, ich fahre runter und verstreue ihre Asche dort im Wasser.«

»Klingt gut«, sagte Abe. »Der Gouverneur hat heute Morgen angerufen und nach dir gefragt.«

»Ich habe schon gehört, dass wir eine Menge Anrufe bekommen«, sagte ich. »Hat er was ausrichten lassen?«

»Ja«, sagte Abe. Er kramte seine Kladde mit den Nachrichten hervor und las laut. »Glückwunsch, P. T. und Team. Bin sehr stolz auf die Festnahmen von vorgestern Nacht. Ganz allein euer Verdienst.«

Ich achtete genau auf Monroes Wortwahl, die stillschweigend die zwischen uns getroffene Vereinbarung bestätigte.

Irgendwo wägen wir alle immer eine Möglichkeit gegen eine andere ab.

Das Risiko, es mit fünfundzwanzig mächtigen Familien aufzunehmen, gegen ein Abkommen, durch das mir fünf von ihnen in die Fänge geraten? Ich hatte das System funktionieren und scheitern sehen. In zehn von zehn Fällen würde ich mich immer für die wasserdichten Festnahmen entscheiden.

Ich bedankte mich bei Abe und verließ das Revier.

50 Um die Mittagszeit fuhr ich zum Krankenhaus und sah nach meinem Schwiegervater. Marvin sollte in einer Woche entlassen werden. Ich sagte ihm, ich würde ein paar Tage vorher zurück sein, um ihn nach Hause zu bringen.

Auf dem Weg raus aus Mason Falls hielt ich bei den Websters. Ich fand den Reverend alleine in der Kirche vor, ins Gebet vertieft. Dieses Mal war er leger gekleidet.

Wir gingen in den Garten hinaus, und ich erzählte ihm die ganze Geschichte. Sogar die Episoden, aus denen ich nicht recht schlau wurde. Die Stimmen im Wind, die Taufen am Straßenrand und die Zeichen, die ich an Bäumen gesehen hatte.

Ich erzählte ihm von Lena und Jonas. Von dem Unfall. Wie er das, was ich in jenen Tagen glaubte oder nicht glaubte, geprägt hatte. Von Cory Burkette und dessen Unschuld. Wie der Reverend nicht danebengelegen hatte, als er die Seele eines Ex-Nazis rettete.

Am Ende war Websters Gesicht nass von Tränen.

»Ich kann mir nicht vorstellen, dass dies die Version der Geschichte ist, die Sie zu den Akten legen, oder?«

»Nur einiges davon«, sagte ich.

»Ich bin froh, dass Sie es waren, der für Kendrick gekämpft hat«, sagte er. »Er hätte Sie gemocht. Aus dem gleichen Grund, aus dem er Cory mochte.«

»Und das wäre welcher?«, wollte ich wissen.

»Er hat die Außenseiter unterstützt. Wie Sie wissen, fuhr Kendrick BMX. Er hat sich diese Extremsportwettbewerbe im Fernsehen angeschaut und war immer für den, der am meisten leiden musste.«

Ich legte dem Reverend die Hand auf die Schulter, und wir beide saßen schweigend auf der Gartenbank, zwei Väter, die ihre Söhne verloren hatten. Zwei Männer, die der unersättlichen Erde und dieser rachsüchtigen Welt bessere Versionen dessen, was wir Menschen darstellen, gegeben hatten.

»Was, wenn das Land tot ist?«, sagte ich schließlich zu ihm. »Wenn sie richtigliegen und Harmony scheitert?«

»Harmony wird sich halten«, entgegnete Webster. »Der Widersacher Gottes wird seine Macht durch Zeichen und Wunder demonstrieren, die allein der Lüge dienen.«

Es klang wie ein Bibelvers, doch ich fragte nicht nach. Websters Argument war simpel. All diese reichen Leute, die an das Glück, das Schicksal oder das Böse glaubten – es verlieh ihnen Stärke.

»Und der Rest von uns, der an das Gute glaubt, daran, dass Harmony seine Probleme irgendwann bewältigen wird – besitzen wir die gleiche Macht?«

Webster stand auf und nickte lächelnd. »Gute Reise, Detective.«

Ich stieg in den Wagen und fuhr los, nur ich mit Purvis.

Wir durchquerten Georgia und kamen nach Florida, ließen Gainesville und Orlando hinter uns. Die Nacht verbrachten wir am Lake Okeechobee, bevor es am nächsten Morgen weiterging.

Wir alle leben im Schatten einer dreihundertjährigen Geschichte, die Hautfarbe gegen Hautfarbe ausgespielt hat. Und wir alle müssen uns ändern.

Für mich persönlich gibt es keine anderen Menschen, die eher zu diesem Wandel imstande wären als die Menschen hier.

Wir wissen sehr wohl, was Außenstehende von uns denken. Sie sehen eine Mischung aus wunderschönen Herrenhäusern, die aus dem neunzehnten Jahrhundert stammen, und hüfthohes Unkraut beim Haus nebenan.

Doch für mich ist dieser Teil des Landes der Himmel. In keinen Ort würde ich lieber reisen als in den Süden. Und an keinem Ort würde ich lieber leben als in Georgia.

Wenn ich Lebensmittel einkaufe, sehe ich unserer Geschichte zum Trotz gemischtrassige Paare. Etliche von uns. Mehr als anderswo. Sosehr wir hier also mit Rassenproblemen zu kämpfen haben ... in vielerlei Hinsicht findet unser Kampf sichtbarer, nahe unter der Oberfläche statt. Und ich gebe die Hoffnung nicht auf, dass dies bedeutet, er könne leichter beigelegt werden.

Die U.S. Route 1 verwandelte sich in eine einspurige Straße, die nach Key West hineinführte. Der Regen ließ nach, und die Hitze nahm zu. Nachdem ich das Festland hinter mir gelassen und das Ende der Keys erreicht hatte, parkte ich meinen Wagen vor dem limettengrünen Hotel, in dem Lena und ich unseren ersten Wochenendausflug verbracht hatten.

Purvis und ich wanderten zum Strand, und ich verstreute Lenas Asche in dem ruhigen Wasser.

Ich sprach ein Gebet, während ich zusah, wie die winzigen Flocken zunächst auf der Oberfläche trieben und dann langsam abtauchten. Hinab durch das Wasser. Dann auf den Grund. Zur Erdsohle, die alle Geheimnisse zugleich erinnerte und vergaß.

Ich saß mit Purvis auf dem Bootssteg. Er schaute mich an. Seine braunen Augen glänzten feucht. Er leckte mir das Gesicht.

Sie hat an dich geglaubt, sagte Purvis.

Ich lächelte und zog ihn auf meinen Schoß.

Nicht jede Erinnerung war eine gute, doch das Jahr fing neu an.

Ich hatte Fehler gemacht. Aber Vergebung stand bevor, und ich konnte inzwischen die Nächte durchschlafen, ohne Schnaps im Leib, sogar in der Hitze der Keys.

DANKSAGUNG Bücher sind magische Organismen, die nicht von einem einzelnen Menschen geschrieben, sondern von vielen beeinflusst werden. Daher möchte ich ein paar Leuten meinen Dank aussprechen, wobei mir bewusst ist, dass ich den einen oder anderen garantiert vergessen haben dürfte.

Zuallererst möchte ich meinem Dad danken, Hank McMahon, der, drei Tage bevor dieser Roman an einen Verlag verkauft wurde, starb. Das Timing war bittersüß, aber er war mein bester Freund und mein Vorbild, und ich weiß, dass er das hier im Himmel durchblättert.

Der nächste Gruß geht an meine Agenten-Superheldin Marly Rusoff, die das Risiko einging, es mit meinem Debütroman zu versuchen. Und als sich das nicht verkaufen ließ, sagte sie (wie eine strenge, aber liebevolle Mutter) nichts weiter als: »Wenn du ein Schriftsteller bist, schreib einfach ein neues Buch« – das Sie nun in Händen halten.

Das dritte Dankeschön gilt der Autorin Jerrilyn Farmer. Sie ist seit etlichen Jahren meine Workshop-Kritikerin und eine gute Freundin, die mich stets anfeuert. Ohne ihren Zuspruch wäre nichts von dem hier passiert.

Dank an Maggie, Noah und Zoey – ihr seid das Licht meines Lebens. Ich liebe euch über alles und bin unendlich dankbar für eure Geduld.

Danke, Mom, für ein Leben voller Unterstützung, bedingungsloser Liebe und jener unerschrockenen Zuversicht, die allein dir zu eigen ist.

Ich möchte allen Autoren danken, die mich zu einem besseren Schriftsteller und diesen Roman zu einem besseren Buch gemacht haben: Chad Porter, Beverly Graf, Glen Erik Hamilton, Alexandra Jamison, Kathy Norris und Eachan Holloway.

Ich danke meinem Bruder Andy für sein tolles Feedback zum ersten Buch sowie meinen Schwestern Kerry und Bette, die sich seit jeher sicher waren, dass es einmal dazu kommen würde. Weiterer Dank an Allison Stover, meine Reiseführerin durch ganz Georgia.

Dank an alle Leute, die mir im großartigen Staat Georgia ihre Gastfreundschaft gewährt haben – so gut wie nirgendwo sonst gibt es freundlichere Menschen. Ich danke dem Team von Putnam, von der Gestaltung über Marketing und Lektorat bis hin zur Öffentlichkeitsarbeit.

Ein letztes Dankeschön gilt Mark Tavani von Putnam. Mark ist leidenschaftlich, professionell und beantwortet alle Fragen mit klugem Bedacht. Er half mir beim Umschreiben, und Schreiben ist, wie jeder gute Lehrer Ihnen bestätigen wird, Umschreiben.

P. T. Marsh kommt wieder. Bleiben Sie dran.

»Ganz oben bei den besten Krimiautoren aus dem Norden.« The Times

*Cover- und Preisänderungen vorbehalten

Jørn Lier Horst

Wisting und der Tag der Vermissten

Kriminalroman

Aus dem Norwegischen von
Andreas Brunstermann
Piper Taschenbuch, 464 Seiten
€ 10,00 [D], € 10,30 [A]*
ISBN 978-3-492-31671-2

Jedes Jahr nimmt sich Kommissar William Wisting die Fallakte von Katharina Haugen vor. Immer am Jahrestag ihres Verschwindens vor 24 Jahren. Dieser Cold Case lässt ihm keine Ruhe. In diesem Jahr sind zwei Dinge anders: Adrian Stiller, ein Ermittler der Cold-Case-Unit in Oslo, stößt auf eine Verbindung zu einem anderen Fall – die Fingerabdrücke von Martin Haugen, dem Ehemann der Vermissten, wurden an einem Tatort sichergestellt. Und als Wisting Haugen befragen will, ist dieser spurlos verschwunden.

Leseproben, E-Books und mehr unter www.piper.de